La Sca

SILVIA AVALLONE

Cuore nero

Rizzoli

Pubblicato per

Rizzoli

da Mondadori Libri S.p.A.

Pubblicato in accordo con MalaTesta Lit. Ag. Milano

ISBN 978-88-17-18460-1

Prima edizione: gennaio 2024

Questo libro è il frutto dell'immaginazione dell'autrice.
Nomi, personaggi, luoghi e avvenimenti sono fittizi o usati in modo fittizio.

I versi citati a pagina 57 sono tratti da Osip Mandel´štam, *Ottanta poesie*, Einaudi 2009.

I versi citati alle pagine 148 e 187 sono tratti da Gigi D'Agostino, *L'amour toujours*

Cuore nero

A Gio, mio marito

Silenzio, intorno: solo, alle ventate,
odi lontano, da giardini ed orti,
di foglie un cader fragile. È l'estate,
fredda, dei morti.

GIOVANNI PASCOLI, *Novembre*

La realtà esige
che si dica anche questo:
la vita continua.

WISŁAWA SZYMBORSKA, *La realtà esige*

PARTE I

Due solitudini

I

Il lunedì di novembre in cui Emilia e suo padre imboccarono il sentiero chiamato Stra' dal Forche e risalirono il bosco di castagni che separa Sassaia dal resto del mondo, era il giorno dei morti.

Riccardo continuava a pensare che un posto del genere – una minuscola frazione isolata – non fosse adatto a cominciare una nuova vita: non per sua figlia, non dopo quello che aveva passato e, soprattutto, non da sola. Ma Emilia procedeva a passo spedito, convinta.

D'altra parte, il cielo era di un blu abbagliante quella mattina. L'aria, ripulita alla perfezione dalla pioggia della notte precedente, lasciava emergere anche i dettagli più lontani, e c'era una tale luce appoggiata alle cose: come se nessuno avesse potuto morire mai, e nessuna storia finire, su questo crinale illibato di terra.

In realtà, era finito tutto da un pezzo. Ricoveri per il bestiame diroccati, una cappella votiva con una Madonna Nera sfigurata dalle intemperie: padre e figlia fingevano di non notare i relitti lungo il sentiero. Sudavano, non si dicevano niente. Avevano atteso così tanti anni quel momento, che ora avevano timore d'infrangerlo se avessero parlato. La mulattiera era coperta da uno spesso tappeto di foglie bagnate e anche i loro passi erano muti. Solo i cuori assordavano. Entrambi li ascoltavano rimbombare per la fatica, l'emozione, la paura, amplificati dal silenzio acquattato ovunque, tra le radici, tra i rami: vivo.

Ogni tanto posavano le valigie per riprendere fiato. I loro polmoni non erano più abituati alla montagna: erano gente di pianura che l'aveva frequentata solo in vacanza, molto tempo prima. Avvertivano fitte alle gambe, alla schiena, ma altre strade per Sassaia non ce n'erano: nessun tratto che fosse d'asfalto o sterrato o lontanamente carrozzabile. Avevano dovuto lasciare l'auto ad Alma, l'ultimo avamposto della civiltà, e proseguire a piedi come negli anni Cinquanta. E siccome nessuno sessant'anni dopo – con rare eccezioni – avrebbe acconsentito a farsela a piedi in un bosco per comprare del latte o un pacchetto di sigarette, il risultato fu che incrociarono un paio di gazze, uno scoiattolo, ma di persone neanche l'ombra.

Le loro preoccupazioni, per ora, erano concentrate sulla casa: sullo stato in cui l'avrebbero trovata. Riccardo aveva mandato un lontano parente, una persona discreta, in avanscoperta qualche settimana prima, ed erano venute fuori le classiche magagne dell'ultimo minuto. Il boiler era vecchio, i tubi pure, e non era certo che avrebbero retto alle gelate. Alcune imposte erano malconce e gli spifferi avrebbero potuto minacciare il calore della stufa. L'impianto elettrico, infine, era stato compromesso dai topi in più punti.

Emilia, come c'era da aspettarsi, non aveva voluto rimandare il trasloco. Aveva ribadito che si sarebbe arrangiata, che ci avrebbe pensato lei. Il parente discreto, Aldo, aveva fatto quello che aveva potuto in vista del loro arrivo: dato una pulita, sostituito qualche cavo, tappato qualche fessura. Ma aveva chiaramente detto che il grosso del lavoro lo doveva fare un elettricista, uno bravo, disposto a spingersi fin lassù. E adesso la prospettiva di accendere candele col buio pesto, il buio tipico di un paese senza lampioni, metteva un po' di ansia a entrambi.

A metà strada sedettero su grandi pietroni che sembravano sistemati lì apposta per riposare. Il mezzogiorno trafiggeva di luce anche i rami più bassi, infiammava le ultime foglie che vi erano rimaste attaccate e colpiva le castagne cadute, lucidandole come perle.

«Se ti sbrighi a raccoglierle e ne metti insieme una decina di chili» le disse suo padre indicandole, «potresti sopravvivere per settimane.» E aggiunse, ironico: «Potresti farcela persino se quest'inverno, com'è probabile, il sentiero verrà sommerso dalla neve».

Emilia allungò la gamba, saggiò con la punta dell'anfibio un riccio zuppo di umidità senza rispondere alla provocazione.

«Zia Iole» continuò Riccardo scuotendo la testa, «non c'è mai stato verso di convincerla che il pane fosse meglio delle castagne. Una vera *valìt*. Ti ricordi?»

Sì, ma non voleva. Il punto debole di Emilia, per riprendere un discorso importante, erano i morti. E si dava il caso che zia Iole fosse morta. Pochi mesi dopo "il fatto". "Di dispiacere", così avevano detto.

Si chiese come avrebbe potuto, *concretamente*, abitare una casa appartenuta a una persona a cui non voleva pensare, con tutti i suoi mobili dentro, le tovaglie, i ninnoli. E percorrere due volte al giorno quella mulattiera, che nei ricordi era il gaio sentiero su cui saltellava da bambina, ma nel frattempo si era trasformata in una salita ripida da spaccarti i polmoni. Su e giù, d'estate e d'inverno. Per fare la spesa, per cercare lavoro e, ammesso che lo trovasse, per mantenerlo. Si rese conto che a realizzarli, i desideri, li tradisci anche.

«Ti ci abituerai» la rassicurò suo padre leggendole nel pensiero, «ti verranno dei polpacci grossi così» scoppiò a ridere. «E se invece capirai che è una follia, come ti abbiamo ripetuto tutti, vorrà dire che tornerò a prenderti. Anche domani.»

«Non ce ne sarà bisogno.»

«Non è sinonimo di debolezza, cambiare idea.»

«Questo lo dici tu» ribatté secca Emilia. «E comunque lo so sgorgare un tubo, so dare il bianco. Pure in falegnameria me la cavavo: potrei costruirmi una slitta per l'inverno.»

Sfoderò il suo tipico sorrisetto sfidante, che aveva messo su nel medesimo posto in cui aveva imparato a piallare, a segare, a mentire da manuale e a tracciare il profilo perfetto di un paesaggio con una sola pennellata di colore.

«Sul serio» continuò Riccardo innervosendosi, «mi preoccupa la neve. E quando resterai bloccata, con il cellulare che prende e non prende? Aldo dice di sì, in un solo punto della cucina, ma voglio verificare... Cosa farai, se non prende? Chiamerai un elicottero della forestale con i segnali di fumo?»

«Papà» Emilia sospirò, «ho vissuto senza telefonino fino all'altro ieri.»

I castagni erano carichi di ricci che nessuno avrebbe raccolto. Al di sopra degli alberi spuntavano nude rocce, boschi a perdita d'occhio e, sparsi là in mezzo, avvolti in un'ombra scura o colpiti da una fredda luce, nove o dieci grumi di case di cui il più piccolo era Sassaia.

Padre e figlia rimasero in silenzio a osservarli. Poi Riccardo si voltò verso Emilia con un'intensità che forse era una speranza. E lei ritrovò sul suo volto, segnato dai dispiaceri ma ancora bello, ancora giovane a cinquantanove anni, un ricordo perduto: l'espressione di fiducia che gli aveva intravisto il primo giorno di scuola, quando l'aveva tenuta per mano fino all'ingresso delle elementari Collodi. Altri bambini accompagnati dal padre non ce n'erano, e anche per lei era una novità assoluta, perché papà lavorava di continuo, viaggiava persino nei fine settimana. Invece – lo avrebbe capito in seguito – lui c'era sempre stato.

Qualunque cosa, Emi. Qualunque cosa tu abbia... Sei e sarai sempre mia figlia.

«Va bene» concluse Riccardo asciugandosi gli occhi, «cerchiamo di raggiungere quella catapecchia prima che faccia notte.»

Riprese in mano le valigie, lasciò a lei le borse della spesa più leggere. La precedette lungo l'ostile Stra' dal Forche, che nemmeno trovare era stato facile.

Non mettevano piede lassù da quasi due decenni.

Al loro arrivo, giù ad Alma, la Volvo targata Ravenna era stata subito notata. Non avevano ancora finito di parcheggiarla nello spiazzo con la P al principio del paese, che Emilia aveva percepito con la coda dell'occhio un sottile trambusto. Alcune finestre si erano serrate di colpo, altre si erano dischiuse a fessura. Magari erano solo "paranoie", come le ripeteva suo padre. Ma quando erano scesi dall'auto una donna corpulenta con un grembiule allacciato in vita era uscita del negozio di alimentari per osservarli. E non li aveva salutati.

Quando poi avevano chiesto informazioni per Sassaia – il sentiero non era indicato da alcun cartello o mappa, e loro non ricordavano più da dove prenderlo – gli unici due abitanti che avevano incrociato li avevano squadrati con una tale diffidenza che Emilia aveva cominciato subito a pentirsi. Un uomo era passato oltre senza rispondere, fissandoli come se li avesse riconosciuti. L'altro aveva sillabato tre parole in croce, con le consonanti così dure e le vocali così chiuse che comunicavano efficacemente un concetto solo: là, gente da fuori, non ne volevano.

Mi chiedo cosa si aspettassero: il turismo in Valle non è mai esistito. Se ci arrivi, significa che puoi esibire comprovati legami di sangue, oppure che sei un intruso, un ficcanaso, e non sei gradito.

Le loro valigie, le borse della spesa ricolme, dichiaravano che erano venuti per restare. Ma la loro parentela con questo territorio era sbiadita, taciuta, ed era meglio non rinvangarla; caso mai qualcuno cominciasse a collegare, a ricordare, quindi a sparlare e malignare come fanno sempre, a ogni buona occasione, gli esseri umani.

L'abbigliamento non li aiutava. Emilia era conciata come un'adolescente: jeans stracciati, Dr. Martens viola, giaccone tecnico verde fluo, anche se adolescente non lo era più. Mentre suo padre sembrava uscito da un giallo di Simenon, con quel cappotto grigio elegante, i pantaloni inamidati, il gilet di cachemire. Né l'uno né l'altra c'entravano nulla con i vecchi cupi dalle barbe incolte, il cappello di feltro calato sugli occhi come usa dalle nostre parti, il dialetto risentito.

Emilia aveva gettato un'occhiata alla piazza del paese, l'unica, riconoscendola piano. Ci era venuta d'estate, durante l'infanzia, per accompagnare la zia nelle commissioni, e per alcune feste comandate che – ora ricordava – avevano trascorso in quel ristorante lì, Le Betulle, di cui resisteva solo l'insegna. Il negozio di alimentari, invece, era ancora in attività e vendeva sempre di tutto: dal pane ai detersivi alla ferramenta. Aveva retto anche il bar Samurai, che faceva sia da edicola che da tabaccaio. Più avanti, l'ufficio postale – come avvertiva il cartello affisso alla porta – apriva il lunedì, il mercoledì e il venerdì dalle 8 alle 12. Chiudevano il cerchio la chiesa, il municipio e la scuola.

Questo era quanto.

Cosa cazzo ci faccio io qui?

Messa di fronte alla realtà, Emilia se lo era chiesto.

Non aveva bisogno di Dio né di tornare a scuola, e meno di tutto dei giornali. Solo delle sigarette aveva bisogno. Ne aveva estratta una dal pacchetto che teneva in tasca e se l'era accesa. Aveva aspirato con prepotenza perché cominciava ad avere paura. C'era una regola ferrea nella sua vita: non puoi rimangiarti la parola. Perché se no sei un'infame. Suo padre non lo sapeva: i brutti giri non li aveva frequentati. Ma lei lo aveva imparato eccome, sulla propria pelle.

Mentre Riccardo si ostinava a chiedere in giro, si era avvicinata ai vetri opachi del Samurai per sbirciare all'interno. La clientela, intenta a giocare a carte, sembrava avere un'età compresa tra i sessantacinque e i novant'anni. Allora le era tornata in mente la voce di Marta:

Pensa ai ragazzi, Emily. A quanti ragazzi!
Faremo incetta, dopo, non ci fidanzeremo mai.
Scoperemo e basta, uno via l'altro!

Le era sfuggito un sorriso: Tu vedessi che ragazzi, Marta.

Alla fine era transitato un pastore, il Rivetti credo, con un gregge di pecore e un paio di cani. Era stato lui a indicare a Riccardo la scala di pietra scavata nella terra proprio tra il bar e l'alimentari, così ben nascosta dai rovi e dalle ortensie rinsecchite che, se non lo sai, è impossibile individuarla.

Le ortiche che spuntavano tra un gradino e l'altro erano rigogliose come mai Emilia ne aveva viste. Sembravano voler sbarrare il passo ai dissennati come lei che avevano creduto di potersi trasferire in un posto simile. Un posto che la respingeva. Che non ammetteva nessuno che fosse giovane e vivo. Dove le case erano all'ottanta per cento disabitate, dimenticate e vuote. Ma era proprio questo, no? Il motivo.

Nell'ultimo tratto di salita, Emilia s'impose di fidarsi non di quello che aveva visto giù ad Alma o della fatica che stavano sostenendo le sue gambe, ma del suo inconscio. Che era quanto di più disastrato avesse, d'accordo. Però, una cosa giusta la Venturi l'aveva detta: "Sui desideri non abbiamo potere, dobbiamo solo trovare il coraggio di ascoltarli". E lei li aveva ascoltati, seduta dopo seduta, sedativo dopo sedativo. Aveva mantenuto salda la volontà di trasferirsi a Sassaia anche quando la Venturi era tornata a essere la solita stronza: "Se una ha il tuo passato, Emilia, sceglie una città grande, una metropoli dove ci si può confondere. Non un paesino dove t'inchiodano subito".

"Nessuno si ricorda" aveva ribattuto, "sono tutti morti."

"Appunto. E tu vuoi vivere coi morti? Perché se è così, è molto significativo." Fottiti, le aveva risposto con il pensiero. Si era alzata e se n'era andata. Perché quella era proprio una domanda bastarda e, per citare Marta, la Venturi era "una grande frigida con un palo nel culo". Ma allora perché ci stava ancora pensando?

Ansimava, ormai. Anche suo padre non ne poteva più. Sembrava impossibile che quella mulattiera avesse una fine, che all'altro capo vi fossero delle case, che qualcuno potesse abitarle in un secolo come questo. Invece, in pieno bosco, comparve un cartello bianco con scritto in stampatello nero:

SASSAIA, Fraz. di ALMA

E il nido di case decrepite del suo sogno ricorrente si materializzò di colpo. Costruzioni in pietra con i tetti di ardesia che si tenevano in piedi aggrappandosi l'una all'altra. Il sole le incendiava. Splendeva con una tale potenza che sembrava giugno, non novembre. In quella luce, persino le montagne parevano nuove. Lei stessa, forse, poteva diventare nuova. E la Venturi era solo un ricordo, passata come tutto il resto.

Perché qui, finalmente, era *il dopo*.

2

Sassaia contava quell'anno, in tutto, due abitanti.

Uno, Basilio Raimondi, aveva sessantaquattro anni, ma ne dimostrava infinitamente di più. Non era mai stato sposato o fidanzato, aveva sempre vissuto quassù da solo, diventando un uomo di così poche parole da poter passare tranquillamente per sordomuto. In Valle lo chiamavano *il* Basilio – i nomi sono sempre preceduti dall'articolo determinativo da queste parti – e, anche se veniva trattato con familiarità, in fondo erano tutti convinti che non fosse normale.

L'altro abitante, non dissimile dal Basilio, sono io.

Entrambi ignoravamo che una terza persona stesse per aggiungersi al nostro silenzio. Una donna, ancora piuttosto giovane, con le lentiggini e i capelli rossi. Se lo avessimo saputo, non so cosa avremmo potuto inventarci per difenderci da questa intrusione. Forse nulla, forse saremmo solo arrivati più preparati e la sorpresa ci sarebbe risultata meno traumatica. Non ci sarà bisogno di dirlo, ma se uno decide di vivere in un borgo spopolato è perché vuole lasciarsi alle spalle quella stagione della vita in cui accadono le cose. In cui gli eventi ti travolgono, ti stanano, ti cambiano. A saperlo, dell'arrivo di Emilia, non ci avremmo dormito la notte. Infatti da quel giorno, come dicono accada con l'arrivo di un figlio, smisi di dormire.

Ero stato al cimitero, quella mattina. Ero sceso ad Alma alle sette per evitare d'incontrare gente mentre passavo un panno di daino sulle fotografie ovali e sostituivo i vecchi fiori di plastica impolverati con dei crisantemi freschi.

Mia sorella non era venuta. Anche quest'anno non aveva neppure accampato una scusa traballante nel solito messaggio stringato, e io non me n'ero stupito: non sapevo neppure più dove abitasse. Da quanto tempo aveva smesso di tornare? Di dividere con me il carico dei morti, dei loculi impilati, la scala, i lumini? Di telefonarmi?

Tenersi lontana era diventato il suo forte.

Verso le otto e mezza ero rientrato – ricordo ogni dettaglio di quel giorno –, avevo fatto colazione con un uovo sbattuto, crudo, con lo zucchero. Avrei dovuto farmi anche una doccia, tagliarmi la barba che ormai mi arrivava alle clavicole. Ma non ne avevo voglia: mi chiamassero pure "l'orso". Tanto, sapevano che non ero cattivo.

Una volta l'Ofelia aveva alzato la mano e me lo aveva domandato davanti a tutti: "Maestro, ma lei quanti anni ha?".

La barba in quel caso mi era servita a nascondere un sorriso.

"Perché Michele dice che ne ha trenta, e Marco cinquanta."

Gli altri le facevano: "Ssst, cretina!" da dietro i banchi.

Mi ero molto divertito a rispondere: "Ne ho ottanta".

Siccome il 2 novembre, nonostante tutto, era un giorno di festa, ne avevo approfittato per trapiantare i ciclamini in vasi più grandi e leggere fino a tardi. Solo dopo mezzogiorno mi ero deciso a correggere i compiti: un tema dal titolo "Il mio migliore amico". Ero salito nello studio al primo piano e mi ero seduto alla scrivania, dove i fogli protocollo mi aspettavano diligentemente impilati uno sull'altro. Il primo era quello del Martino Fiume, e avevo subito alzato gli occhi al cielo.

Dodici anni, ripeteva la quinta elementare per la seconda volta. La prima frase prometteva bene: "Il mio migliore amico è Nebbia, il mio cane". Ma la seconda non lo smentiva: "L'ho trovato in un fosso che era piccolo, abbandonato, baulava disperato". Avevo sospirato, estratto la matita blu degli errori gravi dall'astuccio e cerchiato *baulava*.

«Non è italiano, Martino» gli avevo detto a voce alta. Perché, a forza di vivere soli, questa è una di quelle abitudini che rendono sopportabile il silenzio. «Lo so che negli alpeggi non ti servirà l'italiano, però me lo devi imparare lo stesso.»

"Voce del verbo *abbaiare*" gli avevo appuntato a margine, "coniuga al presente e all'imperfetto, riscrivi cinquanta volte." Avevo appena staccato la punta della matita dal foglio quando udii due voci che non erano né la mia né quella del Basilio.

Mi voltai di scatto verso la finestra.

Erano una maschile e una femminile: si scambiavano battute, ridevano. I passi venivano nella mia direzione, si fermavano proprio sotto la mia finestra. Un rumore di chiavi, di porta. Avvertii il cuore, un organo che tenevo in scarsissima considerazione, battermi nel petto così forte – come se fossi stato preso in una tagliola.

Di voci a Sassaia non se ne sentivano mai.

A eccezione del periodo compreso tra l'inizio di luglio e Ferragosto, quando i parenti che hanno ereditato alcune delle case senza riuscire a rivenderle vengono a prenderci il fresco, il silenzio era assoluto. Oltre a pernici, gufi reali, caprioli, cinghiali, cervi, nessuno si spingeva fin qui. Nemmeno il prete ci veniva più, neppure il netturbino o il postino. La corrispondenza andavi a prendertela tu all'ufficio di Alma, e di spazzatura cercavi di accumularne il meno possibile per caricartela in spalla una volta a settimana. Qualcuno che passava a controllare che le case non fossero crollate dopo un acquazzone c'era, ma saliva da solo: non parlava, non rideva.

Mi alzai dalla scrivania, mi avvicinai alla finestra e sbirciai attraverso la tenda.

Non vidi nessuno. Rimasi deluso, o sollevato. Non avrei saputo deciderlo. Starmene lì impalato, con l'orecchio teso a eventuali altri rumori, mi fece intuire come avrebbero potuto giudicarmi dall'esterno: un disadattato, un asociale. Così vulnerabile sotto i vestiti macchiati, la barba ispida, l'odore di bosco, da sentirsi minacciato dalla sola presenza di due sconosciuti.

Mi vergognavo a spiare in quel modo. Tuttavia scostai la tenda, mi sporsi meglio sul vicolo. Notai che il portone della casa di fronte era spalancato e che sulla soglia erano appoggiate due grosse valigie.

Allora, non so perché, mi tornò in mente che un tema dal

titolo "Il mio migliore amico" non lo avevo solo dato, ma anche ricevuto dalla maestra Irene in quarta elementare. Avevo scritto, testuali parole: "Il mio migliore amico è mia sorella. Corre più forte dei maschi, si arrampica sugli alberi più veloce degli scoiattoli. Ha le gambe muscolose e piene di lividi, ma se si procura una ferita non ci fa caso, perché lei è una roccia e vince tutte le gare di coraggio".

Avevo preso 9. Prendevo sempre 9. All'epoca erano tutti convinti che avessi una mente geniale, un futuro straordinario. Un po' come del Basilio ragazzino dicevano che sarebbe diventato un grande pittore, e poi era finito a fare l'imbianchino.

Ricacciai il tema e mia sorella nello scantinato della memoria, dove dovevano stare: al freddo e al buio. Mi staccai dai vetri e tornai alla scrivania, m'imposi di correggere gli errori, di far trionfare l'ortografia e la sintassi su ogni trambusto. Ma il fatto che cuore e ricordi si ribellassero alle mie regole era un chiaro segnale della piega che avrebbero preso gli eventi con l'arrivo di Emilia.

Spalancarono le imposte della portafinestra al primo piano e spinsero un materasso sul balcone a prendere aria.

Ho usato i verbi al plurale, ma in realtà fu solo lui a trasportare il materasso, le coperte, i cuscini, e a sbatterli con forza proprio di fronte a me. Lei rimase sapientemente nascosta all'interno per tutte le ore di luce di quella giornata.

Mi sforzavo di concentrarmi sul cane di Martino Fiume, sulla sua grafia da scuola materna, ma, attraverso le tende, sbirciavo di continuo la sagoma di quell'uomo di mezza età, decisamente troppo ben vestito, che sprimacciava, scuoteva e gridava contrariato qualcosa a proposito degli acari che di sicuro proliferavano dentro la lana.

Mi chiesi cosa potesse significare quel materasso: un paio di notti, una settimana? Un sopralluogo in vista dell'estate, o che avessero deciso di vendere la casa della Iole? Avevo un'unica certezza: nessuno si sarebbe trasferito a Sassaia. Tantomeno un cittadino come quello, con la camicia bianca e i gemelli che scintillavano ai polsi. Chi mai avrebbe potuto vivere, oggigiorno, senza digitale terrestre?

Fu proprio questo, infatti, il primo ostacolo: la televisione.

Che, per quanto Emilia si accanisse, si disperasse e rivoltasse ogni stanza, non c'era né avrebbe potuto esserci. Allora lascio me stesso alle prese con i temi dei miei alunni e passo all'interno della casa di fronte, a ricostruire gli eventi come in seguito li avrei appresi.

Emilia era convinta di ricordare che zia Iole passasse ore davanti alla tv la sera. Era in grado anche di dire la trasmissione: *L'ispettore Derrick*.

«Ti confondi con la zia di Ravenna...» le rispose suo padre.

«Ovunque esiste un televisore!»

«Se è per questo, ovunque esiste una strada asfaltata.»

Emilia si lasciò cadere su un gradino della scala a chiocciola in preda a uno sconforto che non aveva previsto. Non le importava delle condizioni del minuscolo bagno disposto a nord, praticamente una ghiacciaia, o della camera da letto senza elettricità. Era abituata a condizioni di vita spartane e non se n'era mai lamentata. Passare per schizzinosa era il peggio che ti potesse capitare, in certi ambienti. Non aveva mai piantato grane per una comodità in più, ma la televisione non era una comodità: era una salvezza. La scialuppa in grado di tenerti a galla quando la tensione saliva, le voci pure, e poi le mani; quando imperversava la depressione e ti trascinava giù, senza fondo.

«Non è una tragedia.» Riccardo comparve in fondo alla scala con il più sdrammatizzante dei sorrisi. «Vorrà dire che leggerai di più!»

Emilia arricciò le labbra schifata. Le tornò in mente la volta in cui l'avevano convinta a partecipare a un laboratorio di lettura e scrittura: per il bonus che avrebbe ottenuto, non per altro. L'insegnante era una scrittrice di mezza età che si riempiva la bocca di paroloni altisonanti, di buoni sentimenti, di rosee prospettive: a metà del secondo incontro, Emilia aveva provato un fastidio tale, epidermico, come un prurito, da alzare la mano. Lei, che non si esponeva mai, aveva avvertito l'urgenza di interrompere quel flusso di cazzate: "Ci sta dicendo che le parole cureranno le nostre ferite? Che leggere un libro ci può redimere? Crede che siamo cretine? Esca dalla sua vita e passi di qua, a vivere la nostra".

Marta era stata fiera di lei. Aveva cacciato un fischio con due dita in bocca, favoloso. Quasi tutte avevano gridato e applaudito. La scrittrice si era fatta di fuoco. Allora lei si era alzata – vittoriosa, sdegnata – e aveva abbandonato il corso. Marta le aveva allungato un braccio intorno alle spalle e dato un bacio dietro l'orecchio che valeva mille volte più del bonus.

«Pa', dobbiamo comprare una televisione. Adesso.»

«Sai quanto ci vuole a scendere in città e tornare? E poi dobbiamo trovare prima un elettricista: non c'è l'antenna.»

«Ma io non mi addormento senza televisione, è impossibile.»

Suo padre scosse la testa: «Te l'avevo detto che era una follia. Te l'aveva detto la psicologa, l'assistente sociale… Torniamo a casa».

«Che cazzo dici?» Emilia urlò.

Il volto congestionato, gli occhi sbarrati. La vita era una trama fragile, sospesa su un abisso, e lei rischiava di continuo di scivolarci dentro. «Di quale cazzo di casa stai parlando?»

Riccardo rimase calmo, cercò di calmare lei. «Per un paio di notti non succede niente.»

«Non tornerò mai, *mai*, a Ravenna!»

«Allora troviamo un albergo a metà strada e rivalutiamo il progetto.»

«Voglio stare qui.» Emilia era sul punto di piangere. «Perché non vuoi capirlo?»

Riccardo la fissò severo: «Allora dimostrami che sei adulta, dimenticati il *Grande Fratello*, *L'Isola dei Famosi* e tutte le altre stupidaggini che guardi. Anziché lamentarti per quello che non c'è» le allungò uno spray alla candeggina, «occupati dei sanitari del bagno».

Attaccarono entrambi a pulire con rabbia, in silenzio, credo per non pensare. Lui verificò che ci fosse davvero un punto in cucina in cui la Tim prendesse, e che la stufa, il boiler e il frigo funzionassero. Lei si rovinò le unghie laccate di lilla contro le piastrelle del bagno, grattò via il nero da tutte le fughe: quell'Aldo doveva avere un concetto molto approssimativo di pulizia.

Dopo il bagno, passò in quella che sarebbe diventata la sua camera: una tappezzeria a fiori macchiata di umidità, una bambola di gesso con gli occhi di vetro perplessi seduta su una sedia imbottita, e un cupo letto di legno intarsiato che faceva pensare a un collegio cattolico o a una coppia che praticava solennemente la castità.

Non mi addormenterò mai qui, pensò Emilia. Sollevò dal comodino il candelabro di ottone, le candele e i fiammiferi che il parente fidato – che mai avrebbe spifferato alcunché su di lei – le aveva messo lì per vincere la notte. Li studiò a lungo e si rese conto che sarebbe stata una lotta molto dura.

Poi Riccardo la raggiunse, riportò dentro le vecchie lenzuola di canapa, una catalogna di lana che pesava un quintale, i cuscini, il materasso, e insieme fecero il letto, diedero una spazzata alle assi di legno cigolanti del pavimento, preferendo ancorarsi alle cose anziché litigare di nuovo. Al giardino sul retro ridotto a una giungla, al solaio che era una ragnatela unica, ci avrebbero pensato in seguito. Per il momento provarono a godersi l'aria profumata di castagni, tiepida e falsamente primaverile, che entrava insieme al mio sguardo da ogni finestra.

Si fermarono che il sole cominciava a nascondersi dietro il monte Cresto. «Mangiamo un panino» le disse suo padre, «poi vado.»

Emilia si sentì mancare la terra sotto i piedi solo a sentire "poi vado". Lo seguì controvoglia giù per la stretta scala, in quella cucina al pianterreno che, come tutte le cucine di Sassaia, era buia e umida e assomigliava più a una taverna.

Aiutò suo padre a tagliare il pane, a sfilare le fette di prosciutto dall'incarto del salumiere, mordendosi le labbra per evitare di dirgli: "Resta". Si sedettero con i panini sul divano, lo stesso su cui zia Iole aveva trascorso ore, giorni, anni, senza mai guardare la televisione: possibile? Nel rettangolo di luce che proveniva dalla finestra si ascoltarono masticare, deglutire, di nuovo incapaci di parlarsi.

Forse, pensò lei, anche lui stava rivivendo "il trauma della separazione". Una delle espressioni preferite della Venturi, e di sicuro anche della scrittrice. Chissà come mai tutte quelle professioniste, donne arrivate, nel giusto, in carriera, avevano sempre una definizione per ogni problema. Emilia avrebbe voluto tornare al corso di scrittura per alzare di nuovo la mano: "Signora *leggere ci guarisce*, ascolti bene queste quattro parole: 'il trauma della separazione'. Mi spiega che cazzo vogliono dire? Davvero, *in concreto*?". Ogni volta che le sentiva pronunciare le suonavano frigide, inutili. Mentre lei era lì, e stava male. E il male è caldo. Ti brucia alla radice, ti annienta.

Lasciarono a metà i panini perché non avevano fame. Bevvero due bicchieri d'acqua gelata. Suo padre si sforzò di scherzare: «Il primo valido motivo per vivere a Sassaia». Contemplò il bicchiere. «Adesso provo pure a farci il caffè con quest'acqua, chissà se viene.»

Era una cosa così naturale che una figlia della sua età andasse a vivere da sola, per di più in un posto e in una casa che aveva scelto lei, su cui si era intestardita allo sfinimento. Però, il fatto era questo: che di naturale nella loro storia non c'era un accidente.

«Questa moka sarà ferma da quindici anni.»

Ecco, erano proprio quei quindici anni, il problema. O meglio: quattordici anni, quattro mesi e nove giorni.

Attesero che il caffè salisse. Lo zuccherarono con due cucchiaini abbondanti, ma rimase ugualmente imbevibile. Suo padre sistemò le due tazzine di porcellana nel lavandino, si guardò intorno in cerca di un ultimo strofinaccio da mettere a posto. Poi, con un sorriso triste, si arrese.

«Allora io vado» ripeté. «Quattrocento chilometri sono tanti. Se trovo traffico rischio di non rientrare in tempo per quella cena di cui ti dicevo.»

«Non devi mica giustificarti.»

Erano abituati a non vivere insieme, ma adesso non erano

stati obbligati: lo avevano scelto. Emilia avvertiva un'angoscia nuova montarle sotto lo sterno. Un senso come di piccola morte, che però conteneva anche – era questa la novità – un brivido di adrenalina.

Riccardo riprese il portafogli, l'orologio e le chiavi della Volvo che aveva lasciato sulla credenza. «Ascoltami» si raccomandò, «non perdere tempo, datti da fare: comincia subito, domattina, a portare il curriculum in città. E fai buon uso di quelle due tacche: chiama per qualunque problema. Non fare l'orgogliosa, non impuntarti. In quattro ore posso essere qui.»

«Me la caverò» ribadì Emilia. In piedi accanto alla tavola, con una mano appoggiata sopra perché le gambe le tremavano.

«Lo so. Solo, non voglio che ti succeda qualcosa.»

Emilia aggrottò la fronte. Un istante prima stava franando, e di colpo scoppiò a ridere: «Pa', ma sei serio? Cosa vuoi che mi succeda *qui*? Cosa vuoi che mi succeda *più*?».

Era già successo: *tutto*.

Riccardo non rise, allargò le braccia. Lei vi si lasciò cadere dentro. Mentre si tenevano stretti l'uno all'altra, chiusero gli occhi, respirarono forte. Poi suo padre, la bocca impastata di lacrime, le disse: «Emi, ce l'abbiamo fatta».

Si slacciarono. Lui s'infilò il cappotto, si voltò e uscì senza salutarla, perché non c'erano saluti possibili. E quando se ne andò con una torcia in mano, ché il cielo era già bruno, quando il rumore dei suoi passi sul ciottolato di Sassaia svanì inghiottito dal bosco, Emilia si ritrovò sotto il cono di luce elettrica del lampadario, nella vecchia cucina di zia Iole. Sola.

Fissò subito la porta.

Il chiavistello, la serratura.

Poteva aprirla e uscire quando voleva. In qualsiasi momento, a qualunque ora del giorno e della notte. Senza chiedere il permesso. Senza doverselo guadagnare. Poteva semplicemente alzarsi, e andare.

Il pensiero la raggelava.

La incendiava.

Le provocava un'eccitazione sorda lungo la schiena.

Si avvicinò in punta di piedi come una ladra allo spioncino. Il cuore le batteva così forte, come dopo un orgasmo.

Posò le dita sulla maniglia, fece per abbassarla.

Non ancora, si disse.

Corse di sopra scalza come una ragazzina. Infilò le candele nel candelabro di ottone e le accese tutte. Spalancò la valigia, estrasse il piccolo stereo portatile con lettore CD che era fra gli oggetti più cari che avesse al mondo. Lo portò nel bagno, dove l'elettricità funzionava, inserì la spina nella presa. Avvertì la corrente fluire nel corpo.

Nessuna nuova vita era possibile, e lei lo sapeva: il futuro era finito un mucchio di tempo fa. Però, quello era il suo CD preferito.

Premette play, alzò il volume al massimo. Tornò in camera e cominciò a ballare. Ancheggiando con i capelli sciolti, passando con il Vetril lo specchio del cassettone e i vetri della portafinestra. Per la prima volta nella storia di Sassaia una musica da discoteca si spargeva per i vicoli deserti, tra le case disabitate, spaventando gli animali, facendo sollevare la testa di colpo al Basilio e a me, che non avevo fatto altro che spiare e origliare tutto il giorno.

Finalmente la vedevo.

Era uno spettacolo commovente da spezzarmi il cuore.

Una ragazza.

Che ballava.

A lume di candela.

Con un detersivo spray in mano.

Nella casa di fronte.

Dispersa, insieme a me, tra le montagne.

3

"Mi credi che non riesco a uscire?"

"L'ha fatto anche a me il primo giorno, tranquilla. Ho guardato la porta tipo dieci ore, poi sono corsa fuori all'una di notte, sono entrata nel primo pub che ho visto e ho rimorchiato uno di ventun anni!"

"Qui non ci sono pub, solo pietre..."

Emilia protendeva il corpo verso le quasi tre tacche della Tim mentre si scambiava messaggi con Marta, in piedi, compulsivamente, come i bambini rapiti da un giocattolo nuovo.

"Ho paura che mi succeda come quella volta in piazza San Francesco, ti ricordi? Che sono quasi svenuta."

"Sì, tu svenivi e io avevo già trovato la ganja."

Emilia scoppiò a ridere: "Primo permesso, prima canna! Vorrei essere te, cazzo".

"Ogni santa volta che torno stanca la sera e mi rollo un joint, ci ripenso e godo. Tu sei tu. Sei magica, Emi."

"Che fai?"

Prima ancora di finire di leggere le parole di Marta, Emilia rilanciava le sue. Non riusciva a mettere un freno alle dita. Ancora non ci credeva di poter inviare messaggi uno via l'altro senza che finisse il credito. La sua vita si era interrotta con gli SMS, e adesso aveva Internet nel telefono.

"Cosa vuoi che faccia? Sto entrando al lavoro."

"Merda, io devo ancora cominciare a cercarlo..."

"Mi aspetto grandi cose da te, sappilo. Non solo che ti trovi un taglialegna carino."

"Seriamente, come faccio a uscire?"

"Basta che ripensi a quando non potevi."

Marta era più grande di lei di tre anni, ma apparteneva a quella categoria di creature che la vita ha talmente bastonato, e loro hanno talmente resistito, che alla fine non hanno più età. "Quando parla lei, silenzio": le matricole venivano subito ammonite. Altro che psicologhe, scrittrici e privilegiate varie le cui ovvie lauree stavano incorniciate alle pareti dell'ufficio giusto per fare scena. Marta, nessuno l'avrebbe detto che si sarebbe iscritta all'università e l'avrebbe finita. Era stata la prima nella storia di quel posto. Era pura sostanza. Di più: un esempio.

La volta che erano venuti a riferirle che sua madre era morta, era rimasta seduta sul bordo del letto un giorno e una notte, senza mangiare, senza bere, senza versare una lacrima, imperturbabile come un monaco buddista. Aveva fissato il cielo per tutto il tempo, irraggiungibile dalle parole di chiunque. Poi aveva estratto il forziere segreto da un buco nel materasso, aveva prelevato l'occorrente, si era incisa un taglio profondo intorno all'ombelico. E, con la maglietta sporca di sangue, aveva aperto il manuale di chimica.

"Basta che ripensi a quando non potevi" rilesse Emilia.

"Tu ci ripensi mai?" le chiese.

"Continuamente" le scrisse Marta. "Ripenso a Giada, a Yasmina, ad Afifa, a Myriam."

Ogni nome era per Emilia una pugnalata di tenerezza.

"Con Afifa e Myriam ci siamo cercate su Facebook e ci scriviamo spesso. Giada fa la skipper all'isola d'Elba. Yasmina ha avuto un figlio. Dovresti cercarle anche tu, adesso che puoi."

Erano le nove del mattino. Un sole magnifico inzuppava l'isola di sassi dove Emilia era approdata. Il blu era una lastra perfetta senza la minima sbavatura di una nuvola. E a lei facevano male gli occhi a guardarlo: non li aveva chiusi mai, per tutta la notte.

Era rimasta incastrata tra un materasso duro come il cemento e una coperta pesante allo stesso modo, avvolta in lenzuola di cartavetrata che puzzavano di decenni passati in un armadio chiuso; a tu per tu con l'abisso.

Emilia non ricordava quale voragine fosse l'assenza di suoni. Peggio: l'assenza di suoni con dentro il suo cuore.

Nel passato da cui proveniva, la televisione parlava indefessa fino alle 23.30 e poi cominciavano i segreti, i rumori dei corpi, gli sciacquoni dei water, i respiri pesanti di Marta, di Myriam, di Afifa.

Sempre in quel passato, c'era stata un'altra àncora di salvezza: la luce del lampione che rischiarava la stanza fino al ritorno del sole. Anche in piena notte, lei poteva aprire gli occhi e ritrovare le foto delle altre appese ai muri, i suoi acquerelli, i poster comuni di Luke Perry e Brad Pitt a torso nudo, con i jeans attillati che si vedeva il pacco, le sagome sotto le coperte delle sue compagne di viaggio che al pari di lei non dormivano, o si svegliavano di continuo. Poteva aggrapparsi a loro e sentirsi al sicuro. Invece qui era solo silenzio e nero, come dentro una tomba.

"Sono senza tv, Marta, questa notte è stata un inferno."

"La notte sarà sempre un inferno per noi, piccola Emily. Prenditi delle pasticche. Oppure un uomo che sappia scopare come si deve."

Emilia sorrise: "Scendo in paese e vedo cosa riesco a trovare".

Attese invano un altro messaggio di Marta, strinse il telefono tra le mani come per spremergli fuori un altro paio di parole, ma non arrivarono. Notò che era scomparsa la scritta "online" sotto il nome e la foto audace di lei: seduta in un bar elegante con un cocktail in mano, il sorriso e la minigonna. Chi l'avrebbe mai immaginato, dodici, tredici anni fa, che Marta si sarebbe trasformata in questa bella donna normale?

Emilia capì che la sua amica, l'unica con cui avesse deciso di mantenere i rapporti nel *dopo*, era entrata in laboratorio e sarebbe rimasta fuori dalla sua portata per le prossime sette, otto ore.

Si lasciò cadere sul divano.

E adesso? si chiese.

Adesso esci, porca puttana.

"Disegnami un cuore."

Una mattina di tanti anni prima, nella stanzetta affacciata su un platano dietro l'infermeria, un signore calvo con gli occhiali rotondi che aveva fama di luminare le aveva allungato una matita e un foglio bianco e lei, lì per lì, si era messa a ridere con strafottenza: "Questa cosa non la faccio".

"Disegnami il tuo cuore" aveva alzato la posta lui, sornione.

Emilia aveva continuato a opporre resistenza perché questo era il suo metodo universale con il mondo adulto. Poi, dopo mezz'ora di silenzio urticante, aveva impugnato la matita con rabbia, graffiato il bianco con rapidi tratti, ora pesanti, ora lievi, mentre rivedeva nella sua mente con nitidezza il letto d'ospedale al quinto piano, seconda camera a sinistra, rimasto impresso nella sua retina in quell'ultimo giorno del 1997.

Il suo cuore doveva essere andato in cancrena una volta per sempre in quella camera piena di silenzio, sospesa a distanza siderale come un corpo celeste sulla città fervente di preparativi per Capodanno. Doveva essersi fermato lì, tra le pareti dipinte di verdino smorto, insieme alla lunga flebo di morfina, all'odore che rilascia una persona quando si disfa dall'interno, ingiallisce, marcisce e, infine, si raffredda. Insieme al libro che le avevano regalato qualche settimana prima, un romanzo, posato sul comodino con il segnalibro a metà, e che a metà sarebbe rimasto. Al paio d'occhiali da vista con la montatura nera chiusi accanto, al bicchiere d'acqua, al fermacapelli di tartaruga.

Il cuore di Emilia si era fermato e poi aveva ripreso, ma solo in apparenza, come per depistare gli altri. In realtà era diventato blu e viola, come le occhiaie e gli ematomi.

E un'altra cosa che si era fermata erano i sogni. Da quel giorno Emilia aveva completamente smesso di sognare, sia nel sonno che nella veglia; che per una ragazzina di tredici anni, forse, è il peggio che possa capitare. Notti nere. Giorni neri, cavi come un tronco morto. Il tempo che diventa vuoto, scandito dai sedativi, dagli antidepressivi. Finché, di punto in bianco, senza alcun preavviso e senza alcun motivo, a distanza di due decenni, aveva ricominciato.

Un unico sogno: ricorrente, monotematico, colmo di serenità e di luce, di rampicanti e piccoli scuri spalancati, di rivoli d'acqua, di castagni, di stelle baluginanti nel petrolio denso della sua vita.

Ma quello che adesso volevo scrivere è che durante l'incontro con il luminare, in una delle sedute volte a stabilire il suo profilo psichiatrico, Emilia aveva restituito al professore la sagoma esatta dell'organo così come lo si vede nei manuali di anatomia, con il ventricolo destro e sinistro, con le arterie che pompano e il tessuto muscolare che si contrae, e al centro un grande buco, annerito con la matita così forte da aver strappato il foglio.

Il professore aveva sollevato gli occhiali annuendo compiaciuto: "Te lo ha mai detto nessuno che disegni veramente bene?".

Emilia infilò il giaccone, gli scarponcini e si presentò alla porta.

Attese.

Ascoltò una se stessa ridere a crepapelle e un'altra sul punto di pisciarsi sotto. Girò la chiave: clic. Solo clic, tenue e grazioso come un cinguettio. Accarezzò la maniglia mordendosi il labbro inferiore fino a ferirlo. Poi trasse un respiro profondo, l'abbassò di colpo. Spalancò la porta e... Bum!

Il mondo.

Lì, a portata di mano, tutto quanto.

Emilia disse: «Cazzo».

Varcò la soglia. Si sentì bagnare dalla luce e dall'aria che le frizzava sulla pelle. Fece un passo, poi un altro e un altro. Si mise a correre in mezzo alla trentina di case disabitate di Sassaia come una bambina cresciuta, una disgraziata, sui ciottoli intarsiati di muschio, tra i vicoli deserti, lasciandosi alle spalle la porta aperta, ché tanto nessuno avrebbe potuto rubarle niente, richiamarla all'ordine, sgridarla o metterla in punizione. C'era vento. C'erano migliaia di castagni intorno che sciorinavano le foglie secche sul punto di staccarsi. Un campanile svettava solitario. Le montagne si mangiavano il cielo. Stava quasi per mettersi a piangere tanto le scoppiavano i polmoni, gli occhi, quando due frasi le rintronarono nella testa:

Devi perdonarti di essere viva, Emilia.
No, non c'è più niente che io possa fare per meritarlo.

Si ricompose. In tre minuti di corsa aveva già concluso mezzo giro del paese. Riconobbe il lavatoio del suo sogno, lo stesso dove zia Iole trascorreva il sabato a insaponare e sciacquare i panni chiacchierando con le amiche in un dialetto inaccessibile come un intrico di rovi.

Non c'era più nessuna donna chinata a strofinare o seduta sulle panche. Non c'erano più bambini che giocavano a nascondino o acchiapparella lì intorno. Il silenzio però non era vuoto. Anzi, brulicava: di richiami di uccelli, di lucertole tra i cespugli, persino un cuculo in lontananza.

Emilia tornò indietro camminando piano. Ripassò davanti alla sua porta e la chiuse. Notò che la casa di fronte aveva dei bei ciclamini bianchi e fucsia ai davanzali, tutte le finestre spalancate con le tendine linde che scendevano sui vetri, e immaginò di avere una centenaria per vicina. Si ripromise di rimandare il più possibile il momento delle presentazioni. Avrebbe omesso il cognome o, se costretta, gliene avrebbe fornito uno falso. No, no... Nessuna parentela con Iole Innocenti!

Proseguì per completare l'altro mezzo giro e si ritrovò nella piazza della chiesa. Anche se "piazza" è una parola grossa: sarebbe più indicata "cortiletto". Il portone della chiesa era sbarrato da una croce di assi, il campanile era senza campane e senza orologio. Emilia osservava ogni dettaglio con cura, si stupiva di riconoscerlo così bene. Una fontanella, un'edera arrampicata su una facciata: era come se le estati della sua infanzia non fossero mai trascorse. Come se il *prima*, in quel luogo, fosse rimasto illeso.

Proseguì ancora, passò di fronte al prato del Basilio e vide le oche, le galline. Di nuovo scacciò dalla mente la seccatura di un altro abitante da incontrare, con cui doversi giustificare: "Salve, mi chiamo Emilia...". Pensò alle possibili menzogne: "Mi trovo qui per una ricerca, una tesi di dottorato sullo spopolamento... Non darò disturbo. Niente ragazzi, niente droghe: glielo garantisco!". Al contempo, realizzò che in un posto del genere, anni luce lontano da qualsiasi controllo, avrebbe potuto mettere in piedi un'intera serra di marijuana. Le conoscenze per smerciarla non le mancavano: forse era il caso di contattare Afifa su questo Facebook di cui tutti parlavano.

Sassaia, intanto, era così raggomitolata su se stessa da farla sentire al sicuro come in un sacco amniotico. I vicoli erano larghi quanto passatoie, le case si tenevano avvinghiate con voltoni di pietra simili a braccia. Ma quando arrivò alla fine del paese, dove comincia il sentiero per Piaro, sfociò inavvertitamente in un belvedere.

Una terrazza naturale, spalancata sulla Valle. Che afferrò Emilia e la espose di colpo alla vastità delle montagne, dell'autunno, di tutto quel cielo sterminato sopra la testa. Se la sentì girare, si sentì un minuscolo detrito perso in uno spazio senza fine. Le mancò il respiro, la terra sotto i piedi. Così forte che svenne.

Stavo tornando da scuola. Il martedì, avendo le prime due ore, salutavo i tredici allievi dell'unica classe delle elementari di Alma a ricreazione, li lasciavo scorrazzare in cortile con Patrizia, la mia collega, e risalivo i boschi. Di solito, se non mi fermavo a raccogliere castagne o funghi, per le undici ero a casa. Quella mattina fui tentato, ma non mi fermai. Volevo passare dal Basilio a comprare le uova. Solo per questo tagliai per il belvedere e me la ritrovai davanti.

Non la riconobbi. Se ne stava così inerme, acciambellata su se stessa, che non si capiva nemmeno il sesso, l'età. Sembrava un sacco di stracci abbandonato.

Rimasi a distanza e mi sentii gridare: «Ehi! Tutto bene?».

Si mosse. Sgranò gli occhi e si rimise faticosamente in piedi. Aveva il profilo stravolto, ciocche di capelli zuppi di sudore incollati alla fronte. Si ripulì i jeans dalla terra dandosi secche manate sulle cosce, sul sedere. Ci saranno stati più di venti gradi dov'eravamo, in pieno sole, e lei indossava un giaccone da neve verde fosforescente. Io ero in maniche di camicia. Ammetto di aver pensato che si trattasse di una paziente fuggita dalla casa di cura che avevano aperto da poco nel paese dopo Alma.

Poi lei sollevò la testa e mi vide.

Restò sbalordita come un capriolo di notte di fronte ai fari di un'auto.

Anch'io la vidi bene in volto. Allora, mio malgrado, collegai: la sagoma sinuosa della sera prima, ancheggiante, dolorosamente seducente nella luce soffice della finestra di fronte, era questa ragazza arruffata, selvatica e, in tutta sincerità, meno bella di come me l'ero immaginata.

Non che avessi mire. Tenermi lontano da certe questioni era una regola ferrea che mi ero dato. Erano state solo fantasie confuse per addormentarmi più dolcemente.

Solo che adesso non c'erano tende. Né vetri, né finestre a separarci. Non riuscii a non chiedermi se puzzassi di bosco, se lei lo sentisse. Provai un disagio lancinante. E lei altrettanto, perché scappò via.

Mi diede le spalle e si mise a correre. Come il Martino Fiume dopo una bravata, come tutti i miei allievi al suono della campanella. Come se avesse visto un mostro.

Rimasi impalato per non so quanto tempo, deluso. Da lei e da me. Perché evitavo certe situazioni? Per non dovermi sentire così: frainteso. Un coglione. Uno che alle superiori gli dicevano che avrebbe fatto carriera in qualche prestigiosa università d'Europa, e invece viveva ancora dov'era nato. Che era stato l'unico a tornarci.

Cosa era venuta a fare a Sassaia quella donna? Sperai che se ne andasse, che facesse i bagagli seduta stante. Provai rabbia. Così tanta che mi dimenticai delle uova, del Basilio. Arrivato a casa, sbattei forte la porta.

Subito dopo, però, affondai la testa e tutta la barba sotto il getto bollente della doccia. Mi passai la spugna intrisa di sapone in ogni angolo del corpo. Nonostante tutto, ero vivo.

4

Tre giorni dopo quel nostro primo incontro, se così si può definire, la cucina della Iole ristagnava in un freddo silenzio raffermo. L'aria era già viziata dal fumo di sigaretta e dalla solitudine. Buttata sul divano, dopo aver pranzato con Coca-Cola e patatine, Emilia telefonò a suo padre e lo aggredì prima ancora che rispondesse: «Non doveva venire stamattina quel cazzo di Aldo insieme all'elettricista?».

«Buongiorno, Emilia, come stai? Io bene, grazie. Per la cronaca, non è che vuoi una cosa e tac: la ottieni. Specialmente lassù. Puoi ascoltare la radio, intanto.»

«Non c'è, ho già guardato.»

«Ti ho regalato un libro.»

«Mi prendi per il culo?»

«Calmati.»

«No che non mi calmo!» Emilia esplose. «Sono quattro notti che non dormo, così impazzisco!»

Stava facendo i capricci: che lusso. In quel certo posto non se lo sarebbe nemmeno sognata. Né lei né le altre. Se provavi una rabbia o una frustrazione feroce che montava e non riuscivi più a comprimerla sotto i nervi, ti tagliavi le braccia con le lame nascoste nel materasso. O picchiavi la fronte contro il muro fino a sentire il rivolo di sangue che ti colava sul naso. Finché non arrivava qualcuno a cui implorare un po' di Rivotril.

«Ti faccio mandare via mail la ricetta dal medico e vai in farmacia a comprarti lo Stilnox» le rispose suo padre.

«Ho chiuso con le gocce e le pasticche. Me lo sono giurata.»

«Cristo santo!» Riccardo perse la pazienza. «Allora non so

più cosa dirti! Mi sembra che siamo tornati alle discussioni di quand'eri adolescente.»

E quando mai lo sono stata? pensò Emilia.

«Voglio solo una tv, non è difficile.»

«Sei scesa in città?»

«Sì.»

«Non mentirmi.»

Dal momento in cui i passi di suo padre si erano spenti in fondo a Sassaia la sera dei morti, lei non aveva prodotto altro che panni sporchi, un lavello colmo di tazze incrostate di caffè, pacchetti di patatine sventrati, mozziconi ovunque. Non ci aveva nemmeno provato, a vivere. Ne prendeva atto mentre, dall'altro capo della linea, le arrivavano sordi come una sentenza i rumori del traffico della città in cui era nata, i ritmi scanditi dagli orari degli uffici, delle fabbriche, delle scuole: il tempo ordinato degli altri, di tutti gli altri. Eccetto lei.

«T'ho detto che ci sono andata...»

«I patti erano altri, Emilia. Erano che ti mettevi subito in carreggiata senza perdere tempo. Lassù a non fare un tubo non ci puoi stare.»

Suo padre guidava con il viva voce. Emilia sentì che adesso inseriva la freccia e rallentava. Immaginò che fosse talmente amareggiato e irritato da cercare una piazzola per fermarsi e imprecare in santa pace. Quanto a lei, l'attitudine a deluderlo era ciò che odiava di più di se stessa.

«Non dirmi quello che devo fare. Non le sopporto più le persone che m'impartiscono ordini.»

«Se vuoi essere lasciata libera di gestire la tua vita, devi dimostrare di esserne capace. Trovarti un'occupazione, renderti autonoma. Mi avevi promesso che saresti scesa in città martedì e oggi è venerdì e stiamo ancora parlando del televisore.»

«E va bene!» Emilia sbraitò. «Andrò da Manpower a dare via il culo!»

Riattaccò e spense il telefono.

Si pentì subito di tutto quello che aveva detto e non fatto, ma sbagliare era la sua specialità. Rivoltò i cuscini del divano alla disperata ricerca della torcia e delle chiavi. Dopo quella prima esplorazione di Sassaia, si era barricata in casa con le tende tirate per non farsi vedere dagli altri abitanti del borgo e non avere nulla a che fare con loro, specialmente con l'uomo barbuto che l'aveva colta in flagrante.

Aveva trascorso ore al telefono con Marta, a scambiarsi messaggini e faccine: "Te le ricordi tutte le sberle che ti ho dato quando non volevi studiare?" l'aveva minacciata l'amica. "Guarda che vengo lì e te ne suono ancora." E minuti risicati al telefono con suo padre, a mentirgli meravigliosamente. E poi basta, perché non c'erano altri numeri nella sua rubrica.

Aveva ascoltato musica dance sdraiata sul divano immaginando di essere un'altra, in piedi sul cubo di una discoteca, giovane e sexy, fumando e bagnando il filtro di saliva – "Tu non fumi, magica Emi, fai i pompini alle sigarette". Aveva rimesso da capo il CD per fare aerobica, addominali, cosce e glutei, come ai vecchi tempi. Si era masturbata, aveva ciondolato, aveva parlato con il buio: "Muori, stronzo".

Adesso basta, si disse. Trovò la torcia, le chiavi finite sotto lo schienale in un covo di briciole e polvere. Le cacciò in borsa. Controllò che dentro ci fosse anche il portafogli. Quindi andò in bagno e si guardò in faccia.

Aveva le occhiaie, gli occhi smorti come quelli dei pesci nelle cassette di ghiaccio al molo di Marina, la pelle di un pallore tale che le lentiggini spiccavano simili a lenticchie nel latte.

Ripensò a Rita e al loro ultimo colloquio. Al modo in cui l'aveva stretta al seno per salutarla, come una madre. "Chiamami, quel giorno" le aveva detto, "me lo prometti? Perché ti garantisco che quel giorno arriverà, e tu sarai pronta. Vivrai dove desideri, ricomincerai. Fammi una telefonata, mi raccomando."

Prese a spazzolarsi con violenza i capelli crespi e selvaggi. Si passò delle manate d'acqua sulle guance, se le pizzicò per darsi un po' di colore, tentò di mascherarsi con un bel rossetto rosso ciliegia e abbondante rimmel sulle ciglia.

Disse allo specchio: «La libertà è un casino, Rita. E io sono una che non mantiene le promesse».

Indossò una felpa pulita sui jeans a brandelli, si legò un chiodo di pelle in vita, prese la borsa e, armandosi di tutta la determinazione che aveva in corpo, si diresse verso Stra' dal Forche.

L'idea d'incrociare di nuovo quella gente che la squadrava e indovinava il suo marciume le provocava lo stimolo fisico di tornare indietro, chiudersi in bagno con una lametta e ricorrere ai vecchi metodi, ma aveva deciso di reagire: lo doveva a suo padre.

I rami intrecciati dei castagni formavano un soffitto affrescato sulla sua testa: una volta mobile di foglie brune, arancioni, gialle, e occhi di luce improvvisi. Le tornò in mente il cielo del presepe meccanico che la incantava da bambina, quando comparivano il sole, le stelle e la cometa di cartapesta. Quando guardava meravigliata quello spettacolo allestito dalla proloco e sentiva posarsi sulle spalle le mani dei suoi genitori, il loro amore, e aveva solo fiducia: in se stessa e nel mondo.

Smise di procedere con cautela e si lanciò di corsa giù per la mulattiera, spalancando le braccia. Rischiava di cadere a ogni curva, ma non le importava. La velocità la eccitava, la liberava. Marta, le chiese, come faccio a essere come te? Perché non sono venuta anch'io a Milano? Nella tua stessa casa? Nel tuo stesso letto?

Perché qui siamo tutte sulla stessa barca, ma ognuna ha il suo buco nero e se lo deve sucare.

Sbucò tra le ortiche. Fece capolino spettinata, con la borsa di tela da bancarella e gli scarponi, in mezzo al bar dei pensionati e all'alimentari della Rosa. In discesa, ci aveva messo meno di un quarto d'ora.

E adesso era in ballo.

Attraversò la piazza, andò dritta verso la pensilina dell'autobus. Che giorno è oggi? Venerdì. Scorse il dito sulla tabella. Che ore sono? Le 14.45, bene. Ricontrollò la tabella. Bene un cazzo: aveva perso la corsa. Per dieci merdosi minuti. E la prossima, l'ultima, era alle 18.00. Troppo tardi per arrivare in città, combinare qualcosa e rientrare a un'ora decente. Accese una sigaretta, poi il telefono.

Scrisse a suo padre: “Scusami”.

La piazza era deserta. Raramente ci passava in mezzo un’auto. Emilia le guardò transitare, perlopiù Apecar o pick-up scalcagnati, carichi di attrezzature per l’orto e le bestie. Si spense la sigaretta sul dorso della mano e se ne accese un’altra. Poi suo padre le rispose: “Scusami tu, non dovevo metterti pressione. Ce la farai”.

Lo amava. E questo amore la faceva soffrire.

Perché al mondo c’erano tante di quelle figlie modello che avevano padri schifosi: che le menavano, che a volte le toccavano, che nella migliore delle ipotesi se ne fottevano – ne aveva conosciute a decine di figlie così, senza contare Marta. E proprio a lei, che era la peggiore, era toccato in sorte un padre perfetto.

Fotografò con il telefono gli orari dell’unico bus che attraversava la Valle: quattro corse nei giorni feriali, due nei festivi, prendere o lasciare. Si ripromise di salirci lunedì mattina alle sei. Si giurò che la prossima settimana sarebbe stata altamente proficua. Che avrebbe pulito cessi, spalato letame, servito pizze: qualunque cosa pur di portare a casa uno stipendio, da spendere subito per un treno diretto a Milano, da Marta. Prima, però, doveva risolvere il problema del sonno.

Inutile cercare erboristerie lì vicino per un po’ di valeriana, figuriamoci negozi di elettrodomestici. Solo che ormai era ad Alma: non voleva fosse un viaggio a vuoto. Si guardò intorno, naturalmente non c’era un cazzo. Poi la sua attenzione si fermò sull’insegna del Samurai, sulle vetrine luride.

Allora sorrise: Come ho potuto non pensarci prima?

Forse perché era una cosa talmente vietata, l’alcol, persino a Natale, a Capodanno, a Ferragosto, che ne aveva rimosso alla radice la possibilità. Qualche canna riuscivano a farsela durante i permessi: giusto due tiri di nascosto prima di riempirsi la bocca di cicles alla menta. Ma una bottiglia di vodka era impraticabile, e di un bicchierino non se ne facevano niente.

L’ultima volta che Emilia si era ubriacata risaliva alla fine della prima superiore: una festa di pischelli in una pizzeria sulla spiaggia, il coprifuoco a mezzanotte. Un compleanno cominciato male, con nessuno che voleva sedersi accanto a lei a mangiare la pizza, e continuato peggio, in mezzo agli ombrelloni chiusi degli stabilimenti, sulle sdraio scivolose di umidità dove tutti avevano finito per imboscarsi, tranne lei e un'altra persona – di cui aveva cancellato anche il minimo dettaglio.

Ricordava solo che erano rimaste in disparte a bere, bere, bere, mentre un vecchio bagnino ci provava con loro. Aveva speso in mojito tutti i soldi che suo padre le aveva dato e, alla fine, tornati a casa, lui le aveva dovuto tenere i capelli perché non finissero insieme alla sua anima nel fondo del cesso.

Sedici anni dopo, ecco riemergere l'opportunità: nitida, libera dalla dicitura "severamente *verboten*". Bastava solo compiere una decina di passi. Emilia li compì, deliziata. La sfera del possibile era variata per più di un decennio dallo zero allo zero virgola uno. E adesso, di botto, era schizzata a centomila.

Quando arrivò di fronte alla porta, come al solito attese che qualcuno le aprisse. Poi si diede della cretina ed entrò.

Con il rossetto rosso ciliegia. I jeans che si vedevano le gambe. La malizia e la fame di una che, dopo quella festa in quarta ginnasio, ha bevuto solo Coca-Cola, Fanta e acqua mentre i suoi coetanei continuavano a sbronzarsi, a perdere i sensi sulle spiagge, e poi iniziavano a cantare con le chitarre intorno ai falò, a fare l'amore, a fidanzarsi.

Irruppe al Samurai risoluta a riprendersi uno squallido frammento del tempo perduto. Senza remore e senza guardare in faccia a nessuno. Di fronte a quell'ingresso epocale, i più introversi, schivi e inselvatichiti vecchi della Valle sollevarono le teste dalle proprie partite a carte per guardare lei, *la furesta*.

Emilia si sedette al banco e ordinò un amaro, grazie.

Nessuno si premurò di non farle capire che la stava fissando con ostinazione. Nessuno le disse ciao, buongiorno, buonasera. Il Piero, che stava asciugando le tazzine, la soppesò con un lento sguardo indagatorio. Poi, senza emettere suono, le riempì un abbondante bicchiere e glielo posò davanti.

Tutti tornarono ai propri poker, scale, scope, come nulla fosse. Ma intanto, naturalmente, era accaduto *tutto*. Una donna. Che si sbronza alle tre del pomeriggio. Da sola. Che nessuno sa chi è. Che ha quel rossetto. Era un evento talmente eccezionale che in ogni singola cucina e camera da letto e stalla non si sarebbe parlato d'altro per le settimane a venire.

L'intrusa, di cui ciascuno segretamente tentava d'indovinare età, residenza e genealogia, beveva a piccoli sorsi, assorta, con le gambe accavallate. Assaporava la beatitudine dell'alcol che le bruciava l'esofago, le solleticava lo stomaco, le distendeva a uno a uno i nervi, le annebbiava la mente. Ed era un tale sollievo mollare la presa su se stessa, il ricordo di esserlo, il peso di esserlo, che, finito il bicchiere, ne chiese un altro.

Purtroppo, quando ormai le girava la testa da non reggersi in piedi, entrò Patrizia con le sue amiche. Registrò subito la novità sensazionale, si eccitò da morire. Tanto che poco dopo mi telefonò per raccontarmela.

Usò il pretesto per tornare sul discorso: «Dovremmo uscire a cena una di queste sere». Per il consiglio di classe, «non per altro», e per confrontarci sul Martino Fiume: «Quante volte è lecito bocciare una persona?». Glissai, accampai l'ennesima scusa che lei si rifiutava d'interpretare nel modo corretto. Non paga, il lunedì successivo a scuola non avrebbe fatto altro che parlarmi, parlarmi, parlarmi – mentre io fissavo i bambini in cortile e non sentivo niente – di quella straniera che aveva a stento tirato fuori una banconota dal portafoglio, e non era neanche riuscita a raccogliere il resto, e aveva barcollato dallo sgabello alla porta e poi era inciampata sul primo gradino. Di quell'alcolizzata. Che di sicuro era una prostituta. Una malata di mente evasa da Villa Sorriso. Una balorda. Una strega. Perché io lo sapevo, no? Che le donne con i capelli rossi erano streghe?

La trovai piegata vicino al lavatoio, che vomitava.

Le montagne erano diventate nere. Il Cresto, il Mucrone e il Barone avevano nascosto il sole che diradava a ovest, ma un'ultima luce filtrava ancora, impastata di rosa. Gli uccelli si erano ritirati dai rami. L'aria si era fatta più fredda. Dai boschi arrivavano folate di umidità e foglie al macero nella terra. Mi fermai.

Ero stato al telefono con Patrizia, quindi sapevo. Ammetto di essere uscito quella sera non tanto per la consueta passeggiata, quanto spinto da una preoccupazione a cui in quel momento non avrei saputo dare un nome: il timore che la straniera, risalendo Stra' dal Forche in condizioni pietose, potesse farsi del male.

Osservai il suo corpo scosso dai conati. Senza la copertura del giaccone da neve, era pallido e secco. Doveva pesare non più di quarantacinque chili, le ossa sporgevano dai vestiti. Mi stupii che fosse riuscita a risalire fino a Sassaia ubriaca.

Aspettai che si rimettesse in piedi, che affondasse la faccia nell'acqua gelida del lavatoio e riaprisse gli occhi.

«Va meglio?»

Mi mise a fuoco, senza spaventarsi questa volta. Si passò una mano sulla fronte e annuì prima di lasciarsi cadere sulla panca.

L'acqua gorgogliava, le oche del Basilio starnazzavano in lontananza. Aveva il rossetto sbaffato.

«Ho preso una mina assurda.»

«Credo che a quest'ora lo sappia tutta la Valle.»

Lei sorrise scuotendo la testa: «Sono proprio un disastro».

Con gli occhi di nuovo chiusi, le ciocche di capelli bagnati che le gocciolavano sulle spalle e la manciata di lentiggini da ragazzina sparse sul naso e sugli zigomi, assomigliava a una stanca Pippi Calzelunghe.

«Qui sei al sicuro» dissi.

«Ci sono venuta apposta.»

Riaprì gli occhi. Che erano verde bosco, verde mela, verde acerbo; screziati di giallo; bellissimi. Ma assolutamente privi di luce, come due stelle morte. Mi turbarono. E quando mi resi conto che ci stavamo guardando e addirittura parlando, provai un imbarazzo così forte, come in quei sogni in cui ti ritrovi nudo in una piazza affollata.

Le rivolsi un cenno sbrigativo con il mento, trascinai il mio ingombrante metro e novanta in una direzione a caso. Non che ce ne fossero molte. Ma io volevo solo inabissarmi in un bosco.

«Aspetta» mi sentii chiamare.

Mi venne incontro a piccoli passi, mantenendo tra noi una distanza di cui le fui grato.

«Tu abiti qui, giusto?»

Le feci sì con la testa.

Stringeva la tracolla della borsa tra le mani e sembrava molto combattuta. «So che potrebbe suonarti strano quello che sto per chiederti. Che io potrei apparirti strana, oltre che sbronza. Ma ti assicuro che sono lucida, veramente... È che non riesco a dormire.» Lasciò cadere la borsa a terra e cominciò a gesticolare. «Non sono abituata a questo silenzio, mi trivella le orecchie. Non c'è una tv, una radio, non c'è un cazzo, e io ho bisogno di sentire delle voci, delle persone che parlano. Perché è sempre stato così, non ho mai dormito da sola.» Pensai che fosse molto teatrale. «Presto verrà un signore a portarmi la tv e sarà tutto risolto. Ma intanto...»

Non osai spiegarle che nessuna casa di Sassaia aveva un televisore né l'avrebbe avuto.

«... Ma intanto, te lo chiedo per favore. E ti prego di non pensare male. Verresti a casa mia stasera a parlare finché non mi addormento?»

Ero rimasto immobile, in apnea ad ascoltarla per tutto il tempo in cui aveva accatastato frasi improbabili su frasi ancora più improbabili. Ma ora sussultai. «Non ci conosciamo nemmeno.»

«Lo so, lo so!» Sembrava recitare alla perfezione e, allo stesso tempo, disperatamente sincera. «Ti garantisco che non sono pazza, solo esausta. Posso pagarti per il disturbo, o restituirti il favore in qualche altro modo. Non ti porterò via molto tempo. Io mi metto a letto, tu mi parli. Di capre, di astrologia, di quello che vuoi. Poi, appena vedi che dormo, e secondo me stasera crollo subito, te ne vai.»

Non riuscivo a crederci. Mi stava chiedendo di andare da lei dopo cena, nella sua camera. Non sapevo il suo nome, lei non sapeva il mio. Avrei potuto essere un pervertito, un malintenzionato, uno che violenta le donne anziché uno che pagava la Gisella una volta al mese all'hotel Le piane in mezzo alle risaie.

«Scusami» cancellò con una mano nell'aria il tema che aveva faticosamente raffazzonato. «Dimentica tutto.» Raccolse la borsa da terra, rossa in volto.

Era così delusa e imbarazzata, e io conoscevo talmente bene quella sensazione, che feci una cosa che non mi accadeva più con gli altri da un'infinità di tempo: immedesimarmi.

«Va bene» le risposi contro la mia volontà. «Dopo cena passo.»

5

Un giorno di fine settembre del 2001 Rita le aveva detto: "Teniamo il buono. E da questo iniziamo a lavorare".

"Se sono finita qui, evidentemente, il buono non c'è mai stato" aveva replicato Emilia, trincerata dietro il suo solito muro di noia.

"Nessuno è solo cattivo. Anche quelli che sui giornali vengono chiamati mostri, i pedofili, i terroristi, le madri che uccidono i figli, conservano almeno un frammento di umanità."

Emilia aveva riso: "Sì, certo", continuando a giocherellare con il suo pacchetto di Winston blue.

"Fuma pure. Ma non è che tu abbia tante alternative: da qualche parte devi pur ricominciare."

Emilia aveva allungato la mano sulla scrivania, afferrato l'accendino foderato di teneri gattini della sua assistente sociale, e si era accesa una sigaretta sprofondando nella sedia.

"Mi sono già iscritta a scuola, che cazzo volete di più?"

"La vita di cui stiamo parlando è la tua. A me non fai mica nessun favore a studiare. Io un lavoro ce l'ho, una laurea, una casa: so chi sono. Sei tu che devi compiere delle scelte e darti da fare."

"Parli come se avessi un futuro."

"Vorrei vedere: hai diciassette anni!"

Emilia era saltata su dalla sedia: "Non prendermi in giro, Rita. Chi sarà disposto ad assumermi, dopo? Chi vorrà affittarmi una casa? Chi diventare mio amico, o il mio ragazzo? Chi dimenticherà mai?".

"Uh, come corri!" Rita si era messa a ridere. "Piano, un passo per volta. Pensiamo a questo anno scolastico intanto, ok?"

Perché, aveva pensato Emilia, esiste un rimedio? All'irrimediabile?

"Posso dirti una cosa?" Rita l'aveva fissata con calma, i gomiti appoggiati alla scrivania e le mani giunte come se pregasse. "Ora ti sembrerà impossibile. Ma io ti garantisco che tutto passa. E, se non può passare, cambia."

Della fitta schiera di persone che lo Stato le aveva squadernato davanti per tentare di recuperarla – professionisti che non ambivano certo a chissà quale riscatto, ma si sarebbero accontentati di un minimo, purché reale, mutamento – Rita era l'unica che aveva fatto subito breccia nelle sue simpatie sigillate e, all'epoca, parecchio attutite dagli psicofarmaci.

Dicevano che le assistenti sociali strappavano i bambini alle famiglie, che erano delle specie di streghe cattivissime, arcigne e sadiche. Ma Rita le pareva solo una donna schietta, e molto pragmatica.

La prima volta che si erano incontrate nell'ufficio al pian terreno con vista sul campo sportivo, era piena estate, c'erano quaranta gradi, e Rita, sventagliandosi energicamente, senza tanti preamboli aveva calato le sue carte: "Possiamo darci del tu, ma non sono tua amica. Siamo qui per affrontare quello che è successo, ma non ti chiederò nulla finché non ti sentirai pronta. Niente Jung, niente Freud: con me si tratta di cavare fuori dalle attuali difficoltà un progetto concreto, molto terra terra. Ah, nel mio ufficio è permesso fumare".

Le era subito piaciuta. Per le sigarette e il "terra terra", anzitutto – ché quando ti trovi in guai enormi, prima di sondare le remote profondità del tuo inconscio, ti serve un pavimento che ti regga e, appunto, una Winston. Poi per i suoi capelli cotonati, biondo platino come quelli di Pamela Anderson, e il seno prosperoso, anche questo degno di un telefilm americano, esibito da generose scollature. Per il rossetto fucsia fuori moda che si scioglieva nell'afa, i tacchi a spillo da diva. Infine, per l'accento bolognese, che Emilia adorava.

Da allora si erano incontrate due volte a settimana e Rita non l'aveva mai accolta con indosso qualcosa di meno di un vestito di seta a fiori o un tailleur giallo canarino, rosa cipria, verde smeraldo. Sembrava agghindarsi per la regina d'Inghilterra, non per disgraziate come lei.

Quello era stato l'unico colloquio in cui avevano rischiato di bisticciare. Emilia era ancora in una fase profondamente nera. Con la Venturi nemmeno apriva bocca. Era l'epoca in cui in mensa sedeva sola a un tavolo a guardare le altre mangiare, senza rivolgere la parola a nessuna, senza sfiorare nemmeno il pane. Solo con Marta aveva cominciato timidamente a parlare, la sera in stanza: qualche commento sarcastico sui programmi tv, e sulla struttura che le ospitava. Ma la sua mente era ancora assorbita da un'unica preoccupazione: trovare una pila, una lama di qualsiasi dimensione, un laccio sufficientemente lungo per appendersi al rubinetto della doccia. Le parole "futuro", "buono", "dopo" avevano il potere di mandarla in bestia.

Poi Rita l'aveva presa in contropiede: "Va bene, non dirmi cosa c'è in te di buono. Dimmi cosa ti piace".

"Cosa mi piace?" Emilia non era riuscita a soffocare un moto di sorpresa. "Boh" aveva alzato le spalle.

"Qualcosa ci dovrà pur essere..."

Aveva sorriso con la massima strafottenza: "La vita!".

"Uhm..." Rita non si era scomposta. Anzi, per un istante il suo volto arcitruccato si era corrugato in un'espressione di sufficienza e santa pazienza che significava: Credi di essere originale? Me lo dite tutte: "La vita", guarda caso sempre dopo che ve la siete rovinata. Sarai senz'altro un'eccellenza della categoria, ma sai quante ne ho viste passare di sciagurate come te?

"E se volessimo circoscrivere un po' il dominio?" Aveva tossicchiato. "Una materia scolastica, uno sport?"

"Odio gli sport e odio studiare."

"Allora perché ti sei iscritta alle superiori?"

"Perché se no a mio padre si spezza il cuore. Ancora di più, intendo."

"E se dovessi fare una cosa per te, invece? Perché la desideri tu?"

Il "tu" l'aveva colpita in piena faccia.

Tu chi diavolo sei, Emilia? Esisti ancora?

E quel verbo, "desiderare", l'aveva trafitta nella sola zona demilitarizzata dell'anima che le era rimasta.

Aveva spento la sigaretta nel posacenere e deciso di pensarci seriamente. Il fatto è che non era per niente semplice parlare di "piaceri" e "desideri". Perché da una parte lei non meritava di respirare, figuriamoci di divertirsi o appagarsi. Ma dall'altra la costringevano comunque a vivere, a tenersi occupata con qualcosa di più edificante dei tagli su gambe e braccia. Era una contraddizione in termini: della società, ma anche di se stessa. Perché lei era morta dentro, ma era pure viva.

Aveva osservato la città estendersi con le sue torri e i suoi campanili oltre il campo da gioco, la rete, le mura. Quella città era stata la sua terra promessa sin da bambina. Salire sul regionale nei weekend e raggiungerla per visitare un museo, assistere a un concerto o ai festeggiamenti del 25 aprile era sempre stata una gioia incontenibile per lei, che in quelle occasioni si svegliava alle cinque, si preparava lo zaino da sola e apparecchiava per la colazione dei suoi genitori.

Non avrebbe mai immaginato che, alla fine, ci avrebbe vissuto davvero, ma non da studentessa universitaria, come aveva sognato, bensì da relitto umano già putrefatto a diciassette anni, coi capelli unti legati da un elastico molle, i brufoli e le unghie mangiate fino alla carne viva.

"Mi piace sedermi davanti alla finestra e disegnare i tetti di Bologna" aveva ammesso. "Villa Aldini e San Luca e i colli che sfumano verso Modena. Sia a matita che con gli acquerelli."

Rita si era illuminata: "E me li porteresti la prossima volta, questi disegni?".

"Bah, se ci tieni..."

"Cos'altro disegni?"

"Quello che vedo dalla finestra: un pezzo di chiesa con dietro una collina, il balcone del palazzo di fronte. Solo una volta, quando ci hanno portato i colori a olio e le tele" inavvertitamente aveva abbassato le difese. "C'è un posto di montagna, in Piemonte, in cui andavo in vacanza da piccola, d'estate.

Sulla tela ho dipinto una di quelle montagne e l'ho appesa sul letto."

"Proprio tu, ragazza di mare?" era scappato innocentemente a Rita.

Emilia si era rizzata di scatto in piedi. I suoi occhi spenti, tristi, morti, erano diventati duri come pietre, iniettati da una luce nera. Aveva puntato il dito contro Rita. "Io il mare lo odio" aveva ringhiato. "Sono contenta di non doverlo vedere mai più."

"Perché?" Rita non aveva avuto paura di chiederglielo.

Emilia non aveva mai versato una lacrima in quei mesi terribili. Mai. E adesso, rimettendosi a sedere composta, gliene era scesa una lungo la guancia. Lentamente le era colata sul collo, era stata assorbita dal cotone della maglietta. Era la prima lacrima di quel lunghissimo tempo di mezzo, la sua voragine tra il prima e il dopo.

"Perché al mare mi portava sempre mia madre, era il suo posto preferito" aveva ammesso senza guardare niente, come se si fosse assentata. "Affittava un ombrellone e una cabina al Bagno Amore per noi tre, quando eravamo felici. L'unico sollievo che ho adesso, l'unica cosa bella della mia vita, è il pensiero che lei non abbia mai dovuto sapere cos'ho combinato dopo."

Bussai alle nove, presentandomi con una sacca piena di libri.

Lei aprì all'istante, come se mi avesse aspettato dietro la porta. Era in pigiama. Restò nascosta per metà, sollevandosi sulle punte dei piedi nudi, forse per apparirmi meno bassa. Mi sorrise. Ma appena vide i libri mi chiese con rabbia: «Perché li hai portati?».

Rimasi incerto sullo zerbino. Il vento che spira a Sassaia nelle notti di novembre sembra nascere dal ventre gelido delle montagne tanto è indifferente a noi, ai nostri sentimenti. Mi scompigliava la barba e i capelli che non tagliavo da mesi. Avevo lo stomaco chiuso, non ero riuscito a cenare.

«Non saprei cosa raccontarti» le risposi, «e di me non sono

bravo a parlare. Nemmeno a inventare sono bravo. Quindi, se ti sta bene, ti leggo qualcosa. Altrimenti vado a dormire.»

«Scusa, hai ragione.»

Spalancò la porta, si assottigliò di lato per lasciarmi passare e io mi chinai per entrare di nuovo, dopo decenni, nella cucina della Iole.

Tutte le case della Valle sono minute e hanno soffitti bassi, letti corti, mobili piccoli, perché sono state costruite in un'epoca lontana, per generazioni molto diverse dalla nostra. Lei e io eravamo palesemente fuori tempo, fuori misura. Sentivo che mi osservava dall'angolo in cui era rimasta. Io mi aggiravo come un gigante impacciato in quella stanza lillipuziana e non sapevo dove posare lo sguardo. Il suo pigiama era molto leggero, per pudore distolsi gli occhi dalle spalle, dal collo esile, dalle clavicole che emergevano attraverso la maglia. Li agganciai alle pareti per tenermi in equilibrio. Riconobbi l'ordine immutato delle presine sul lavello, delle pentole di rame sulla credenza, il paiolo coi buchi per saltare le castagne sul fuoco.

«Tua nonna, o forse era tua zia dato che non ha avuto figli» pensai a voce alta, «m'invitava sempre a mangiare le caldarroste da bambino, dopo la scuola.»

«Non era mia zia» si affrettò a sottolineare, «non ho mai conosciuto la precedente proprietaria.»

E io non avevo motivo di sospettare che mi mentisse: perché avrebbe dovuto? Anche se della "precedente proprietaria" sembrava aver tenuto tutto, centrini compresi. Estrassi dalla borsa i libri e li esposi uno accanto all'altro sul tavolo: «Saggistica, romanzi, poesia. Puoi scegliere».

Lei si avvicinò controvoglia, si sforzò di prenderli in considerazione. Mentre aspettavo che si decidesse, avvertivo il mio disagio crescere nel silenzio. Per infrangerlo le chiesi: «Che torto ti hanno fatto, i libri?».

«Mi ricordano una persona che mi fa male ricordare.»

Era stata sincera. Ma io non ero ancora in grado di distinguere le rivelazioni dalle bugie, il passato dal presente, la dolcezza del viso lentigginoso dalla torva morte posata sul fondo dei suoi occhi. Mi limitai a pensare che anche a me faceva male ricordare certe persone, ma, proprio per questo, mi abbrancavo disperatamente a qualsiasi oggetto, luogo, abitudine fosse loro appartenuto.

«Tu abiti in quella specie di fioriera qua davanti?» Cambiò bruscamente tono. «Con le tendine ricamate?»

Annuii.

«E ci vivi solo? O con tua madre? Pardon. Tua moglie?»

«Solo» risposi a bassissima voce.

Lei strinse gli occhi a fessura, scrutandomi come se questo particolare mi avesse reso di colpo più interessante.

Avvertivo elettricità nell'aria, la stessa dei pomeriggi d'estate prima dei temporali, quando il cielo si scurisce, volano via tutti gli uccelli, gli animali si nascondono, e tu sai che da quel vuoto si scatenerà l'inferno.

Perché mi trovavo là? Perché, se mi ero ritirato? Se avevo bruciato l'agenda coi numeri di telefono dei miei compagni di liceo e di università, e troncato ogni relazione significativa, e smesso di telefonare a mia sorella? Perché avevo accettato una simile proposta da una sconosciuta?

«Hai scelto?» domandai.

Lei abbassò di nuovo lo sguardo sui titoli, carezzò una copertina con la punta delle dita. «Per me sono tutti uguali, decidi tu.»

E io afferrai un volume a caso, senza guardare. Perché adesso avevo fretta di concludere quella faccenda e uscirne illeso.

Mi fece strada, ancheggiando impercettibilmente mentre saliva la scala a chiocciola. Muovendo piano i muscoli e i tendini dentro quel pigiama di cotone bianco a cuoricini rossi che lasciava trasparire gli elastici delle mutande e della canottiera. Il suo corpo aveva qualcosa di chimerico: infantile, di donna fatta; inerme, minaccioso. Provavo a non scrutarlo e insieme lo interrogavo: quali ragioni ti hanno condotta quassù, ragazza?

Poi la luce elettrica finì e sprofondammo in una pozza di buio.

«Aspettami» disse sfiorandomi una mano.

Ascoltai i suoi passi scalzi allontanarsi da qualche parte alla mia sinistra, premere sulle liste tarlate di ciliegio provocando gli stessi scricchiolii che provocavo io andando a dormire e che sembravano ferire il silenzio intero di Sassaia. Avvertii uno sfrigolio di fiammiferi, la vampa del fuoco. Mi affacciai in quella direzione e guardai la sua stanza svelata dal bagliore di cinque candele.

Era uguale alla mia, a quella del Basilio, di chiunque altro avesse abitato questo borgo disperso. Usurata tappezzeria a fiori, vecchi mobili pesanti di noce e odore di legno gonfio di umidità. Solo che qui, appesa a una parete, scintillava una fila di tele dipinte con colori così intensi da sembrare vivi. Mi colpirono. Erano scorci di Sassaia, ma le pennellate energiche, libere e per niente di maniera non potevano appartenere ad alcun mediocre pittore locale.

Lei appoggiò il candelabro sopra il cassettone e s'infilò subito sotto le coperte.

«Puoi sederti lì» m'indicò una poltroncina imbottita distante dal letto, «e togli pure quella bambola orribile di mezzo. Devo disfarmi di tutto questo vecchiume.»

Le mie gambe erano troppo lunghe e il mio corpo troppo grande per quella poltroncina, ma provai a incastrarmi tra i braccioli mettendomi di traverso. Aprii il libro a una pagina qualsiasi con le mani che mi tremavano e sperai che lei non lo notasse. Io notai invece che le imposte erano rimaste aperte.

«Te le chiudo?» Feci per alzarmi.

«No, no!» Mi fermò balzando a sedere con un allarme tale che mi stupì. «Lasciale così.»

«Non ti dà fastidio il sole? Albeggia proprio su questo lato.»

«Al contrario» disse sdraiandosi di nuovo e rimboccandosi le lenzuola fin sotto il mento, «quando entra la luce riesco finalmente a dormire un paio d'ore. Se almeno potessi tenere le candele accese... Ma mio padre dice che è troppo pericoloso, e alla storia dell'elettricista ormai non ci credo più.»

«Quanti anni hai?» Non riuscii a trattenermi.

«Perché ho paura del buio?» Rise. «Te lo dico solo se me lo dici prima tu.»

«Ne ho trentasei.»

«Ma ne dimostri almeno dieci di più!»

Non mi offesi. Anzi, vedere il suo volto improvvisamente divertito, con le guance che avevano ripreso colore e tutti i denti bianchi ben allineati in un sorriso disarmante, fece sorridere anche me. Smisi subito, però, perché i suoi occhi non ridevano affatto, erano immobili e come impotenti, sprofondati in un abisso intoccabile.

«Io ne ho trentuno. Però tu dimmi che ne dimostro ventuno, ok?»

«Certo, è vero.»

«E adesso» chiuse gli occhi, «inizia, per favore.»

Mi schiarii la voce, mi concentrai. Poi, come se fossi a scuola tra le pareti alte del vecchio edificio di Alma, di fronte a un uditorio piccolo e innocente, a voce piena declamai:

Stiamocene un po' in cucina assieme,
l'aria è dolce di bianco cherosene;

un coltello tagliente e una pagnotta...
Se vuoi, prepara ben bene il fornello;

altrimenti raduna e intreccia corde:
prima dell'alba fa' una grande sporta:

fuggiamo a una stazione, ad un binario
dove nessuno ci possa trovare.

«Non mi è piaciuta.»

«È Mandel'štam...»

«Mai sentito.»

«Poeta russo, uno dei più grandi del Novecento. È morto in Siberia in un gulag.»

Lei spalancò i verdi occhi bui al soffitto: «Ah, è stato dentro!». Sorrise. «Allora mi sta già simpatico. Leggimene un'altra.»

Proseguii, costretto nella poltrona. Con la voce che, per un'assurda emozione, ora mi si spezzava come con i miei allievi non mi era mai successo; si arrochiva, s'inceppava, vinta da certi passaggi:

è un universo, il tuo, malato e strano,
e sono, o Vuoto, qui pronto ad accoglierlo.

Anche lei non resse più a questi versi perché si voltò su un fianco a fissarmi.

«Conosci qualcuno che abbia bisogno di personale?» Piegò il gomito sul cuscino e posò la testa spettinata sulla mano dalle dita sottili. «Devo trovarmi un lavoro al più presto.»

«Un lavoro da queste parti?» Mi venne da ridere. «È dagli anni Settanta che la gente non fa altro che andarsene.»

«Ma nemmeno una piccola trattoria? Una signora che ha bisogno di una mano in casa? Mi va bene tutto, anche una stalla. Altrimenti mio padre non mi permetterà di rimanere.»

«Perché ci tieni tanto? Qui non c'è nessuno, tu sei giovane.»

«Anche tu sei giovane.»

Si alzò dal letto, andò ad aprire la finestra e il freddo riempì la stanza. Rabbrividii. Lei no. Si appoggiò al davanzale, si sistemò i capelli rossi da un lato del volto e, contro il buio, si accese una sigaretta.

Mi chiesi da dove venisse. Non aveva un accento del Piemonte, ma nemmeno di altre parti. Teneva le imposte aperte di notte. Aveva bisogno di una persona che le leggesse un libro per addormentarsi a trentun anni. Ero divorato dalla voglia di sapere ma, allo stesso tempo, l'istinto mi suggeriva di non indagare.

Mi alzai come se avessimo finito e fosse arrivata l'ora di andarmene.

Lei continuò: «E poi, non è vero che non c'è nessuno. Ci sei tu».

La sua sigaretta pareva incendiarsi ogni volta che la aspirava.

Rimasi in piedi con le *Ottanta poesie* di Mandel′štam cercando una parola per salutarla, ma non la trovavo. Nella penombra di fuoco delle candele, lei si ostinava a fissarmi e a fumare. E io rividi in lei la sagoma della prima sera, che ballava.

«Che esperienze hai? Cos'hai studiato?»

Sorrise in un modo volutamente smaliziato, seducente, ma come potrebbe cercare di sedurre il suo professore una ragazzina delle medie, non una donna di trent'anni.

«Secondo te che titolo di studio ho?»

«Non ne ho idea.»

«La terza media? Il professionale? Ti sembro troppo ignorante?»

«Non giudico nessuno.»

«Oh, allora sei proprio il mio eroe!»

Si sporse per gettare nel vicolo il mozzicone, richiuse la finestra. Anziché tornare a letto, si avvicinò a me. Finché sentii distintamente il suo odore. E il calore che emanava il suo corpo attraverso la stoffa. E il suo cuore nel silenzio. E il mio.

«Sono laureata in Belle Arti» disse, annullando tutto lo spazio.

«Allora» replicai per spezzare l'incantesimo in cui eravamo caduti, «forse conosco qualcuno... Li hai fatti tu quei quadri?» Indicai le tele. Lei annuì come se non le importasse più del lavoro né di niente. «Sono molto belli» le dissi sinceramente. «E il Basilio fa l'imbianchino da una vita, ma è bravo» proseguii arrancando. «Avrebbe potuto diventare un pittore se i suoi avessero avuto i soldi per mandarlo a Torino...» Ero tentato d'indietreggiare, di nascondermi dietro quel muro di parole. «Non tinteggia soltanto, restaura, decora. Gli hanno persino chiesto di occuparsi degli affreschi delle chiese della Valle, quella di Alma e di altri paesi. Ma lui è troppo vecchio per farcela da solo... È l'unico altro abitante di Sassaia oltre a noi due.»

Subito dopo "noi due" mi baciò.

Tirandomi giù le spalle con entrambe le mani, spalancandomi le labbra con una tale forza e fame che non riuscii a opporle resistenza.

Mi spinse verso il letto. E io non volevo, e non volevo altro. Era stato il primo pensiero che mi aveva attraversato la testa quando mi aveva detto: "Vieni a casa mia a parlare questa sera". Spogliarla, toccarla. Ed era stato anche il suo pensiero, come mi avrebbe confessato mesi dopo.

Quella sera non ci dicemmo niente. Qualsiasi parola sarebbe stata impossibile per entrambi, mentre stordirci l'uno contro il corpo dell'altra, e poi l'uno dentro l'altra, era quasi una liberazione. Sentivo tutta la mia solitudine e la sua solitudine che si aggrappavano e si annientavano a vicenda su quella piazza e mezza che sapeva di chiuso, di bosco, di ricordi. L'unico bagliore acceso tra le montagne.

Era la cosa che lei voleva di più da anni: scopare con un uomo. E io con una donna provando un sentimento. Ci eravamo capitati. Lei lo avrebbe fatto con chiunque le avesse abitato di fronte. E io con qualunque ragazza fosse venuta a morire dove mi ero sepolto.

Però adesso eravamo vivi. E io ero innamorato di lei senza sapere niente. E se avessi continuato a non sapere, la vita sarebbe stata un luogo perfetto. Come quella notte.

6

Il telefono, miracolosamente ricettivo, irruppe nella camera inondata di luce, con la finestra socchiusa e l'aria che entrava profumata di pietra, di ruscello, mentre Emilia si mangiava le unghie sdraiata sul letto.

Quando vide che era Marta e non suo padre, pigiò con tutti e due i pollici il simbolo della cornetta, come se avesse ancora il vecchio Alcatel con i tasti della quinta ginnasio – quello che poi era diventato un "reperto" e non aveva riavuto indietro mai più.

«Stavo per chiamarti io, giuro» la investì.

«Devo dirti una cosa.»

Emilia preferì non cogliere l'inflessione tetra nella voce di Marta: «Aspetta, prima io. Ho una novità *clamorosa*».

«Sentiamo.»

«Ho perso la verginità!» Lo urlò come se avesse in mano un megafono a una manifestazione. E Marta ci rimase secca.

«Cazzo! Cos'è, il quinto giorno che sei lì?» Il tono tornò il solito: sfottente, allegro. «Comunque, scusa se te lo ricordo, non è che tu fossi proprio una tenera verginella...»

«Il mio imene era integro, fino a ieri sera.»

«Hai ragione. Chi è, come si chiama?»

Emilia scoppiò a ridere: «Non ne ho idea!».

«L'ho sempre sostenuto» Marta si galvanizzò, «anche quando nessuno mi credeva, e nemmeno tu volevi ascoltarmi. L'ho sempre detto che eri una fuoriclasse e avresti fatto strada.» Mise da parte il motivo della telefonata e si lasciò andare: «Te lo ricordi quel giorno in cortile? Che avevo interrotto la partita per te?».

«Come potrei dimenticarlo?»

«Te ne stavi seduta su quel muretto a dondolarti… Com'eri messa! Quando mi costringevano a fare volontariato nella casa di cura per anziani, ne ho viste di lobotomizzate, e mi hanno sempre ricordato te in quel periodo. Ti avevo detto: "Baby, tu hai un fuoco, non sprecarti". E infatti.»

Emilia sorrise, sprofondando la testa nel cuscino e chiudendo gli occhi per ricordare meglio. Nulla era gratificante quanto l'approvazione di Marta, e pochi momenti della sua vita le risultavano dolci, con il senno di poi, come quel 9 o 10 agosto del 2001 in cui era iniziata la loro amicizia.

Poteva ancora afferrare nel fondo del tempo quel palpito.

Erano le cinque del pomeriggio, era estate. Un ammasso di cicale asserragliate sui rami degli alberi a frinire, frinire, come ossesse.

Bologna, di là dal filo spinato, era deserta come in un futuro apocalittico. I palazzi che riuscivano a vedere avevano tutte le imposte chiuse e i balconi sbaraccati. Dalle strade non arrivava più alcun rumore di auto, di clacson. C'era solo quel vuoto grondante d'afa tutt'intorno.

Al di qua, invece, nell'imponente cortile, erano tutte presenti. Schiamazzanti, sudate, mezze nude. Non si andava in vacanza, da quelle parti. Si giocava a pallavolo, eternamente. Perché d'estate finivano le attività e il tempo si scioglieva insieme all'asfalto. Faceva così caldo che a volte le ragazze andavano alla fontanella dell'orto, con il tubo di gomma per innaffiare le verdure che coltivavano per il laboratorio di giardinaggio, aprivano l'acqua e si schizzavano a vicenda, bagnandosi i vestiti, inzuppandosi i capelli. Se esageravano, naturalmente, venivano riprese. Felicità? *Verboten!*

Avevano corpi pulsanti sotto il sole, slanciati, affermativi. Erano così radiose, dentro la loro adolescenza cattiva. Si toccavano il culo a vicenda, si baciavano sulle labbra davanti a tutte se facevano punto – ma di nascosto, nei bagni, o la notte, quando i televisori venivano spenti, ci andavano giù molto più pesante.

E quando il punto lo prendevano, s'incazzavano, anzi, s'inferocivano. Emilia, certe parolacce non le aveva mai sentite: le aveva imparate tutte lì. Dopo un fallo si prendevano a ceffoni, si tiravano i capelli. Erano un tale spettacolo, se solo qualcuno avesse potuto vederle oltre quel muro, ammirarle senza sapere chi erano, dove si trovavano, da che vita venivano. Erano così belle, così vive. Indossavano pantaloncini di jeans tagliati apposta in modo che lasciassero scoperto metà sedere, canottiere arrotolate appena sotto il reggiseno e tenute ferme da un elastico. Tutte.

Tranne Emilia, seduta in disparte su un muretto. Ogni tanto si risvegliava dalla catalessi e le sbirciava. Si stupiva guardandole saltare sotto rete con grazia, schiacciare con rabbia inaudita nel campo avversario, che fossero *ragazze*. Normali, non così diverse da quelle che, in quello stesso momento, giocavano a beach volley a Rimini, Riccione, Punta Marina, munite di genitori nei paraggi o già di fidanzati con cui strusciarsi dentro le cabine.

Sarebbe diventata una veterana con il tempo e, nonostante la pigrizia, più per senso della squadra che dello sport, anche una discreta pallavolista. Ma all'epoca si trovava lì da un mese e mezzo circa e si era confinata sul muretto che cingeva l'orto, a una certa distanza dal campo.

C'erano solo appestate in quel grande cortile murato, in cui il cielo sembrava un rettangolo chiuso anziché una cosa infinita. Ma lei era convinta di avere l'infezione più grave, le ferite più purulente, e se già nella vita di prima era stata il bersaglio preferito delle bulle, adesso, in questa specie di sporco incubo, si sentiva un po' come quell'eroe greco piagato e maledetto, scaricato su uno scoglio in mezzo al mare, abbacinato dal sole, riarso dalla calura. Com'è che si chiamava? Filottete.

Da che era naufragata, non aveva mai tentato di scambiare due parole o due palleggi con le altre derelitte. E loro si erano ben guardate dallo sporgersi sul suo cratere. Per rispetto, secondo le regole del luogo, che funzionava al contrario rispetto al mondo là fuori: più piaghe hai, più sei degna di considerazione. Ma lei quelle regole ancora non le conosceva, credeva la schifassero e basta.

Quel giorno, dopo che una compagna di squadra si era presa una storta tale da costringerla a lasciare il campo, Marta si era guardata intorno e, anziché chiamare qualcun'altra che aspettava paziente a bordo campo, aveva deciso, per ragioni imperscrutabili, che voleva Emilia.

Aveva interrotto la partita in un coro di proteste – ma sai a lei cosa gliene fregava della disapprovazione altrui? – e, facendosi largo a grandi falcate nell'afa, si era avvicinata. In piedi, con le mani sui fianchi, aveva gettato su Emilia la sua ombra maestosa.

"Mi chiamo Marta Vargas" si era presentata, anche se non ce n'era bisogno. "Sto qui da due anni e ne ho davanti altri otto." Tradotto: sono un'autorità inarrivabile, indiscutibile, e di solito sono le altre che vengono da me, non io da loro.

Emilia, imbottita di Roipnol, aveva provato a metterla a fuoco attraverso la nebbia di cui era prigioniera e, quando ci era riuscita, era rimasta trafitta dai suoi lucidi capelli neri, quasi blu, che ardevano sciolti fino a metà schiena. E dai suoi bui occhi orientali che, come avrebbe scoperto in seguito, aveva ereditato dalla madre vietnamita. E dal suo metro e settantasette da sfilata, con le gambe atletiche, il seno alto, il sorriso feroce: era tale e quale a Sailor Mars, aveva pensato, prima di riabbassare lo sguardo.

Marta non aveva apprezzato il gesto. Mentre le altre continuavano a protestare, impazienti di riprendere la partita, lei le aveva ringhiato non "Hai un fuoco", bensì "Alza il culo e vieni a giocare, che non sei la principessa sul muretto". Poi, siccome Emilia si ostinava a tenere gli occhi bassi e a dondolare le gambe, le aveva afferrato il mento con le unghie e glielo aveva artigliato così forte da imprimerle dei solchi.

"Qui nessuna si fa pregare. Nessuna aspetta, senza fare un cazzo, di essere salvata. Se non lo hai capito, le principesse non esistono. Siamo tutte stronze, troie e regine allo stesso modo."

«Pronto, Heidi! Ci sei? Ti ho chiesto che lavoro fa il tipo! Se guadagna tanto o una miseria. Sono informazioni cruciali.»

La Marta attuale, come la regina di allora, la riscosse.

«Non gliel'ho mica chiesto...»

«Cazzo, non avete proprio parlato? Gli sei saltata addosso e gli hai tirato giù i pantaloni? Brava, così si fa.»

«No, mi ha letto anche delle poesie.»

«Uhm...» Il dettaglio deluse Marta. «Con le poesie non si campa.»

«Boh, forse fa il pastore. Ha una barba...»

«Cristo, Emilia, un poeta con le pecore no. Un imprenditore devi trovarti, un ingegnere, un notaio. Se lui scrive e tu dipingi è finita! Magari ti tocca pure mantenerlo. Ma è un tipo pulito? O ha precedenti?»

Ridacchiarono entrambe.

Erano due adulte, ormai. Non giocavano più a pallavolo. Erano finiti gli orari da caserma, i ditalini insieme nei bagni, i sedativi a Natale. Non appartenevano più a quel posto, anzi: gli erano sopravvissute. Eppure.

Non appartenevano così forte a nient'altro.

«Credo che non sarebbe in grado di tirare su un portafoglio caduto per strada» rispose Emilia.

«Bene, scopaci ma non t'innamorare. E adesso scusami, ma devo darti una brutta notizia.»

Emilia si alzò dal letto e sospirò: «Proprio oggi?».

«Mi ha chiamato il fratello di Myriam.»

Presentì il contenuto della telefonata. La linea vacillò e dovette raggiungere la finestra per ritrovare campo. «Non lo voglio sapere.»

«È morta.»

Emilia rimase in piedi a guardare il cielo altissimo che era una cosa infinita, sì, ma era già tornato distante e irraggiungibile come dentro quel cortile.

«I funerali sono domani pomeriggio, a Piacenza.» Marta esitò. «Se arrivi a Milano in mattinata, ci andiamo insieme.»

«E dovremmo rivederci a un funerale?» Emilia si sentì avvampare. «Dopo tutto questo cazzo di tempo, al funerale di Myriam? Mi prendi per il culo? Quando ci siamo sempre promesse: "Ci rivedremo a cena in un ristorante stellato, al rave più grande d'Europa, in Costa Smeralda", tu mi proponi un fottuto funerale?»

«Abbiamo pisciato, studiato, cantato, pianto insieme per... quanti anni?»

«Ci siamo soprattutto prese a sberle.»

«Si è ammazzata, Emy.»

«Vigliacca.»

«Non l'hanno aiutata, l'hanno lasciata sola. Le hanno tolto la bambina perché era fuggita di nuovo dalla comunità e continuava a bucarsi. E lei, in risposta, si è sparata in vena così tanta roba che avrebbe potuto morire due volte.»

Non era una scelta irrazionale, pensò Emilia. Se ciascuna di loro avesse riletto la propria storia dal principio, con particolare attenzione al capitolo fondamentale, quella era la logica conclusione.

«Mi sono giurata tanto tempo fa che non avrei più messo piede a un funerale o in un cimitero in vita mia. Non andrò a quello di mio padre, gliel'ho già detto. Non verrò al tuo se muori prima di me, sappilo. E mi dispiace per Myriam. Era una stronza, ma mi dispiace...» a Emilia s'incrinò la voce, «soprattutto per quella bambina. Però così è troppo facile.»

Rimasero in silenzio. Appese l'una al respiro dell'altra, coi telefonini appoggiati all'orecchio, ad ascoltare il vuoto di Milano confondersi con il vuoto di Sassaia. Stavano rivedendo insieme, per l'ultima volta, la loro vecchia stanza. I quattro letti identici, rifatti alla perfezione. Myriam dormiva accanto ad Afifa, Marta a Emilia. A vegliare sulle notti agitate di tutte loro, fissato con le puntine in posizione strategica, c'era Brad Pitt in jeans aderenti, ribattezzato "L'Angelo della Masturbazione". E poi c'era Luke Perry imbronciato, e Brandon di *Beverly Hills 90210* con quel ciuffo che non andava già più di moda laggiù, nel mondo. Ma loro erano rimaste indietro, su un asteroide a parte. E nella deriva si erano trovate, sfidate e amate. Guardandosi con arcigna diffidenza all'inizio, bersagliandosi di frecciatine. Ma poi avevano finito per scambiarsi ogni cosa: perizomi, assorbenti, baci, paure, appunti di matematica e filosofia; desideri.

«Non avrei dovuto chiederti di venire. È troppo presto per te» anche la voce di Marta si stava incrinando. «Però un favore devi farmelo: quando vedi un bel panorama, lassù tra le montagne, falle un saluto. Perché ci scommetto la testa che è andata in paradiso. Non importa cosa pensa la gente, ci andremo tutte. Ce lo siamo sudato. E guai a te se ti azzardi a fare una stronzata del genere, capito? Continua a scoparti il senza nome, guadagnati dei soldi e goditi questo schifo di vita perché ti voglio rivedere. Poi, promesso, ti porto a cena fuori, offro io. Ma tu *riga dritto*, come diceva Frau Direktorin.»

Le buttò giù il telefono perché forse stava piangendo, e piangere davanti alle altre è una cosa che non si fa. Le vecchie regole continuavano a valere.

1. Non si piange.
2. Non s'infama.
3. La parola data si mantiene.
4. Non ci si canta la famiglia.

Erano i cardini della loro educazione. Emilia se le ripeté nella testa per non cadere.

Alle undici me ne andai per boschi perché non ne potevo più di aspettare. Cosa? Che si svegliasse e venisse a cercarmi? Che mi bussasse alla porta? Perché mai avrebbe dovuto?

Presi i guanti da giardiniere, il cappello, la borsa di rete. M'infilai gli stivali e misi nello zaino due fette di pane con la toma per il pranzo perché volevo stare via il più a lungo possibile.

Ero sicuro che non avrebbe più voluto vedermi, che si fosse già pentita: impossibile che una donna così disinibita e sexy potesse accontentarsi di un cavernicolo, di "un povero scapolo", come venivo definito in paese.

Da queste parti un uomo si sposa: presto, a vent'anni. Ingravida la moglie, diventa un padre severo, fatica dodici ore con le bestie, le pietre, e quando stacca va al Samurai a bere e a giocare a carte con gli altri maschi. Non legge poesie, non scopa trentenni sconosciute che te la danno la prima sera. E, se non gli sta bene, se ne va – come avevano fatto quasi tutti i miei amici.

Risalii la scarpata del Monte Cresto spostando cumuli di foglie morte che mi arrivavano a metà polpaccio. Era un novembre anomalo, così caldo che gli animali erano ancora in giro anziché preparare il letargo, gli uccelli infestavano i rami, gli insetti volavano disorientati, e c'era un tale mare di luce tra gli alberi che le castagne scintillavano nel fondale.

Mi piegai e cominciai a raccoglierle, distinguendo al volo le integre da quelle bacate, le piene dalle cave, con lo stesso intuito di quand'ero bambino e tutta Sassaia si riversava nei boschi prima che l'inverno ci isolasse e ci congelasse per mesi. I marroni migliori, i più grandi e sodi, non li misi nella rete insieme agli altri, bensì in tasca. Era una faccenda che avrei dovuto sbrigare la sera del 2 novembre, ma lei era piombata nella mia vita e me ne aveva fatto dimenticare.

L'avevo notata, sì, una piccola macchia di sangue sul lenzuolo. Ma chi avrebbe potuto immaginare? Era stata la prima a cui avevo letto in faccia il piacere. Che mi aveva guidato dentro di lei come voleva, che mi aveva rivolto parole indecenti e non aveva avuto il pudore di nascondermi nulla, eccetto.

Da dove veniva, perché era qui, il suo nome.

Ero scappato come un ladro appena l'alba aveva rischiarato la stanza. Senza osare guardarla, senza lasciarle niente di scritto. Mi ero solo sforzato di rivestirmi il più in fretta possibile, di non far scricchiolare quelle maledette assi di legno, ripetendomi a oltranza che non era successo niente di irreparabile, niente di rilevante. E continuavo a ripetermelo anche adesso, senza crederci.

C'erano solo gole, burroni, dirupi, da quelle parti. Nessun sentiero, nessuna radura. Ma io conoscevo quei boschi più di me stesso e non mi perdevo. Al contrario, sapevo esattamente dove dirigermi. In un posto in cui non tornavo da anni e ora, di punto in bianco, sentivo che ci volevo andare. Dove si erano nascosti i partigiani durante la guerra, prima di essere scoperti e trucidati. E dove dicevano si fossero amati Fra' Dolcino e Margherita, prima di essere arsi vivi. Dove si riunivano i coraggiosi, gli eretici, le streghe: il *nostro* posto segreto.

Era solo un rudere, in realtà. Nascosto nel folto del bosco in un punto in cui il sole non batteva mai. Quando ci arrivai, lasciai cadere lo zaino, la borsa piena di castagne e me stesso di schiena, a braccia spalancate tra le foglie. Guardai a lungo una virgola di cielo frastagliata dalle punte dei faggi, immobile dentro l'estate fasulla che mi brulicava intorno.

Poi trovai il coraggio di chiudere gli occhi e ascoltare di nuovo il coro di voci di quando eravamo bambini.

Alcune chiamavano dall'esterno della casa, allarmate, titubanti – e fra queste distinsi la mia che pigolava: "Vale, vieni! Dove sei? Vale!". Altre risuonavano all'interno, in avanscoperta, a cercare i fucili dei partigiani, i pentoloni delle streghe, capitanate dalla voce più sfrontata di tutte: quella di mia sorella.

La Valle non era ancora così spopolata. Eravamo pochi bambini, forse una ventina sommando le varie frazioni, ma ci conoscevamo tutti e crescevamo insieme. D'estate uscivamo la mattina, con pane e toma nello zaino, e rientravamo solo la sera, spinti dalla fame e dalla stanchezza. Nessun adulto ci cercava, ci sgridava. L'unica raccomandazione era: non morire. Sul fondo di un burrone, sbranati nel buio. Ma noi ci muovevamo in branchi come lupi e ci guardavamo le spalle. Con i pantaloni corti, i polpacci sfregiati dai rovi e i coltellini in tasca. Valeria ne aveva uno a serramanico: intagliava i rami per farne cerbottane e lance, incideva cortecce con le sue iniziali per segnare il territorio. Aveva la sua compagnia, non mi voleva appresso. Ma io la seguivo imperterrito, mi attaccavo come una zecca ai suoi amici, che avevano sei o sette anni più di me. Lei entrava per prima in questo casolare che forse era stato un fienile, forse un ricovero per le pecore o un magazzino per le castagne. Irrompeva con un bastone e scacciava i pipistrelli, li faceva volare via terrorizzati, impartiva ordini ai maschi. Era la capa, la condottiera, la Strega dei Boschi.

E io rimanevo fuori, tra i codardi. Gracilino, bruttino. Ero già un piccolo secchione che sapeva leggere, scrivere e contare a cinque anni, ma lei, che ne aveva undici, era un portento di bellezza, di vitalità, d'intraprendenza tale da non aver bisogno di libri, di voti. Erano tutti innamorati di lei nella Valle, e io più di chiunque altro. Perché era libera e indomita, perché brillava. E in più aveva il mio stesso sangue. Niente avrebbe potuto allontanarci: una certezza. Come il granito, l'ardesia, le montagne.

Invece, le cose erano andate com'erano andate.

E dopo lei non era più stata libera né bella. Dopo l'avevo guardata indurirsi, ammutolire, seccare.

Non l'avevo mai tradita, mi resi conto con stupore, fino a ieri.

Mentre me ne stavo riverso tra le foglie, davanti al posto segreto della nostra infanzia, combattuto fino al midollo tra il dimenticare la notte trascorsa con la straniera di cui neppure sapevo il nome e il correre a perdifiato da lei, tra il dimenticare Valeria e decidermi finalmente a cercarla, più giù, a Sassaia, nella casa cigolante della Iole, la straniera vagava inquieta, avvolta nell'accappatoio. Si accorgeva di non avere quasi più mutande e biancheria pulita a disposizione, cominciava a realizzare che un'impresa ben più ardua del televisore mancante l'aspettava al varco: la mancanza della lavatrice.

Non la vidi mentre si affacciava di continuo dalle finestre per capire se io fossi in casa. Non la spiai mentre sprofondava in un sabato molle e senza forma, fumando una sigaretta dietro l'altra, insultando a voce alta una vecchia compagna di stanza: «Che troia, potevi pure salutarmi. Potevi farti dare il numero da Marta e dirmelo: "Mi sono rotta il cazzo di non dormire, ora dormo per sempre". Ti avrei capita, ti avrei mandato un bacio. Ti avrei detto: "Pensa a tua figlia, cazzo, e non fare la stronza"».

Ero sicuro che mi avesse valutato: amante muto, legnoso, mediocre. E scartato. Invece lei, coi capelli bagnati e le braccia piene di tagli che si era inferta poco prima sotto la doccia, a un certo punto aveva recuperato il blocco di fogli ruvidi A4 e l'astuccio. Si era stancata di gestire il dolore con un rasoio usa e getta. Si era seduta in cucina, si era accesa l'ennesima Winston blue e, con una matita grigia a mina morbida, aveva aggredito il bianco.

«Le parole non servono a niente» mi avrebbe spiegato in seguito, «ma i disegni sì.» Una linea retta, una curva, un cerchio, sono fedeli alle cose. Rispettose dei loro limiti, di quello che non si vede sotto la superficie e fa tanto male: non si accaniscono con le definizioni, i disegni.

«Non ti ho neppure chiesto come ti chiami» aveva detto al foglio mentre tracciava, sfumava, anneriva.

Tanto, cosa potrebbe rivelarmi di te il tuo nome che già non so? Non siamo nomi, cognomi, relazioni più o meno dettagliate redatte da psichiatri, assistenti sociali, periti, pensava.

Siamo chiaroscuri.

Buchi pieni di buio da cui escono, a volte, fortuiti tagli di luce. E tu sei buono, l'ho visto subito. Sei arrabbiato, asserragliato in te stesso come un intrico di spine, ma sei buono. A differenza mia.

Rientrai con il tramonto. Spiai la casa di fronte: le luci erano spente, sembrava non ci fosse nessuno. Arrivato alla porta, calpestai qualcosa che emise un rumore familiare. Abbassai gli occhi e vidi che era un foglio appallottolato, come quello che si lanciano i miei alunni con dentro una soluzione. Il cuore ricominciò subito a disubbidirmi.

Avrei potuto non raccoglierlo, ignorarlo. La mia testa diceva che sarebbe stato giusto restare fedele al passato, come se il futuro fosse solo una fantasia vaga, e vana. Invece lo raccolsi.

Entrai in casa. Mi richiusi la porta alle spalle. Mi addossai alla parete in un punto della stanza in cui ero sicuro di non essere visto. Allora, nel residuo di luce che rimaneva del giorno, dispiegai il foglio.

Era un ritratto. Nitido, preciso. Raffigurava un vecchio col volto nascosto dalla barba, incorniciato da ispidi capelli ricci, la fronte corrugata, la tristezza infinita rappresa negli occhi inermi, ancora infantili.

Ero io. Mi riconobbi come mai mi ero riconosciuto.

Lei lo aveva capito: ero stato un bambino felice, poi ero diventato un vecchio di colpo, e in mezzo non c'era stato niente.

In basso a destra aveva scritto:

Sassaia, 7 novembre 2015

Per te, da Emilia.

7

"Le femmine non sono violente. Secondo recenti studi sulla corteccia cerebrale hanno maggiori capacità, rispetto ai maschi, di elaborare la sofferenza, la rabbia, la frustrazione. E questo spiegherebbe, almeno in parte, perché solo il 4,2 per cento della popolazione carceraria italiana è di sesso femminile."

Quella tesi le aveva fatte sbellicare.

"Ehi, *regazz!*" aveva gridato Giada. "Siamo l'eccezione dell'eccezione: una rarità!"

"Ci stanno dicendo che abbiamo una corteccia cerebrale arretrata come quella dei maschi" aveva dissentito Yasmina. "Personalmente, mi sento offesa."

"Pure io" era intervenuta Myriam sbattendo le mani sul banco, "se sono finita qui dentro non è perché sono come i maschi, ma perché i maschi mi hanno fatta incazzare."

"Oh, brava! L'hai detto!" Urla di liberazione.

Pandolfi, la povera prof d'italiano che aveva portato l'articolo con chissà quale intento edificante, aveva cercato inutilmente di correre ai ripari, ma intanto il fuoco era stato appiccato. "Non siamo come i maschi, cazzo! Siamo il CONTRARIO. Chi sono questi stronzi dell'articolo?" "Solo perché non abbiamo subìto e ingoiato e incassato come le altre femmine, saremmo delle cerebrolese?" "Ma senti questi rotti in culo!" Avevano rasentato l'insurrezione.

Come sempre, Marta aveva suggellato la discussione con il finale più alto: "Ma quali raffinati processi di elaborazione del dolore, dell'umiliazione, del lutto? Con uno che ti vuole menare, che ti vuole stuprare? Ceffoni, unghiate, calci nelle palle: si chiama *parità di genere*".

Pandolfi si era alzata in piedi implorando la calma. Cosa si era messa in testa? Era la peggior classe della sua vita. Lei era una specie di suora laica con fantasie redentive, e le sue alunne le mettevano le puntine sulla sedia, le disegnavano cazzi sul registro e non sapevano che farsene della sua redenzione.

Però la storia del 4,2 per cento, alla fine, era piaciuta. Le aveva fatte sentire speciali. Da allora, nei momenti di sconforto, si indicavano l'un l'altra con l'indice puntato: "Ehi, ricorda: sei il 4,2 per cento tu". Con orgoglio. "Tieni alta la testa, donna eccezionale."

Da quelle parti le cose funzionavano, in generale, senza tante mediazioni culturali, linguistiche, artistiche. Yasmina all'inizio conosceva a stento cinquanta parole d'italiano. Afifa era nata e cresciuta in Italia, però era talmente, e giustamente, incazzata per il fatto di non avere la cittadinanza, e di essere trattata come "la negra, la succhia banane, la scimmia", che odiava tutto e tutti e la rabbia la sfogava in preferenza con feroci tirate di capelli. Se a una di loro arrivava una cattiva notizia, tendenzialmente non la scriveva in versi sul diario, non la sublimava in un disegno di unicorni e arcobaleni, non porgeva l'altra guancia né assumeva l'espressione contrita e paziente della Madonna. Alla prima frase storta, alla prima battuta infelice, scattava come una iena ed era purissima, brutale, femminile violenza.

Potevi indirizzarla contro le altre o contro te stessa: non cambiava molto. Il fatto, avrebbe tentato di spiegare Emilia a Rita a un certo punto del loro percorso, era che, quando soffrivi da morire, volevi morire. Annientare te stessa, il tuo interlocutore, tutto quello che ti circondava. Radere al suolo ogni cosa e semplificarla al massimo.

"Perché?"

"Perché è una soluzione al dolore: il dolore fisico."

"Per questo continui a tagliarti?"

"Quando stai annegando, non hai tempo. Se hai i polmoni pieni d'acqua non è che puoi stare lì a pettinare le frasi… Sei disperata, cazzo. Vuoi solo fare silenzio e riemergere. Solo zittire il rumore insopportabile nella testa, non cadere nel buco che hai al centro del petto, al posto del cuore."

"Quindi ti tagli."

"Sì. E sento di nuovo il mio corpo vivo. Che è l'unica cosa che mi rimane per restare aggrappata alla terra."

"Allora adesso ci vuoi restare, aggrappata?"

Correva l'anno 2006. Primavera. Emilia aveva ventuno anni.

"Voglio continuare l'università."

"Per tuo padre? O per te?"

"Principalmente per mio padre. Poi per Vargas: mi ha convinta lei a studiare. E poi per le altre, quelle più giovani, perché voglio essere un esempio per loro come Marta e Myriam lo sono state per me."

"E per te, cosa fai?"

"Io non esisto."

Rita aveva arcuato le sue sopracciglia ad ala di gabbiano impastate di matita nera: "Sei qui, davanti a me".

"Sono quello che tu vedi di me. Sono la figlia che vede mio padre. Il povero caso umano che vedono i professori quando vengono a farmi dare gli esami. Sono un'amica per alcune, una stronza per altre. Ma qualunque cosa faccia, resto Emilia Innocenti, no? Non c'è modo di fuggire dalle fotografie, dai titoli di quei giornali. Quindi quello che faccio, lo faccio per gli altri. E per me stessa, mi taglio."

Rita aveva respirato profondamente. "Pensi di poter esistere al di là di Emilia Innocenti? Voglio dire, pensi di poter essere anche una persona diversa da quella che vedono gli altri? Da quella che ricordano gli altri? Pensi di contenere, dentro quel corpo, qualcuno che meriti qualcosa?"

Emilia ci aveva riflettuto a lungo, con assoluta serietà. E poi aveva risposto, sicura: "No".

«Che fai?» mi gridò, affacciandosi mentre facevo spazio tra i vasi sul davanzale.

Erano le dieci di sera. Sassaia era nero pece. La luce accesa nella mia cucina e la luce accesa nella sua cucina combaciavano perfettamente.

«Lascio un pugno di castagne per i morti» risposi.

«I morti?» Emilia arricciò la bocca disgustata. «Puah!»

Fumava, in jeans e reggiseno. Io la sbirciavo senza osare guardarla in volto mentre trafficavo coi ciclamini: toglievo le foglie gialle, li innaffiavo. Lei si era messa a cavalcioni del davanzale in una posa da vamp. Il suo reggiseno bianco lasciava trasparire le areole scure e i capezzoli ancora più scuri.

«Cosa vuol dire "per i morti"?»

Capii che l'argomento la toccava. Teneva la testa rovesciata contro lo stipite, i capelli rossi ondulati le spiovevano sulla schiena. Si sfilava la sigaretta dalle labbra e scrollava la cenere nel vicolo che era così stretto, così freddo, che riuscivo a vederle la pelle d'oca sulle braccia cosparse di graffi e cicatrici.

«Usanza vuole» le spiegai, «che in questi giorni di novembre, dopo aver raccolto le castagne, si lascino le più belle ai defunti.»

«Usanza vuole?» Mi guardò perplessa. «Defunti? Ma come cazzo parli?»

Aspirò ancora, si portò un ginocchio al petto, se lo abbracciò forse per riscaldarsi. Lasciò l'altra gamba penzolare dal davanzale, infantile e allusiva. Le sue armi di seduzione sembravano prese in prestito dalle serie tv degli anni Novanta.

«Non ho mai creduto a queste cazzate» continuò. «Non lasciavo nemmeno il sale per le renne sotto l'albero di Natale, da bambina. Però, nel dubbio» adesso era seria, «fammi un piacere: aggiungimi una castagna per Myriam.»

Annuii. Mi chinai sulla borsa di rete.

«Non se la merita» chiarì. «Però io sono una signora e non porto rancore a nessuno.»

Mi osservò, si accertò che sistemassi una nuova castagna nel piattino di porcellana. Poi si sporse nel vicolo deserto, sollevò la testa verso il cielo stellato che incombeva su entrambi e urlò a gran voce: «Myriam, ti sto lasciando una castagna, capito? Per tutte le volte che mi hai inculato le sigarette, i perizomi di Intimissimi, i numeri di "Cioè". Cerca di stare bene lassù dove cazzo sei! Hai la mia benedizione».

Si rimise appoggiata allo stipite e mi guardò soddisfatta,

aspettandosi una reazione. Ma io non sapevo cosa dirle, cosa fare. Se richiudere veloce la finestra o non richiuderla più per l'intera notte.

«Non mi hai detto niente del disegno» mi rimproverò.

«È molto bello...»

«*Bello* non vuol dire un cazzo.»

Spostai il piattino a destra e a sinistra, me lo misi di fronte come se bastasse a ripararmi. «È che non sono mai stato disegnato...» provai, con sincerità. «Mi hai preso alla sprovvista.»

«Come ieri sera?» Sorrise, troppo esplicita.

E io non volevo finire in quel casino. Perché lei era un casino. Le vedevo i tagli sulle braccia: era evidente che se li fosse fatti da sola. Univo i puntini: era una persona che stava male. E non importava quanto sesso mi facesse. Se una volta poteva capitarmi di sbagliare, di lasciarmi andare e vivere... La seconda sarebbe stata una colpa.

«Domani mattina ho la sveglia presto» dissi, «devo salutarti.»

Lei s'indurì. «Domani è domenica, dove devi andare?» Gettò il mozzicone nel vicolo con disprezzo. «Allora è così che vengono scaricate le ragazze dopo una scopata. Scusami, lo dovevo ancora imparare.»

Mi odiai. «Non volevo dire questo...»

Balzò giù dal davanzale con un salto atletico, richiuse la finestra con prepotenza, tirò le tende.

E io rimasi lì come un cretino, con le castagne per i miei morti e per i suoi.

Richiusi la finestra a mia volta, presi una padella dalla credenza perché non avevo cenato. La sbattei sul fuoco, ci ruppi dentro tre uova. Tagliai dei pezzi di toma e li feci sciogliere sopra i tuorli. Mi versai due bicchieri di vino e li tracannai. Trangugiai le uova in quel modo balordo in cui avevo visto mangiare i margari nella fitta nebbia della pianura d'inverno, sprofondati nella solitudine di chi vive tutta la vita in compagnia delle bestie. Andai a lavarmi i denti. Spensi tutte le luci e salii al primo piano.

La sua finestra era accesa.

Mi coricai vestito. Come lei, lasciai gli scuri spalancati. Nel buio il mio cuore picchiava insieme ai rintocchi lontani del campanile di Alma.

Avrei dovuto preparare le prossime lezioni, l'indomani mattina. Un tabellone per insegnare ai bambini più piccoli le doppie – "cassa" e "casa", "sonno" e "sono", "anno" e "ano" (risate). E ai più grandi cos'è un verbo: un'azione che rompe una stasi, uno stato d'immobilità, di morte che si trascina. Cos'è un sostantivo, cosa un nome proprio. E perché solo quest'ultimo vuole la maiuscola come iniziale.

"Emilia" mi ripetei nella testa non so quante volte.

Perché, anche se ce l'hanno in molti, quel nome designa solo te su tutta la Terra. Che sei un'autolesionista, che ti serve qualcuno per addormentarti. Ma non ti ripeterai, non capiterai una seconda volta.

Mi alzai e scesi di sotto, di corsa. Poi fuori, ancora più di corsa. Bussai, il suono delle mie mani rimbombò tra le montagne.

Emilia si fece attendere, questa volta. Me la fece pagare.

E io lo volevo fortissimamente: sbagliare.

Mi aprì scocciata, ancora in jeans e reggiseno.

«Mi chiamo Bruno» le dissi senza fiato.

«Non me ne frega un cazzo di come ti chiami.»

Entrai e richiusi la porta, chiusi gli occhi. La baciai riempiendomi le mani coi suoi capelli, la bocca con la sua saliva, contro il suo reggiseno bianco che sganciai per sentirle i seni, per sentirle il cuore.

Lei si lasciò baciare. Poi si staccò e mi prese a sberle. Con tutta la forza che aveva. E ogni sberla, io me la prendevo, e la guardavo mentre mi menava: com'era furiosa, pallida e assente. Mi prendeva a pugni il petto, l'addome, i fianchi. Era troppo magra, e io in confronto ero un masso.

Dovevamo solo tenere le parole fuori dalla nostra storia, pensai, il passato dalle nostre notti. A quei patti, io sarei tornato.

«Tornerò sempre» glielo dissi. «Ogni sera che ne avrai bisogno.»

Non mi faceva male. Mi stava solo consegnando il suo, di male.

Mentre le vecchie case di sasso, i gufi e i boschi, ci ascoltavano ansimare. Lei ammorbidiva i pugni, apriva le mani, le lasciava cadere lungo i fianchi. E io l'abbracciavo con tutto il corpo, come se finalmente avessi trovato una nuova casa.

«Te lo prometto» la rassicurai.

8

L'appuntamento era alle undici meno un quarto davanti alla chiesa di Alma. Ci arrivai in ritardo, trafelato, trascinandomi appresso la cartella di cuoio pesante di libri e fogli protocollo. Ero preoccupato per il Martino Fiume, che non aveva fatto altro che infastidire i compagni – segno che suo padre era tornato a casa ubriaco e aveva alzato le mani. In aggiunta, durante la ricreazione, Patrizia mi aveva trattenuto in aula insegnanti per venti minuti buoni in nome di una di quelle insulsaggini burocratiche che io detesto e a cui lei dedica infinite energie, civettando, cingendomi le spalle con un braccio, soffocandomi con il suo profumo dolciastro, e io, come sempre, ero stato incapace di litigarci; una tortura.

Quando vidi Emilia in piedi sulla scalinata, però, dimenticai Martino e suo padre, le doppie e la sintassi, Patrizia e i suoi moduli del cavolo. Era così fuori posto nella piazza di Alma con i jeans stracciati, il chiodo con le frange e il maglioncino rosso aderente con il simbolo dell'anarchia. Così impresentabile per un primo appuntamento di lavoro, sia pure con il Basilio, con quei capelli legati a coda di cavallo, tre chili di rossetto e la Big Babol che le esplodeva di continuo sulle labbra. Non potei fare a meno di pensare, per gioco o forse seriamente, che quella fosse la mia ragazza.

Udì i miei passi e si voltò all'istante. Stava per sorridermi, ma si trattenne. «Buongiorno» mi salutò ubbidiente. Io mi fermai a una certa distanza e le risposi ancora più freddo: «Salve, la accompagno dentro».

La piazza era deserta. Il Samurai si trovava dalla parte opposta e aveva la porta chiusa, come il negozio della Rosa e l'ufficio postale. Nessuno avrebbe potuto sentire le nostre parole. Nessuno era affacciato alle finestre e ai balconi. Alma era il maggior centro della Valle, i suoi novecentotré abitanti sembravano essersi estinti da centinaia di anni. Io però sapevo che c'erano, e che subito ci avrebbero notati, e minuziosamente osservati, sviscerati da dietro gli scuri, le fessure, le tende. Sapevo che subito dopo si sarebbero impegnati, affinando le loro intelligenze specializzate nello scovare il sordido, a smascherarci, a dare un nome preciso alla sospetta apparizione del maestro Peraldo insieme alla *furesta* alcolizzata. Per questo avevo preparato con cura Emilia a quell'incontro in pubblico, come si prepara un'amante invitata alla stessa festa in cui è presente la moglie. E poco importa se io non ero sposato e lei, da quanto ne sapevo, nemmeno; se eravamo più che maggiorenni e liberi di fare cosa ci pareva. Questa era la teoria. Nella pratica, fuori da Sassaia, non eravamo liberi per niente.

Le feci strada. Emilia mi seguì senza lasciar trapelare alcuna confidenza. Speravo che la chiesa, per il solo fatto di essere una chiesa, potesse fugare in anticipo ogni voce. Ci scambiammo un rapido sguardo luccicante prima di entrare, poi, come se ci conoscessimo a stento, come se non avessimo trascorso insieme ogni singola notte degli ultimi dieci giorni, sgusciammo nella porticina laterale, finendo tra le pieghe di una spessa tenda di velluto, dove feci in tempo a rubarle un bacio, in spregio alle malelingue, ai bacchettoni, a chi crede di avere la verità in tasca. L'amore può essere solo disubbidienza.

Dentro, l'ombra era gelida e spessa: un acquario nero. A eccezione delle forti luci che illuminavano a giorno la controfacciata a cui il Basilio, seduto sulla cima di un'alta impalcatura, stava lavorando.

Era così assorto che non si accorse di noi. D'altra parte, l'udito cominciava ad abbandonarlo. Emilia, quando vide la parete affrescata con il Giudizio universale, s'irrigidì. Perse di colpo tutto l'entusiasmo che aveva espresso al telefono con suo padre – avevo ascoltato una loro telefonata mentre lei passeggiava nel vicolo e io travasavo altri ciclamini tirandola alla lunga apposta – per quell'opportunità insperata di mettere a frutto l'arte che aveva studiato.

Chiamai a gran voce il Basilio. Lui finì di applicare la carta di riso imbevuta d'acqua distillata all'ala annerita di un angelo biondo e, molto lentamente, si voltò verso di noi. Non ci salutò, non ci sorrise, non ci rivolse alcun cenno. Avevo spiegato a Emilia che non sarebbe stato facile avere a che fare con lui. Si trattava di un uomo profondamente provato, introverso, schivo. Che non aveva mai accettato di lavorare con nessuno e che se ora, dopo una settimana di insistenze continue da parte mia, si era convinto a metterla alla prova, era solo perché il suo corpo era sfinito e alla pensione gli mancavano ancora tre anni.

Quando fu sceso a fatica dall'impalcatura, portò la sua piccola persona gobba e fragile di fronte a noi. Alzò lo sguardo vitreo sul volto di Emilia e la osservò con cura attraverso le lenti dei vecchi occhiali, con i suoi occhi azzurro ghiaccio, lucidi e guizzanti, spia che dentro quel mucchio d'ossa rotte si muoveva ancora un'anima brillante.

Il suo viso compì come un balzo. Lo notai, ma non gli diedi peso.

«Lui è il Basilio Raimondi, il nostro artista più rinomato e celebrato in tutta la Valle» dissi mentre lui scuoteva la testa in segno di disapprovazione per quelle moine, «e lei è Emilia, la persona di cui ti ho parlato, l'autrice del ritratto a matita. Emilia...» mi accorsi di non sapere il suo cognome, «che ha una laurea in Belle Arti.»

«Sai restaurare un affresco?» le chiese subito.

Emilia ci mise un po' a rispondere. Non l'avevo mai vista così pallida. Si torturava le unghie strappandosi le pellicine. Alla fine annuì: «Sì, ho dato due esami di restauro».

«Questa è un'umile chiesa del tardo Trecento» le spiegò il Basilio, «di un piccolo paese fuorimano che è arrivato a contare, nel suo massimo momento di gloria, duemila e centotredici abitanti.

Lungo il torrente, poco più giù, hanno arso viva Margherita Boninsegna, tanto per intenderci. È sempre stata una Valle piena di streghe, di eretici, di ribelli. E forse è per questo che, pur in tutta la modestia che ci caratterizza, abbiamo questo Giudizio universale meraviglioso. Che non sarà Giotto, però... Guardalo.»

Emilia alzò il viso a fatica e lo riabbassò subito.

Il Basilio, unico della sua generazione, parlava sempre e solo in un italiano impeccabile. Perché, e questo era un segreto che avevo scoperto per caso, non aveva amici e non frequentava nessuno, però leggeva come un affamato, attingendo alla vecchia biblioteca che un massone, riconoscente per come gli aveva affrescato la casa, o forse pentito di non averlo aiutato prima, gli aveva lasciato in eredità.

«Pensi di farcela» le domandò, «a rendere di nuovo leggibile questo Giudizio? Ci sono parti, come vedi» gliele indicò, «l'inferno e il diavolo in particolare, mangiate dal nerofumo e dalle infiorescenze saline.»

Non avevo mai visto Emilia tanto taciturna, così poco sfidante.

«C'è solo questo, da restaurare?»

Il Basilio si stupì della domanda, e anch'io. Era una parete intera, altro che "solo".

«C'è anche una Madonna Nera lignea da ridipingere.»

«Allora vorrei cominciare la prova da quella» gli disse, «se non le dispiace. Poi, se deciderà di assumermi, la aiuterò con l'affresco.»

«Da dove vieni?»

Tremai. Era una domanda così semplice che non avevo mai trovato il coraggio di porgliela. Mi voltai a guardarla e la vidi chiaramente, impercettibilmente, tremare a sua volta.

«Dalle Marche» rispose, «un paesino in provincia di Pesaro e Urbino.»

D'istinto fui certo che mentisse.

«Dove hai studiato?»

Emilia riprese colore. «All'Alma Mater Studiorum di Bologna» annunciò pomposamente.

Il Basilio stirò le labbra in un sorriso triste. «Io non ce l'ho, la laurea. Ma avrei tanto voluto studiare. E anche visitare Bologna e Urbino, che ho visto solo nelle illustrazioni.»

Il luogo più lontano in cui era stato era Torino, dove aveva iniziato l'università pieno di aspirazioni e orgoglio – rischiava di diventare il primo laureato nella storia di Sassaia – e invece dopo nemmeno un anno i soldi di famiglia erano finiti e nessun altro aveva voluto finanziarlo, quindi era dovuto tornare indietro a imbiancare soffitti.

Era così doloroso per me specchiarmi nelle rinunce di quell'uomo che non riuscii a non dire a voce alta, per quanto suonasse infantile: «Anche senza laurea, Basilio, qui tutti conoscono il tuo talento. Altrimenti non ti affiderebbero il restauro di chiese come questa, e dei santuari, e delle ville».

Una magra consolazione, fu la risposta muta, scavata nel suo volto stanco e rugoso, coperto per metà da una barba lunga e ricciuta come la mia, ma bianca. Scacciò le mie parole come fossero mosche e si rivolse a Emilia: «Non importa più, io sono vecchio. Ma tu sei giovane e voglio vedere cos'hai imparato a Bologna».

Li guardai allontanarsi nel buio della navata laterale sinistra. Lui la stava accompagnando verso la statua della Madonna Nera e lei lo stava seguendo composta, a distanza ravvicinata, come una piccola suora, mi sorpresi a pensare, nella chiesa buia un tempo gremita e che ora non si capiva neppure per chi la stessero aggiustando.

Ero stupito dalla gentilezza che il Basilio, di solito così rude e chiuso, le aveva dedicato. E dalla soggezione di lei nei confronti di un povero vecchio, che contraddiceva l'abbigliamento provocatorio e la Big Babol masticata sempre più piano, poi sputata di nascosto dentro uno scontrino – non avevo potuto non notarlo – e infilata in tasca.

Intuii che, in qualche modo segreto, si erano riconosciuti. Come se non fossero soltanto le due persone che io sapevo – lui da decenni e lei da due settimane – ma anche due stranieri a me preclusi.

«A che ora posso venire a prenderla?» gridai al Basilio.

Lui mi fece cenno di tacere con l'indice sulle labbra, che eravamo pur sempre in chiesa e il prete era un pettegolo di prima categoria. Spalancò una mano e aggiunse il pollice dell'altra per rispondermi: alle sei.

Lo aveva già capito, che Emilia e io avevamo una storia. Non lo avrebbe detto a nessuno. Non c'era bisogno di nascondersi con lui.

Prima di andarmene, sussurrai nel buio: «Buona fortuna, Emilia».

Quella mia prima impressione si sarebbe in seguito rivelata vera: il Basilio l'aveva riconosciuta. Era stato l'unico. E per questa ragione aveva già deciso di tenerla con sé, a prescindere dai risultati: perché lui si comportava sempre al contrario rispetto a chiunque altro.

Quella mattina, dopo averla lasciata sola con la Madonna Nera e il suo bambino, divise il pane e formaggio, la frutta e l'acqua con Emilia, che non aveva capito di doversi portare una schiscetta. Sedevano in cima all'impalcatura perché sarebbe stato sconveniente mangiare in altri luoghi: nell'opinione del Basilio non importava che uno fosse credente o no, nel dubbio Dio andava assecondato.

«Hai fatto un ottimo lavoro con la corona e il velo» le disse.

«Grazie» rispose lei masticando silenziosa e tenendo gli occhi bassi.

«Devi scusarmi se ogni tanto sarò burbero, non sono abituato ad avere altri intorno. Eccetto galline, oche e canarini.»

Emilia deglutì, prese un sorso d'acqua dalla borraccia del Basilio e, dando rigorosamente le spalle alla parete del Giudizio, ammise: «Spero di non darle fastidio, di esserle utile. Tengo veramente tanto a questo lavoro... è sempre stato il mio sogno. Almeno» pensò ad alta voce, «da quando ho ricominciato a sognare».

Il Basilio la ascoltava con attenzione e la osservava con pudore. Si rendeva perfettamente conto di chi aveva davanti. Emilia, d'altra parte, non sospettava che lui sapesse, altrimenti si sarebbe alzata all'istante e sarebbe fuggita il più lontano possibile.

Anche lei, senza dirglielo, lo aveva ricordato. Erano solo frammenti confusi della sua infanzia, che non avrebbe nemmeno saputo riordinare. Sua zia aveva sempre parlato con ammirazione del "pittore", e lui era stato a casa loro qualche volta, per un caffè, per regalare qualche uovo. Emilia aveva scordato il nome, ma non il volto, non quegli occhi da cui emanava ancora, nonostante le incisioni di sofferenza e di stanchezza sulle palpebre, una luce straordinaria.

Il Basilio non le fece più alcuna domanda e non tentò di metterla a disagio alludendo a un qualsiasi dettaglio del passato. Parlarono della storia di quella chiesetta di paese, dello scultore che aveva ricavato da un tronco di rovere la Madonna con il Bambino, degli artisti minori che si erano dedicati al ritratto del Cristo e dei santi, e del peccato di non poter risalire all'anonimo autore di quel Giudizio che staccava di dieci spanne le altre opere. Una tale bellezza, e lui o – perché no? – lei, senza nessuna menzione in alcun libro o documento. Non era ingiusto?

«Forse no» rispose Emilia, «forse chi siamo e quello che facciamo non sono la stessa cosa.» Alzò lo sguardo e aggiunse: «Penso a Caravaggio».

«Hai ragione» annuì il Basilio. I loro occhi per un attimo si tennero fermi. «L'arte è sempre un tentativo di luce, uno scarto rispetto al buio che c'è nella vita.»

Quando ebbero finito la pausa, prima di tornare al lavoro, le disse: «Mi spiace che dovrò pagarti una miseria».

Emilia sorrise perché capì di essere stata assunta. «Non è molto costosa, Sassaia. E a mio padre basta sapere che riesco a mantenermi.»

Riccardo, Basilio lo ricordava perfettamente. Aveva pensato spesso a lui in questi anni. Aveva pregato per lui, e per Emilia.

Tornarono ciascuno al proprio lavoro. La Madonna Nera era una copia assai ben fatta di quella di Oropa. Era vestita d'oro, con il velo d'oro, i capelli d'oro. Anche il suo Bambino aveva ricci d'oro, e sorrideva con lo stesso radioso distacco verso le pietose vicende umane.

Ridipingerla le infondeva una pace dolorosa, la metteva a suo agio perché aveva un'origine oscura: si diceva incarnasse la notte da cui si genera l'alba. Una parte di Emilia avrebbe voluto essere, per sempre, il bambino che teneva in braccio, al sicuro. Creatura appena creata, pulita, incolpevole. Sospesa da terra in una bolla d'amore primo, irriducibile.

L'infanzia era stata anche per lei un piccolo paradiso e, forse per questo, esserne cacciata con violenza le aveva rotto il cuore.

Si stava impegnando con tutta se stessa a sfumare il colore, a intensificarlo, ricercando l'esatta tonalità che la Madonna aveva ricevuto da nuova, e che poi il tempo aveva inesorabilmente guastato, sbiadito, tradito. Desiderava che il Basilio fosse orgoglioso del suo lavoro, che la prendesse con lui definitivamente. Desiderava questo inizio: questa casa, questo mezzo fidanzato, questo lavoro. Questo luogo frusto e abbandonato, a dispetto dei pronostici di suo padre, di Rita, della Venturi, la stava ricoprendo di doni. Come fosse una regina, come se li meritasse.

Quello sul Giudizio universale di Giotto era stato l'unico esame che non aveva passato. Aveva finito per arrendersi e modificarlo nel piano di studi. Al Giudizio di Raffaello non si era nemmeno avvicinata. Sarebbe morta senza mettere mai piede nella Cappella Sistina e in quella degli Scrovegni: ne era certa. A Bologna, in San Petronio, durante l'unica visita guidata che le avevano concesso, quando si era accorta del gigantesco affresco di Giovanni da Modena con al centro il Diavolo nero che divora la testa di un uomo, aveva chiesto di uscire perché le mancava il respiro.

C'erano luoghi in cui Emilia non poteva tornare. In cui non sarebbe tornata pur usando contro se stessa tutta la violenza possibile. Lo aveva ammesso anche la Venturi:

Ci sono buchi che non puoi riempire.

Che resteranno lì per sempre, neri e profondi.

Però, se vorrai, potrai costruirci una vita intorno. Come ricresce l'erba sul bordo dei crateri. Come si possono ornare i pozzi con vasi di fiori.

La tua vita sarà sempre un anello intorno a questa voragine. Te la senti di accettarlo?

I fasci di luce trafiggevano l'ombra, carichi di polvere e altrove. La chiesa la sovrastava, per quanto minore e deserta, con il suo giudicante silenzio. Di colpo le attraversò la mente un ricordo. Uno dei tanti strettamente imbavagliati e incatenati con la camicia di forza nel fondo del suo inconscio malandato, altro che cratere...

L'odore d'incenso della cattedrale di Ravenna, la voce del prete durante il funerale, la bara di mogano ricoperta di rose bianche: il suo fiore preferito. Emilia si era sentita minuscola. A partire da quel giorno – il 2 gennaio 1998 – aveva cominciato a scomparire. Il corpo le era rimasto, come rimangono le lapidi, le targhe, le fotografie incorniciate. Ma l'interno si era svuotato. Dentro di lei non si muoveva più niente.

Il volto della Madonna era scheggiato su una guancia e sotto l'occhio destro. Emilia levigava, riempiva. Una metà di lei si ripeteva: Permettiti di ricominciare adesso, ti prego. Ma l'altra la freddava: Ti scopriranno, è solo questione di tempo.

Era bastata una domanda innocua come: "Da dove vieni?" per chiuderle lo stomaco. E quando il Basilio le aveva chiesto: "Dove hai studiato?" si era sentita così sollevata nel poter rispondere, per una volta, la verità. L'aveva scandita diligentemente: "Alma Mater Studiorum di Bologna". Però aveva omesso un piccolo particolare: la "succursale" in cui aveva conseguito questa bella laurea. Il percorso per così dire "speciale" che l'aveva condotta al suo inimmaginabile 96. A suo padre che aveva pianto come un bambino, per una volta di gioia.

Emilia aveva questa incombenza colossale di cui occuparsi continuamente: nascondere dietro il corpo l'intero passato. Solo che il suo corpo era esilissimo, e il suo passato gigantesco.

Bruno ti scoprirà, si disse, e non vorrà più vederti. Il Basilio ti licenzierà. Gli abitanti di Alma ti cacceranno con i forconi perché così è giusto. Non esistono luoghi sulla Terra per te, è con i diavoli che devi stare, presa dai loro artigli, arsa tra le fiamme.

Era solo questione di tempo, eppure. Quel tempo, nonostante fosse fragile e poco, nonostante se stessa, lo voleva vivere.

Ci fermammo nell'anticamera, tra la spessa tenda di velluto e la porticina laterale.

«Com'è andata?»

Emilia controllò che il Basilio fosse abbastanza distante da non sentirla e, quando ne fu sicura, con un sorriso radioso che non le avevo mai visto, esultò: «Bene, benissimo!».

«Ti ha assunta?»

«Mi ha detto di tornare domani.»

La sua felicità, mi accorsi, scaldava la parte più congelata che resisteva al mio interno. «Credo che il Basilio non sia mai stato così gentile con qualcuno» commentai.

«Si chiama figa e fa questo effetto» Emilia tornò la solita impunita, «tu dovresti saperlo.»

Stava per spingere la porta, ma la fermai.

«Ti ricordo che stiamo per uscire sul grande palcoscenico di Alma, di cui siamo anche l'attrazione principale.»

Emilia alzò lo sguardo al cielo: «Ti prego, gettiamo un po' di scandalo tra questi baciapile». Mi mise una mano nei pantaloni.

«Tu non li conosci» sorrisi, «hanno già dato fuoco a diverse streghe. Vuoi fare la stessa fine?»

«Assolutamente.»

«Il Samurai sarà pieno a quest'ora, finiremo in un covo di pettegolezzi così fitto...»

«E va bene!» Emilia sbuffò. «Ricordami cosa devo fare: esco prima io e vado su per Stra' dal Forche?»

La scorciatoia, stavo per ripeterle. Per spiegarle da capo l'astruso piano che avevo architettato e che a chiunque non abitasse ad Alma e dintorni sarebbe suonato paranoico. Ma, nella penombra, misi a fuoco un'Emilia nuova. Sotto la posa sbruffona, la corazza difensiva, gli occhi inerti, intravidi la giovane donna che una ragione oscura aveva spinto fino a Sassaia. Pensai che questa donna oggi aveva ricevuto una soddisfazione.

«Usciamo insieme» cambiai programma. «Andiamo a cena fuori.»

Lei sgranò gli occhi come se le avessi detto: Ti porto in America.

«Se ne hai voglia, certo. Ma credo che dovremmo festeggiare.»

Qualcosa nei suoi occhi si mosse. Un bagliore infinitesimale, come un input proveniente da una lontanissima galassia a miliardi di anni luce, da una stella che di sicuro era già morta da tempo, ma riuscii a intercettarla. E mi diede coraggio.

«Mi hanno già vista barcollare ubriaca fuori dal bar» mi ricordò, «dopo avrai la reputazione rovinata.»

La baciai e le risposi: «Non me ne frega un cazzo».

Avevo trascorso le ultime ore seduto su un sasso bianco vicino al torrente, a visionare i titoli più allettanti per convincere i miei tredici alunni a leggere un dannato, miserrimo libro. Elaborando strategie per far passare il concetto che aprirne uno non fosse un gesto inutile in un mondo come questo, dove gli affetti sono tutti storti, e per essere amato ti sembra di dover nascondere te stesso; dove ci sono intere vie abbandonate, case lasciate vuote e ogni angolo ti ribadisce che qui il tempo è finito, che chi resta è un perdente. Intendevo fare il possibile perché capissero che leggere poteva liberarli dalla solitudine enorme di questo posto, e dalle sue leggi di merda.

Ne mandai affanculo la prima: Non dare confidenza agli stranieri.

Mi dissi che, se predicavo in un certo modo, dovevo anche razzolare di conseguenza. Quindi spalancai la porta e uscimmo dalla chiesa. Nella luce piena del tramonto, con il Samurai zeppo di gente, e qualcuno che non si premurò nemmeno di non voltarsi con tutta la faccia, il collo e il busto verso di noi.

Avremmo dovuto stare più attenti, con il senno di poi. Continuare ad amarci a Sassaia, spiati soltanto dalle rocce, dai faggi, dagli animali. Avremmo guadagnato tempo, forse. O forse no, perché quello che deve accadere, accade. Nonostante tutte le accortezze e gli sforzi per evitarlo. Allora forse abbiamo fatto bene: a prenderci anche quel pezzetto di felicità, tutto e subito.

Che poi, scritto così, sembra che uscimmo dalla chiesa mano nella mano, sottobraccio, o baciandoci appassionatamente. Mentre ci limitammo a varcare la porta nello stesso istante, e a camminare l'uno accanto all'altra attraverso la piazza, senza sfiorarci, senza gesti eclatanti, procedendo in parallelo. Ma la nostra semplice apparizione bastava e avanzava.

Passando davanti alle vetrine del Samurai, pregai in silenzio: Dio, fa' che non ci sia Patrizia, fa' che Patrizia non ci veda. Anche se con Dio avevo sempre e solo litigato.

9

Morire durante le feste è una cosa che non si fa, specialmente a una ragazzina di tredici anni.

Emilia aveva da poco avuto il menarca, disorientata nel suo stesso corpo; aveva le guance butterate dai brufoli e rimpiangeva l'infanzia; quando leggeva in classe a voce alta, era come se le lettere si accavallassero, si fondessero tra loro, ma la professoressa non lo capiva e continuava a umiliarla davanti a tutti. Si sentiva l'unica triste in un mondo di felici e adesso, come se non bastasse, era anche costretta a sentirsi ripetere: "Coraggio cara, *devi* andare avanti". Declamato in tono grave, come fosse chissà quale perla di saggezza, da conoscenti antipatici, da vicini di casa che l'avevano vista crescere, sì, ma questo cosa voleva dire? Che esprimevano le loro condoglianze carichi di buste della spesa e bottiglie di spumante, con la testa già al cenone, al conto alla rovescia su Rai 1, al futuro che per lei era appena diventato un tempo morto.

La sera dell'ultimo dell'anno del 1997 Emilia e suo padre l'avevano trascorsa in cucina, radicalmente soli. Sedendo l'uno di fronte all'altra in silenzio, evitando di guardarsi, con la tavola sparecchiata, il televisore spento, il lavello colmo di piatti sporchi.

Si udivano i primi botti in lontananza, petardi scoppiati nei cortili da ragazzini impazienti che non ce la facevano proprio ad aspettare la mezzanotte. Dai giardini delle villette intorno, dalle finestre illuminate di fronte, arrivavano rovesci di risate, folate di musica al massimo volume e poi abbassata di colpo, forse per pudore, forse perché qualcuno aveva ricordato la disgrazia della famiglia Innocenti.

Emilia in realtà non sentiva niente. Ascoltava solo, dentro di sé, il collasso irreversibile del ventricolo destro, del ventricolo sinistro, dell'aorta. Fissava la lastra di marmo della tavola e vi vedeva, come in uno specchio magico, le sue compagne di classe.

A quest'ora si saranno già fatte belle, pensava. Avranno indossato i cerchietti di velluto, i fermagli di Swarovski, i tacchi. Poi, una volta scese dall'auto dei genitori, aggiungeranno uno strato di trucco a quello concesso dalla mamma. Si spazzoleranno un'ultima volta i capelli col pettine portatile, si raddrizzeranno i bracciali, gli anellini, i collant velati che non sono abituate a portare sotto la gonna corta. Infine, nella tavernetta affittata collettivamente per l'occasione, con le casse che pulsano *What is love?* e le bottiglie di Sprite ben allineate per nascondere la vodka, faranno il loro trionfale ingresso davanti ai maschi.

Sarebbe stata la sua prima festa libera dal controllo dei genitori. E invece si trovava lì, con papà, a contemplare la sua adolescenza finita prima ancora di cominciare.

Dovevi ripetermi di non esagerare con il rossetto, l'aveva rimproverata. Dovevi prestarmi il tuo reggiseno, accompagnarmi alla festa dandomi un consiglio su come rispondere a tono a quelle stronze della Sofia e della Vanessa che mi escludono sempre, che mi chiamano "pelo di carota". Dovevi farmi vedere come si fa a camminare sui tacchi, a fumare una sigaretta, sì: senza aspirare. Rimproverarmi allo sfinimento quando non ho voglia di fare i compiti, o perché preferisco i videogiochi ai libri che tu ci tieni tanto che legga. Dovevi spiegarmi meglio i metodi contraccettivi, quella poesia di Pascoli che non ho capito. Invece sei morta.

Suo padre si era alzato a un certo punto. Dovevano essere le nove o le dieci di sera, ma la verità è che il tempo era sparito e, al suo posto, si era diffuso un deserto lunare in cui la gravità era assente, il giorno e la notte assenti, la vita assente; era rimasta solo la stasi sorda della materia.

Suo padre si era rimesso in piedi, con fatica e determinazione. Aveva appoggiato entrambe le mani sulla tavola. L'aveva guardata.

Sarebbero andati avanti a surgelati e rosticcerie per anni. Quella notte, come ogni futura notte, nessuno dei due ci avrebbe nemmeno provato, a dormire senza pastiglie. Ti dicono che, quando c'è di mezzo una malattia, hai l'opportunità di abituarti, di fartene una ragione. Perché le vedi stare talmente male, le persone che ami, talmente irriconoscibili, che alla fine vuoi solo rinunciarci.

Ma quale ragione? Avrebbe voluto ribattere Emilia. Quale abitudine? Lei se la sarebbe tenuta lì, sul letto antidecubito, per sempre. Anche di trentanove chili, anche orribile, con tre capelli in testa, stordita dalla morfina, ma pur sempre: sua madre.

Era un'egoista, una figlia unica viziata. Ma provateci voi ad andare avanti, *dopo*.

Se avesse potuto, Emilia si sarebbe attaccata a oltranza al suo mucchio d'ossa, alla sua pelle avvizzita a trentasette anni. Avrebbe preteso per sé quella versione esausta e scheletrica di sua madre fino a che sarebbe arrivato il momento giusto. Ossia, quando di anni ne avrebbe avuti cento. Centodieci. Quando, con un po' di fortuna, avrebbero addirittura potuto morire insieme, a poche ore o giorni di distanza. Sua madre non era più in grado di nutrirsi autonomamente, respirava a malapena, ma vuoi mettere la differenza? Vuoi mettere poterle fare una carezza, stringerle la mano calda, raccontarle com'è andata a scuola? E non poterlo fare più?

Quindi suo padre si era alzato, aveva appoggiato le mani sulla tavola, l'aveva guardata in faccia interrompendo il flusso dei pensieri che andavano dalla flebo di morfina a Sonia e Vanessa con i brillantini sulle palpebre, dalla telefonata alle pompe funebri ai baci che si sarebbero dati i suoi compagni di classe quella notte senza di lei con la musica da discoteca in sottofondo, senza soluzione di continuità, come se la morte e quei palpeggiamenti, il tumore e il frastuono delle casse, fossero la stessa identica cosa.

Le aveva detto: "Emilia, dobbiamo cenare".

Dimagrito, con gli occhi infossati e gonfi.

"Dobbiamo farci una pasta."

Con la barba di giorni, i capelli imbiancati di colpo, completamente a pezzi. Ma imperativo e categorico.

"Siamo io e te adesso. E ci dobbiamo bastare."

Quando sollevai il portellone del garage al limitare di Alma e svelai a Emilia l'ammaccata Seat Ibiza rossa, lei scoppiò a ridere: «Quanti secoli ha?».

Si avvicinò al cofano, lo considerò divertita, e incise con l'indice la crosta di polvere disegnando un enorme pene.

«Dillo» la provocai, «Marta non approverebbe.»

«Oh, Marta vomiterebbe all'istante! Non salirebbe mai su niente di meno di una Mercedes» sottolineò, «lucida di cera.»

Riuscii a scovare un piccolo aspirapolvere portatile che giaceva inutilizzato da anni insieme a un mucchio di altri utensili per motori: quel genere di attrezzi a cui avevo sempre preferito Giacomo Leopardi. Attaccai a ripulire meglio che potevo i sedili dalle mosche morte, dalle briciole di chissà quali gite sepolte, dalle ragnatele. E quando mi sembrò che l'abitacolo fosse diventato accettabile, controllai l'olio, l'acqua, la pressione delle gomme. Infine, la invitai a entrare.

«Prego! Ti faccio persino guidare, se vuoi.»

«No, no.» Emilia arrossì. Si affrettò a salire sul lato del passeggero, s'infilò gli occhiali da sole e cambiò subito argomento: «È troppo pulita, mi abbaglia. Tornata nuova come negli anni Settanta».

«Ottanta» la corressi.

Girai la chiave nel cruscotto senza sapere bene cosa aspettarmi. L'ultima volta che l'avevo usata risaliva a più di un anno prima, per raggiungere la Gisella al Motel Le Piane. Il pensiero mi riempì di tristezza.

Con mezzo serbatoio di benzina, ragionai, forse potevamo oltrepassare la provincia, e poi Torino, il Piemonte da cui ero sconfinato solo d'estate, da bambino, per andare in Liguria al mare.

La vecchia carretta si accese, miracolosamente uscì dal garage. Scivolando giù per la provinciale, prendendo slancio nella discesa, ci gettò nel mondo.

Emilia abbassò il finestrino anche se faceva freddo. Novembre si era deciso a essere se stesso, ormai. Io affondavo il piede sull'acceleratore come fossi inseguito, mentre lei teneva la testa fuori per sentire il vento negli occhi, i capelli che le sbattevano in faccia. La vita che ci investiva.

Ripensai a Marta: l'unico indizio che avevo a disposizione per ricostruire la storia di Emilia. Ansimavamo ancora nella stanza rischiarata dalle candele come nel Milleduecento, quando era venuto fuori per la prima volta quel nome. E io mi ci ero avventato sopra con una fame che non credevo di avere.

Era andata così: Emilia mi aveva domandato che lavoro facessi, e io le avevo risposto, molto tranquillamente, che insegnavo italiano in una scuola elementare. Alché lei aveva avuto una reazione notevole: di sorpresa, quasi di allarme. Scuotendo la testa aveva commentato: "Non è possibile, mi scopo un maestro...".

"Cosa c'è di strano?"

"È una roba patetica." Si era coperta il viso con entrambe le mani. "Marta mi schiferà a morte quando lo verrà a sapere."

"Chi è Marta?"

Emilia non nominava mai nessuno, eccetto il padre ogni tanto. Sembrava non aver avuto alcuna vita antecedente il suo arrivo a Sassaia. Mi ero messo a sedere a gambe incrociate per prestarle il massimo ascolto. Lei si era scoperta il viso e con estrema gravità mi aveva risposto: "Una mia compagna di collegio".

Non che non me lo fossi chiesto: chi mandasse ancora i figli in collegio negli anni Novanta o Duemila. Solo che Marta era più importante.

"Ha standard altissimi" aveva continuato Emilia con orgoglio. "Vive a Milano, in un appartamento di cento metri quadri, in una zona molto chic. È una ricercatrice, sai? Lavora per un'azienda farmaceutica. Esce solo con dirigenti, notai, e a cena paga sempre lei perché è una donna libera e femminista."

"Tu non dirglielo, che esci con un maestro. Fammi diventare... che ne so, un professore universitario!"

Si era scandalizzata: "Una bugia a Marta? Abbiamo fatto il giuramento. Ci siamo tagliate i polpastrelli e unite il sangue nel bagno. Il rito non si scinde".

"E che genere di ragazzo vorrebbe per te, questa Marta?"

"Be'" ci aveva riflettuto, "uno rude, molto maschio. Che sia pieno di grana, ma anche colto. Laureato in cose serie: scientifiche, matematiche. Un manager."

Ero esploso in una risata come non mi capitava, forse, da vent'anni.

"Un manager a Sassaia non lo troverai mai, e nemmeno ad Alma. Ma di uomini rudi con la canottiera bucata, l'odore di stalla e le mani callose, quanti ne vuoi."

Era successa una cosa strana, dopo. Emilia si era come assentata. Con lo sguardo altrove, attorcigliandosi una ciocca di capelli intorno alle dita, aveva mormorato: "Mi leggeva sempre i loro temi prima di andare a dormire".

Ma quando le avevo chiesto di chi parlasse, si era riscossa con imbarazzo: "No, niente".

Ripensavo a questo episodio e, di nuovo, alla risposta che aveva dato al Basilio: le Marche. Cosa avevo in mano? Niente. Suo padre, l'unica volta che lo avevo visto sul balcone insieme al materasso e alle lenzuola, mi era sembrato un uomo ricco. Il collegio forse era uno di quei campus in stile americano dove le famiglie facoltose mandano i figli a studiare. Forse esisteva un campus del genere in provincia di Pesaro e Urbino. Forse avrei dovuto cercare su Internet. La provinciale, intanto, serpeggiava tra i boschi, a picco sul torrente, digradando tra le montagne nere.

«Dove stiamo andando?» mi chiese, spettinata, dopo aver tirato su il finestrino.

«*A una stazione*» le risposi, «*a un binario dove nessuno ci possa trovare.*»

«Mandel´štam» sorrise.

Mi voltai a guardarla: le sue lentiggini, le sue labbra sottili e screpolate che non avrebbero resistito all'inverno, gli occhi opachi e impenetrabili come brace. Potevo amarla senza sapere chi era?

Quando arrivammo all'incrocio, rimasi fermo allo stop per un tempo infinito, anche se la strada era vuota.

Iniziavo a sospettare che, non sempre, ma a volte, mi mentisse. Non riuscivo a capire perché mi avesse nascosto un dettaglio così trascurabile come la patente che non aveva.

La mia intenzione era svoltare a sinistra, verso un locale in pianura di cui avevo sentito parlare bene, ma in cui non ero mai stato. Volevo che fosse tutto nuovo tra noi, come fossimo nati adesso.

Invece all'ultimo, come un kamikaze, imboccai la direzione opposta.

Il ristorante si chiamava Cervo verde. Esisteva ancora, e se ne stava arroccato su una collina di Donato, al confine della provincia, in una valle ben più assolata della nostra, scavata da un torrente meno impetuoso.

Quando arrivai all'ingresso, mi si chiuse lo stomaco. L'ultima volta che avevo varcato quella soglia era stato a pranzo, una domenica d'inizio agosto. Erano trascorsi, li contai, venticinque anni.

Anche Emilia non si decideva a entrare. Rimaneva lì a fissare la porta come in attesa che qualcuno gliel'aprisse. Ma io non potevo decifrare quel dettaglio: non avevo le conoscenze necessarie. La sua indecisione vinse la mia, e abbassai la maniglia.

Il tempo a volte è implacabile, a volte è miracoloso.

Se pensavo a quello che aveva fatto alla mia Valle – paesi che all'inizio degli anni Sessanta contavano migliaia di abitanti e ora qualche decina – mi si fermava il cuore. Sassaia era arrivata a popolarsi di trentacinque famiglie al tempo degli scalpellini e dei muratori famosi in tutto il mondo. Poco più giù di Alma, prosperavano cappellifici, lanifici, coltivazioni di canapa. Quand'ero bambino, c'erano così tante botteghe aperte, feste per ogni santo patrono, bar stracolmi e chiassosi fino a tarda sera, panetterie, mercati. Poi, era come se fosse arrivata una peste che aveva svuotato le case e i bar, i ristoranti e le piazze. Come se il tempo fosse diventato una valanga e, rotolando dalla cima delle montagne, avesse ammutolito ogni voce.

Qui, invece, al Cervo verde, il tempo aveva conservato e protetto ogni dettaglio. C'erano sempre le corna appese alle pareti, i gufi e le pernici impagliate con gli occhi di vetro che ti fissavano attoniti, le fotografie in bianco e nero affollate di uomini con il cappello e donne con il foulard, risalenti all'epoca in cui questo territorio era ricco e nessuno avrebbe mai immaginato che un giorno i nipoti sarebbero fuggiti in massa. Anche i tavoli, mi pareva, erano apparecchiati con le stesse tovaglie, adornati con gli stessi centrotavola rustici intagliati nel legno.

Ma, siccome oggi non era una domenica di agosto del 1990, bensì un mercoledì o giovedì di novembre del 2015, nella sala con vista sulle Alpi non c'era nessuno. Solo Emilia, che sfilava sognante in mezzo ai tavoli, accarezzando posate e tovaglioli: «Non immagini da quanto non vado al ristorante».

«Anch'io» ammisi.

Lei alzò lo sguardo su di me: «Tu però sei triste, lo vedo».

Rimasi impalato, a disagio, senza sapere cosa rispondere. A differenza sua, non riuscivo a mentire.

Una donna anziana con una crocchia e un grembiule uscì dalle cucine per accoglierci e chiedere dove preferissimo accomodarci. Emilia scelse un tavolo quadrato davanti a una finestra che incorniciava il Mombarone. Ci sedemmo l'una di fronte all'altro mentre la signora ci accendeva una flebile candela, e a me tremavano le mani. Cominciavo a sudare.

"Autosabotaggio" si chiama. Quando vuoi uscire dal pantano, concederti finalmente un gesto normale come portare a cena fuori una ragazza e, allo stesso tempo, ti vuoi punire per il solo fatto di aver tentato. Quindi, tra tutti i posti, scegli il peggiore.

Emilia leggeva con entusiasmo il menu tipico: polenta e cervo, polenta e moja, polenta concia. E io provavo a concentrarmi su di lei, sul suo bel sorriso, sul presente che era l'unico spazio libero, ma lo sguardo mi ricadeva sempre di lato, su una lunga tavola apparecchiata per una famiglia numerosa, rumorosa, allegra, come attratto da un irresistibile magnete: il passato. E mentre Emilia ordinava un litro di vino della casa e polenta e moja per entrambi, io rivedevo scorrere come in un filmino amatoriale i brindisi, i ventagli, le risate di quella domenica, e mi sentivo una pressa affondare sui polmoni.

«Quante fidanzate hai avuto?»

Tornai al qui e ora bruscamente. «Perché me lo chiedi?» Mi accorsi che i nostri bicchieri erano colmi di vino. «La quantità è importante?»

«Cazzo, sì! È fondamentale. Avanti, dimmelo.» Emilia alzò il suo calice. «La verità, mi raccomando.»

«Zero» ammisi, facendo tintinnare i nostri bicchieri. «Di fidanzate ne ho avute zero.»

Scosse la testa, incredula: «Nessuna storia in trentasei anni?».

«Solo notti sparse, sporadiche, tristi. E pure cominciate in tarda età.»

«Non ti sei mai innamorato? Non hai mai convissuto? Non hai mai presentato nessuna ragazza alla tua famiglia?»

Quest'ultima domanda mi risultò particolarmente dolorosa.

Vidi chiaramente il sollievo sul suo volto mentre le ribadivo: «No, niente di tutto questo».

Bevemmo d'un fiato. Il vino mi aiutò a tornare a galla.

«E tu?» le domandai.

Emilia assunse di colpo una posa smargiassa. Si lasciò andare contro lo schienale e sospirò: «Ah, io di tipi ne ho avuti *un casino*! Scopavo nei cessi dell'Imperiale e del Cocoricò, a Riccione. Ma ho anche avuto delle storie serie, di due, tre anni. Una addirittura di cinque, con Emanuele, il mio grande amore». Non mi guardava mentre diceva queste cose. Sorrideva a se stessa, come rapita. «Eravamo andati a vivere insieme, all'università. Lui mi aveva addirittura chiesto di sposarlo... Ma io non ero pronta.»

Di tutte le sue parole, istintivamente, ne tenni una: Riccione.

Arrivò la polenta. Emilia si illuminò. Non capivo se fosse il vino, il ristorante, la prova con il Basilio andata bene, ma era decisamente su di giri. Io, invece, mi sentivo un masso legato alle caviglie, e sotto il tavolo c'era un lago, nero di profondità, che aspettava solo d'inghiottirmi. Che mi spingeva a prendere tutta quella felicità insperata, immeritata, inaspettata, e darle fuoco.

«Perché dalle Marche a Sassaia?» Non riuscii a frenarmi. Prima ancora di sfiorare il piatto. Con serietà, con violenza, con disperazione: «O meglio, perché da Riccione a Sassaia?».

Lei, che aveva già iniziato a mangiare, si oscurò completamente.

Finì di masticare, posò la forchetta, mi fissò negli occhi con un sentimento che, senza dubbio, era odio: «Gli interrogatori non funzionano con me, sappilo». Si pulì gli angoli della bocca con il tovagliolo. «E se fai lo stronzo, io adesso mangio, mi alzo, prendo la tua macchina e me ne vado. Anche se non ho la patente e non conosco le strade, me ne sbatto la fica e ti lascio a piedi.»

La sua trasformazione mi atterrì.

«Io te l'ho chiesto? Perché mi hai portata qui anche se questo posto ti fa soffrire? Te l'ho chiesto chi o cosa ti ricorda? Ho cercato d'infilare il dito nella tua piaga? No, perché non sono una merda.»

«Scusami.»

Le presi una mano di scatto e gliela strinsi.

Chiusi gli occhi. Sentii le lacrime scendermi lungo le guance. Non feci nulla per nasconderle.

E lei dovette stupirsi perché, dopo un attimo di esitazione, mi strinse la mano a sua volta, sulla tovaglia, in mezzo ai bicchieri e al cestino del pane. Non potevo vedere la sua espressione, ma sentii le sue parole diventare dolci: «Sei bello incasinato anche tu, eh?».

Mi sentivo franare. E la sua mano mi teneva.

«Ascoltami, adesso mangiamo. Non lasciamo che questa meravigliosa polenta si freddi. Sai cosa mi diceva sempre Rita, un'altra mia amica del collegio? Che da qualche parte bisogna ricominciare. E io non ci credevo, non volevo, ma sono stata costretta. Allora, tra tutti i posti del mondo, ho scelto Sassaia perché è il più bello. È come...» rifletté un attimo, «un utero di pietra. Tu al sicuro, innocente, al caldo come nella stalla dei presepi. E tutto il mondo gelido e cattivo là fuori.»

Riaprii gli occhi. La guardai attraverso le lacrime con un sentimento che, senza dubbio, anche se mi avesse mentito per sempre, anche se non sapevo ancora quale sarebbe stato il prezzo, era amore.

«Non chiedermi più niente» concluse. «Scopiamo, viviamo, ma restiamo sul confine, va bene? Senza superarlo.»

Quando tutta la classe, ben pettinata e vestita di scuro, si era presentata al funerale, Emilia un cuore non lo aveva già più.

Dalla prima panca, quella riservata ai famigliari stretti, si era voltata verso il fondo, dove si assiepavano coloro che sua madre manco sapevano come si chiamava. Li aveva squadrati uno per uno, i suoi compagni, e soprattutto le sue compagne, dotate di tette, fianchi e sedere laddove lei era ancora un'asse da stiro. E aveva indovinato, dietro ogni sguardo basso e silenzio forzato, i pensieri che tornavano alla festa di Capodanno a cui non era stata, alla vodka alla pesca tracannata a collo, allo stordimento dopo il primo giro di canne, a quella cosa che su «Cioè» veniva asetticamente definita *petting* e significava, molto terra terra, provare a fare sesso senza trovarne il coraggio.

Loro erano là, su un rettilineo che correva a perdifiato, con tutta la vita davanti. E lei era qua, invece, su un binario morto. Il suo orizzonte era la bara di sua madre, che si chiamava Cecilia e amava i romanzi di Richard Ford, Daniel Pennac e le poesie di Umberto Saba. Che aveva trentasette anni, insegnava italiano alle elementari Ungaretti di Ravenna, e alla montagna aveva sempre preferito il mare.

Le piaceva abbronzarsi, arrivare al largo con il pedalò per ammirare gli ombrelloni sulla spiaggia divenuti puntini colorati – "Guarda Lilluput, Emilia!" –, pranzare al ristorante con ancora la sabbia sotto il costume. Ma, più di tutto, le piaceva tornare a scuola a settembre e ritrovare i suoi alunni, ascoltare i loro racconti delle vacanze, correggere i diari che aveva dato loro come compito, insieme a "letture selvagge in libertà".

Sua madre era una persona buona, che non aveva mai fatto niente, ma proprio niente, di male.

Aveva allestito una biblioteca scolastica di tasca sua. Dato ripetizioni gratis ai bambini in difficoltà provenienti dai quartieri meno abbienti. Quando la vita l'aveva bastonata con l'aborto spontaneo del fratellino di Emilia – un episodio che lei ricordava perfettamente, anche se aveva solo cinque anni – aveva trascorso un paio di giorni a letto a piangere, e poi, anziché incazzarsi, si era iscritta a un'associazione di volontariato che intratteneva i piccoli ricoverati nel reparto di oncologia pediatrica.

Mentre il prete parlava, o meglio blaterava, dell'imperscrutabile volontà di Dio che è sempre giusto e corretto, le espressioni buffe di sua madre, la sua abitudine di togliere le copertine ai libri e seminarle per casa, il suo modo di rivolgerle domande intorno a possibili fidanzatini con un solo sopracciglio alzato, erano già diventati verbi al passato.

D'ora in poi Emilia sarebbe tornata da scuola, come sempre umiliata dalla prof di italiano, da Vanessa e Sofia che le calavano a forza le mutande nei bagni – "Pelo di carota! Chi ti scopa? Fai schifo!" – e non avrebbe più trovato sua madre che leggeva in salotto.

Non avrebbe più potuto piangerle addosso, rannicchiata con la testa sul suo seno. Non l'avrebbe più sentita dire: "Sono deboli, per questo ti fanno male. Chi è forte è sempre generoso". Avrebbe trovato un buco, una volta spalancata la porta di casa. Un cratere assordante, vertiginoso, che sapeva ancora dei suoi vestiti ben ordinati negli armadi, dei suoi profumi allineati sulla mensola del bagno, dei suoi romanzi che tappezzavano l'intera libreria del salotto e che né suo padre né lei avrebbero mai più toccato.

Quando avevano portato la bara fuori dalla chiesa, Emilia non vedeva più né i compagni né le insegnanti né i parenti né il cielo né la terra. Quando avevano infilato la bara con dentro sua madre in un loculo in alto nel cimitero monumentale di Ravenna, e poi avevano cominciato a murarlo, con quel rumore definitivo di cemento fresco e cazzuola, di mattoni e di fresa, Emilia non era riuscita più a respirare, a reggersi in piedi, ed era caduta come un sacco di patate.

Quando era tornata a casa, aveva composto il numero di cellulare di sua madre e lo aveva sentito rispondere: "Tim, il numero da lei chiamato non è al momento raggiungibile". Avrebbe continuato a comporlo, quel numero, ogni giorno, ossessivamente. Avrebbe continuato a telefonare per ascoltare, al posto del consueto: "Amore, dimmi", una voce anonima che diceva: "Tim".

Non è vero che dopo si va avanti.

Dopo ci sono le conseguenze.

E la prima, la più importante nella vita di Emilia, fu una sorda, implacabile rabbia.

10

Tornammo a Sassaia troppo tardi, quella notte, confusi e scossi dalle parole che ci eravamo detti al ristorante e che adesso continuavano a lavorarci dentro, come quelle vespe muratrici che s'insinuano nelle piccole crepe delle imposte, e scavano, e ronzano, fino a svuotarle.

Il freddo era calato all'improvviso come una scure. L'umidità del bosco ci tagliava le ossa. Ci aprivamo un varco con le torce nei passaggi più fitti, dove il buio era una pasta nera e brulicante di pericoli. Non avremmo dovuto vestire così leggeri, non avremmo dovuto tante cose. Eppure. Con i "non", non si va avanti.

A metà mulattiera, tra l'edicola votiva e i massi giganti, mi fermai, le afferrai una mano. Volevo chiederle con tutto me stesso: Dimmi chi sei. Ma non potevo, perché a quel punto lei lo avrebbe chiesto a me.

Allora cominciai a baciarla. In un modo violento che stava a significare tutta la mia frustrazione. Emilia tremava dentro il giubbotto di pelle con le frange, ma non mi respingeva. Era come se fossimo sempre sul punto di perderci, minacciati da un ricordo, da una domanda, dalle persone che eravamo state e forse, incontrandoci, non eravamo più.

Spegnemmo le torce, ci addossammo a un castagno e finimmo tra le sue radici, in un impasto di foglie, pietre e terra gelata. La luna era quasi piena e filtrava come un ruscello attraverso i rami. Il campanile di Alma batteva in lontananza una di quelle ore impossibili in cui nulla è ancora finito, nulla è ancora iniziato. Avevamo la pelle d'oca, i rovi ci graffiavano. Mentre ci impastavamo l'uno nel corpo dell'altra, mi dissi che adesso ci sarei entrato, nel covo dei partigiani. Che non avrei più avuto paura, né dei pipistrelli né dei proiettili inesplosi. Che per lei sarei andato a vedere di cosa era fatto il buio, che odore aveva. Anche senza mia sorella.

«Siamo due pazzi» commentò Emilia alla fine, con i capelli pieni di foglie. «Le scopate nei boschi le fanno gli adolescenti con i genitori a casa, mica i trentenni che possono starsene al caldo.»

«Io l'ho proprio saltata, l'adolescenza. Ma forse la sto recuperando adesso, con te.»

Vidi che era sul punto di rispondermi qualcosa d'importante, ma all'ultimo ci ripensò. Riaccendemmo le torce, riprendemmo a camminare. Emilia mi precedeva e, nonostante la stanchezza, teneva il passo per riscaldarsi. Cominciava a padroneggiare Stra' dal Forche. Era già diventata casa sua, pensai. Quando arrivammo al cartello con scritto SASSAIA si voltò a guardarmi e sorrise: «Chi l'avrebbe detto?» strofinandosi le braccia. «Mi toccherà pure ringraziarlo, quell'Aldo, per non avermi portato il televisore.»

Potevamo essere felici, mi azzardai a pensare.

«Ma se a novembre fa così freddo, cazzo» continuava a strofinarsi e a camminare più in fretta che poteva, «a gennaio cosa sarà? Non sento più le dita delle mani e neppure dei piedi.»

«A gennaio non faremo altro che spalare neve, spaccare ghiaccio, caricare stufe e finire le provviste. Che, ti avviso, tra poco dovremo cominciare ad ammassare. Potremmo restare bloccati spesso.»

«Sento già mio padre che esulta» ne imitò la voce: «"Te l'avevo detto io, disgraziata!".»

Nei vicoli rischiarati dalla luna, tra le case mute di abbandono, nelle piazzette così minuscole da non avere intestazioni né civici ma solo nomi in dialetto come *Surtun*, *Busc*, *Stela*, camminammo abbracciati. Sentivo anch'io l'inverno arrivare, ne percepivo l'odore nel vento che rotolava giù dalle montagne. Ma, mi resi conto, per la prima volta potevo scendere in città per fare la grande spesa dell'apocalisse, e andare a comprare dal Rivetti la legna in quantità industriale, e aspettare isolato davanti alla stufa che la bufera passasse, non da solo: con lei.

Arrivati tra i due portoni delle nostre case, le chiesi: «Ti va di dormire da me?».

Emilia si sorprese, come se non ne avesse mai contemplato la possibilità. Come se casa mia fosse una bara, una caverna, un museo chiuso e inaccessibile. In effetti lo era.

«Ok» mi rispose. Più per l'urgenza di sottrarsi al gelo che per autentica convinzione.

Rabbrividii mentre giravo la chiave, ma non per il freddo. Nessuno, eccetto me e Valeria, era entrato in quella casa da tanto di quel tempo che non riuscivo a misurarlo. Premetti l'interruttore e la luce si accese, rivelando nuda e cruda la mia vita.

Che era un deserto. Un'esposizione ordinata di reperti: una zangola, un vaso portauova che non si usava più, una corona di fiori intrecciati e lasciati seccare, testimonianza di una gita d'infanzia, e innumerevoli tazze e tazzine appartenute a persone di cui non ricordavo più il tono di voce, il modo di sorridere. Ma questo mausoleo lo vedevo solo io. Emilia era troppo stanca e infreddolita.

«Ho paura di avere la febbre» mi disse battendo i denti.

La guardai, aveva le labbra viola.

«Non posso non andare al lavoro domani, è il mio secondo giorno. Non posso deludere il Basilio.»

«Non agitarti» le dissi, «vieni con me.»

La condussi di sopra, nella mia stanza, e accesi la fioca abat-jour che mi serviva per leggere. Gettai della legna nel camino e feci sedere Emilia sulla poltrona accanto al fuoco che iniziava a mordere. Le ricoprii le spalle con una spessa coperta di lana.

«Aspettami qui.»

Tornai di sotto, misi l'acqua sul fuoco. Compii ogni gesto nell'esatta sequenza in cui lo compiva Valeria quando mi ammalavo. Risalii di sopra con l'infuso di ortiche che fumava. Emilia, avvolta nella coperta, si era quasi addormentata. Le diedi da bere la tazza che scottava. Le misi una mano sulla fronte: «Hai solo qualche linea, domani sarai più che in forma».

Non chiusi le imposte, non spensi la lampada. Non osavo dirmelo a voce alta, ma ero tornato a volerlo: il futuro.

Quando Emilia finì di bere l'accompagnai in bagno, la spogliai anche se non voleva, anche se era esausta e l'inverno le stava ancora mangiando le ossa. Accesi un getto bollente nella doccia e le garantii che, dopo, il freddo se ne sarebbe andato, doveva solo fidarsi. Si afflosciò contro le piastrelle. Presi la spugna, il bagnoschiuma, e le lavai via i rimasugli di foglie e di terra.

«Troppe emozioni oggi» si giustificò, abbassando gli occhi con vergogna.

La avvolsi nel mio accappatoio. Le asciugai i capelli con il phon. Le diedi un mio pigiama, una tachipirina e la misi a letto, coricata nella parte che nessuno aveva mai occupato.

«Perché fai tutto questo per me?» mi chiese a bassissima voce, mentre chiudeva le palpebre sotto le coperte.

«Perché.»

Non lo avevo mai detto a nessuna.

E non riuscii a dirlo nemmeno a lei.

Emilia però comprese il mio silenzio, spalancò gli occhi lucidi di febbre. Con il panico nella voce quasi mi gridò: «Non puoi».

Rimasi seduto accanto a lei sul bordo del letto.

«Non puoi» ripeté. Era un'ammonizione. Mi stringeva la mano affinché non me ne andassi, affinché ritrattassi immediatamente le parole che non avevo pronunciato. «Tu non mi conosci, tu non sai.»

«Questi dieci giorni con te» le dissi, «valgono mille volte i dieci anni che li hanno preceduti. Non m'importa se vuoi solo divertirti, se non vuoi impegnarti, se hai bisogno di compagnia e io sono l'unico uomo nei paraggi. Non voglio essere ricambiato, non voglio trattenerti, non voglio niente. Sono solo felice che tu sia qui.»

Emilia mi lasciò la mano, fissandomi con uno stupore disperato.

«Non me lo merito» disse.

«Nemmeno io» le risposi alzandomi, «ma tu adesso dormi, che tra sei ore ci dobbiamo svegliare.»

«Quando ci ammalavamo dovevamo isolarci per non contagiare le altre» biascicò, «e mi mancavano le carezze di mia madre. Non sono abituata al freddo. Non sono abituata a tutto questo.» E, prima di sprofondare la testa nel cuscino, aggiunse: «Ho perso così tanti inverni, che me li ero dimenticati».

Uscii dalla stanza. Spensi tutte le luci al pianterreno, al primo piano, eccetto la nostra abat-jour. Mi buttai sotto la doccia e, una volta uscito, bagnato, gocciolante nell'accappatoio usato poco prima da lei, mi osservai dentro lo specchio appannato. Erano l'una o le due di notte, ma non m'importava. L'indomani a scuola i miei alunni sarebbero rimasti di sasso, ma nemmeno di questo m'importava. Afferrai prima le forbici, poi il rasoio. Ciuffi di barba cadevano nel lavandino come una vecchia pelle durante la muta. Pezzi di corazza, pezzi di maschera.

Quando mi fui perfettamente sbarbato, nello specchio riconobbi un uomo diverso. Una persona che non mi era estranea, anzi: l'avevo tenuta imbavagliata dentro di me per tanto di quel tempo, le avevo proibito qualsiasi forma e misura di felicità. Basta.

Andai a coricarmi nel mio letto che, per la prima volta, non era né gelido né desolato né solo mio. Mi sdraiai sul fianco, nella stessa posizione di Emilia. Allungai una mano per sentirle la fronte: era già sfebbrata. Non avrei permesso ad alcun passato di venire a turbarci.

Patrizia era al Samurai quando Emilia e io eravamo usciti insieme dalla chiesa e avevamo attraversato la piazza. Sedeva con le amiche a un tavolo accanto alle vetrine e, come il resto del paese, ci aveva visto.

Quando mi presentai a scuola l'indomani, con il paio d'ore di sonno stampate in faccia, le occhiaie profonde e, soprattutto, senza barba, lei stava attraversando il corridoio nella direzione opposta. Dapprima rallentò, sorpresa. Poi m'incenerì con una vampa d'odio. Infine proseguì senza un cenno di saluto.

Lavoravamo insieme dal 2005. Io ero tornato a vivere a Sassaia da un anno – uno dei più disastrosi che io ricordi. Lei aveva appena divorziato. Inizialmente avevamo altre due colleghe che facilitavano i rapporti. Ma, nel giro di poco, con la drastica diminuzione degli iscritti, eravamo rimasti in due. E le cose avevano subito preso una piega complicata perché lei si sentiva sola, e la solitudine era una piovra che non riusciva a gestire, mentre io da solo credevo di stare benissimo, e non volevo diventare la soluzione ai vuoti di lei.

Non avevo mai fatto nulla per incoraggiare il suo interesse, e neppure per offenderla. La volta che mi aveva baciato a tradimento in aula insegnanti, l'avevo allontanata con la massima delicatezza e le avevo perfino chiesto scusa, prima di fuggire a gambe levate.

D'altra parte, Patrizia non mi aveva mai visto frequentare nessuna. Gisella stava a trentacinque chilometri da Alma e chi avrebbe potuto sospettare che io, proprio io, il riservato e ascetico maestro Peraldo, facessi certe cose? Per quanto ne sapeva, avrei potuto tranquillamente essere gay. Speravo lo credesse. Vedevo la sua fragilità e mi rattristava ferirla. Cercavo di andarci d'accordo, di accogliere i suoi sfoghi con cura, anche se il suo modo d'insegnare non mi piaceva, anche se lei non mi piaceva. Una contenuta amicizia era tutto quello che potevo darle.

Quella mattina i suoi tacchi risuonarono sprezzanti sotto le volte ottocentesche della scuola come se volessero calpestare me anziché le consumate mattonelle bianche e nere. Compresi subito che qualcosa di terribile doveva essere accaduto dentro di lei, però, in tutta franchezza, non me ne fregava niente.

Quando entrai in classe, i miei tredici alunni erano impegnati come al solito a confabulare e a scambiarsi carte Pokémon: mi notarono appena. Li richiamai all'ordine, si misero finalmente seduti con gli occhi alla cattedra, e a quel punto nell'aula piombò un silenzio di granito.

Osservai quei piccoli occhi sgranati, increduli, ed ero così cambiato, non solo nell'aspetto, che scoppiai a ridere: «Ragazzi, era solo una barba».

Restarono ancora più perplessi.

«Non sono un impostore, sono sempre io: il maestro Peraldo. E finalmente posso svelarvi la mia età: ho trentasei anni.»

Iniziarono a sorridere con le loro finestrelle tra i denti da latte, prima timidamente, poi con maggiore enfasi. Erano abituati a scorrazzare in mezzo a vecchi decrepiti e adesso l'idea di avere un maestro così giovane probabilmente li faceva sentire più fighi.

«Ciò non toglie che faremo lezione come sempre. Ci occuperemo delle doppie con i più piccoli e dei verbi con i più grandi. Contenti?»

«Nooooo!» In coro.

«Forza, mettete via quelle carte e tirate fuori i quaderni.»

Aprii il registro, feci il solito breve appello in quella scuola enorme con vista sul torrente. La stessa che avevamo frequentato io, Valeria e diverse generazioni di Peraldo, e dove ormai eravamo rimasti in quattro gatti. Poi mi alzai, andai alla lavagna: «Se raddoppiate una consonante, badate bene: una sola, quella parola cambia, prende tutto un altro significato». Scrissi declamando: «*Cassa*, *casa*. *Nonno*, *nono*. *Anno*, *ano*» e, come previsto, ascoltai la loro risata meravigliosa.

Perché mai, mi chiesi, avrei dovuto mantenere le promesse? Diventare un famoso professore universitario, insegnare alla Sorbona o a Berlino? E rinunciare a quella risata?

Per una volta, quella mattina, non mi sentii un fallito.

Più tardi, durante la ricreazione, entrai in sala insegnanti e trovai Patrizia che beveva un espresso portatole dal Piero su un vassoio del Samurai. Frantumai il silenzio con una voce insolitamente allegra: «Buongiorno, Patrizia!».

Non rispose. Continuava a sorseggiare il caffè e a fissare dalla finestra i bambini in cortile che correvano e si arrampicavano, sudati con le giacche aperte, le sciarpe penzoloni e il freddo che, in quella giornata senza sole, trasformava i loro fiati in condensa.

Era così tesa che le tremavano le mani. Ma io ero così contento che, paradossalmente, pretendevo lo fosse anche lei.

«Il Martino mi ha azzeccato tutti i verbi» le dissi orgoglioso, «non so se è perché suo padre non è rientrato ubriaco, o perché è in buona, o perché ha capito di non voler essere più bocciato. Ma oggi è un'altra persona.»

«*Tu* sei un'altra persona.»

Posò la tazzina sul tavolo. Senza guardarmi, si affrettò a cercare dentro la borsa, con agitazione. Ne estrasse il cellulare e prese a scrivere compulsivamente. Dopodiché lasciò di corsa la stanza.

Un trillo mi fece sussultare. Veniva dalla mia cartella di cuoio. Era il mio telefono: un oggetto con cui avevo così poca confidenza da lasciarlo quasi sempre spento o silenziato. Tanto, l'unica persona che mi stava a cuore non mi chiamava da anni, gli ultimi SMS che mi aveva mandato erano così sintetici da rasentare il telegramma. Mi scriveva la Vodafone. Mi cercavano i call center. Era una pena.

Ma quella mattina la mia vita era cambiata: c'era un'altra persona che mi stava a cuore, e che avrebbe potuto chiamarmi, scrivermi, sentire il bisogno di dirmi qualcosa. Ci eravamo scambiati il numero durante la colazione. "Cazzo, ci stiamo proprio fidanzando" aveva commentato Emilia. Come me, nemmeno lei sapeva il suo numero a memoria. "L'ho cambiato da poco" mi aveva mentito. E adesso speravo che, prendendosi una pausa dalla Madonna Nera o dal Giudizio Universale, le fosse venuta voglia di scrivermi.

Afferrai il telefono e guardai.

Ma non era di Emilia, il messaggio ricevuto.

Era di Patrizia.

"EVIDENTEMENTE io non sono abbastanza per te. Non abbastanza magra, abbastanza alcolizzata, abbastanza porca. Non credevo fossi il genere di uomo che va a troie. Mi hai IRREPARABILMENTE delusa."

Provai un conato d'odio. Per la parola "troie", prima di tutto.

Ho fatto il chierichetto da bambino. Una parte di me è stata costretta a diventare buona: a incassare, a comprendere, a porgere l'altra guancia. Dovrei delegare a questa parte la descrizione di Patrizia. Dovrei premettere che non intendo giudicarla, né ora né in seguito, perché so benissimo che più siamo deboli, più facciamo del male.

Però adesso ho voglia di fottermene e infierire. Già solo gli avverbi scritti in maiuscolo dicono molto di lei. Come le unghie ricostruite, a cui però non riusciva a star dietro, così lo smalto si scrostava, si spezzava, e le dita finivano per assomigliare a dei goffi artigli.

Patrizia aveva, all'epoca dei fatti, quarantacinque anni. Dopo la fine del suo tardo e breve matrimonio, si era trasferita ad Alma per essere più vicina alla madre anziana; ma forse voleva solo un pretesto per rintanarsi. Come si sarà capito, la Valle è perfetta per nascondere i latitanti.

Era perennemente a dieta, beveva solo caffè con il Dietor, sostituiva il pranzo con le barrette proteiche, ma poi alle cinque andava al Samurai, s'ingozzava di spritz e patatine, e non riusciva mai a dimagrire. Iniziava spesso i discorsi che vertevano sulla presenza discreta, temporanea, di qualche rarissimo immigrato con: "Io non sono razzista, ma...". Certe mattine varcava la soglia della scuola in una nuvola di lacca, fasciata da abiti aderenti, scollati, succinti che volevano dire: Guardami. Altre mattine strisciava rasente i muri con larghi maglioni e gonnelloni scuri, il cui unico scopo era coprire: Non guardarmi. So che aveva una pagina Facebook su cui era molto attiva, ma io, non sapendo cosa sia un social, non avevo idea di che roba pubblicasse, per chi votasse – anche se lo immaginavo –, quali trasmissioni seguisse con il fiato sospeso – *Chi l'ha visto?* e *Quarto grado*. Aveva provato a convincermi ad aprire un profilo per chattare: "È divertente scambiarsi messaggi, ti farebbe sentire più disinibito". Mi aveva chiesto di uscire: "Caffettino?", "Cenetta?". E io qualche caffè con lei lo avevo preso, ma per le cene avevo sempre trovato una scusa. Ogni volta che l'intravedevo al Samurai con un uomo, le gambe accavallate e fasciate da calze a rete, fresca di permanente, speravo che avesse trovato la persona giusta. Ma durava qualche mese, e tornava sola. La matematica, la odiava. I bambini non le piacevano. Alma le stava stretta. Era pettegola. Era fragile. Era incazzata.

Leggendo il suo messaggio, quella mattina, intuii una cosa che non volevo vedere: da lontano, in sordina, cominciava a profilarsi il prezzo da pagare per tutta la felicità inaudita che mi aveva travolto.

Quella sera stessa, infatti, mentre Emilia e io scopavamo con la foga dei quindicenni che non eravamo stati, Patrizia iniziava le sue prime ricerche su Google.

11

Avevamo avuto due amori soltanto, in passato. Uno io e uno Emilia. Anche se, a chiamarli "amori", ci vuole coraggio.

Forse, per spiegare come due trentenni potessero gettarsi così male equipaggiati in una storia, è utile dare un'idea di quanta poca esperienza, oltretutto approssimativa e distorta, avessimo accumulato prima d'incontrarci.

Il famoso Emanuele con cui lei aveva convissuto, che le aveva chiesto di sposarla, di cui io avrei dovuto essere teoricamente geloso, ecco: vale la pena anticipare il racconto veritiero che Emilia mi avrebbe fatto in seguito, costretta dagli eventi. Un racconto che posso restituire soltanto con parole sue, sforzandomi di riportarle fedelmente. Con quel suo modo di parlare nervoso, a scatti, continuamente sfidante e sulla difensiva. Avrebbe dovuto essermi tutto chiaro fin dal principio, ma una persona innamorata non vuole mai *vedere*.

"Il collegio – lasciamelo chiamare così un altro po' – era un ex convento di suore. 'Ironia della sorte', si dice in questi casi? Del Quattro o Cinquecento, adesso non ricordo.

Aveva questi soffitti altissimi a botte, e grandi finestroni che affacciavano tutti, renditi conto, su dei palazzi, dei balconi: condomini normali dove viveva la gente normale. E c'era pure chi andava dicendo che questa cosa fosse molto positiva, perché così potevamo sentirci parte della città, anziché le escluse, le reiette. Cazzate. Avevamo sotto gli occhi, a un palmo di naso, la vita degli altri che non potevamo vivere. E questa cosa ci faceva strippare. Anche se a volte, lo ammetto, vedere le famiglie riunite intorno alla tavola, o due anziani davanti al televisore, mi faceva venire una specie di tenerezza; come se quegli sconosciuti stessero tenendo compagnia anche a me.

Comunque, il finestrone della nostra aula delle superiori dava direttamente sul secondo piano di una palazzina, in un appartamento di cui riuscivamo a vedere tutto, pure i saponi nella doccia. E nel 2002, o forse era il 2003, si era trasferita lì questa famiglia del Mulino Bianco, con la madre giovane, il padre carino, la sorellina di due o tre anni sempre con le codine, le treccine, le mollettine, e il fratello, che era un figo della madonna.

Era anche uno stronzo. Ma questo lo so adesso, all'epoca cosa vuoi che ne capissi. Era aprile, maggio. E lui, quando stava da solo in casa, girava in mutande con le finestre aperte. Aveva la nostra età, la mattina usciva con lo scooter e lo zaino per andare a scuola. Poi per pranzo tornava e, quando non c'erano i suoi, faceva gli addominali sul balcone a torso nudo. Le flessioni, gli affondi. Era tutto palestrato, con il gel nei capelli. Lo sapeva chi eravamo, e che lo stavamo guardando.

Immagina quanto doveva arraparlo la situazione. Immagina noi. Appena l'insegnante ci lasciava sole un minuto, ci ammassavamo tutte contro la finestra, ci ficcavamo le dita in bocca, chi sapeva fischiare, e gli gridavamo: 'A bono!', 'Che pacco c'hai?', 'Sei superdotato?'. Lui ci sorrideva e ci mandava dei baci, all'inizio. Poi, una volta presa confidenza, ci faceva vedere con la lingua come ce l'avrebbe leccata.

È stato il nostro grande amore proibito. Un amore collettivo che però, alla fine, ha fatto una sola vittima: me. Perché ero la più brocca.

Non avevamo altri coetanei in vista, e lui era bellissimo, supersportivo, se la tirava, chissà quante ragazze aveva. Se se ne fosse portata una a casa – e noi lo avremmo sgamato subito – penso che avremmo fatto una sommossa. Ma non è mai stato così bastardo.

L'avevamo battezzato 'il Dirimpettaio'. E quelle delle medie, e anche le straniere dell'alfabetizzazione, venivano in classe nostra con mille scuse per vederlo. In quei mesi, magicamente, volevamo tutte fare i laboratori, i corsi pomeridiani, trovavamo sempre una scusa per andare a studiare lì, proprio lì, e leggevamo addirittura! La mattina invece non volevamo nemmeno alzarci dal letto – tanto lui era a scuola, a pomiciare nei bagni con le compagne di classe. Tutti questi piccoli cambiamenti avevano insospettito l'Esercito, ma noi eravamo bravissime a dissimulare. Recitazione, ecco in cosa eravamo tutte laureate.

Avevamo sedici, diciassette, diciott'anni: pensa ai nostri ormoni. E quello si appoggiava al balcone con le sue braccia muscolose, il sorrisetto impunito, il ciuffo ingellato che gli ricadeva sugli occhi. Ci salutava con quei suoi bacini prima di uscire per l'allenamento di calcio, per raggiungere gli amici in piazza e fumarsi le canne, per imboscarsi con la fidanzata. E noi tutte in castigo nei nostri lettini.

Non ti dico cosa facevamo, in quei lettini. Il Dirimpettaio ci faceva bagnare tutte nelle mutande. Pretendevano che diventassimo suore, che sublimassimo tutto. Ma come si fa a pretendere che a quell'età non pensassimo continuamente al sesso? C'erano alcune di noi che il verbo 'sublimare' manco l'avevano mai sentito. Altre avevano dei figli fuori, partoriti a quattordici anni. E poi c'erano le sfigate come me, che non avevano fatto in tempo nemmeno a perderla, la verginità.

Non mi vergogno a dire che me ne sono innamorata. Non mi era mai successo prima. Avevo solo baciato con la lingua uno di terza che nemmeno mi piaceva, che aveva l'apparecchio, dentro una cabina al mare: mi aveva fatto schifo. Emanuele mi sembrava Justin Timberlake, ed era lì, reale, poteva vedermi, accorgersi di me e, paradossalmente, proprio per il posto in cui stavo, trovarmi interessante come fuori nessuno mi aveva mai trovata. Ero stata sempre 'pelo di carota', 'Brufolo Bill', la 'povera orfanella', la 'sfigata', e adesso ero una *bad girl* in piena regola. Potevo giocarmela.

Marta col cazzo che avrebbe commesso una leggerezza simile. Figurati, lei lo voleva menare. 'Ti fai prendere per il culo da un privilegiato' mi diceva, 'che tiene le chiappe al caldo, con il paparino e la mammina che gli preparano tutto, che gli pagano tutto. Che abita in centro e c'ha il motorino nuovo, che si scopa tutte le ragazze privilegiate che vuole e poi si fa giusto una sega su di te, su di noi, per addormentarsi. Ci dà l'elemosina: come cazzo fai a non odiarlo?'

Non potevo. Perché anche io, a differenza di Marta e di pressoché tutte le altre là dentro, venivo da una famiglia abbiente come quella di Emanuele, e avevo avuto il motorino figo, una bella casa, l'iscrizione in palestra e ogni vizio soddisfatto da papino. Ma, ancora a differenza di quasi tutte, non avevo uno straccio di esperienza in materia d'amore e di sesso. Credo che tutte avessero già scopato. Tante avevano addirittura il fidanzato, con cui si scrivevano, si telefonavano, che le aspettava fuori, incornandole sì, ma comunque era già qualcosa.

Anch'io volevo qualcosa: uno schifoso, miserrimo pezzo di vita normale. Avevo il ciclo, gli sbalzi d'umore, gli ormoni a mille. Il Dirimpettaio era tutto quel che passava il convento – letteralmente – e io me lo volevo prendere.

Forse perché ero la più disperata, è venuta a me l'idea di scrivergli.

Un bigliettino demenziale, all'inizio. Tipo: 'Vorrei farti un pompino, come ti chiami? Qui ci sditaliniamo tutte le sere pensando a te'. Con le altre attorno che fischiavano, applaudivano, mi incitavano: 'Aggiungici il risucchio, l'ingoio…'."

A questo ricordo Emilia si era lasciata andare a una risata bellissima, così piena di tenerezza per sé e le sue compagne da riuscire, nonostante la notte senza ritorno in cui ci eravamo inabissati, a intenerirmi a mia volta.

"Comunque, ho scritto 'sto biglietto, l'ho appallottolato come ho fatto con il tuo ritratto, e poi cominciava il bello. Perché voglio vedere te a far passare un biglietto tra due grate e centrare il balcone di fronte. Mica eravamo delle lanciatrici di giavellotto. Al massimo giocavamo a freccette. Era un casino. E poi bisognava fare tutto in fretta per non insospettire l'Esercito. E quando lui era sul balcone da solo, se no magari lo raccoglieva sua madre. Immaginati la scena!

Il primo bigliettino è rimbalzato sulle grate non so quante volte. Poi è caduto in strada. Ne abbiamo scritto un altro ed è caduto di nuovo. Ci provavamo tutte: io, Afifa, Myriam, Yasmina. Marta no perché si rifiutava di 'cadere così in basso'. Lei con il Dirimpettaio aveva ingaggiato una lotta di classe.

C'è voluto un allenamento intensissimo per avviare quella corrispondenza, ma poi... Lui ci rispondeva!

Dovevi vedere che lanci faceva. Una mira formidabile, ci centrava al primo colpo, sicurissimo di sé. Vorrei sapere cos'è diventato oggi, che lavoro fa, se ha figli.

Va be'. Nel primo bigliettino che ci ha lanciato c'era scritto, tipo: 'Mi chiamo Emanuele, e voi? Siete il mio sogno erotico. Ditemi come posso entrare e farvi godere'. Siamo andate fuori di testa. Abbiamo cominciato a urlare come fossimo a un concerto dei Backstreet Boys, e abbiamo rischiato di strapparlo, quel foglio, tanto ce lo passavamo tra le mani tutte eccitate. Un diversivo, *deo gratias*!

Dopo quel primo scambio ci prendemmo gusto e diventammo sempre più brave ad appallottolare i pezzettini di carta dandogli una forma aerodinamica. Mi piacerebbe sapere che fine hanno fatto, quei bigliettini porno: chi tra noi è riuscita ad accaparrarseli, a portarseli a casa. Ma forse sono finiti cestinati. Perché chi è così scema da tenersi dei souvenir del collegio? A parte me, ovvio. Le sue letterine per me le ho tenute tutte, e a volte me le rileggo ancora.

Non avevo mai nemmeno pensato all'evasione. Tra tutte ero l'unica figlia di papà, con zero mentalità criminale, zero dimestichezza. Ero una morta che camminava. Volevo solo rigare dritto e soffrire. Ma Emanuele mi ha instillato una goccia di vita, e mi ha stravolta. Al punto che poi sognavo sul serio di fuggire per lui.

In gruppo gli scrivevamo cose oscene, a cui lui rispondeva in modo ancora più osceno. Ma da sola gli scrivevo che lo amavo, lo imploravo di aspettarmi, facevo dei progetti assurdi su come potevamo strapparci almeno un bacio. E lui, nei bigliettini che chiudeva con sopra la scritta X EMI, stava al gioco. Mi scriveva che mi aveva notata subito, che ero la più bella, la più sexy. Non so se chiamarlo stronzo o ingenuo. Non si rendeva conto, credo. Giocava con i sentimenti di una condannata. Però tutte le cose non sono mai una sola, sono sempre duplici. E così lui giocava sì con il fuoco, però mi dava anche sollievo. Mi ricordava cosa significasse svegliarsi al mattino con un motivo per non ammazzarsi.

Lui aveva a disposizione Internet e una discreta quantità di porno, mentre noi no. Noi rischiavamo di diventare ripetitive con le nostre quattro fantasie in croce, sempre a sfondo lesbico perché quello era l'andazzo. Si era formato un gruppetto di sgrillettate, con me in testa, che viveva per quella specie di sesso via bigliettino. E poi c'erano quelle dritte, come Marta, che un giorno si è piazzata davanti alla finestra: 'Ma cominciate a chiedergli delle sigarette, no? Del fumo, al vostro bell'Emanuele! Vi date via gratis. Non esiste. Usatelo senza farvi usare'.

Aveva ragione. Non mancavano trascorsi di prostituzione tra di noi, ma, si sa, l'amore fa diventare cretine. Anche l'astinenza. Quindi quelle che nella vita precedente si erano fatte pagare anche mille euro per un weekend finalmente si sono riavute dal rincoglionimento e hanno preso in mano le redini della faccenda: 'Sì, scriviamogli che se vuole continuare ci deve lanciare dell'erba. Se no, che s'inculi'. 'Oh, non siamo mica come le sue troiette liceali, noi, siamo professioniste.'

'Siamo regine' Marta fomentava, '*re-gi-ne*. Il 4,2 per cento nazionale. Siamo una rarità, una squisitezza' si baciava la punta delle dita. 'Fatevi valere, fatevi rispettare. Cacciate fuori un po' di femminismo, porca puttana.'

Poi si è laureata in Biologia molecolare, è diventata una chimica farmaceutica, ma avrebbe dovuto fare politica nella vita. I comizi, le arringhe, erano il suo pane quotidiano. La rivoluzione, doveva fare.

Il bell'Emanuele ha iniziato a tirarci Lucky Strike in quantità.

'Sai, quando hai la paghetta...' aveva commentato Marta acidissima. Poi è passato ai pezzi di fumo avvolti nella stagnola, ma a patto che gli facessimo vedere qualcosa di concreto – tette, culi – attraverso le inferriate. Aveva il senso del mercato, pure lui. Ricordo che a volte ci lanciava delle canne già rollate per farci leccare la saliva con cui le aveva chiuse: il massimo del contatto fisico a cui potevamo aspirare.

Solo che a me, purtroppo, era partito un film nella testa.

Che forse anche lui poteva innamorarsi. Che forse poteva aspettarmi. Che tra qualche anno, con i primi permessi, avremmo potuto fuggire e sposarci. All'estero, con dei documenti falsi che – viste le mie nuove conoscenze – non avrei faticato a procurarmi. Avevo perso la lucidità, la dignità, completamente. E lui chissà cosa ne faceva delle mie lettere, se le leggeva a voce alta ai suoi compagni di classe per vantarsi. Chissà se lo sapeva, cosa avevo fatto. Non credo. Non era così intelligente da mettersi a cercare.

Comunque, era un idillio che non poteva durare. Infatti ci avevano già sgamato. L'Esercito se ne stava appostato, aspettavano solo il momento giusto.

Che è arrivato un pomeriggio di giugno, il mio mese nero. Alle quattordici e quarantacinque, in pura flagranza di reato, puntuale come la morte, nell'aula è piombata Frau Direktorin.

E ci ha fatto il culo.

Un culo epico. Gigantesco. Che me lo ricordo ancora adesso.

Tutta Bologna l'ha sentita urlare.

La faccia di Marta: era color lenzuolo.

Frau Direktorin era buona, sia chiaro, ci voleva bene. Anche noi le volevamo bene. Ma quando s'incazzava veniva giù l'intonaco dai muri.

Ci ha messe tutte in punizione. Addio permessi, addio sconti, addio chiamate aggiuntive. Ha scritto e inviato subito una segnalazione e poi, non paga, ha fatto foderare le finestre con una rete metallica finissima, con dei forellini talmente stretti che ci passava solo l'aria, manco una zanzara. È stata senza pietà, cazzo.

E, naturalmente, ha raggiunto pure la famiglia di Emanuele

con una lettera su carta intestata. Credo che i genitori del Mulino Bianco l'abbiano cazziato pesantemente, perché per un bel pezzo non lo si è visto più. Le tende erano sempre tirate, sul balcone ci andava solo la sorellina insieme alla babysitter sudamericana. Poi sono partiti per le vacanze, beati loro, e le tapparelle sono rimaste chiuse per settimane, come noi. Che ormai andavamo in aula solo a cazzeggiare, a farci le unghie, a giocare a carte, perché tutte le attività erano finite. E quando la bella famigliola è tornata, a settembre, il mio Justin Timberlake personale ha ripreso a farsi vedere, sì, ma senza degnarci di uno sguardo. Non esistevamo più per lui, come non esistevamo per il resto del mondo.

Ho continuato a scrivergli sul mio diario. A ripromettermi di consegnargli la mia verginità sotto il pezzo di portico che vedevo dalla mia stanza. A progettare fughe in Spagna, in Brasile e, perché no, a Sassaia. Ma intanto al collegio eravamo tornate al solito tran tran. Nel fiore degli anni, con il culo sodo, la voglia a mille, i capezzoli duri. E i maschi non ci potevano neanche sfiorare. Pensa che spreco.

È disumano, no? Un diritto alla sessualità non esiste: ovvio. Pensa se vai a dirlo a uno di quelli che sbraitano: 'Buttate via la chiave!'. Vai a dirglielo, che avevamo sedici, diciassette anni, e volevamo scopare, innamorarci. Gli partirebbe la vena così tanto che gli esploderebbe il collo, a quella gente. Che non sa, che non è mai venuta a trovarci, a conoscerci. Che non ha idea.

La verità è che noi un corpo ce lo avevamo, reattivo, spalancato. Se eri lesbica, poteva pure essere il paradiso ogni tanto. Se non lo eri, poteva essere comunque una sperimentazione. Sempre, una forma di affetto. Allora forse il mio unico amore prima di te non è stato Emanuele: è stata Marta. Perché ci siamo aiutate, ci siamo accarezzate. Ci siamo riscaldate i cuori, e gli involucri che li contenevano."

Il mio unico amore di prima, invece, è stata la Gisella. Ma della mia storia con lei, adesso, non ho la forza di parlare.

12

La prima neve fu giusto una sfarinata sulle lastre di ardesia dei tetti, sui rami nudi dei faggi e dei castagni, negli interstizi d'ombra tra le case di Sassaia, dove s'intestardì e rimase, sottile e dura come vetro.

Emilia ci scivolava di continuo. Prendeva certe culate, come diceva lei, e rideva, rideva. Quella patina le bastava, anzi: l'accendeva. S'infagottava con doppia canottiera, maglietta tecnica, felpa di pile, giaccone, pantaloni impermeabili e rotolava giù per la radura ripida sotto il belvedere, nella poltiglia di foglie cadute, tra gli squarci di sole che scioglievano la neve a macchie, urlando come una matta.

Io la osservavo dall'alto con addosso solo un maglione di lana, le braccia conserte. Quando arrivava alla fine del prato e urtava i tronchi con la schiena o il busto, si tirava in piedi, risaliva e ricominciava; instancabile, come noi da bambini. «Vieni!» mi gridava. «Smollati, vecchio bacucco!» E io sorridevo, ma non mi "smollavo".

Dovrei scrivere che eravamo felici. Perché è la verità. In quelle giornate precarie e fredde, io a scuola a insegnare gli aggettivi e lei in chiesa, a cinquecento metri di distanza, con un cappotto di lana della Iole infilato sotto il giaccone da neve, a ridipingere putti.

Lo siamo stati un venerdì pomeriggio, sulla Seat in direzione Center Gross, fondovalle, periferia di magazzini e centri commerciali, a fare la spesa sembrando quasi una coppia normale. Emilia spingeva il carrello sbalordita dal fatto che non producessero più le merendine a cui era affezionata da bambina, e dei nuovi snack che le avevano soppiantate. Io intanto accumulavo farina, polenta, salsa di pomodoro, ingoiando domande: Quando è stata l'ultima volta che hai fatto la spesa? Abbondavo di zucchero e altri generi non deperibili che poi ci toccò trascinare su per Stra' dal Forche, sudando e bestemmiando, a meno uno.

Siamo stati felici davanti alla stufa, la sera, immergendo il cucchiaio nella pastina in brodo, bevendo troppo vino, finendo ubriachi sul divano, consumandoci senza neanche raggiungere il letto al piano di sopra. E le domeniche a fare legna nei boschi, io a spaccare, lei a fumare le sue Winston ciucciando il filtrino. E il lunedì mattina con la sveglia puntata alle sei, la cenere nel camino, la stanza mia o sua gelata come una caverna, i vetri coperti di condensa, e noi due sotto le coperte, l'uno conficcato nel calore dell'altra, le gambe intrecciate, il suo sedere sulla mia pancia, abbrancati a quella specie di salvezza.

Siamo stati felici, sì, in quella manciata di settimane in cui sono riuscito a non chiederle niente. Ma dentro avevo un tarlo che mi divorava. E sapevo che il tempo era un bastardo.

La seconda neve, infatti, non ci mise molto ad arrivare. Fece tutto di notte, di nascosto, un sabato di metà dicembre. E quando Emilia si svegliò nel mio letto la mattina dopo, tardi perché nessuno dei due doveva andare al lavoro, la sentii chiamarmi: «Bruno! È tutto bianco».

Avevo appena aperto gli occhi. Si voltò verso di me, pallida, striata dalla luce lattescente che filtrava dalla tenda: «È tutto, tutto, ma proprio *tutto* bianco».

Ci ero abituato, lei no. Quando nevicava sul serio, Sassaia non esisteva più. Diventava una mancanza, un vuoto premuto nel mezzo di una montagna. E noi potevamo fare finta di esserci staccati dal mondo, di essere liberi di combinare qualsiasi cosa. «Tanto non ci vede nessuno» era diventata la frase preferita di Emilia. Per strapparmi un bacio tra i vicoli, per pisciare in mezzo alla mulattiera, per tirarmi giù i pantaloni contro un castagno.

Solo che quella mattina aggiunse: «Non ero mai stata qui, d'inverno».

Lo mormorò appena, senza rendersene conto, abbagliata dal mondo senza più contorni che biancheggiava là fuori.

Per un attimo, uno solo, intravidi come in un'allucinazione una bambina dai capelli rossi e crespi, disciplinati a forza in due trecce. Una manciata di lentiggini per guancia. Una salopette di jeans. In piazza, per mano alla Iole. Che, a differenza della bambina, nel ricordo era nitidissima. Stava parlando con altre donne, dicendo qualcosa a proposito di quella nipote. Forse era la festa dell'Assunta. La chiesa era aperta. La Iole aveva diversi parenti sparsi per l'Italia che durante le vacanze venivano a trovarla, restavano da lei una o due settimane, giocavano per il paese, si mescolavano a noi.

Possibile che avessi già conosciuto Emilia?

La domanda mi gelò nel letto, m'irrigidì al punto che faticai a muovere braccia e gambe, a respirare. Lei intanto era corsa a vestirsi. Quando la raggiunsi in cucina, il cuore pesante e la gola chiusa, non volle nemmeno fare colazione. Si stava infilando i guanti, la sciarpa, il berretto. Non si teneva. La meraviglia si era trasformata in smania, in rapina. Prima che potessi confrontare il suo volto trentenne con quel frammento sperduto, aveva già spalancato la porta e si era tuffata dai gradini, a volo d'angelo, in un metro di neve.

Scacciai quello che di sicuro era uno scherzo della memoria. Riempii la moka grande e tagliai il pane. Il silenzio innevato di Sassaia era come una voragine che raschiava il nervo acustico: il suono perfetto del nulla. Infranto, quella mattina, dalle risate di Emilia. Un entusiasmo così feroce che non potevi non chiederti perché un ristorante, un supermercato, una bottiglia di vino, una nevicata sortissero un effetto tanto eccezionale su una persona della sua età. Il baccano era tale che dopo un po', con le galosce, il cappello di feltro e la pala, si presentò il Basilio a controllare che fosse tutto a posto.

Emilia stava tirando palle di neve contro le mie finestre: «Vieni fuori se hai il coraggio!». Mi metteva allegria quando faceva la deficiente. Ero già incapace di dormire senza di lei, di cenare senza di lei, riuscivo a sentire la sua mancanza persino mentre insegnavo, durante le uniche ore che trascorrevamo separati. Ma quella frase – *Non ero mai stata qui virgola d'inverno* – aveva ricominciato a scavare nello stesso punto, il più debole, e abbassava la temperatura, diminuiva la luce, inacidiva il gusto della marmellata di more che avevo preparato l'estate scorsa.

Le palle di neve smisero di colpire. Udii la voce di Emilia che si scusava: «Ti ho svegliato?». E poi quella del Basilio che rispondeva: «Figurati, mi alzo alle cinque tutte le mattine».

Mi affacciai alla porta. Era strano vederli insieme, imbacuccati e affondati nella neve fino al ginocchio. Chiesi se volevano un caffè. Il Basilio acconsentì e si tirò via dal freddo. Emilia era combattuta, si capiva che davanti a lui ci teneva a mantenere una certa decenza. Ma fu proprio lui a dirle: «Va' a divertirti». E lei, come se non aspettasse altro, si lasciò cadere ancora e ancora, rotolando in un vicolo, buttandosi da un muretto, scivolando lungo una scala. Restammo lì a guardarla assorti per qualche istante, poi il Basilio piantò la pala ed entrammo.

Il caffè era salito. Misi la moka su una presina al centro del tavolo. Il Basilio si tolse le galosce, il giaccone, e si sedette. Bevemmo in silenzio mentre la sentivamo correre e cantare: unico rumore nel bianco.

«Ti ha portato un po' di vita, eh?» disse posando la tazza e accennando con la testa all'esterno.

Mi sentii avvampare. «Non dirlo a nessuno, per favore.»

«Con chi vuoi che parli?» sorrise lui.

Non eravamo amici. Condividevamo solo una gigantesca solitudine a forma di Sassaia. Era rimasto l'unico abitante di questo posto prima che ci piombassi io di ritorno, o meglio in fuga, da Torino. Ricordo che una delle prime sere – non avevo nemmeno disfatto le valigie e, quando non facevo su e giù per la Valle come un pazzo, passavo tutto il giorno a letto con le imposte chiuse, gli occhi sbarrati nel buio, la testa tra le braccia – mi aveva bussato alla porta così forte e con tanta insistenza che dopo una ventina di minuti avevo dovuto cedere.

Conosceva benissimo tutta la storia: la mia. Mi aveva detto: "Bruno, scegliti un altro posto". Avevo pensato che non mi volesse tra i piedi, ma in realtà ero io a non volercelo. Gli avevo ribattuto: "Non ho un altro posto".

Non si era arreso: "Vai a prendere un atlante. Chiudi gli occhi e lascia cadere un dito su una pagina a caso. Può capitarti Parigi, Cuba, il Giappone. Il mondo è sterminato, come le opportunità che hai ancora".

Lo avevo mandato affanculo. "E allora perché non vai a coglierle tu?" Ero in uno stato così pietoso che non mi vergognavo più di niente, neanche di mancare di rispetto a un vecchio.

"Io ho perso il treno. Ma tu sei troppo giovane."

Gli avevo gridato in faccia: "Preferisci che mi ammazzo?". E lui era andato via scuotendo la testa, amareggiato come se fossi suo figlio.

Dieci anni dopo mi guardava con una soddisfazione che non gli avevo mai visto.

«Avevi ragione» continuò dopo un po', con i suoi soliti tempi morti, «ha talento, s'impegna.»

«Mi fa piacere.»

«Riusciremo a far risplendere la chiesa di Alma, quella di Novella che è un rudere, e anche quella di Donato che invece è la mia preferita.»

Mi uscì una risata sarcastica: «Non saranno troppe per Emilia, tutte queste chiese? Mi sembra decisamente allergica alla religione».

Il Basilio si fece serio di colpo, quasi grave: «Nessuno conosce Dio meglio di lei».

Si alzò. Si rimise le galosce, il giaccone, il cappello. Uscì senza nemmeno ringraziarmi per il caffè. Lasciandomi solo sulla solita sedia, con la certezza di essere l'unico a non sapere.

«Papà, non puoi capire.»

«Sei rimasta bloccata? Ho visto il meteo.»

Emilia si morse l'indice del guanto per sfilarselo e stringere meglio il telefono: «Ma chi se ne frega, è il paradiso. Sembra di stare dentro una nuvola, cammini e non sai dove vai. Comunque» aggiunse piccata, «se rimango bloccata io, rimane bloccato anche il mio datore di lavoro».

«Astuto da parte tua.» Riccardo cambiò tono: da preoccupato a divertito. «Già che nevica e non hai niente da fare, fossi in te sfrutterei quella bava di connessione Internet per cominciare a cercarmi qualcosa di meno precario… Per l'anno nuovo.»

A Emilia passò il buon umore. Per una volta che lo chiamava lei, che voleva fare la figlia gentile. Seduta su un cumulo di neve ai margini del bosco, in un punto dove la Tim segnava addirittura quattro tacche, perse subito la pazienza. «Non sei mai contento. Sono una restauratrice, è una cosa superfiga. Cosa vuoi di più?»

«Un contratto a tempo indeterminato, un impiego che ti frutti qualcosa in termini di carriera e di pensione.»

«Ma se non volevi manco che ci venissi, quassù! E adesso parli di pensione? Ma che parola è? Che cazzo dici? Quando finiamo le chiese, attacchiamo con le ville. Gli imbianchini guadagno un sacco di soldi.»

«Posso dirti che non era questo che sognavo per te?»

Una gazza si staccò d'improvviso dalla cima di un pino provocando uno strappo verde nel bianco uniforme.

«Hai un bel coraggio.» Emilia calpestò il suo guanto e lo calciò via. «Manco due mesi fa stavo in una merdosa comunità sopra Pianoro, senza un conto in banca, senza telefono, senza documenti, e adesso ho un lavoro, faccio quello per cui ho studiato. Ma anche se mungessi mucche sarebbe già tantissimo, alla fine della fiera.»

«Devo trattarti come una poveraccia? Vuoi che mi accontenti di qualsiasi passo in avanti perché tutto è meglio del prima?»

«Esatto, Mister.»

«Be', so che vali più di un'aiutante imbianchina.»

Emilia rivide suo padre ai colloqui. Il più elegante. Il più educato. Il più curato di tutti. Un alieno.

C'era questa stanza dipinta di colori pastello – giallo e rosa –, con uno svolazzo di fiori e farfalle negli angoli, come all'asilo. Quattro tavoli azzurri, altrettanto infantili, e quattro sedie di legno intorno a ciascuno per accogliere i visitatori: massimo tre alla volta.

Suo padre si presentava come Richard Gere nel film sbagliato. Prendeva posto sollevando i pantaloni di cachemire sopra il ginocchio, mostrando i calzini blu di filo di Scozia e le scarpe lucide. Un mezzobusto splendente di là dal tavolo, che tuttavia si faceva negli anni sempre più brizzolato, vecchio e stanco, perché il tempo è, appunto, un bastardo. Ma, comunque, restava Riccardo Innocenti, incurante dell'altezza degli ostacoli, concentrato solo sul mezzo pieno: il residuo infinitesimale di buono della figlia e il suo *futuro*.

Emilia ricordava i suoi discorsi motivazionali, la sua verve, il suo granitico ottimismo che faceva voltare anche le famiglie rattoppate sedute agli altri tavoli. Madri velate da foulard a fiori, padri con i pantaloni sporchi di calce o vernice, sorelle e fratelli con i jeans tarocchi e le scarpe da ginnastica usurate. Genitori che chiedevano alle sue compagne di mangiare di più ché le vedevano magre, o di provare a tornare a scuola per ottenere la licenza media, o di resistere perché a casa le aspettava il fratellino: "Gli manchi tanto, chiede sempre di te", o il figlio: "Gli è caduto un altro dentino, ha una bella finestrella"; raccontando cose tipo: "Ci hanno dato la casa popolare", "Ti abbiamo preso a rate quella piastra per capelli che volevi tanto: appena esci te la trovi sul letto, in camera tua", oppure: "Eh, hanno messo lo zio alla Dozza, che ingiustizia, per trenta grammi". Emilia le aveva invidiate tutte, le destinatarie di quei discorsi, mentre suo padre la incitava a inviare i suoi disegni a una rivista d'arte, a pensare alla laurea, e a lei veniva da rispondergli: Ma non lo vedi dove cazzo sto?

Riccardo lo vedeva, sì, ma era come se la circostanza non fosse compromettente per la vita, l'eternità e oltre. Le portava una pila di tascabili ogni volta – le copertine rigide, con cui avrebbero potuto felicemente accecarsi o accecare, erano assolutamente *verboten* –, roba tipo Buzzati, Cassola, Eric Fromm – *Fuga dalla libertà*: rendiamoci conto! –, che lei "donava" sistematicamente alla bibliotechina del "collegio" per la gioia di persone come

Marta, che non aveva un cane che andasse a trovarla oltre all'avvocato e non poteva fare altro che fottersi e leggere.

«Forse non hai ancora accettato il fatto che la tua unica figlia non farà carriera, non si sposerà, non ti darà dei nipotini e, se sopravvivrà in questo buco di culo di posto, sarà già un enorme successo. A proposito» le venne voglia di infierire, «lo sai che Myriam si è ammazzata?»

Suo padre rimase in silenzio per un lungo attimo. Emilia pensò di avercela fatta, a sconfiggerlo.

«Mi dispiace per Myriam» disse Riccardo con sincerità, «non lo sapevo. Manderò subito un telegramma e dei fiori alla sua famiglia.» Ma poi riprese in tromba perché lui era fatto così: invincibile. «Ti ricordo che Marta vive a Milano e ha un signor lavoro.»

«Non iniziare coi confronti.»

«Non si tratta di confronti, ma di esempi. Va benissimo come inizio, il tuo, non fraintendermi. Però quello che voglio dirti è: non ti accomodare. Non perdere di vista l'orizzonte, quello che la vita ti può *ancora* offrire.»

Era incredibile come i genitori s'intestardissero a non voler vedere i figli per quello che erano. Patetica la loro volontà di non arrendersi, di pretendere che fossero un prolungamento dei loro sogni anziché schegge impazzite e, sovente, fallimentari.

Suo padre era un architetto famoso. Un uomo integerrimo, stimatissimo, conosciuto all'estero. Questa cosa era stata molto sottolineata sui giornali. I giornalisti ci avevano proprio goduto a rimestare nella stronzaggine del destino: un uomo di tale prestigio, e poi... Guarda che figlia gli è toccata.

«Sai cosa ti dico? Che non ti chiamo più.»

«Non accetti gli stimoli e le critiche costruttive.»

«Ma vaffanculo. Volevo solo dirti che qui c'è un casino di neve, che è bellissimo, che mi sto vendicando di quella volta che era caduta a Bolo e non ci avevano fatte scendere in cortile manco a toccarla. Perché non avevamo l'*equipaggiamento*, perché ci saremmo *ammalate*» Emilia scimmiottò la voce di una guardia che le stava sul culo. «L'abbiamo guardata dalla finestra con la bava alla bocca, incazzate nere, finché non si è sciolta, allora ci hanno lasciate uscire. E adesso che mi sto rifacendo con gli interessi» usò l'espressione preferita di Marta, «tu mi rompi la figa.»

Riccardo rise: «È il mio ruolo, *darling*».

Emilia si tirò su dal cumulo con il sedere bagnato nonostante i pantaloni impermeabili, e non riuscì a non ridere anche lei.

Erano stati capaci di ridere insieme in circostanze in cui un altro padre e un'altra figlia si sarebbero attaccati alla canna del gas. Era la loro forza segreta: toccare il fondo, piangere e, con la faccia bagnata di lacrime, farsi una risata. "Sai? Anziché continuare a scavare in basso, potremmo tentare un tunnel laterale e vedere dove porta" le aveva detto lui il giorno dopo la sentenza.

«Quando vieni di preciso?» gli chiese Emilia.

«Dovrei farcela per il 23, massimo 24 mattina. Ma dici che riesco a risalire la mulattiera?»

«La spaleremo, tranquillo.»

«Chi? Tu e il Basilio? Non era un vecchio con l'artrosi?»

«C'è anche un altro abitante...» ammise Emilia, «qui a Sassaia.»

La sua voce era impercettibilmente cambiata, imbarazzata, arrochita. Riccardo se ne accorse subito.

«Non me lo avevi detto... È un ragazzo?»

Emilia biascicò: «Più o meno».

«Ricordati che adesso hai diritto a una vita normale.»

Avevamo accumulato così tante lenzuola da lavare che, neve o non neve, quel fine settimana la faccenda andava risolta. Le stavo pressando in una gerla – il *cistùn* appartenuto a mia nonna – quando Emilia rientrò nervosa, forse preoccupata. Sbatté la porta, il cellulare sul tavolo. Andò a piazzarsi, fradicia, sul divano.

«Che è successo?»

«Niente.» Indicò la gerla contrariata: «Mica vorrai fare il bucato con questo tempo?».

«Sì, prima che ricominci a nevicare.»

«Tu stai male.»

Era andata a parlare troppo lontano perché io riuscissi a carpire qualcosa – avevo provato a schiudere un filo le finestre –, ma era chiaro che il cambio d'umore aveva a che fare con la telefonata.

«Nessuno ha una lavatrice quassù?» mi chiese con astio. «Possibile?»

«Qualche *furesto* che viene da Torino o Milano d'estate se l'è fatta mettere» le risposi pacato.

«E noi perché non ne possiamo comprare una? La modernità ci fa così schifo? Sei un vecchio, cazzo. Dentro e fuori.»

Mantenere l'autocontrollo, i toni bassi, la calma, per arginare le sue scariche di rabbia: ci provavo.

«Ti accompagnerò a comprarne una, se vuoi.» Mi sistemai la gerla sulle spalle. «Devi solo moltiplicare al cubo le spese di consegna. A meno che tu non voglia affittare un paio di muli.»

Emilia si strattonò via la sciarpa di dosso, il giaccone, gli stivali da sci e poi mi ringhiò: «Tu ce l'hai un padre?».

Uscii. Afferrai dal chiodo il martello per spaccare la lastra di ghiaccio che di sicuro si era formata sulla superficie dell'acqua e spalai a calci il vicolo fino al lavatoio.

Funzionava così, con Emilia. Un attimo era allegra, tenera, sensuale, licenziosa; e l'attimo dopo era come se volesse radere al suolo l'intero pianeta, te compreso, tanto odio le montava in corpo.

Diedi una martellata all'acqua e il ghiaccio si crepò a raggiera. Immersi un mese e mezzo di lenzuola, mie e sue, nell'acqua gelida. Un mese e mezzo di sesso ogni sacrosanta notte senza sapere niente di significativo l'uno dell'altra. Osservando oggetti, usi e costumi delle nostre vite precedenti che però erano come i vecchi reattori di Černobyl′: inavvicinabili.

Era difficile. Sopprimere domande innocue come: Dove sei nata? Sospettare che ogni sua risposta fosse una copertura. Quando avevo a che fare con l'Emilia migliore, mi convincevo che mi stava bene. Ma quando diventava una stronza di prima categoria, avrei solo voluto ficcarle una mano nella borsa, tirare fuori il portafoglio e leggerle la carta d'identità: cognome, nascita, residenza.

Era il 19 dicembre, la nostra felicità era fragilissima.

Con un bastone tirai fuori una federa e la picchiai di nuovo giù, nel fondo, come se dovessi ucciderla.

Emilia emerse nella neve a un certo punto. Mi venne incontro mentre insaponavo e risciacquavo. Infilava le scarpe nelle impronte che io avevo lasciato e veniva avanti sorridendo, pentita. Si sporse sul lavatoio: «Che perfetto uomo di casa mi sono trovata».

«Non so se ce la faccio, Emilia.»

«A fare che?» Si ostinò a sorridere anche se la mia faccia era nera.

«A scopare e basta.»

Si mise a sedere sul bordo di pietra ricoperto di muschio. Lo accarezzò con le dita nude e arrossate, le unghie smaltate di blu elettrico.

«Discussioni con mio padre. Scusami, tu non c'entri niente.»

Continuavo a insaponare, strofinare, risciacquare. E a non guardarla.

«È che tra pochi giorni viene, sta fino a Capodanno, e la cosa m'innervosisce. La convivenza da adulti, usare lo stesso bagno. Non so nemmeno dove piazzarlo a dormire e come fare con te... Dovrò calarmi fuori dalla finestra con le lenzuola annodate» scoppiò a ridere. «E poi il Natale. Il Natale è una cosa che mi devasta.»

«Non dirlo a me.»

Virgola d'inverno.

Forse era il Natale anche nel mio caso, a farmi ripiombare nella collera e nella depressione. O forse realizzavo che, nonostante la furia, la volontà, il sentimento, non avremmo potuto vivere a lungo così, clandestini nel presente. Come due senza famiglia, senza storia.

«Facciamo un gioco» mollai le lenzuola e la guardai. «Adesso ti dico una cosa di me, vera, e tu in cambio me ne dici una di te. Ok?»

Il suo sguardo si velò immediatamente, il sorriso le sfumò dalle labbra. Ma il mio tono era eccezionalmente aggressivo, indisposto a tollerare qualsiasi tentativo di fuga. Quindi Emilia mise da parte la strafottenza e mi fece sì con la testa.

«La risposta è no» cominciai, «non ce l'ho un padre. E neppure una madre. Come ti sarai accorta, non mi chiama nessuno, non passa da casa nessuno, non ho il problema di nasconderti né di presentarti.»

Appoggiai le mani spaccate dal freddo sul lavatoio. La fissai negli occhi, dentro quell'impenetrabilità che avevo cominciato a odiare.

«Ho raccontato questa storia, in tutta la mia vita, due volte. Una in commissariato e una in tribunale.» La vidi trasalire. «Preferirei spararmi in bocca piuttosto che cavarmela fuori un'altra volta.»

Il cielo era fermo e bianco, indistinguibile dalla terra. Ogni tanto s'intravedevano un comignolo, una balaustra, un frontone. Linee spezzate e brevi, che non avevano più significato sospese in quel nulla.

«Ma per un pezzetto miserabile della tua verità, Emilia, sono disposto a dirti la mia.»

13

«Per qualche tempo la cosa ha avuto risonanza sui giornali e in tv. Era perfino venuta una troupe a Sassaia: evento inaudito. La giornalista era molto bella, con una messa in piega vaporosa. Non so come avesse fatto a camminare con quei tacchi su per Stra' dal Forche, forse si era cambiata all'ultimo. Non so nemmeno perché mi sia rimasta così impressa. Voleva intervistare me e mia sorella, si era intestardita. Aveva un cameramen metallaro con la maglietta degli AC/DC che le obbediva in tutto e per tutto, si sono appostati davanti a casa e hanno aspettato fin dopo il tramonto. Sciacalli.» Respirai. «C'era una funivia. A tre montagne da qui, quindici chilometri d'auto. Una funivia inaugurata nel 1952 che collegava il santuario di San Giuseppe con un laghetto glaciale e un rifugio in cima al monte Stella.

I miei genitori erano due patiti di montagna.» Respirai di nuovo. «Non c'era domenica o festività in cui non salissimo su qualche pietraia con gli scarponi e i panini con burro e acciughe negli zaini. Mio padre diceva che bisognava superare il bosco per cominciare a capire. Che il cielo ti doveva pesare sulla testa. Che le rocce avevano millenni e scalarle ti aiutava a ridimensionare i tuoi problemi.

Erano due persone semplici: un muratore e una casalinga. Non avevano studiato. Il fatto che io andassi così bene a scuola li aveva prima stupiti, poi convinti che il futuro ci potesse premiare. Ma eravamo una famiglia così normale da non poter essere invidiata né ammirata da nessuno. Non davamo fastidio, non spiccavamo. Io ero un bluff, come sarebbe emerso poi. Non eravamo ricchi, i miei litigavano e si volevano bene. Nell'economia del creato, il fatto che esistessimo o no non cambiava di una virgola nulla. Eppure» staccai le mani dal muro e mi voltai dalla parte delle montagne inabissate nel bianco, «posso garantirti che eravamo felici.»

Il monte Stella da Sassaia non si vede, nemmeno dalla cima del Cresto, nemmeno nelle giornate più terse: un regalo compassionevole della geografia. Ma io sapevo, ogni giorno, ogni istante, che lui era lì. Stava. Inamovibile, come ogni montagna.

«Il 26 agosto del 1990, domenica, alle otto e trentacinque del mattino, abbiamo fatto i biglietti e ci siamo messi in coda dietro un altro gruppetto di persone per salire sulla funivia. Poco distante c'era un bar in cui ci eravamo appena seduti per una seconda colazione. Caffè, cornetti, posso dirti anche a che gusto erano: vuoto per mia sorella, cioccolato per me. Siamo entrati tutti nella cabina. Bada bene: *tutti*. Prima il gruppetto di sconosciuti con un bambino biondo, che in seguito avrei scoperto chiamarsi Thomas, essere di Busto Arsizio e avere cinque anni; poi mio padre e mia madre, mia sorella e io; infine una coppia di anziani.

Potrei rivivere per l'eternità questi due minuti.

Mia madre indossava un cappellino verde con la visiera, la coda di cavallo infilata sopra il nastro regolabile, che le dava un'aria giovane e sbarazzina. Mio padre portava la macchina fotografica appesa al collo e stava trafficando con l'obiettivo. Sono avanzati verso il vetro frontale per assicurarsi la visuale migliore. Dopo la coppia di anziani non è più salito nessuno. Era fine stagione, non c'era molta gente. Mio padre e mia madre si sono circondati la vita con le braccia, isolati in un momento intimo. Io non avevo un solo pelo sulle guance né sul mento, ero spigoloso e goffo. Mia sorella mi prendeva in giro, diceva che i miei calzini erano scorie nucleari. Gli addetti lavoravano annoiati all'impianto, ripetendo i soliti gesti di tutti gli altri giorni, anni e decenni. Mia madre si è voltata verso di me, a un certo punto. Senza staccarsi da mio padre, mi ha posato una mano sulla spalla, come a controllare che ci fossi. O per ribadirmi che c'era lei, e continuava a volermi bene anche se ero diventato quello strano uomo-bambino con la voce roca e un pudore nuovo. Mi ha accarezzato una guancia. Io mi sono ritratto con imbarazzo. Lei si è messa a ridere. Era l'istante più prezioso della mia vita, ma non lo sapevo.

Eravamo tutti lì, in attesa. Gli addetti alla funivia guardavano se per caso non stesse arrivando qualcun altro. Eravamo undici persone e la cabina ne poteva contenere trenta. Poi Valeria si è colpita la fronte con un pugno e ha gridato: "Oddio! Ho lasciato lo zaino nel bagno del bar!".»

Mi sono voltato verso Emilia: c'era ancora. Improvvisamente calma, gli occhi come due stalattiti puntate contro di me. Mi assicurai che ci fossero anche il lavatoio, le lenzuola. Che Sassaia si fosse svuotata di tutti i suoi abitanti e corresse effettivamente l'anno 2015.

«È assurdo, se uno ci pensa. Uno zaino. Lo zainetto di una ragazza contenente chissà quali imperdibili letterine del fidanzato, assorbenti, magari l'anellino dell'uovo di Pasqua come pegno d'amore.

Io ho sbuffato: "Sei la solita". Mamma ha detto: "Corri a prenderlo, veloce! Salirai dopo". Si è rivolta a me. Indossava una maglietta rossa, dei pantaloncini di jeans al ginocchio, era mia madre: nessuno avrebbe potuto amarmi più di lei. "Vai anche tu, forza! Così salite insieme alle nove." Valeria è corsa via. Io l'ho seguita controvoglia solo perché mia madre me l'aveva ordinato. Mia sorella non aveva bisogno di compagnia. Ha sei anni più di me. Però io ho ubbidito perché ero ubbidiente. Avrei potuto protestare, rispondere: Lo zaino è suo, l'ha dimenticato lei, problemi suoi.

Era una tale cazzata, se uno ci pensa: uno zaino.

Valeria correva e io le camminavo dietro rimproverandola. Da qualche tempo il nostro rapporto era cambiato: io stavo facendo la muta. Lei aveva diciassette anni e il fidanzato. Io ero infastidito dai loro baci e dal mio stesso corpo. Lei stava sempre in bagno, si chiudeva a chiave, i suoi segreti mi urtavano da morire, a maggior ragione quel giorno. Quella domenica. Che lei nemmeno ci voleva venire, con noi, perché appunto voleva vedere il fidanzato. E chissà cosa c'era di tanto importante in quello zaino, mi chiedevo io. Mi chiedevo se aveva le mestruazioni. Cosa succedeva a me dentro le mutande. Mi facevo queste domande cretine mentre la cabina partiva, Valeria entrava nel bar, e io non ero né al di qua né al di là dell'infanzia.

Sono arrivato nel giardino del bar e ho aspettato fuori. Mi sono voltato e ho visto la cabina salire. Ho visto i miei genitori che si tenevano ancora abbracciati e guardavano. Non più verso le montagne, ma verso di noi. Verso di me. Mi stavano facendo un cenno con la mano.»

Erano passati venticinque anni e non riuscivo ancora a piangere.

A comprendere.

Ad accettare.

«Dopo dieci metri ho visto la cabina cadere.»

Oggi, mentre scrivo, so che Emilia ha perso la madre per un tumore al seno quando aveva tredici anni: la stessa età, più o meno, in cui sono diventato orfano. Quella mattina di neve al lavatoio non me lo aveva ancora raccontato, ma in qualche modo io lo avevo capito dal primo istante.

Il punto è che, intorno alle scuole medie, devi cominciare a staccarti dai tuoi genitori, a ridimensionarli, criticarli, vederli per quello che sono: due persone tra le tante, che ti sono capitate. Ma se a quell'età li perdi, dopo è impossibile staccartene. Impossibile ridimensionarli. Impossibile crescere.

Emilia mi fissava con occhi attentissimi e non osava avvicinarsi.

Lo sapevo anch'io: chi è sopravvissuto è intoccabile. Il dolore forma come un'aura.

Lei rimaneva in piedi di fronte a me, dall'altra parte del lavatoio, e aspettava paziente, con estremo interesse, il resto della storia. Il fatto che non sembrasse turbata né sconvolta mi colpì. Ma ero troppo preso da me stesso, in quel momento, per occuparmene.

«Mi sono chiesto perché» continuai, «ogni giorno. Mia sorella è uscita dal bar: non l'ho vista, l'ho solo sentita arrivarmi contro una spalla dicendo: "Fatto!", sollevata che non le avessero rubato lo zainetto viola. Io ero paralizzato di fronte allo spazio vuoto tra la fune che aveva ceduto e la terra seminata di lamiere. Il mio corpo aveva già realizzato, la mente no: era sgombra e sorda come un cratere. Valeria non si era resa conto, non ancora. "Ehi, muoviti, che fai?" Sentivo un suo seno premermi contro la schiena, il suo respiro sulla nuca che a un certo punto ha cominciato a diminuire, ad assottigliarsi, come se stesse morendo anche lei. Insieme a loro. Insieme a me. La gente gridava, accorreva da tutte le parti, chiamava la polizia, l'ambulanza. Noi no.

Noi eravamo materia inerte, alla deriva in un non-spazio, in un non-tempo. Siamo rimasti piantati nel prato come due pali della luce, immobili, a respirare insieme, piano. Per minuti, ore, chi può dirlo. So solo che a un certo punto ci hanno sradicati da lì e portati in ospedale.

Ne hanno parlato tutti i giornali e i telegiornali per qualche settimana. Il mondo ha scoperto che esisteva un posto di nome Sassaia e conteneva due orfani miracolosamente sopravvissuti alla strage della funivia del monte Stella per un caso del destino. Ma Sassaia non voleva essere raccontata. Tutti hanno schivato i microfoni e si sono stretti intorno a casa nostra, presidiandola giorno e notte, preservandoci dagli sciacalli e dai curiosi. Ci portavano da mangiare, ci pulivano le stanze, si assicuravano che andassimo a dormire, che ci lavassimo, che ingurgitassimo qualcosa. Poi sono arrivate altre disgrazie, altre notizie, e la nostra è venuta a noia. Succedono cose assurde, ovunque, di continuo: stragi, catastrofi, disastri aerei, terremoti, maxi tamponamenti in autostrada. La nostra era una delle tante.»

Emilia annuì, come se comprendesse perfettamente.

«Siamo rimasti soli, Valeria e io. Con tanta di quella libertà da farci tremare i polsi. Non eravamo più ragazzini come gli altri, ma i due passeggeri che erano scesi all'ultimo dalla cabina maledetta e avevano schivato la morte. La salvezza è un'onta. Ma il dopo non te lo racconto: non interessa mai a nessuno.

Ti dico solo questo: Valeria ha lasciato il fidanzato e buttato via lo zaino con le sue lettere e il suo anellino. Ogni volta che ci guardavamo in faccia in silenzio, ce la leggevamo sulla fronte: la colpa. La casa era diventata enorme per noi due. Ha tenuto duro finché ho compiuto diciott'anni, poi se n'è andata.»

Abbassai lo sguardo, smisi di parlare.

Al getto della fontana, le lenzuola candide nuotavano e si gonfiavano come meduse. Il sole non c'era. La luce grondava bianca da tutto il cielo. Non si capiva se fossero le undici o la mezza o le due.

Il mio tempo si era rotto quella mattina. Da allora avevo solo fatto finta di vivere. Con alti e bassi, con lunghe fasi depressive e brevi intermezzi di illusioni. L'indicibile non è mai il mentre, l'attimo sconvolgente. È il lento, uniforme, inesorabile *dopo*.

Ogni giorno ho pensato che sarebbe stato meglio, un milione di volte meglio, morire tutti insieme in quella cabina. Nessuno di noi quattro si sarebbe lamentato né avrebbe chiesto di più. Ci saremmo sfracellati insieme, le nostre ossa, i nostri polmoni e i nostri cuori si sarebbero confusi, come se nell'impatto fossimo diventati un'unica persona. Sarebbe stata una bella fine. E non me ne sarebbe fregato niente di morire a undici anni. Ero stato felice un mucchio di volte: nei boschi, a Natale, a scuola. Non avevamo fatto niente di male. Niente per meritare di essere separati così, di netto, due al cimitero e due a casa. È stato l'inferno, dopo.

«È stato l'inferno» dissi a Emilia. «Finché tu, di punto in bianco, dopo venticinque anni, non mi hai fatto venire il dubbio che, nonostante tutto, valga ancora la pena vivere.»

Mi veniva da piangere, adesso.

Emilia compì un passo verso di me, poi un altro. Allungò una mano verso la mia guancia, per asciugarla.

Mi tremavano le labbra mentre la imploravo: «Per favore, non raccontarmi più che hai trovato Sassaia su Internet, che l'hai scelta perché gli affitti erano i più bassi d'Italia. Nessuno arriva, qui. Tutti ci torniamo. Dimmi chi sei».

Emilia si bloccò, lasciò ricadere la mano.

Chiuse gli occhi e rispose: «Non posso».

«Con quello che ti ho appena detto?» Allargai le braccia. «Perché ti ostini così tanto?»

Quando li riaprì, i suoi occhi verdegrigio non erano più opachi né impenetrabili. Rilucevano. Dietro la superficie era in corso una lotta.

Mi disse: «Tu non hai nessuna colpa. Nessuna». Rimanendo ferma a mezzo metro da me, aggiunse: «Ma adesso capisco che anche l'innocenza può avere un peso».

Non potevo capire. Vedevo solo che continuava a sottrarsi e la cosa mi esasperava. «Da bambini, in piazza. Io e te non ci siamo mai conosciuti? Sei sicura? Rispondimi.»

Mi guardava e rimaneva in silenzio.

«C'eri già stata qui, d'estate? Iole era tua parente?»

I suoi occhi erano dentro i miei. Ero sicuro che quel silenzio fosse un sì, ma volevo che le sue labbra si staccassero, che la sua voce lo ammettesse. Lo esigevo. E le sue labbra rimanevano sigillate, invece, la sua voce muta.

«Non possiamo stare insieme» conclusi. «Se tu conosci la mia storia e io ignoro la tua, vuol dire che non possiamo stare insieme.»

Afferrai le lenzuola, le strizzai così forte che mi si aprì la pelle sulle nocche, e le gettai nella gerla.

Me la caricai sulle spalle e camminai verso casa. Aveva ricominciato a nevicare. Le lenzuola bagnate pesavano quintali. Ci avrebbero impiegato, al chiuso del solaio, almeno una settimana ad asciugare. Poi gliele avrei piegate e restituite. Poi mi sarei sforzato di non guardare se le luci erano accese o spente nella casa di fronte. Poi, non avevo più nemmeno Sassaia in cui nascondermi.

Mi sentii abbracciare.

Da dietro la schiena le sue mani si ficcarono sotto il giaccone, le sue unghie nella pelle.

«Non è per quello che mi hai raccontato. È per quello che sei adesso.»

Mi girai faticosamente a guardarla. La neve si depositava sulle nostre spalle, sui nostri capelli, sulle nostre ciglia. Il mio orgoglio era stupido. Emilia era determinata.

«Tu non sei quella cabina» disse. «Come io non sono quello che ho fatto. Te lo dirò» annuì, «so che te lo devo dire. Mi serve solo un po' di tempo. Aspettami, per favore. Però.» Mi colpì il cuore con un minuscolo pugno: «Non siamo i nostri traumi. Il risultato di quello che abbiamo commesso o subìto. Il passato non coincide con il punto in cui ci troviamo adesso. Siamo altrove. Non lo sapevo fino a oggi. Poi tu mi hai raccontato quello che credevi fosse *tutto*. Mi hai spiegato perché sei solo, perché vivi a Sassaia, ma questa è solo una *parte*, conclusa, finita. Ne è già iniziata un'altra. Anche la verità» sorrise «cambia.»

14

"Parlami di Angela."
Emilia aveva smesso di respirare.
Tra tutti i nomi, quello era l'unico che non si poteva nominare. Come quel personaggio dei *Promessi sposi*, il più potente.
"Sono passati tre anni."
Era come se un masso di granito l'avesse colpita in pieno petto. *Parlami di* era una locuzione che non riusciva più a sopportare. Non solo doveva *pagare*, ma anche *parlare*. E il secondo verbo era decisamente peggio del primo.
"Puoi dirmi qualsiasi cosa. Un dettaglio fisico, un aneddoto. L'importante è che cominciamo a *estrarla* dal silenzio."
Emilia aveva iniziato a sudare freddo. Come di notte, quando le arrivavano le mestruazioni e il corpo diventava un pezzo di ghiaccio bollente. Aveva due vite, anche lei, come tutti. Il raccontabile era la punta innocua dell'iceberg; l'indicibile era se stessa.
La Venturi le sorrideva paziente. Non era mai scattato un feeling con lei perché, a differenza di Rita, portava occhiali pretenziosi senza montatura, indossava camicette stirate bianche, panna o avorio, i suoi gioielli erano calibrati: perle, punti luce, mai pacchiani. Il suo modo di sedere composto, schiena dritta, gambe accavallate, penna tra le dita, incarnava il concetto stesso della donna padrona di sé, equilibrata, che aveva imparato ad addomesticare il suo indomito femminile e per questo ti faceva sentire sbagliata al primo sguardo. Sembrava pura ragione, laddove tu eri un fascio di nervi. E il suo lavoro era ficcarti gli aghi nel punto più abissale di quel groviglio.

"Non posso."

"Devi, invece. Non sarai mai libera, anche quando uscirai di qui, finché non affronterai l'argomento."

Dal cuore marcio di Emilia risuonò una risata. La *sua* inconfondibile risata di protesta: Non sono mica un argomento, stronza! Sono l'Innominata!

Emilia aveva stritolato il pacchetto delle sigarette che lì, a differenza dell'ufficio di Rita, non poteva accendere. Ma l'*argomento* era così delicato e potenzialmente letale che la Venturi le aveva proposto, in via eccezionale, di accompagnarla fuori a fumare.

Era il 2004. Poteva essere aprile come settembre: la luce era chiara, la temperatura gradevole. Impossibile ricordare i mesi, non avevano alcun valore al di qua del grande cortile murato, e nemmeno le stagioni. Per le collegiali avevano senso solo la luce e il buio. L'anno scolastico e le vacanze. Perché il lavoro degli altri significava attenzioni, attività, diversivi, riempimento a volte efficace dei minuti e delle ore. Mentre le vacanze degli altri significavano il vuoto assoluto che ti si allargava sotto i piedi per inghiottirti e annientarti.

Erano uscite. Alcune finestre al primo piano erano aperte. *Toxic* di Britney Spears irrompeva da una di esse come dalla cameretta di una qualunque ragazzina normale. Ma erano le dieci del mattino. Le ragazzine normali andavano a scuola. Mentre loro, al Convento, frequentavano lezioni a singhiozzo qualche ora al giorno, oppure laboratori di cucina, di cucito e, qualche volta, di falegnameria: residuo di quando il ridente edificio era destinato a un'utenza maschile, e allora chissà cosa succedeva... "Bruciano i letti dal mattino alla sera" aveva raccontato una guardia con il fidanzato guardia pure lui, ma dai maschi. "Si prendono a cazzotti di continuo, è tutta una rissa. Per forza: sono pieni di testosterone." E loro, che di testosterone ne avevano pochissimo, ma non mancavano di rabbia in quantità, famiglie disastrate, diagnosi infauste, ascoltando quei racconti sognavano un convento comune, le celle come alcove, gli appuntamenti segreti in biblioteca, teneri e sgrammaticati bigliettini infilati sotto i blindi e la pena convertita in esercitazioni matrimoniali. Allora sì che sarebbero state motivate a *cambiare*!

Emilia e la Venturi avevano attraversato lentamente il cortile. Camminando fianco a fianco, Emilia si era accorta di quanto la sua psicologa, non più asserragliata dietro l'ordinatissima scrivania, fosse diventata bassa. Possibile? O forse era lei che si era alzata? Quanti centimetri aveva preso, in cattività, senza accorgersene?

Suo padre la riforniva costantemente di vestiti: felpe, tute, magliette, indumenti comodi e poco pretenziosi: non è che là dentro si potesse giocare alle sfilate. Però erano tutti capi di qualità, decorosi, con la marca bene in vista, perché comunque, per quei corridoi, ti dovevi far rispettare, mantenere un certo status, magari anche incutere un minimo di timore – potere che certe firme avevano, specialmente su chi ne aveva posseduta sempre e solo la versione tarocca.

Calcolava papà le taglie, anche delle mutande. E la vecchia roba che non le andava più, Emilia la passava alle altre, che non vedevano l'ora, che andavano in estasi, che già si beavano all'idea, una volta fuori, di tornare al quartiere con i jeans di Armani. Se li provavano davanti allo specchio del bagno appeso sopra il lavandino, salendo sul water per riuscire a rimirarsi meglio. Era sempre una festa meravigliosa, quando Emilia regalava i vestiti. C'erano minori non accompagnate, o rom, che non avevano letteralmente i calzini, oppure li avevano, ma bucati. Alcune educatrici se li portavano a casa, quei calzini, per rammendarli, e una volta, sovrappensiero, una ragazzina di quindici anni aveva risposto a un'educatrice che glieli aveva restituiti come nuovi: "Grazie, mamma".

Buttate via la chiave! Buttate via la chiave!
Ma fuori che ne sanno?
È davvero tua, la colpa? Se hai quindici anni?

Emilia e la Venturi erano arrivate al muretto che circondava l'orto. Profumava di malva, di rosmarino, di salvia. La Venturi osservava le piante aromatiche che, per una volta diligentemente, avevano seminato, innaffiato, potato. Le verdure che presto avrebbero raccolto e cucinato. Avrebbero preferito degli animali, a dire il vero: caprette, pecore, agnellini morbidi e ricciuti. Ma i soldi per la *pet therapy* non c'erano, naturalmente: non ce n'erano neanche per assumere il personale che serviva all'ordinaria amministrazione.

Non si erano sedute. Erano rimaste in piedi ad ascoltare Britney Spears nel cuore spinato di Bologna.

"Pensi di potermela descrivere? Anche solo un dettaglio. I suoi capelli, i suoi occhi?"

Il rettangolo di cielo sopra le loro teste era alto, di un blu acceso e uniforme, con giusto qualche burrosa nuvola dispersa a veleggiare.

"Azzurri" aveva ammesso Emilia soffiando via il fumo, "come questo cielo."

Era stanca di sentirsi dire: "Parlami di". Perché non è che se una cosa non la dici, non esiste. Esiste di più. Esiste così tanto che respiri con un polmone solo perché l'altro è schiacciato, la gola è ostruita, il cuore è un buco. Ma dirla significa sfilare un proiettile così ben conficcato che ormai fa parte del tuo organismo, i tessuti gli sono cresciuti intorno, le arterie lo hanno innervato. Estrarlo equivale a morire.

"I capelli non erano niente di che. Biondo scuro, fini, senza volume. Se ne vergognava e li teneva sempre legati. Invece gli occhi" aveva aspirato di nuovo, "quelli sì che rimanevano impressi."

Aveva fatto una pausa, sorpresa. Le parole le erano colate via come un rivolo di sangue da una crosticina grattata, senza che lei avesse potuto frenarle. Immaginava la faccia della Venturi larga di soddisfazione, ma non voleva voltarsi.

Anche nel 2001 ascoltavano Britney. Passavano pomeriggi interi a guardare video su MTV, a fumare canne di nascosto, oppure a giocare a *Resident Evil* alla PlayStation. Avrebbero dovuto studiare, ma Emilia non ne aveva mai voglia, e all'Innominata bastava mezz'ora la sera per prendere 8.

"Aveva questa famiglia" aveva continuato, "*perfetta*. Una villetta a schiera bianca che non era poi tanto diversa dalla mia, ma più piena: di mobili, di voci. Suo padre lavorava in banca, sua madre invece no: stava a casa, a disposizione." Aspirò il filtro e lo tenne tra le dita, a bruciare. "Aveva anche un cane, un labrador come quello della pubblicità della carta igienica, e un fratello più grande, carino. Sua madre la portava a danza, a fare shopping, le preparava i vestiti sul letto ogni mattina prima di andare a scuola, coordinati con le scarpe, e la sua cucina profumava sempre di pancake, di uova sfrigolate sulla piastra."

Britney Spears continuava a cantare, e a lei, adesso, si erano unite le ragazzine del primo piano. Scatenate, gridavano in una specie d'inglese misto ad arabo, romeno, italiano. Probabilmente si erano pure spogliate, erano salite sopra i letti e si erano messe a saltare e sculettare, dimenticando dove si trovavano e la vita che ce le aveva portate.

"Tu la invidiavi?"

No, io cercavo di avere una tresca con suo fratello. Sua madre mi lasciava sempre un pancake tiepido per quando passavo da loro per andare a scuola in motorino insieme. Volevo fare a cambio: io divento te e tu diventi me, va bene?

Ma questo alla Venturi non lo aveva detto. Si era bruciata i polpastrelli con il filtro incandescente senza avvertire alcun dolore. Le era uscito tutto quel marciume e si sentiva più leggera.

Allora aveva salutato la Psycho ed era andata a ballare anche lei. Di giorno i blindi erano sempre aperti. La guardia l'aveva lasciata passare anche se lei era del secondo piano e non del primo, ma ormai: era altro che di casa! Le giovanissime l'avevano accolta tra loro come una regina, perché lei questo era diventata: una veterana, come Marta. Le piccole romene, le nordafricane dalla pelle olivastra e i grandi occhi splendenti, tra qualche mese se ne sarebbero andate, a casa loro o, se non ce l'avevano, in comunità. Mentre lei e Marta e altre eventuali rarissime italiane sarebbero rimaste lì per anni, come celebrità e leggende, tra quelle mura del Quattrocento ridipinte con zelo, in quelle cellette monastiche pulite al punto che potevi leccare per terra.

Si erano riversate tutte nel corridoio, chi vestita chi in mutande. Emilia aveva ballato a occhi chiusi, dimenando il bacino, strusciando i fianchi contro i sederi delle altre, allungando in alto le braccia come se volesse afferrare qualcosa nel cielo. E poi, al posto di Britney, era cominciata *quella* canzone.

La canzone dell'estate 2001.

Che dire tamarra era dire poco. Che faceva *tunz tunz tunz* come il sabato sera in provincia. Che inondava tutta la Riviera come la nebbia sull'Adriatico la mattina. Che diceva parole bellissime:

Because I, I live to love you some day
You'll be my baby
And we'll fly away

Le aveva cantate anche lei, quelle parole, immaginando di trovarsi in una delle discoteche enormi in cui non aveva fatto in tempo a entrare, come non aveva fatto in tempo a farsi sverginare dal fratello dell'Innominata. Neppure a innamorarsi, aveva fatto in tempo. A vivere come tutti quell'estate che le aveva spezzato la vita, e l'anima, per sempre. Cantava piangendo e saltando e scuotendo forte i capelli.

Finché la guardia aveva deciso che: "Mo' basta, avete giocato alla discoteca abbastanza". E aveva cominciato a battere le enormi chiavi di ottone contro le inferriate dei blindi, producendo un suono che aveva subito zittito le voci, afflosciato i corpi, spento la musica.

Il suono che tutte loro non avrebbero più dimenticato, come non si dimentica la voce della mamma, il battito del suo cuore dentro la pancia.

15

La mattina del 24 dicembre il cielo era nuvoloso e gravido di neve, l'umidità saliva dal torrente e intirizziva le ossa.

Emilia batteva i piedi, si soffiava alito caldo sulle mani guantate. Lo aspettava sotto la P del parcheggio di Alma, lo stesso dove avevano toccato terra insieme il 2 novembre.

In meno di due mesi erano successe tante di quelle cose: come succedono fuori, fioccando incontrollabili. Si chiese se lui l'avrebbe trovata cambiata, se si sarebbe accorto del sentimento nuovo che la agitava. Finché, dall'ultimo tornante, vide sbucare il muso della Volvo e avvertì il proprio cuore pulsare come un sasso che stia sbocciando.

Riccardo le sorrise attraverso il parabrezza, bello come un vecchio attore, impaziente di parcheggiare, spegnere il motore, inserire il freno a mano. E lei aveva gli occhi lucidi, il mal di gola. Era emozionata. Si era sempre intestardita sulla parte mancante della famiglia, sulla sedia vuota in mezzo a loro, invece adesso suo padre scendeva dall'auto con il completo gessato, il fazzolettino di seta ripiegato nel taschino, e lei si rendeva conto che se era arrivata fin qui, nel futuro, era perché lui non aveva mai mancato di volerle bene.

«Emi!» Allargò le braccia.

Emilia prese la rincorsa e ci finì dentro.

Tutto passa. E, se non passa, cambia.

«Ma che voce hai?»

Riccardo le afferrò le spalle e la allontanò per poterla esaminare.

«Sono solo raffreddata. A Bologna tenevano i termosifoni a mille, mentre qui ho una stufa e un camino in tutta la casa.»

"A Bologna" era il loro modo, diplomatico, di alludere al passato.

«Ma ce l'hai la tachipirina? Lo hai scelto il medico di base?»

Emilia aggrottò le sopracciglia come se lui non le avesse mai spiegato i fondamentali. Riccardo scosse la testa, stava per riattaccare con le solite raccomandazioni, ma era la Vigilia di Natale: potevano regalarsi una pausa. Si affrettò a infilarsi il cappotto, si cambiò le scarpe di pelle lucida con un paio di scarponi impermeabili da montagna. Aprì il bagagliaio da cui trapelavano un panettone e una bottiglia di spumante, ma all'ultimo ci ripensò: «Portami a vedere la chiesa, prima».

Le guance pallide di Emilia avvamparono. Non se l'aspettava, la verifica a sorpresa. Si soffiò il naso screpolato per prendere tempo.

«Cos'è? Ti vergogni?»

«Ma va'!» Invece aveva il terrore. Che lui, di fronte alla Madonna Nera o, peggio, al gruppetto di dannati del Giudizio a cui si era sforzata di dedicarsi, pensasse: Tutto qua?

Risalirono il paese fianco a fianco per tenersi caldi. Argini di neve sporca costeggiavano i marciapiedi. Dai comignoli saliva un fumo grigio: unico segnale che quel villaggio sui monti era abitato. Il torrente scavava nel silenzio, urtava contro i massi bianchi con quel suo urlo soffocato. Suo padre voleva sapere del Basilio, delle tecniche utilizzate, l'età della chiesa. Emilia rispondeva piano e intanto si voltava guardinga.

Era una residente di Sassaia ormai, ma per gli abitanti di Alma rimaneva un "corpo estraneo". Peggio: "la straniera che se la faceva con il maestro", "l'alcolizzata che chissà da dove viene", "che traviava quel buon cristo del Peraldo" e, per legge di transizione, anche i casti bambini suoi allievi. Così, mentre Riccardo la assaliva con il suo entusiasmo, lei si chiudeva nelle spalle. Le sue domande le arrivavano come da oltreoceano, su una linea fortemente disturbata, e intanto di sottecchi continuava a sbirciare: le finestre, i portoni, gli angoli bui di quel vecchio paese stipato di serpi.

Ogni giorno Bruno – "il Santo" – l'accompagnava in chiesa

prima di andare a scuola, poi veniva a prenderla a fine giornata come se si trattasse di una bambina. E lei al suo fianco si sentiva per metà libera, e per metà la Sgualdrina.

Mentre dentro di sé pensava: Se sapeste...

Era in corso la messa della Vigilia, ma Riccardo voleva entrare comunque e a Emilia toccò seguirlo. Il prete stava predicando con impegno al suo gregge, riunito al completo in occasione della festa. Al loro ingresso s'interruppe, li osservò. Qualcuno si voltò dalle panche, qualcun altro bisbigliò un commento. Il prete riattaccò con la Genesi.

Caino disse al fratello Abele: «Andiamo in campagna!».

Le vecchiette imbacuccate risprofondarono nei cappotti. Gli uomini con il cappello di feltro tra le mani tornarono a seguire o a dormire nel buio fetido di umidità. Ma, seduta nell'ultima fila, una testa nera non si era voltata di nuovo, ubbidiente, verso l'altare.

Anzi, era rimasta spudoratamente a guardare. Permanentata, così intricata e scura da assomigliare a Medusa, aveva arpionato lo sguardo sui corpi degli intrusi e insisteva, frugandoli fin sotto i vestiti. I suoi occhi si assottigliarono, eccitati di fronte alla nuca inerme della preda, ed emisero un bagliore. Come se, dietro le cornee, un'intuizione magica fosse appena deflagrata.

Emilia non la conosceva. Ignorava le sue notti in bianco, la vista consumata dalla luce blu del computer che interrogava ostinatamente, come una fattucchiera con la palla di vetro. Ore infami come le due, le tre del mattino, a domandare a Google. A inviare messaggi inopportuni su Facebook, a ficcanasare tra i profili di lontani parenti di lontani abitanti di Sassaia, che perlopiù non le rispondevano. Ma lei non si scoraggiava certo: affinava le ricerche sui cognomi, s'inabissava nei siti di araldica. Aveva tutto il tempo del mondo. La frustrazione era benzina. Annusava, fiutava, raspava tra i post e i commenti, a caccia d'indizi utili.

Non era scema. Era di nuovo ingrassata, e qualcuno poteva considerarla pure un "cesso inscopabile" o un "elefante", come aveva trovato scritto su una parete del bagno riservato al corpo docente, di sicuro da quell'ex alunno che aveva bocciato due volte. Ma lei era intelligente. E solo l'intelligenza contava. In questo mondo infame che le donne le usa e le scarta, le fotte e le tradisce, lei aveva imparato a difendersi. A fidarsi solo di se stessa e del suo istinto. E adesso l'istinto le suggeriva che una ragazza rossa di capelli come le streghe, sola soletta, che s'intrufolava lassù dove crepavano tutti e non nasceva nessuno, doveva *per forza* avere un segreto. Sporco, scabroso. Un marito, foto sconce, magari una dipendenza!

Ma Emilia quella mattina, pur passandole accanto, non poteva sentire i pensieri convulsi che si agitavano nella testa di Medusa, né poteva immaginare tutto quel lavorio incessante, quella connessione Internet spremuta fino all'ultimo segnale. Viveva nel terrore che qualcuno si mettesse a indagare, ma credeva che quel qualcuno potessi essere solo io, il diretto interessato. Il Basilio non le sembrava il tipo. E chi altri avrebbe avuto motivo?

Raggiunsero il Giudizio ancora seminascosto dal ponteggio. Dalle vetrate filtrava appena una bava di luce grigia.

Suo padre rimase a lungo in silenzio scandagliando la parete. Infine annuì con orgoglio: «Però! Non credevo».

Emilia avvertì una fitta di gioia. Sapeva di aver lavorato bene al suo gruppetto di dannati, di averli aiutati a riemergere dal nerofumo in tutta la loro sgargiante disperazione, ma il riconoscimento di suo padre batteva ogni altra soddisfazione. Certo, non era solo merito suo. Il Basilio l'aveva guidata con suggerimenti preziosi. Dall'alto, seduto tra i putti alati e irrorato di luce divina, l'aveva incoraggiata, annuendo come suo padre adesso, a continuare, a ripulire, a sottrarre incrostazioni e detriti fino a raggiungere: quale purezza?

Ricordati chi sei, si disse.

Intonarono il *Padre Nostro* dietro le loro spalle. Dal coro stonato della preghiera pareva trasudare il fastidio dei fedeli per quei due maleducati, che non avevano pregato, non avevano ricevuto la comunione, e se ne stavano lì a indicare e commentare come fossero al museo.

Riccardo si attardava ancora su minuscoli dettagli. Le faceva i complimenti sorpreso, felice, mentre lei non poteva fare a meno di ricordare, senza volerlo, il volto lontano di sua madre. Dall'altro lato del tavolo, in salotto. In seconda o terza elementare. I muscoli tesi, la mascella contratta. Quando ormai era chiaro che anche la logopedia non avrebbe risolto.

Mamma l'ascoltava leggere, o meglio balbettare, incespicare, ruzzolare tra le parole, durante immobili pomeriggi brumosi, con la televisione spenta e il silenzio catastrofico della loro villetta incastrata in un quartiere di altre villette tutte uguali dove si arroccava la Ravenna Bene. E si sforzava di sorridere per mascherare lo strazio che provava. La loro figlia, la loro unica figlia. Che delusione.

Emilia ricordava suo padre che rincasava alle otto di sera e non c'era mai niente di pronto, perché madre e figlia erano ancora lì, sedute al tavolo del salotto, con i libri di testo spalancati. Mamma era un'insegnante, sapeva come bisognava comportarsi con i bambini: non spazientirsi, non urlare, non esasperare. Solo che quella che aveva davanti non era una bambina: era sua figlia. E non migliorava. Anche in matematica: 7 per 2. Quanto fa 7 per 2? Talmente ovvio, come dire che la notte è buia e il giorno luminoso. Ma quella figlia non rispondeva. Regrediva. "Ma come fai a non saperlo? A non capire?" E quelle domande ostinate, rabbiose, Emilia la mandavano in crisi. Nero fuori. Nero dentro. I numeri, le parole, si fondevano in un magma indistinguibile, incomprensibile, in cui lei affondava. Con un unico pensiero: Persino una donna come mamma, che fa volontariato, che tutti stimano e amano, persino lei alla fine, con me, perde la pazienza.

Infatti, dopo tutte quelle ore a resistere e a lottare, il sorriso di Cecilia crollava, le veniva fuori la rabbia a fiotti, la delusione: *Sei uscita da me, cazzo! Da me e da tuo padre. Come fai a essere venuta così male?*

Non le gridava, queste parole. Ma il senso era quello. Il non detto. Il tra le righe. L'implicito che avrebbe dominato la sua vita. Emilia restava tramortita, inerte come una bambola rotta che merita solo di essere gettata. Finché l'architetto, di ritorno dallo studio con un incarto di cappelletti freschi delle sfogline, schioccava un bacio a entrambe: "Adesso basta. Non ha imparato? Imparerà".

Quando risalirono insieme per la seconda volta Stra' dal Forche, il bosco di castagni era sprofondato nella neve con tutte le radici. Sopra le loro teste i rami nudi s'intricavano in maglie fitte e ossute. Suo padre trascinava il trolley con evidente fatica, mentre Emilia doveva sforzarsi di rallentare per non lasciarlo indietro, pur trasportando due buste colme di viveri tra cui – non aveva potuto fare a meno di notare – un vassoio incartato delle sfogline.

«Certo che adesso vai su come un treno» le disse lui ansimando. Non erano neppure arrivati alla cappella votiva.

«Dai a me quel trolley» gli rispose, «la faccio due volte al giorno 'sta strada, cinque giorni su sette. I miei polpacci però» gli tirò la frecciata, «non sono diventati due gommoni.»

Riccardo non le permise di portargli la valigia: «Non sono ancora così vecchio».

A Emilia venne da chiedersi se avesse una persona, a Ravenna, una compagna che avesse preso in qualche misura il posto della mamma in quell'enorme casa vuota, almeno nei weekend, almeno a cena ogni tanto. Per la prima volta osò formulare quel pensiero nella sua testa, anche se non trovò il coraggio di chiedere.

Lui, invece, la domanda intendeva porgliela. Procedettero in silenzio per un po' sui ciottoli lucidi di neve, scricchiolanti di sale gettato da lei e da me dopo intere domeniche a spalare. E il mio nome era nell'aria, percepibile tra loro. Il padre aspettava il momento giusto. La figlia ragionava già su come gestire le informazioni. Avrebbe fatto bene a entrambi un po' di esercizio, di gradualità: un paio di fidanzatini del liceo che facessero da apripista. Ma non ne avevano avuto la possibilità.

«Allora» si decise Riccardo, «quando me lo presenti?»

Emilia accelerò il passo.

Negli anni del Convento, dopo la delusione di Emanuele, si era abbandonata a una fantasia: che un giorno avrebbe incontrato un ragazzo come lei, cresciuto nelle stesse stanze, con gli stessi orari, con lo stesso sottofondo di chiavi grosse come quelle dell'Ade al collo di Cerbero, con cui si sarebbero capiti al volo senza bisogno di tante spiegazioni: le imposte sarebbero rimaste aperte e la televisione accesa tutta la notte.

Non era poi chissà quale fantasia: la maggior parte dei fidanzati delle sue compagne entravano e uscivano dai conventi come degli *aficionados*. Quando si telefonavano, discutevano degli articoli del Codice penale con tanta precisione e disinvoltura che avrebbero potuto tranquillamente laurearsi in Giurisprudenza. Giada, licenza media, correggeva l'avvocato. Afifa conosceva il diritto di questo Paese meglio di chiunque altro cittadino di sangue da generazioni – tralasciando le battute sul sangue in un posto del genere. Quanto a Marta, era stata indecisa a lungo tra Biologia molecolare e Giurisprudenza. Che la sua sarebbe stata "La Storia del Riscatto" era già deciso, bisognava solo stabilire con quale tragitto. Alla fine aveva optato per le molecole: erano più affidabili delle leggi. "E poi, francamente, di processi ne ho piena la fica."

Suo padre la stava lasciando fuggire. E lei, man mano che si avvicinava a Sassaia, ritrovava lucidità. Le paranoie che ad Alma la braccavano a ogni angolo, qui si affievolivano fino a sparire. I tronchi e i sassi, i dirupi e il silenzio – quel gigantesco silenzio che per anni non aveva mai, mai, mai ascoltato, sommerso dalle grida, dalle chiacchiere, dalla televisione, dalle ricetrasmittenti, dalle chiavi – la facevano tornare nuova, e possibile.

Non aveva incontrato un ragazzo come lei, bensì un perfetto innocente, una vittima. Era andata così. La vita non chiede permesso, non si lascia programmare. Anzi, adora prenderti per il culo.

Emilia si fermò: non udiva più i passi di suo padre. Posò le borse con la cena della Vigilia e il pranzo di Natale sotto il cartello con scritto SASSAIA FRAZ. DI ALMA piantato in mezzo al nulla. Poi si sedette su un sasso che sporgeva, a pensare.

Le doveva fare, quelle presentazioni? Anche se non erano fidanzati né lo sarebbero diventati? Perché in un fidanzamento ufficiale bisogna che si sappia tutto l'uno dell'altra o, quantomeno, un minimo di verità: almeno il luogo di nascita e il cognome.

Invece lei gli aveva detto "Morelli". Lo aveva rubato a Rita. E mentre commetteva quel furto, aveva odiato la burocrazia italiana che non le aveva ancora consentito di cambiarlo, il cognome. "Voi lo capite?" aveva gridato. "Che se scrivo sul campanello 'Emilia Innocenti' non farò mai una vita normale?" "E perché" le aveva risposto la maschera occhialuta, grigio-imperturbabile della Burocrazia, "che vita normale pretendi?"

Bruno non lo accetterà mai, ragionava. Mentre aspettava suo padre in cima alla mulattiera, tornò col pensiero alla domenica in cui avevamo ascoltato la radio nella cucina della Iole. E la radio aveva dato la notizia di una madre che aveva lasciato morire di fame e di sete la figlia di diciotto mesi. Se n'era andata via, a scopare con il fidanzato, per sei giorni e sei notti, e la bambina era rimasta sola nel suo lettino, nei suoi escrementi, a mangiare la gommapiuma del cuscino nel tentativo disperato di salvarsi da quell'immane abbandono.

"Ci vorrebbe la sedia elettrica" ricordava bene che avevo commentato, d'impeto, fermando il mestolo con cui giravo il sugo e alzando lo sguardo verso di lei. "Non sono per la pena di morte, ma in alcuni casi sì, ci vorrebbe."

Emilia aveva avvertito il suo stomaco accartocciarsi. Non era riuscita a dire nulla, aveva solo annuito e continuato a schiacciare il dorso degli gnocchi con la forchetta, ma le veniva da vomitare.

La radio aggiungeva particolari. Fini psicologi interpellati dai conduttori in studio si collegavano con la trasmissione: *I meccanismi della psiche. La dissociazione. La madre era stata a sua volta abbandonata dalla madre.* La spiegazione: cercavano la spiegazione. Ma non esiste. *Se uno è un mostro, è un mostro.* Che altro serve? *State provando a giustificarla? Davvero? Che schifo! Giustificare la ragazzina di Ravenna? Quella ragazzina è un mostro!*

Era corsa in bagno. Rovesciata sul water si era giurata: Non glielo dirò mai. E se il prezzo per stare con lui sarà fingere che io non sia io, lo pagherò tutto. Io avevo spento la radio nel frattempo, le avevo bussato alla porta sorpreso, ignaro: "Emilia, stai bene?". No, sono marcia. Bruno è una persona buona, si era detta, non appartiene all'esercito di quelli che gridano: *Buttate via la chiave*. Eppure, anche lui lo ha detto: *la sedia elettrica.* Per forza, gli hanno ucciso i genitori. Sarà stato colposo, va bene. Ma lui è la parte offesa.

E lei? Lei era quel vomito.

Suo padre emerse arrancando, il cappotto di cachemire sbottonato, la fronte imperlata di sudore. Quando la raggiunse, mollò il trolley e si lasciò cadere sulla sporgenza di pietra vicino a lei.

Ammise: «Sto invecchiando».

Emilia guardò il paesaggio bianco di fronte a loro. La vita che respirava piano sotto terra. Gli animali addormentati nella loro buca. Le uova nascoste. Il tempo raggomitolato in un antro caldo e invisibile.

«Tu ce l'hai la fidanzata?» gli chiese senza voltarsi. «Una persona che conosce tutta la storia, e sta con te lo stesso?»

Riccardo esitò, si passò una mano tra i capelli. Poi rispose: «Sì».

«Da quanto tempo?»

«Tre anni, ma ci conoscevamo da prima. Non la definirei proprio una fidanzata, alla mia età. Diciamo una *compagnia.*»

«È di Ravenna?»

«Sì.»

«Quindi sapeva?»

Suo padre sospirò, come se non fosse quello il punto. Il cielo era così basso che entrava tra gli alberi e dilagava, umido e gelido.

«Ne avete mai parlato?» insistette Emilia.

Suo padre appoggiò entrambe le mani sulle ginocchia, come per prepararsi ad affrontare un discorso più grande di lui, con cui aveva già perso in partenza. E tuttavia andava affrontato.

«O forse riuscite a stare insieme senza parlarne mai?» Emilia si voltò verso di lui con i cupi occhi verdi appena mossi, come la superficie putrida di uno stagno increspata da qualche nuova e inaspettata forma di vita. «È possibile secondo te?»

«Non puoi vivere così.»

Suo padre spostò la mano dal suo ginocchio a quello di lei, glielo strinse con delicatezza.

«Ascolta, pa', quel ragazzo non sa niente. E non deve sapere niente. Che poi non è nemmeno un ragazzo, è più grande di me. Non capirebbe, non accetterebbe. Lo so.»

«Emilia» ricominciò suo padre.

Si può parlare di colpa quando hai sedici anni?

La colpa, negli adulti e negli adolescenti, è la stessa?

Ma se l'adolescente non è ancora adulto, chi agisce dentro la sua colpa?

«Tu hai pagato» le disse con calma, «ricordatelo. Hai chiuso il tuo percorso. Se tieni a questa persona, quando te la sentirai, gli dirai come sei arrivata fin qui, e perché. E lui, se ti avrà conosciuta, non potrà fare a meno di vederti come ti vedo io.» Aveva gli occhi pieni di lacrime. «Sono molto orgoglioso di te, Emilia.»

16

Mentre aprivo la porta e venivo investito da una buia lama di freddo, non riuscii a reprimere un pensiero: il Basilio a casa da solo.

Sapevo cosa si provava. Negli ultimi quindici anni, a Natale, avevo spaccato legna, spalato neve, pulito la stufa, pranzato e cenato in silenzio come ogni altro giorno d'inverno; con l'unica differenza che, segretamente, speravo passasse più in fretta. Certo, vivere a Sassaia facilitava le cose: niente luminarie pendenti, niente messe di mezzanotte affollate di famiglie, niente case degli altri addobbate a festa, coi riverberi degli alberi baluginanti alle finestre. Ma, anche se c'eravamo solo io e il Basilio lassù, dentro quel grumo di sassi congelati, quello non era affatto *come ogni altro giorno d'inverno*.

Oggi, cercando nell'armadio la mia camicia più bella, avevo stentato a credere che fosse vero: l'invito. Non per il pranzo – sarebbe stato eccessivo – ma per il più neutrale pomeriggio.

Erano le quattro meno cinque adesso, era buio pesto, il termometro esterno segnava meno tre gradi: era il momento. E io, che ero pronto da ore e mi ero persino passato sulle guance un dopobarba risalente, credo, all'adolescenza, e indossavo un paio di pantaloni di velluto blu a coste e le mie uniche scarpe di pelle, acquistate per la laurea e mai più usate, pur con tutta quell'armatura, attraversando il vicolo, mi sentii nudo.

Mi ero svegliato con l'ansia. L'assenza di Emilia sull'altro lato del letto mi aveva turbato. La sera prima avevo cenato senza di lei con lo stomaco chiuso, ingurgitando a forza una minestra, sorpreso di come, nel giro di un paio di mesi, la mia vecchia, rodata solitudine mi fosse diventata insopportabile. Era l'idea di conoscere suo padre, forse, che mi agitava. Di trovarmi al cospetto di quel passato che lei si ostinava a negarmi.

Giunto di fronte alla loro porta, feci per bussare. Ma li sentii ridere all'improvviso dietro la finestra calda di luce, e abbassai subito il braccio. Mi nascosi dietro lo stipite.

In inverno il silenzio di Sassaia era ancora più vasto. Gli veniva sottratta ogni copertura: i richiami degli uccelli, il fruscio del vento tra le foglie, il ronzare ostinato degli insetti. L'unica cosa che sentivi, in mezzo ai boschi spogli e all'immobilità delle montagne, era il tempo: seduto sul mondo come un gigante. E pizzicato, ora, dalle loro due voci allegre e ironiche, che filtravano dai muri insieme al calore della stufa.

Stavano parlando di politica. Ascoltai Emilia declamare un elenco di nomi stranieri e inveire: «Pensa se votassero anche loro, che figata! Per questo non gli vogliono dare la cittadinanza, alle mie amiche». Suo padre aveva un tono molto più basso, non riuscii a capire la sua risposta. Ne distinsi solo la sagoma attraverso la tenda, che faceva sì con la testa. Erano seduti vicini, sembravano complici. Qualunque cosa volesse dire la parola "famiglia", loro due insieme a Natale, al caldo dentro la vecchia casa di pietra, me la rendevano chiara.

Bussai due colpi e le loro voci s'interruppero.

Ci volle un attimo prima che Emilia venisse ad aprirmi, visibilmente imbarazzata. Ma io lo ero ancora di più. Impiegai un tempo esagerato a pulirmi sullo zerbino le suole intonse delle scarpe. Nel frattempo il gelo s'intrufolava vorticoso dentro la stanza. Emilia rabbrividiva e non trovava il coraggio di guardarmi. Suo padre si alzava da tavola per venirmi incontro e allungarmi una mano, sorridente e affabile. Era lo stesso uomo che avevo visto esporre al sole il materasso sul balcone di fronte. La stessa eleganza, gli stessi modi da uomo cittadino. Ma adesso, guardandolo bene in volto sotto la luce spietata delle lampadine, fui certo di averlo già visto. Intendo, prima del 2 novembre scorso. Molto prima. E questa certezza mi chiuse la gola proprio mentre cercavo di spiccicare un saluto.

«Piacere, Riccardo.»

La sua stretta era energica, ma non violenta: non aveva bisogno di rivendicare alcuna gerarchia. Quando mi lasciò la mano, trovai un minimo di spirito d'iniziativa: estrassi dalla tasca interna del giaccone la bottiglia di liquore alle noci che avevo lasciato macerare in cantina e la diedi a Emilia, che l'afferrò come se a stento mi conoscesse. Poi mi tolsi la giacca e mi guardai attorno per capire dove appoggiarla, come se non sapessi orientarmi in quella cucina dove lei e io avevamo fatto, letteralmente, di tutto.

Ci sedemmo. Io di fronte a Riccardo, Emilia nel mezzo. La tavola era stata sparecchiata, del pranzo restavano solo le briciole e una caraffa d'acqua. Emilia si divorava le unghie, io avevo perso la voce, Riccardo ci osservava divertito. Allargò le braccia e disse: «Assaggerei volentieri quel nocino».

Si diresse a colpo sicuro verso uno scompartimento della dispensa e ne estrasse tre bicchierini di cristallo. Conosceva benissimo la casa, pensai. Emilia e io ci guardammo. La pellicina strappata con i denti dal suo indice sanguinava. Avevamo tutti e due un disperato bisogno di bere.

Riccardo posò i bicchierini in mezzo al tavolo e li riempì fino all'orlo.

«Si vede subito che è buono» commentò, «dal colore.»

Non aveva nulla del classico "padre italiano geloso". Anzi, leggeva la nostra tensione e s'impegnava a stemperarla. Era quel genere di persona che desidera sempre, chiunque abbia davanti, mettere a proprio agio gli altri. Pensai che, con un padre così, Emilia non poteva aver vissuto nulla di troppo brutto. Oltre alla morte della madre, voglio dire. Non poteva essere stata tossicodipendente: l'ipotesi più probabile che mi ero figurato. E non poteva aver avuto un figlio da adolescente poi rinnegato – altra ipotesi, ma meno convincente. Con un padre così, pensai, la sua vita prima di Sassaia non doveva spaventarmi.

«Complimenti» annuì assaporando il mio liquore, «si sente proprio *la noce*.»

«Qui intorno è pieno di castagni e di faggi» riuscii a dire, «ma se si va verso Piaro e poi si scende, ci sono alcuni alberi di noce.»

«Vicino al torrente, sì. Conosco la zona.»

Alzai gli occhi verso Emilia e feci in tempo a notare che lo stava fulminando. Lui invece sembrava molto tranquillo. Cambiò argomento con disinvoltura: «Mi ha detto Emilia che insegni alla scuola di Alma. Hai tanti alunni?».

E io, in fondo, ero come lui: mettere in difficoltà gli altri metteva in difficoltà anche me. Non avevo alcun bisogno di chiedere perché conoscesse la zona e da quanto. Era Natale, l'ultima cosa che desideravo era innervosire Emilia. Le avevo promesso che l'avrei aspettata.

«Tredici quest'anno, di varie età. È una pluriclasse.»

«Un po' come una volta, no? Dev'essere affascinante fare scuola così, in un piccolo paese. Essere un punto di riferimento per i bambini, ma anche per la comunità.»

Pensai a Patrizia e mi sfuggì un sorriso amaro: «Hanno quasi tutti Internet, ormai. La scuola li annoia. Sanno già di volersene andare da qui il prima possibile. Solo uno è sicuro di rimanere, e che farà il pastore come suo padre. Infatti non vuole proprio impararmi l'italiano».

Riccardo mi ascoltava con interesse, le gambe accavallate e il bicchierino in mano sorseggiato lentamente. Emilia il suo l'aveva finito da un pezzo, se ne stava già versando un altro. Notai che il liquore le stava accendendo gli zigomi: quel rossore lentigginoso le stava d'incanto.

«Certo dev'essere una bella sfida appassionare i bambini all'ortografia, con tutti questi video e videogiochi sempre a portata di mano. In un posto come questo, senza un cinema, una biblioteca.»

Mi ero fatto la doccia con una quantità esagerata di bagnoschiuma e adesso, al posto del mio odore, avvertivo profumo di pino silvestre. Il colletto della camicia chiusa fino all'ultimo bottone mi tirava. Non ero io, conciato in quel modo. Eppure la stufa emanava un calore delizioso, la tovaglia a quadri blu mi sapeva di casa, e il nocino che scioglieva i nervi di Emilia stava sciogliendo anche i miei.

«Una mattina abbiamo visto un cervo» mi sentii raccontare.

«Sulla riva del torrente dove affaccia la nostra aula. Il Martino Fiume, l'alunno che le dicevo, quello che vuole fare il pastore, lo ha notato per primo e ci ha chiamato tutti davanti ai vetri. Era maestoso. Aveva un tale paio di corna, imponenti. E un manto, un muso: regali. Era così vicino che potevamo leggergli dentro gli occhi gialli, dischiusi, pacifici. Era come trovarsi di fronte a un'apparizione, a un messaggero. Come se il re della nostra Valle fosse sceso dai boschi per dirci qualcosa.» Finii il secondo bicchiere, lo posai. «I bambini mi hanno poi scritto in un tema, tutti, ognuno con le sue parole, che quella era stata per loro un'esperienza soprannaturale, indimenticabile. Il cervo è un animale difficile da avvistare, è come se non esistesse. Eppure è più reale di tutto il resto.»

Emilia scattò. Corse ad aprire un cassetto e tornò con una matita e un foglio.

«Descrivimelo di nuovo» mi chiese. Scostò una parte di tovaglia per appoggiare il foglio ruvido sul legno e cominciò a tracciare, a scurire, a sfumare, rapita. Capii che quello era il suo modo di gestire la situazione, allora scelsi gli aggettivi più precisi, cominciando dalle corna: scure, nodose, ampie, scalfite, consumate dal tempo, dalle intemperie, dalle battaglie, temibili, solenni.

Riccardo la guardava innamorato. E anch'io la guardavo allo stesso modo. China, coi capelli sulla faccia, la mano rapida. Era mancina, mi accorsi. Il suo dono le sgusciava via attraverso le dita. Non parlammo più, né io né il padre, per non disturbarla. Finché non ebbe finito. Finché non alzò il foglio e ci mostrò l'esatta immagine del cervo che io e i miei alunni avevamo visto una mattina di fine aprile.

Non riuscii a non chiederle: «Quando hai scoperto di avere questo talento?».

Una domanda innocua, credevo. Invece il suo volto si rabbuiò. Come spesso accadeva: con una repentinità micidiale. L'espressione estatica della creatività le passò subito. Rimase l'Emilia disincantata, sulla difensiva. Ma di fronte a suo padre non aveva voglia di mentirmi.

«Tardi.»

Suo padre, per la prima volta, abbassò lo sguardo.

«Alle superiori...» fece una smorfia, «andavo al classico, ma non ero molto brava. Poi ho *cambiato scuola*, e allora. Un giorno non sapevo cosa fare, ero di fronte a una finestra, avevo un bloc-notes e una matita. Mi annoiavo. C'era questo paesaggio di tetti e colline. Be', è successo.»

Mi aggrappai al cervo. Presi il foglio tra le mani e lo osservai stupefatto. Era vivo. Sporgeva il muso fuori dalla carta e mi fissava.

Riccardo si alzò per l'ennesima volta. Per superare il silenzio gelido che le frasi di Emilia avevano provocato posandosi su di noi come nevischio. Aprì il frigo, tirò fuori una bottiglia di spumante: «Ti abbiamo aspettato per il brindisi».

Restituii il disegno a Emilia e mi guardai intorno. Non c'era alcun albero natalizio. Non c'erano presepi né centrotavola di pungitopo né candele rosse su corone di aghi di pino spruzzati di bianco. Non c'erano pigne decorate né angioletti di pasta di sale. Era un buio pomeriggio d'inverno con pessime previsioni meteo per la notte.

In occasione degli scorsi Natali, pensai, non c'eravamo mai cercati. Eravamo stati due solitudini che gravitavano lungo la stessa orbita, come me ed Emilia prima di incontrarci. Era andata bene così, in fondo: vederci per unire i nostri silenzi sarebbe stato peggio. Ma oggi era diverso: Riccardo stava per scartare il panettone. Emilia aveva rotto il vuoto di Sassaia, per sempre. Stavamo per festeggiare, come ogni altra famiglia più o meno cristiana su questa terra.

«Scusate» dissi, «non è casa mia. Ma vi dispiacerebbe se andassi a chiamare il Basilio?»

«Certo!» risposero all'unisono, come se fosse anche un loro desiderio, ma non avessero osato proporlo.

Allora m'infilai la giacca e corsi fuori. Accesi la torcia. Nel buio, nella neve. Con quelle scarpe di pelle con la fibbia d'argento, così inadatte ai ciottoli sconnessi. Stavo correndo. Ripensando a quando mia sorella e io, la notte della Vigilia, lasciavamo latte e biscotti per Babbo Natale sul davanzale della cucina. Una volta Valeria aveva aggiunto un rossetto finto per la Madonna, io una fionda per Gesù Bambino. Anche se eravamo già grandicelli, in qualche modo ci credevamo: che il Natale potesse testimoniare l'esistenza di un'eccezione.

Non cambiava niente, assolutamente niente. Non c'era alcun pranzo un po' meglio del solito – le eccezioni erano rare – e ovviamente nessun brindisi, alcolico neanche a sognarlo. Era capitato solo due o tre anni che mangiassero una fetta di dolce. Quando c'era il comandante Ruggeri, un padre separato: forse era per questo che passava a portare loro un panettone e, non si sa bene con quale coraggio, faceva a tutte gli auguri.

Erano sempre in poche, a Natale. Perché la maggior parte riusciva a beneficiare di qualche permesso, sia pure di sei o quattro ore, giusto il tempo di arrivare a casa, pranzare, digerire e tornare indietro. Però, vuoi mettere? Riabbracciare la famiglia, scartare i regali, berti un bicchiere di vino – meglio: ubriacarti di brutto – oppure fumarti una canna in santa pace nella tua vecchia cameretta?

Le veterane, e le novelline che avevano solo pochi mesi ma la sfiga di aver beccato quelli sbagliati, se ne stavano lì con un cazzo in mano. Metaforicamente, *of course*. Ed era la depressione. L'avvilimento assoluto: tutto il mondo stava celebrando la sacra gioia di avere una casa, una famiglia, di credere più o meno nel Signore o nella Bontà umana, mentre tu non avevi né una casa né una famiglia né una fede, e men che meno la Bontà umana.

Il Convento era semivuoto: tutti – per tornare sempre allo stesso discorso – avevano qualcuno con cui riunirsi davanti a un piatto fumante di tortellini. Solo poche esponenti dell'Esercito erano costrette a timbrare il cartellino, con le scatole girate perché è ovvio: nessuno vuole lavorare a Natale. E lì non è che fosse un ospedale, dove le persone arrivavano in emergenza e non avevano alcuna colpa. Loro erano colpevoli conclamate! E rovinavano pure il Natale agli altri.

Marta passava tutto il giorno a limarsi le unghie, strapparsi peli, applicarsi delle specie di maschere fai da te sul viso e sui capelli – impiastri di uova e salvia e altra roba che si faceva regalare dalla cucina. Era pur sempre un giorno di festa, no? Allora lei, che non era mai stata in una spa in vita sua, giocava ai trattamenti di bellezza. E se ne stava lì, sdraiata sul letto in accappatoio, come se dalla finestra vedesse, che so, le Dolomiti. Sospirava, si sistemava meglio le fette di patate sotto gli occhi per attenuare le borse. E a Emilia e Myriam, che non avevano voglia nemmeno di accendere la televisione – c'erano solo film di Natale! – diceva: "C'è quasi silenzio, lo sentite? Che meraviglia... Dovreste baciarvi le mani e ringraziare Cristo o chi per lui, anziché avere quei musi. Ogni sacrosanto Natale della mia vita di prima, a mio padre veniva un'irresistibile voglia di ammazzare mia madre. Si svegliava proprio con questa idea. Guardava l'albero, vomitava la sbornia della sera prima, poi si arrotolava le maniche sugli avambracci pelosi. E puntualmente" lo raccontava come fosse una barzelletta, "prima o, preferibilmente, durante il pranzo, partivano i coltelli, piovevano i piatti. Una volta è volato un sacco di farina aperto, effetto napalm in *Apocalypse Now*. Infine, i vicini chiamavano gli amici carabinieri, che stavano ancora digerendo la lasagna e avevano una voglia di redigere lo stesso verbale di sempre che voi potete capire... Ragazze" faceva sfarfallare le dita dei piedi luccicanti di smalto, "questi Natali qui sono una pacchia!".

Dopo la morte della madre, Marta non aveva nessuno che la aspettasse fuori, quindi era naturale che parlasse così. Myriam invece aveva una figlia di poco più di due anni, che era stata affidata ai nonni, e probabilmente al suo ritorno manco l'avrebbe riconosciuta. Lei sì che a Natale era a pezzi: passava in infermeria già la sera del 24 e si faceva dare qualcosa di potente, che potesse farla dormire e poi rincoglionirla anche per tutto il 25.

Quanto a Emilia, il primo Natale in Convento era stato tosto. Si trovava lì da sei mesi. Si era un po' abituata. Ma il primo Natale dentro è pur sempre "il primo Natale dentro". Aveva ciondolato un po' dopo la sveglia, provato a dormire a metà mattinata per non vedere le altre che si preparavano tutte felici per i loro permessi, resistito durante il pranzo in mensa con la rimanenza mogia di senza parenti o condanne gravi, gli stomaci chiusi, le battute amare, la voglia di menare sberle palpitante nell'aria. E poi non aveva resistito più: era tornata in stanza, aveva sventrato il telecomando, e ingoiato una pila.

Marta l'aveva vista solo all'ultimo e aveva gridato: "Che cazzo fai? Cretina!". Aveva chiamato le guardie con urgenza: "Oh, questa rincoglionita si è mangiata una pila!". L'Esercito era subito accorso. Esplosione di ricetrasmittenti. Frau Direktorin avvisata al telefono: furibonda. Emilia fissava attonita quel gran viavai, come se si trovasse in un film in cui era capitata per caso, intitolato *La pila*. E intanto "Una cazzo di pila" veniva ripetuto da una stanza all'altra, da un piano all'altro. Mentre Marta la investiva di insulti: "Non si fa così, Emily, sei una testa di cazzo. Sei una poveraccia". Emilia non guardava nessuno, non vedeva niente. Bisbigliava a se stessa, disperata, sollevata: "Adesso muoio". "Ma no che non muori! Ti fanno una lavanda gastrica. Oppure ti squartano, che ti sta bene! Deficiente." Marta era più furiosa di Frau Direktorin: "Le fanno gli adulti 'ste stronzate, noi no".

Era arrivata l'ambulanza. L'avevano portata via in barella. "Buon Natale al Sant'Orsola, magica idiota!" L'avevano tradotta in ospedale con le sirene spiegate e due agenti inviperite. I medici del pronto soccorso, pure loro inviperiti, le avevano fatto una lastra. Suo padre, che come lei ancora non si era abituato a quella situazione che dire allucinante era un eufemismo, era arrivato di corsa da Ravenna a Bologna. Ancora non aveva realizzato cos'era successo sei mesi prima: e adesso la figlia si era pure ingoiata una pila. Era distrutto oltre ogni aggettivo. Era un residuo d'uomo. Non bastava tutto quello che era già successo? No, ci voleva anche la pila. E lui cosa aveva fatto di male? Per meritarsi una figlia del genere? Che era una sciagura, letteralmente. Che bastava non concepirla, non metterla al mondo, e la sua vita sarebbe stata serena, sarebbe stata *normale*.

Gli avevano permesso di farle una visita veloce. Emilia era

sdraiata sul letto, fresca di endoscopia, con una nausea così intensa che se la sentiva anche nelle punte dei piedi e dei capelli, ancora intontita dalla sedazione. Ma la vista della faccia di suo padre era stata la vera punizione. La vera morte che avrebbe voluto infliggersi, forse. Perché cosa voleva, Emilia non lo sapeva più. Vivere e morire erano diventati sinonimi, due verbi confusi in uno solo.

Suo padre era entrato nella stanza, si era affacciato sul letto, l'aveva guardata. Ed era crollato, come una torre di sabbia.

Era scoppiato a piangere, con i singhiozzi, il moccio al naso: un bambino. Era stato uno spettacolo devastante per lei. Perché quell'uomo era buono. Era un gigante di forza, comprensione, dignità. E, fino a quel momento, aveva cercato, non si capiva attingendo a quali risorse, di tenere botta. Si era dato da fare anziché disperarsi. Si era incollato al telefono, aveva viaggiato di notte, non si era risparmiato in niente: gli avvocati, gli esperti, le consulenze. Dio lo frustava sulla schiena, e lui si rialzava porgendo anche l'addome. Però la pila no, era troppo. La ministilo del telecomando aveva rotto gli argini.

Riccardo non le aveva detto niente, non si era nemmeno seduto sul bordo del letto. Aveva appurato che quel disastro di figlia era ancora vivo, aveva pianto, pianto, pianto. Poi, finite le lacrime, si era chinato su di lei. Le aveva dato un bacio sulla fronte. E se n'era andato.

Quel giorno di Natale del 2001, Emilia si era giurata che non avrebbe mai più fatto piangere suo padre. E aveva convenuto con se stessa che Marta aveva ragione: era meglio il Convento dell'ospedale.

Ritornai insieme al Basilio. I suoi lucidi occhi chiari sembravano tremare per la sorpresa dietro le lenti appannate degli occhiali, o forse si trattava di un sentimento più profondo: gratitudine.

«Senza preavviso» disse scusandosi, «ho potuto portare solo questa.» Era una scatola di torcetti al burro.

«Ma ci mancherebbe! Non formalizziamoci, non oggi» rispose Riccardo. E, siccome si conoscevano, superficialmente ma da molto tempo, si guardarono bene negli occhi mentre si stringevano la mano. Poi, non avendo alcuna voglia di recitare, ma nemmeno di turbare Emilia e me, non aggiunsero altro.

Fuori aveva ricominciato a nevicare. Emilia aveva bevuto dell'altro liquore, e si vedeva. Il suo corpo si era ammorbidito, sciolto al punto da cadere sulle mie ginocchia e rimanerci un pochino, anche davanti agli altri. Ci sfiorammo le guance, le mani. Ora che le presentazioni erano avvenute, e tutto sommato non era andata male, cominciavamo a pensare a come, più tardi, potesse sgattaiolare a casa mia.

«Tuo padre farà finta di non accorgersene» le bisbigliai.

«Ma verrà giù la Madonna» rispose lei ridendo, intendendo la neve. «E mi dovrai aiutare a calarmi dalla finestra...»

«Dài, piantala di toccarmi.»

Riccardo e il Basilio facevano finta di non vedere. Parlavano del meteo, del rischio concreto di rimanere bloccati fino a Capodanno.

«Non è detto» disse il Basilio. «Bruno è capace di liberare tutto il sentiero in una mattina. Lei quando deve rientrare?»

«Mah» Riccardo sorrise mentre scartava il panettone, «dipende da come si mettono le cose. Non vorrei essere d'intralcio...»

Poi ci sedemmo tutti e quattro intorno alla tavola, con il calice pieno di spumante e una fetta di panettone sul piattino di porcellana della Iole. Riccardo alzò il calice e guardò negli occhi sua figlia: «Allora auguri! Buon Natale!».

«Buon Natale!» rispondemmo io e il Basilio con la voce roca per l'emozione.

Emilia invece non disse niente. Mentre i calici tintinnavano al di sopra del tavolo, non guardò me, non guardò il Basilio, ma solo, in profondità, suo padre.

Con il tempo, si era abituata. Si era sdraiata anche lei sul letto accanto a Marta, nuda sotto l'accappatoio, a farsi i trattamenti di bellezza nella spa-Convento con vista su mura e filo spinato. E poi, dopo altro tempo ancora – tonnellate di tempo – aveva beneficiato a sua volta dei famosi permessi, e suo padre era venuto a prenderla come da bambina fuori da scuola. Passavano prima da McDonald's o da Burger King: giusto un pranzo veloce insieme a chi, per lavoro o per religione, il Natale non lo festeggiava. Ingurgitavano un panino e poi subito via, a realizzare l'unico regalo che ormai Emilia desiderava: una passeggiata. Preferibilmente sui colli, a Villa Spada o a Villa Ghigi. Con il sole, la pioggia, la foschia, la neve: non importava. Voleva sentire le zolle morbide disfarsi sotto i passi. Tutto quel cielo addosso che le faceva girare la testa. Lo spazio si spalancava a tal punto, lassù, da vorticarle intorno. In Convento, per certi versi, era come stare nella pancia della mamma: stretta, avvolta, al sicuro dall'immensa minaccia del mondo. Ci soffrivi, là dentro, ci soffocavi. Però, la verità inconfessabile era che ci stavi *anche* bene. Perché i problemi, quelli che ti avevano portata dentro, restavano fuori.

Adesso, unica femmina tra maschi, finalmente, con il calore dell'alcol che le incendiava la nuca e i lobi delle orecchie, Emilia pensava che questo Natale, a Sassaia, era bello come quelli da bambina, mentre sua madre le accarezzava la testa sul divano davanti a un film Disney.

Non poteva fare a meno di chiedersi se Riccardo stesse ripensando anche lui alla pila. Se stesse paragonando questo Natale a quello là.

In mezzo avevano lavorato sodo. Erano stati bravi. Bastava un niente per distruggere tutto, ma lei quella mattina si era raccomandata. E Riccardo aveva sospirato: "Non chiedermi di chiamarci *Morelli*, per favore". "Ma no! Basta che non dici niente!" "Però, in prospettiva, glielo devi dire." "Papà..." "Ti devi mettere nell'ordine di idee..." "Sì, con calma." "Non troppa. Se no poi è peggio. Non puoi prendere in giro quel povero ragazzo." "Non lo sto prendendo in giro! Lo sto proteggendo."

Si fece tardi. Tenevo la mano di Emilia nella mia, di nascosto sotto la tavola. Tutti parlavamo di cose allegre. La neve cadeva nel buio in fiocchi grandi e avviluppava in un freddo lenzuolo Sassaia, una sola luce accesa, una sola stanza riscaldata.

Rincasando quella sera, dopo anni, avrei trovato il coraggio di telefonare a mia sorella.

17

Cinque giorni dopo era uscito il sole.

Avevo accompagnato Riccardo giù per Stra' dal Forche prestandogli i miei vecchi stivali al ginocchio, con la pala in spalla per scavare nei punti peggiori. Lo avevo salutato nel piazzale di Alma, senza parole ma con un sorriso sincero. Poi me n'ero tornato su a grandi passi.

L'avevo raggiunta a casa. Emilia era già nuda. Sudato marcio ero crollato su di lei. Mentre la neve si scioglieva. Mentre Sassaia, di nuovo nostra, ci stillava intorno gocciando dai tetti, dai rami, dalle spine dei rovi. Era quasi mezzogiorno quando noi, disciolti in una pozza di luce, diventavamo la stessa identica cosa.

Dopo, rimanemmo sdraiati sul letto, in silenzio, tenendoci per mano. Finalmente liberi dagli impegni di lavoro e da quelli familiari. Il cielo era talmente azzurro, incendiato dal freddo: come se l'universo fosse stato appena forgiato, e non esistessero altri uomini e donne sulla Terra eccetto noi due.

«Ho una proposta» mi disse a voce insolitamente alta, in tono insinuante. «Solo se vuoi, ovvio. Solo se non ti sembra assurdo.»

Mi voltai a guardarla: ogni sua lentiggine crepitava.

«Domani sera andiamo a ballare?»

Scoppiò a ridere: l'aveva detto.

Io aggrottai la fronte. «In che senso?»

«Ballare!» Mi diede una piccola spinta. «Ballare!» Si alzò in piedi sulle coperte disfatte e si dimenò nel sole, davanti alla finestra da cui nessuno, nemmeno gli animali addormentati, poteva spiarla. «In discoteca!»

«Ma se ho quasi trentasette anni...» sorrisi. «Non ci sono andato nemmeno quando era il momento.»

«A maggior ragione! Non esiste *il momento*.»

«Esiste» annuii saggiamente, «eccome se esiste. E poi non ci sono discoteche da queste parti.»

«Ma guardiamo su... come si chiama?» Lo evocò a fatica nella sua mente. «*Google!* La cerchiamo lì, la discoteca.»

«Non chiedermi una cosa simile. Domani» realizzai, «è pure l'ultimo dell'anno, ci sarà un casino.»

«Appunto.» Emilia smise di saltare. «Io domani non voglio pensare, non voglio ricordare.» Seria, i suoi occhi tornati due paludi.

A Sassaia le detonazioni dei botti non arrivavano mai. I modesti petardi scoppiati ad Alma dai miei alunni arrivavano più fiochi delle campane filtrate dai boschi. Era l'ideale per trascorrere qualsiasi festività: i cenoni e le rumorose famiglie felici degli altri non riuscivano mai a farti sentire un fallito.

«Staremo benissimo qui. Se ci tieni, posso scendere in città e comprarti una bottiglia di Dom Pérignon.»

«Non si tratta di questo» testarda.

«E allora di cosa?»

Puntuale, ecco formarsi sul suo viso la Maschera delle Grandi Omissioni. Mezzo sorriso. Mezzo rossore. Movimenti minimi sulla superficie stagnante degli occhi, di un verde così torbido da sfiorare il putrido.

«Ti prego» si lasciò cadere su di me. Anche le manovre di dirottamento: altamente prevedibili. Mi morse il lobo dell'orecchio, ci bisbigliò dentro: «Giocondo, ti prego, fammi questo regalo».

Mi venne da ridere. Per via del solletico. E perché stava riallungando una mano tra le mie gambe. Non mi aveva realmente chiamato Giocondo, ma era così che mi sentivo.

«Va bene» la rovesciai sul letto per braccarla meglio, per farle pagare meglio il prezzo di quel favore. Già mi vedevo: un goffo bisonte colpito dalle luci stroboscopiche, piantato come una montagna in un mare mosso di ragazzini che avrebbero potuto essere miei figli. E lei, l'esperta di discoteche, dove si era scatenata per mille notti nella sua oscura giovinezza, mi sarebbe sfuggita. L'avrei persa, confusa tra i corpi degli altri.

«Mi stai chiedendo un sacrificio enorme, sappilo. Almeno giurami che non mi lascerai in un posto simile.»

Emilia si liberò dalle mie braccia. Mi fissò con un'espressione straziante. Gli occhi lucidi, come se potesse piangere. Ma non era possibile, no? Piangere per una discoteca.

Invece una lacrima le colò sul serio lungo la guancia, e io m'impegnai con tutto me stesso per non vederla.

Pranzammo tardi. Arruffati, scombinati, portando il tavolo più vicino alla stufa perché la cucina era una cella frigorifera; lei in mutande, con una felpa di pile e un paio di calzettoni, io in canottiera, con i pantaloni di lana e gli altri indumenti finiti chissà dove. Arrangiammo una polenta e maccagno con gli avanzi delle feste, pasteggiammo a nocino. Dovevano essere le tre ormai, ma fuori il sole era ancora potente. Dopo tutti quei giorni di tormenta e di buio, le case di Sassaia sprofondate nelle nubi gravide, furibonde di neve, adesso la valle era un'ansa di luce, un calmo miracolo.

Quindi non sparecchiammo neanche, ci infilammo le tute da neve e uscimmo prima che fosse troppo tardi. Le montagne erano punte di ghiaccio così imponenti, come se durante il maltempo fossero cresciute. Nei boschi i raggi ci abbagliavano di continuo mentre ci prendevamo a palle di neve. E io illuso, ubriaco, la rincorrevo, la aspettavo in agguato dietro i tronchi.

Non avremmo mai dovuto avventurarci fuori da quei boschi, pensai. Avremmo dovuto licenziarci, non mettere più piede nemmeno ad Alma, farci un orto, prenderci delle galline, vivere come i miei bisnonni, a forza di castagne e di polenta, senza più alcun contatto con la civiltà e con la storia.

Invece, rientrando, mi lasciai tirare per un braccio senza opporre resistenza. «Dài, dài! Prendi il cellulare!» Mi sedetti a tavola, buono. Allontanai i bicchieri, i piatti sporchi. Mi piegai a cercare una discoteca su Google mentre Emilia m'incitava.

E siccome io ero un montagnino senza lavatrice, senza termosifoni, senza tv né microonde, anche con Internet non avevo confidenza: ero lento. E lei smaniava, adesso, m'insultava, mi dava dell'imbranato. Le dissi: «Tieni, prego». Lei afferrò con stizza il mio telefono, ma poi lo guardò spaesata. Aveva cinque anni meno di me, era di sicuro più cittadina di me – anche se ogni volta che provavo a indagare spaziava: Bologna, Rimini, Pesaro, Urbino, una vita di traslochi... Eppure, pigiava lo schermo con l'indice come se le stessero prendendo le impronte digitali. Informazioni, recensioni, affioravano a decine e lei ne era sopraffatta. Mi restituì il telefono: «Scegli tu» imbarazzata.

La discoteca, Internet, le Marche e la Romagna che si fondevano in un'unica regione. Erano tutti campanelli d'allarme. Ma io, nel modo più assoluto, non volevo *vedere*.

«Tartana» conclusi, «52 minuti, 47,8 chilometri, può andare.»

"Pronto? Valeria?"

"Chi parla?"

Mentre riesumavo il suo numero, mentre ascoltavo la linea squillare, ero regredito in uno spazio cavo del tempo in cui avevamo ancora sei anni io e dodici lei, e tornavamo carichi di bottino – pigne, funghi, una cavalletta in un barattolo con il tappo forato – da una delle nostre spedizioni sul monte Cresto, per poi crollare dopo cena all'unisono, su due letti gemelli separati solo da un comodino.

"Chi parla?"

L'abat-jour accesa perché io avevo ancora paura del buio. L'odore di pino mugo nelle narici. Le voci sommesse dei nostri genitori di là, in cucina.

"Cos'è? Uno scherzo?"

"Valeria, sono io. Bruno."

Silenzio.

Il silenzio delle brutte scoperte.

Quei due bambini erano morti. Avevamo trentasei e quarantadue anni. E non sapevamo più nulla l'uno dell'altra.

“Ma chi è a quest’ora? Dài che andiamo!” Distante, udii la voce irritata di un uomo. E subito la sua che rispondeva, docile: “Un attimo, arrivo subito!”. Infine a me, per niente docile: “È successo qualcosa?”.

“No, volevo solo farti gli auguri.”

“Mi prendi per il culo?”

La sua voce aveva assunto un timbro estraneo. Evidentemente, aveva smesso di tenere in memoria il mio numero nella rubrica.

“Hai bevuto? Sei ubriaco?”

Ero rincasato da poco, la cucina era gelida perché la stufa era rimasta spenta per ore. C’erano fantasmi ovunque e Valeria non aveva torto: se non avessi bevuto tutto quello spumante e quel nocino, non avrei commesso una simile imprudenza.

“Ho solo festeggiato, come tutti. E avevo voglia di sapere come stavi.”

Di nuovo, silenzio.

Di nuovo, la voce maschile insistente in sottofondo.

“Forse puoi dirgli che sei al telefono con tuo fratello?”

“Un minuto e arrivo! Non lo sa mica, che esisti.”

E cosa sa? Della funivia lo sa?

“È un brutto momento, Bruno. Se non ci sono cose gravi, ci sentiamo un’altra volta.”

Cose gravi.

Nel 1991 c’era stato il processo. Sempre nel 1991 Valeria si era diplomata alle magistrali. Con un voto basso: tanto, non c’era più nessuno a cui portare a casa la pagella.

Dopo, aveva trovato un impiego in città come commessa in un supermercato. La Strega dei Boschi. La capitana delle spedizioni alla casina dei partigiani, il bastone con la punta di selce brandito nel buio. Prendeva l’autobus delle sei del mattino, giù ad Alma, con i capelli unti, le unghie mangiate, mai un filo di trucco. E rientrava con l’autobus delle sei di sera, stanca com’era partita, apatica, muta. Io nel frattempo mi facevo il pranzo da solo, i compiti da solo, il bucato da solo. Soltanto a cena sedevamo insieme a tavola, spiccicando sì e no tre parole. Si puniva non uscendo mai con nessuno – lo zaino viola era stato bruciato nel giardino sul retro. Si castigava indossando quasi solo abiti maschili, larghi e trasandati: quelli da lavoro di nostro padre – naturalmente non avevamo buttato via niente dei nostri genitori, nemmeno i calzini. E quando finalmente io avevo compiuto diciott'anni, e lei non era più legalmente costretta a badare a me, si era licenziata e se n'era andata. Come se non aspettasse altro.

"Dove vivi adesso?"

"A Ostia."

Che suonava come: Singapore, Sidney, Honolulu.

"E cosa fai a Ostia?"

"D'estate la bagnina. D'inverno mi arrangio."

"E da quando sai nuotare?"

"Bruno, scusa. Pensi di poter alzare il telefono dopo, quanto tempo? E farti i cazzi miei?"

"Il tempo non toglie che rimaniamo parenti piuttosto stretti, forse."

"E tu te ne stai sempre rintanato lassù, in quella pietraia di merda?"

Non aveva smesso subito, di essere mia sorella. Ogni tanto, nei primi anni, tornava. Quando abitava ancora a Milano. Mai per Natale, mai in estate, ma ogni 2 novembre si presentava davanti al cancello del cimitero.

In minigonna. Le calze a rete, gli stivali neri fino al ginocchio, con dei tacchi così alti che sembravano trampoli e su cui lei non aveva mai imparato a camminare in modo decente. Il chiodo con le borchie, il reggiseno che s'intravedeva da una maglietta semitrasparente. La faccia imbrattata di trucco, i capelli rasati da un lato e dall'altro verdi o fucsia. Era stato uno choc per me, la prima volta che l'avevo rivista. Come se l'altrove in cui era andata a stare fosse un regno di portentosa trasformazione.

"Tu non hai idea di quanta vita ci sia là fuori, nel mondo" mi aveva detto una volta mentre, in cima alla scala, sistemava un mazzo di viburno bianco accanto al viso sorridente di nostra madre incastonato nell'ovale della lapide, le date *1954 - † 1990. E io avevo pensato: Perché? Sassaia non fa parte del mondo?

Lavorava in un locale notturno. Un locale trasgressivo, "dove tutti fanno ciò che vogliono: canne, cose a tre..." e aveva sorriso, allusiva. "E tu che fai, in questo locale?" Era scesa dalla scala, l'aveva spostata di una decina di centimetri e poi, salendo verso nostro padre con un lumino nuovo di zecca e altro viburno, mi aveva fatto l'occhiolino: "Cocktail avvelenati".

Ero ormai all'ultimo anno di superiori, unico maschio in una classe di quindici femmine, una più secchiona dell'altra. Ma il più secchione restavo comunque io. Perché tutte loro, per quanto abitassero più vicine alla scuola e non perdessero le ore che perdevo io su un autobus extraurbano e poi su per una mulattiera, arrivate a casa avevano qualcuno con cui scambiare due parole, con cui litigare, con cui guardare un programma televisivo. Io scarpinavo con lo zaino pesante di libri per Stra' dal Forche e, una volta arrivato, non c'era un cristo di nessuno. Niente tv, niente radio. C'era la solitudine più assoluta, il vuoto. Un'enorme libertà, di cui non sapevo che farmene. Sbattevo subito un manuale pesante sul tavolo, tanto per fare rumore, e attaccavo a sottolinearlo per non vedere, non ricordare. Cenavo insieme alla Seconda guerra mondiale, all'*Edipo re*, ai sonetti di Ugo Foscolo. Cosa ne potevo sapere, dei locali di Milano? Di cose a tre? Vivevo già come un eremita.

Avevamo diviso i soldi del risarcimento in due conti separati, in due vite separate. Ci univa solo il giorno dei morti.

"Sì, vivo sempre nella *nostra* casa. E ti ho chiamata non per impicciarmi, ma per riallacciare i rapporti."

"Motivo?"

"Mi sono fidanzato."

Mi era scappato. Non era mia intenzione. Ma Valeria aveva riso. Una bella risata che mi aveva subito, all'istante, crepato il cuore.

Con un tono improvvisamente sorpreso, allegro, mi aveva chiesto: "Ma dài! Ti sposi?".

"No, nessun matrimonio."

"Ah." Ci era rimasta male.

La voce maschile aveva fatto di nuovo irruzione in quella parte di universo dove abitava lei, a Ostia, a circa – sarei corso a controllare subito dopo – settecento chilometri da Sassaia.

"Ti devi ancora vestire? Con chi cazzo parli?"

"Nessuno, mo' vengo."

Mo'? Non glielo avevo mai sentito dire.

Avevo provato a immaginare la faccia di quell'uomo: il suo compagno? E in che genere di casa vivessero. E se in quella casa fumassero crack, se fossero nati dei bambini. Era veramente impietosa, la vita, se poteva trasformare la Strega dei Boschi in quella nomade che aveva cambiato chissà quanti lavori e città.

Chi aveva omesso di manutenere quella fune aveva finito per compromettere anche le nostre anime. E non c'era verso, non ci sarebbe mai stato verso, di ripararle.

O forse sì?

"Vale? Ci sei ancora?"

"Sono qui."

"Possiamo sentirci ogni tanto, ti va?"

"È stata la tua ragazza a farti venire tutta questa voglia di famiglia? Non è che è incinta?"

"Non lo è. Ma possiamo risentirci?"

"Devo andare, ti saluto."

Prima di riagganciare, con un filo di voce, aveva aggiunto: "Credo di sì".

18

Un capannone tra le risaie, disperso. Un'insegna al neon galleggiante sulla pianura. Come una lampada attira falene, una trappola fioca sospesa tra fabbriche chiuse, case abbandonate e, poco più avanti, il confine dell'universo – il casello dell'autostrada.

Eccolo, il nostro Tartana. Parallelepipedo di cemento armato, nuovo e già vecchio. La terra promessa che Emilia si mangiava con gli occhi fin da lontano, scalpitando sul sedile mentre ci incolonnavamo in una lenta processione di fari lungo un sentiero sterrato.

Lo indicava bruciando di eccitazione, premendo il dito contro il parabrezza come per toccarlo. Mentre io guidavo mogio e non sapevo niente. Parcheggiavo e non avevo idea. Nel grande spiazzo d'erba brinata, in mezzo a decine di altre auto inabissate nel petrolio della notte. Straniero in quella terra livellata, coperta di nebbia e gas di scarico. Due ragazzi vomitavano in un canale di scolo, e non erano nemmeno le dieci e mezza.

Faceva male guardarla, Emilia che camminava impaziente verso il ballo con indosso i suoi abiti migliori: la minigonna di jeans con sotto un paio di leggings – perché la Rosa non vendeva collant –, un top acquamarina che le lasciava scoperto l'ombelico, il solito giaccone e le solite Dr. Martens.

"Come vorrei un paio di tacchi!" aveva implorato davanti allo specchio prima di uscire. Ma la fata madrina non era intervenuta, e lei era rimasta una Cenerentola stracciona. Rossetto rosso, palpebre glitterate. Mi trascinava per un braccio verso l'ingresso, il suo ignaro, legnoso, principe orso: stessa camicia a quadrettoni di flanella, stessi pantaloni di velluto a coste che mettevo per andare a funghi.

Ci accodammo alla fila di ragazzine scintillanti e ragazzini dagli ampi ciuffi sugli occhi, scaricati tra mille raccomandazioni dai genitori con l'ordine di farsi trovare fuori alle tre o quattro del mattino, puntuali e sobri. Eravamo due alieni. Ma gli adolescenti neppure ci vedevano, eravamo trasparenti per loro, come lo sono tutti gli adulti: incarnazione di una fine che non si vorrebbe mai fare. Notai che Emilia aveva smarrito l'euforia, come suo solito all'improvviso. Fissava le ragazze con uno sguardo cupo d'odio.

«Guarda, *loro* hanno tutte i tacchi» sibilò, a me o a se stessa. «Guarda quanti trucchi si sono spalmate, i trucchi di mammina.»

Provai disagio di fronte a quella versione di lei. Il suo tono di voce arcigno. Il suo riso tetro. La sua invidia insensata.

Eravamo vecchi e fuori luogo. Io mi sentivo il cuore pesante alla sola idea di entrare. E poi successe una cosa.

Di colpo, Emilia si spazientì, mi afferrò una mano e saltò un bel pezzo di fila. Subito si levò un coro di proteste a cui lei rispose con disinvoltura: «Buoni bambini! Ho un invito speciale. Siamo nella lista vip, io e il mio amico». Gli animi, pur nel malcontento, si placarono. Ma nella folla si distinse, limpidamente, una voce femminile che gridava: «Puttana!».

Emilia si voltò, come un falco. La individuò all'istante. E sorrise, trasfigurata. Il suo volto mi fece paura, e dovette farlo anche alla sedicenne in questione e alle sue amichette, perché sbiancarono e ammutolirono indietreggiando di un passo.

Emilia andò loro vicino, con molta calma. Lo sguardo glaciale, verde putrefazione. Isolò la biondina, la prese per il colletto della giacca, le sputò in faccia e poi le disse a voce alta, di modo che anche le altre potessero sentire: «Non ti azzardare. Perché io ti taglio quei tacchi di merda». Fece scattare la lama di un coltellino, un conato di buio che veniva fuori: da dove? «Oppure direttamente la gola.»

Lì, di fronte a quella scena, era tutto chiaro come la più tersa giornata di montagna. Lì avrei dovuto capire che quel modo rodato di minacciare, quella calibrata violenza, doveva essere per forza il risultato di un certo, specifico, apprendistato.

«Puttana detto da un'altra femmina non si può sentire» sibilò alla ragazzina ormai in lacrime. «Ti sei mai chiesta che insulto è? Oppure ripeti tutto a pappagallo, come le bambine cretine? Fai il gioco dei maschi che ci hanno sempre inculate?» La spinse via. «Ne hai da studiare, stronzetta.»

Richiuse il coltellino, se lo rimise in tasca. Tornò da me accendendosi una sigaretta. Aspirando con un'espressione beata, terrificante. Pensava, forse, che se Marta fosse stata appostata da qualche parte ad assistere, ora sarebbe balzata fuori con un applauso: Così si fa! Lezioni di stile e di femminismo!

Il rispetto, ragazze, il rispetto è la prima cosa.

Ero sconvolto.

Annichilito.

Ci fecero subito passare. La massa compatta di adolescenti spaventati si aprì in due ali per lasciarci raggiungere la porta di metallo.

Pagai due ingressi con le mani malferme mentre lei terminava in fretta la sua Winston e poi la spegneva a terra, schiacciandola con il piede.

«Lo so, ho esagerato.»

Seduti su due sgabelli, appoggiati coi gomiti al bancone del bar, sorseggiando due Negroni annacquati nei bicchieri di plastica.

Era seriamente pentita, adesso, e preoccupata. Come avrei appreso tempo dopo, quella piazzata era stata una grave stupidaggine da parte sua. *Pensa se avessero chiamato i carabinieri! Pensa se mi avessero chiesto i documenti e la biondina mi avesse denunciata!*

Beveva, si passava una mano in faccia per asciugarsi il sudore.

Io non la guardavo.

«È che non puoi dire puttana a un'altra donna. Mi parte l'embolo quando succede. Perché? Tu credi che una donna si prostituirebbe, se avesse un'alternativa? Se fosse cresciuta in un mondo diverso? Voglio dire...» Parlava a macchinetta, gridando per permettere alle sue parole di superare il muro del suono roboante, assordante, tunzettante. «Ci saranno anche donne che si prostituiscono per libera scelta. Però sono una minoranza. E, comunque, bisognerebbe capire fino a che punto è libera, questa scelta. Perché tu permetteresti a uno sconosciuto, brutto, vecchio, bavoso, con la panza, che magari è sporco e puzza, di entrare nel tuo corpo, se potessi evitartelo? Tu rischieresti di rimanere incinta perché uno stronzo ha voglia di usarti come userebbe il water per pisciare? No, puttana a un'altra donna non lo puoi dire.»

«Cosa ci facevi con un coltellino in tasca?»

Mi sforzai di voltarmi per constatare la sua faccia, la sua maschera.

«È piccolo, è praticamente innocuo. Ma mi è stato insegnato che è bene portarlo.»

«Chi te l'ha insegnato, tuo padre?»

Emilia si morse le labbra. Poi tornò al suo bicchiere: «Mi dispiace, davvero. Mi rendo conto che ho esagerato. Ho fatto una sceneggiata... Studiavo pure recitazione, o meglio, ho frequentato un laboratorio di recitazione. Forse è per questo che sono stata così convincente, eh?». Tentò di ridere. «Sei noioso quando fai il Bruno santarellino.»

Mi sentii solo, drasticamente solo. Al limitare di una pista invasa, come previsto, da minorenni brufolosi, eccitati e inesperti. Bagnati dai getti meccanici dei faretti blu, verdi, arancioni. Alla consolle, un attempato dj di provincia di nome Kevin scaldava la folla al grido di "Su le mani!", "Su le braccia!", "Su i bicchieri!". Le casse sparavano ad altezza d'uomo brani mai sentiti, tutti uguali. E io avevo accanto questa perfetta sconosciuta con un coltello in tasca.

Questa bulla di trent'anni.

Neppure nelle notti più squallide della mia vita, neppure quando, tornato da poco da Torino, guidavo la Seat Ibiza come un naufrago per questa stessa pianura, in mezzo a queste stesse risaie, con Gisella seduta accanto. Ecco, nemmeno in quelle notti mi ero sentito così tradito.

«Ti richiedo scusa.»

«Passeremo tutta la vita così? Con te che ti scusi, mi rassicuri, e subito dopo viene fuori che non sei normale? Che sei completamente fuori di testa? Che sei nata un giorno a Bologna, l'altro a Pesaro, l'altro a Riccione? E io zitto, perché ti devo aspettare? Perché ti devo credere? Io completamente coglione?»

Mi alzai dallo sgabello. Emilia provò a fermarmi.

«Vado a riprendermi la giacca. Ti aspetto fuori.»

«Per favore.»

«Tranquilla, non ti lascio a piedi. Fai con comodo. Se riesci a trovare un maggiorenne, portatelo pure nei cessi come facevi una volta.»

Ero schifato. Ed ero così deciso che Emilia mollò la presa e mi lasciò andare. Basta, la dovevo chiudere subito quella storia, prima che il 2015 diventasse 2016. Le ero servito a questo: portarla in discoteca, addormentarla senza televisione, intrattenerla in un borgo spopolato.

Allungai il bigliettino con il numero alla succinta hostess del guardaroba, mi ripresi il mio giaccone da funghi. E quando mi voltai, non riuscii a impedirmi di cercarla ancora una volta su quella pista triste, sotto quelle luci volgari, in mezzo alla folla ondeggiante come sui tagadà delle fiere, e la vidi. Alzare le braccia come dj Kevin aveva ordinato. Con gli occhi chiusi. I capelli sciolti. La testa rovesciata all'indietro. L'unica adulta, con le Dr. Martens ai piedi, sporche di fango, e l'ombelico nudo. In estasi.

Aspettai fuori, insieme a una mezza dozzina di genitori. A due auto che oscillavano ritmicamente con i finestrini appannati. A un gruppetto di metallari che si passava una canna.

Seduto sul cofano della Seat Ibiza, non sentivo freddo, non sentivo niente. Aspettavo soltanto di riportala a casa come un autista. E poi, perché no? Riempire una valigia e raggiungere Ostia.

Valeria non si sarebbe lasciata perculare così facilmente. Ai tempi in cui era la Strega dei Boschi viaggiava con in tasca lo stesso coltellino di Emilia. Forse, mi chiesi, ero stato io a esagerare? Puttana era una parola vigliacca, odiosa. Ma Emilia si poteva giustificare? Valeria non aveva mai minacciato nessuno.

Non si vedeva nemmeno la luna laggiù, nessuna stella, nessuna montagna. Ero tornato orfano come prima del suo arrivo e, per di più, ero gravato da quel sentimento a cui non osavo dare un nome. Che non volevo provare, e tuttavia provavo. Insieme alla rabbia, al rancore, alla delusione. Un sentimento che mi rendeva insicuro. Che doveva essere il fine di una vita, così dicevano, la sua parte migliore. Invece era una malattia che ti intaccava lì, alla radice, nell'identità, e la annientava.

Il conto alla rovescia irruppe in quello straccio desolato di pianura. La mezzanotte esplose con un boato dal parallelepipedo di cemento. Dj Kevin benedisse il nuovo anno: «2016! 2016! Benvenuto!». Il futuro era appena iniziato, e io mi sentivo ricacciato in fondo, nel buio più buio della casina dei partigiani.

Emilia uscì. Sudata, senza giacca. Corse a rotta di collo verso la Seat. Si fermò senza fiato di fronte a me. L'indomani le sarebbe venuta la polmonite, potevo scommetterci.

Si appoggiò con le mani sulle ginocchia. Aveva il tratto di pancia scoperta raggrinzito dalla pelle d'oca, i capelli appiccicati alla fronte.

«Mia madre è morta il 31 dicembre del 1997» mi disse ansimando. «La mia classe aveva organizzato una festa e io sono stata l'unica a non andarci. Dopo, non mi hanno più invitata. Ho perso il treno per sempre. Sono nata a Ravenna. Quando mi sento esclusa, quando mi sento diversa o la più sfigata, mi scatta qualcosa. Lo so, di tremendo. Non credere che non ci abbia lavorato. Mi hanno diagnosticato un problema con la rabbia. Mi hanno diagnosticato un sacco di turbe, di difetti, e ti giuro che mi sono impegnata, li ho affrontati. Non condannarmi se ogni tanto ci ricasco, per favore. Non sono mai stata in discoteca. Questa è la prima volta in tutta la mia vita. E adesso ti chiedo di tornare dentro e di ballare con me. Una sola canzone. Poi ce ne andiamo.»

«Balla da sola.»

«No.»

«Non capisco più quando dici bugie e quando la verità.»

«Adesso ti ho detto la verità! La verità a cui tieni tanto!»

Ne avevo pieni i coglioni. Era tardi. Ravenna: adesso me lo veniva a dire? E perché? Era solo una città.

Mi staccai dal cofano e andai ad aprire la portiera. Futuro un cazzo, c'era solo il passato. Nella vita, era tutto un passato che non potevi aggiustare, modificare, salvare.

«Vuoi un'altra verità?» mi gridò. «La vuoi?»

Tenevo una mano sulla portiera e l'altra sul tettuccio della Seat.

«Non m'interessa più» mentii.

«Te la dico lo stesso: ti amo.»

Me lo aveva sputato in faccia, come aveva sputato alla ragazzina di prima. Mi fissava e tremava tutta, troppo.

Nessuno me lo aveva mai detto.

Io non lo avevo mai detto.

La presi di peso e la riportai dentro, ringhiando: «Un'unica, sola, canzone».

Che non sarebbe stata una, ma *la*.

La vecchia canzone regina del 2000, o forse era il 2001. Uno di quei tormentoni estivi che non la smettono di assillarti, in ogni bar, da ogni stazione radio, da giugno a settembre, poi basta. Poi, solo sagre di paese e discoteche di estrema provincia rimaste indietro nel tempo. Perché fa nostalgia, fa giovinezza perduta.

Così famosa, che la conoscevo anche io.

Sulla pista i ragazzini erano ormai ubriachi e stanchi. E quando dj Kevin, che doveva avere all'incirca la mia età, mise su quel disco, nessuno di loro conosceva il ritornello, tranne me ed Emilia. Che, colma di stupore, mi fissò negli occhi. Mi prese le mani e cominciò a ridere, a saltare, ripetendo entusiasta: «Non ci credo! Non ci posso credere! Questo è un segno!».

Voleva che mi abbandonassi, anch'io come lei senza pensare a nulla, senza ricordare né pretendere chissà cosa da noi stessi, dalla nostra rotta esistenza.

Voleva che chiudessi gli occhi anch'io come lei, e rovesciassi indietro la testa e lasciassi andare il corpo a quella musica che non avevamo ballato quando era il momento giusto.

Voleva risplendere insieme a me nel cuore triste di quella notte, trafitti ogni tanto da un faretto blu o verde, cantando con quanto fiato avevamo:

Because I, I live to love you some day
You'll be my baby
And we'll fly away

E io le obbedii, perché quel sentimento era più forte di tutto.

Della dignità, del rancore, di qualsiasi idea e opinione.

Mi rintronava nella testa, mi si scioglieva caldo nelle vene: ti amo.

Qualcosa sapevo, eppure non sapevo niente. Solo che, se anche fosse stato il nostro ultimo ballo, dovevo ballare. Se anche fosse stato il nostro ultimo istante, lo dovevo vivere. Tanto, tutto finiva. Era inevitabile, il futuro. Quindi la baciai con tutto me stesso.

19

Inevitabile.

Come l'esattore delle tasse, come il messo comunale che ti recapita un'infrazione, come il becchino.

Giovedì 7 gennaio 2016 alle 10.30, in sala insegnanti, con gli occhi dardeggianti di soddisfazione, Patrizia mi sbatté davanti un foglio stampato storto, tirato giù da Internet.

Non era riuscita a rimandare nemmeno alla fine della mattinata, ben sapendo che dopo non sarei più stato in grado d'insegnare, e neppure di respirare. Ma come avrebbe potuto aspettare ancora? Tanta era la sua smania di vedermi crepare. Tante le ore di lavoro investigativo dietro quella scoperta sensazionale. Tanto il desiderio di raggiungere subito l'orgasmo: avere ragione, avere vinto.

«Già lo saprai» mi sibilò suadente, «*per forza* te lo avrà detto. Però, guarda come sta bene in questa foto, la tua fidanzatina.»

E io, mentre prendevo il foglio tra le mani ostentando fastidio, mentre lo raddrizzavo con superiorità e disprezzo, pure cedevo.

Mentre leggevo, o meglio decifravo a stento, il titolo di un articolo d'archivio del «Corriere della Sera» datato 24 giugno 2001, mi si annebbiava la vista e mi girava la testa, al punto che non riuscivo a intendere la lingua italiana, in che giorno fossimo, in che anno, chi fossi io.

«Ma come? Non dirmi che non ti ha raccontato niente!»

Gongolante.

Trionfante.

Mentre a me si sgretolavano le forze, franava il pavimento sotto i piedi, si congelava il cuore, lei mi veniva vicino tubando: «L'ha combinata proprio grossa, eh? Pelo rosso...».

Quando mi capita d'incrociarla, ancora adesso, lei mi saluta a stento e tira dritto accelerando il passo, abbassando lo sguardo, le guance di fuoco. Io, a volte, mi giro a guardarla. E mi viene da fermarla e chiederle: Quanto era durata, poi, la felicità? Un pomeriggio? Un paio di giorni? Ne è valsa la pena?

Quel giovedì 7 gennaio, invece, eravamo l'uno accanto all'altra in sala insegnanti. Era nuvoloso, era il giorno dopo *l'Epifania che tutte le feste si porta via*, con gli elettricisti issati sulle scale che già smontavano le luminarie di Alma. E io ero stordito, preso a pugni e a calci da una parola del titolo che ancora oggi il mio cuore si rifiuta di scrivere. E da quella foto.

Perché l'immagine era palese. Devastante nella sua semplicità.

Cominciarono a stridermi le orecchie. Il rumore sordo del nulla prese a rimbombarmi e a pulsare nel padiglione auricolare, e più addentro, nelle arterie, nel ventricolo destro e sinistro, negli alveoli polmonari. Come quando la fune si era spezzata e la cabina si era schiantata al suolo in frammenti così minimi che era stato impossibile, dopo, rimettere insieme la maggior parte dei corpi: io non avevo udito niente. Era tutto buio. Mi sentivo come in quei sogni in cui non si smette mai di cadere.

Patrizia provò a carezzarmi con il suo uncino.

Mi scansai inorridito.

Con l'ultimo brandello di pensiero razionale, riuscii a imbastirle una preghiera: «Per favore, non andare a raccontare questa cosa in giro. E sostituiscimi nelle prossime due ore».

Infilai il foglio in tasca e corsi via.

A rotta di collo in mezzo ai boschi. Ma anche correndo veloce, in salita, chiudendo gli occhi, non riuscivo a seminarlo, a non vederlo. Il rettangolo in bianco e nero, stampato male.

In cui campeggiava un'Emilia parzialmente pixellata, eppure riconoscibilissima. Esile e smarrita come la biondina che aveva minacciato a Capodanno. Capelli legati, scarpe da ginnastica e t-shirt bianca. Sguardo censurato dalle regole della privacy, ma che io sapevo quanto potesse diventare vuoto.

Emilia, portata via in manette dai carabinieri.

PARTE II

5.264 giorni

20

Chissà se anche le anime invecchiano. Se mantengono la loro voce di sempre, le espressioni tipiche adolescenziali come "cazzo mene" e "bella lì". Se ricordano e provano rancore. Oppure, lasciano andare.

Emilia applicava la carta di riso sul grugno di Satana e ne reggeva lo sguardo: torvo, assente. Con il giaccone addosso, fiatando condensa, le tornava in mente un lontano pomeriggio di luglio in cui era arrivata alle mani con Marta. Causa: l'immortalità dell'anima.

Alla luce della lampada, i guanti di lana tagliati a metà falangi, premeva i polpastrelli sugli impacchi d'acqua distillata per provare a recuperare il blu delle corna, il giallo-verde delle gambe del condannato che si dimenavano fuori dalle fauci, il nero degli artigli che stritolavano il prossimo pasto: nudo, disperato. Anche se, in teoria, all'Inferno ci si dovrebbe arrivare morti e senza corpo.

Intanto, il Basilio la osservava dal Paradiso quasi del tutto rinnovato, con i santi schierati e Cristo assiso, pronto a emettere la sentenza.

«Se continuiamo così, tra una settimana avremo finito.»

Emilia sollevò gli occhi verso di lui: «Mi dispiacerà, lo sai?».

Il Basilio annuì: «Anche a me, ma nella chiesetta di Donato troveremo una danza macabra interessante, e anche una Pietà degna di nota. Certo, nulla di paragonabile» e roteò il braccio per indicare la controfacciata.

Era l'unica parete illuminata, in quel grigio mezzogiorno di gennaio. Finite le feste, anche la chiesa era risprofondata in un polveroso abisso, nel cui fondo rilucevano, debolissime, risacche di lumicini accesi con le offerte. Emilia lo aveva evitato il più possibile, quel lavoro, e ancora oggi, sotto il maglione, la tachicardia frustava. Era stupido, se uno ci pensava: avevano guardato, in cella, tutte le puntate di *Un giorno in pretura*, pure *Il silenzio degli innocenti* si erano sparate, prendendo per il culo Hannibal Lecter. Però, quell'affresco non riguardava attori o altri: riguardava lei.

Aveva compiuto da poco diciassette anni, quando era cominciato il *suo* Giudizio. Le avevano dovuto fornire un organigramma con le funzioni, i ruoli, le tempistiche dell'iter processuale, perché lei non ci capiva un accidente. Non aveva idea di cosa fossero un gip, un gup, un pm. I giudici erano così adulti, onnipotenti come Cristo e i santi. Avevano il potere di decidere, letteralmente, lei chi era. Quanti anni sarebbero stati tolti alla sua vita.

Dopo quasi quindici, ci stava lavorando, a quei corpi marci di colpa: con impegno, con cura.

Sarebbero stati perdonati, un giorno?

Sarebbe diventata un'anima anche lei?

Ora d'aria, che d'estate per via del caldo si svolgeva dalle 17 alle 19. Correva l'anno 2005, massimo 2006. Le ricetrasmittenti annunciavano all'unisono: "Scendono le ragazze!".

Avevano disteso gli asciugamani sul cemento nudo del grande cortile murato. Indossavano tutte e quattro succinti bikini, infradito e occhiali da sole. Si erano armate di vecchi flaconi di detersivo spray riempiti d'acqua per rinfrescarsi. "Che peccato che nessun bel ragazzo possa ammirare i nostri culi." D'altra parte, quanti squat, affondi e piegamenti contavano ogni giorno per mantenersi sode? Inutilmente?

"Innocenti, vediamo un po' cosa cazzo sai." Marta aveva aperto una delle dispense di Emilia con aggressività, perché quando c'era da interrogare diventava cattiva.

Afifa e Myriam si erano sdraiate di pancia per abbronzarsi il sedere e avevano già chiuso gli occhi. "Su cos'è quest'esame?" aveva chiesto una delle due.

Emilia, riempiendosi la bocca, aveva risposto: "Visioni della morte e potere del tempo".

"Uuuh!" Erano rimaste tutte folgorate. Anche Marta, secondo cui la morte – ne avevano già discusso – era solo una questione di cellule che tirano le cuoia e cupe reazioni chimiche altrimenti dette: putrefazione.

Però "potere del tempo" era un'espressione fica, così fica che era impossibile non sospettare ci fosse dell'altro nel destino, oltre che viscere maleodoranti e ossa deteriorate.

"L'anima secondo Platone" aveva letto Marta, "vai."

Le più giovani giocavano a pallavolo. L'Esercito le sorvegliava sudando e chiacchierando. Una musica rap in inglese colava da qualche finestra del primo piano. Afifa si era appena diplomata. Myriam era tornata dopo varie vicissitudini e trasferimenti, decisa a rigare dritto. Emilia e Marta frequentavano addirittura l'università. Distese sul cemento arroventato, con i libri e il perizoma, rappresentavano ormai indiscutibilmente, nella storia di quel luogo, l'Esempio da Seguire.

"Allora" cominciò Emilia.

"Non si comincia con *allora*."

"Oh, che rompifica sei, Vargas! ALLORA, nel *Fedone*, uno dei dialoghi di Platone dedicati all'anima, Socrate desidera la morte perché libera l'anima dal corpo, che è una gabbia, ed è limitato dai vizi. Invece dopo la morte l'anima accede alla sua condizione ideale: la verità dell'essere."

Non era nemmeno lontanamente immaginabile, fino a pochi anni prima, che si disquisisse di metafisica all'ombra del filo spinato. Una volta Emilia aveva origliato una conversazione in un ufficio attiguo a quello di Frau Direktorin: "Per finire qui bisogna essere proprio sfigate. C'è da piangere al solo pensiero di queste poveracce". Ecco, le opzioni erano due: Via la chiave! o Poveracce. Astrofisiche, chimiche, filosofe: no.

Pure, Emilia aveva infarcito il suo piano di studi in Arti visive con esami pretenziosi di filosofia antica, bioetica e altra roba che era stata giudicata "al limite" da Vilma, la sua educatrice: "Ma proprio su morte, anima e aldilà devi sempre andare a parare?". E adesso stava procedendo come un treno con la descrizione dell'anima che, secondo Platone, "è quella parte di noi che assomiglia a un'idea. Per questo non è corruttibile".

"Quindi rimane buona?" Myriam era stata colpita da quella possibilità. "Qualunque cosa combina il corpo?"

"Non dice proprio questo... Platone paragona l'anima a una biga."

"Biga?"

"Tipo un carro. Trainato da due cavalli alati. Uno è bianco e rappresenta l'intelletto. L'altro è nero e rappresenta gli istinti irrazionali. E poi c'è l'auriga..." Myriam l'aveva di nuovo guardata storto, Afifa si era già addormentata. "Una sorta di autista, che rappresenta la ragione che deve governare luce e buio."

"Una discreta mole di stronzate" aveva commentato Marta verificando gli appunti. "Però direi che questa volta prendi più di 21."

"Oh, ma è Platone!"

"Saremo vermi, Emi, non idee splendenti nella verità dell'essere."

"Io preferisco pensare che l'anima esiste" Emilia si era impuntata. "E che ce l'abbiamo tutti."

Marta aveva cambiato faccia. "Tutti?" Non era mai consigliabile impuntarsi con lei quando aveva *quel* tono, e si metteva a sedere in *quel* modo, con *quell'*espressione. "Davvero, Innocenti? Vorresti che *certe persone* fossero diventate delle anime radiose? E che magari adesso ci stessero pure guardando e ascoltando?"

Emilia aveva retto il suo sguardo: "Sì, lo vorrei".

Marta si era alzata, le si era avventata addosso e le aveva mollato una sberla, forte. "Io l'anima di quello là non la voglio incontrare! Hai capito? Quello là non ce l'aveva, un'anima."

Ma Emilia si era difesa. "Cosa ci stiamo a fare qui, se dopo diventiamo tutte vermi?" Le aveva afferrato quei bei capelli neri, quasi blu, e aveva tirato più che poteva. Perché quella non era filosofia: era carne viva.

"Dopo non c'è un cazzo, Emi."
"Stiamo pagando per niente, allora?"
"Ma veramente vuoi credere in Dio?"

Avevano vent'anni, e se le stavano dando come le ragazzine appena arrivate. Si stritolavano i polsi, si strizzavano le tette fuori dal costume. Afifa e Myriam si erano già allontanate: non ci si intromette nei cazzi altrui. L'Esercito invece era intervenuto, sollecito e un po' scocciato: sedare una rissa con quel caldo era un lavoro infame.

Le avevano spedite da Frau Direktorin. Pugno sulla scrivania e pazienza esaurita: "Se continuate così vi trasferisco una a Roma e l'altra a Pontremoli!". Le aveva messe in castigo nel castigo, ossia in isolamento. Per cinque giorni: il tempo di meditare. Ma prima che riuscissero a districare con la forza i loro corpi, prima che le confinassero nella solitudine, Emilia aveva fatto in tempo a bisbigliare a Marta, il viso bagnato di lacrime: "Io ho *bisogno* che esista, l'anima. Capito? Perché un giorno la devo rivedere".

Anche se lo sapeva, che non sarebbe accaduto. Persino adesso che lo stava riparando, sapeva che l'Inferno non poteva essere vuoto, e il Paradiso pieno.

Per il semplice fatto che vittime e carnefici non dovevano mai, mai, mai, nemmeno alla fine dei tempi, ritrovarsi.

Mi tocca fare una cosa, adesso: ricostruire gli eventi di quel giorno attraverso i sentimenti di Emilia. Anche se questo significa guardarmi da fuori e provare odio verso me stesso. Non sarà un resoconto indolore, ma glielo devo: almeno scrivendo, ristabilire un po' di giustizia.

Erano le quindici. Emilia si affrettò a terminare l'applicazione della carta di riso prima di mettere via gli attrezzi.

In pieno inverno, con la notte che calava già alle quattro, il Basilio aveva deciso di staccare prima. Spensero le lampade, scesero dal ponteggio, si salutarono dandosi appuntamento al mattino dopo, nove in punto. E, come ogni pomeriggio, Emilia uscì per prima, impaziente.

Non era stato facile tenermi, dopo il Tartana. Qualche dettaglio me lo aveva dovuto scucire. La villetta bianca di Ravenna. Sua madre che insegnava italiano e si era ritrovata come figlia l'alunna peggiore. I vari problemi, cognitivi e relazionali, convertiti in costose sedute dalla logopedista, dalla psicologa, dalla musicoterapeuta. Ma era stata bene attenta a fermarsi a giugno del 2001.

Io l'aspettavo sempre seduto sulla scalinata, il più delle volte con un libro in mano. Il cappello di feltro calato sui ricci, la mantella di lana buttata sulle spalle, la cartella di cuoio gonfia di temi da correggere. Solo che oggi non c'ero.

Emilia rabbrividì. Il corpo sa sempre tutto prima, ma la testa no: non vuole. Un contrattempo, pensò: un guasto alla caldaia, un tubo ghiacciato, un tronco caduto sulla strada. Anche se non era mai successo, che io tardassi. Si accese una sigaretta e aspirò fino a sentirsi bruciare i polmoni.

Uscì il Basilio: «Com'è che non è venuto Bruno? Ha l'influenza?».

«No, no. Ora arriva.»

«Vuoi salire con me?»

«Preferisco aspettarlo.»

«Come vuoi, a domani.»

«A domani!»

Emilia osservò il Basilio avanzare piano nelle nuvole basse che congelavano Alma. Curvo, malfermo sulle vecchie gambe e attento a non inciampare sui sampietrini sconnessi. Si chiese con quali forze riuscisse a percorrere, due volte al giorno, Stra' dal Forche. E perché.

Erano le quindici e venti. Emilia estrasse il cellulare dalla tasca per controllare se le avessi scritto: niente. Ma era raro che mi venisse in mente di ricorrere al telefono: doveva essere proprio questione di vita o di morte. Il fatto che non ci fossero messaggi significava che non doveva preoccuparsi.

Sedette su un gradino stringendosi nel giaccone. Si lasciò guardare dagli avventori del Samurai che si ostinavano a spiarla dai vetri illuminati, come se fosse ancora una novità. Si accese un'altra Winston. Ripensò di nuovo a Marta, a quando si era laureata: la prima in assoluto nella storia di quel luogo. Le avevano preparato una festicciola – alcol *verboten* – e lei, occhi neri brillanti di soddisfazione, aveva stretto entrambe le mani di Emilia fra le sue. In bagno, prima di uscire a prendersi l'applauso, le aveva detto: "Ho vinto, Emily, sono felice. Ho pareggiato tutti i conti. Mi manca ancora un anno, ma sono libera".

Le erano rimaste impresse quelle frasi: "ho vinto", "sono felice", "sono libera".

Quando era stata lei a laurearsi, la seconda nella storia di quel luogo, non aveva provato alcuna gioia. Al contrario, si era sentita come su un binario morto. Nonostante suo padre si fosse commosso alle lacrime, e Frau Direktorin avesse organizzato anche per lei una piccola festa con la Coca-Cola e la Fanta, ripetendole: "Sono orgogliosa di te, Innocenti. Sono tanto orgogliosa". Nonostante avessero partecipato anche la Venturi, Rita, le sue insegnanti delle superiori, e lei si fosse data da fare per sorridere a tutte, in quel giorno di gloria, in realtà, metteva a fuoco solo un vuoto preciso.

L'aveva distinta, stagliata nella parete di fondo, nel punto di fuga di tutte le mani levate, nel silenzio sordo sotto tutti gli "evviva": la sagoma di una persona che non c'era più, e non era sua madre. Teneva in mano un mojito in un bicchiere di plastica con la cannuccia nera. I suoi occhi blu avevano brillato. La sua bocca si era contratta in una smorfia: "Che ti sei laureata a fare?".

Il campanile suonò quattro rintocchi.

Io non ero ancora arrivato.

Forse, realizzò, la verità era il prezzo dell'amore. E lei le stava cercando davvero, le parole. Per dirmi: *cosa cazzo ho combinato.* Ma non era facile come credevo.

Non è che se sommi la morte di tua madre, la dislessia, il bullismo, ottieni una spiegazione.

Lo so.

Non siamo una catena di cause ed effetti. Non funzioniamo come la gravità, la pioggia o un'addizione.

Rita, lo so.

Se ci smonti, puoi star certa che ci sarà sempre un ingranaggio che manca.

Il cielo era diventato nero. I lampioni formavano sacche di condensa sospese nell'umidità. Persino dal Samurai si erano stufati di guardarla.

Emilia alzò gli occhi al campanile: erano le 16.47.

Era chiaro che, quel giorno, non sarei arrivato.

Risalì da sola, con la torcia.

Il cono di luce materializzava ora un tronco, ora un ramo spezzato dal peso della neve, uno spuntone di roccia, la cappella votiva con dentro una Madonna Nera.

Il bosco di notte, a gennaio, era disabitato. La peggior pena che si può infliggere a un essere umano non sono le bruciature, pensò Emilia, i tagli, il dolore. È la solitudine: nessun volto in cui riconoscerti, nessuna voce a ricordarti che sì, sei una persona anche tu. Era così che si era ritrovata dopo l'arresto: una stanza spoglia con un letto singolo.

Avvertì freddo dentro le ossa, e più addentro, dove forse si annidava davvero l'anima. Era preoccupata, eppure calma. Avendo parecchia dimestichezza coi disastri, teneva il passo. Pregava, questo sì. Perché un po' a Dio ci credeva. Ti prego, fa' che Bruno non si sia rotto una gamba o la testa scivolando sul ghiaccio. Ma è troppo esperto. Quanti inverni ha passato lassù, da solo? Dio, fa' che non abbia avuto un infarto o un aneurisma. Ma è troppo giovane: impossibile. Cos'altro può succedere, a Sassaia?

Procedeva con gli scarponi nella neve dura, ricalcando le nostre vecchie impronte: la sua e la mia, sovrimpresse, indistinte. Tratteneva l'ansia, il respiro. Sudava sotto l'imbottitura tecnica del giaccone. Il corpo percepiva la tensione: il male che è come un buco nella realtà, che genera mulinelli, attriti, risucchi. Lo troverò là che ripara un tubo, si disse, che sistema una tegola disallineata. Dio, fa' che non sia accaduto nulla di brutto.

Arrivò a Sassaia che il cuore non le teneva.
Raggiunse il vicolo.
E quando mi vide, intatto, seduto sui gradini all'ingresso di casa mia, brutalmente illuminato dalla lampada esterna, era così sollevata e felice che si sentì deflagrare.
Mi corse incontro.
«Mi hai fatto spaventare!» mi gridò ridendo. «Adesso ti picchio.»
Voleva baciarmi, stringermi.
Ma quando mi fu di fronte, io mi ritrassi. Un moto del corpo che significava: non toccarmi.
Inorridito. Era questa la parola esatta. Emilia la conosceva perché, prima di me, molte persone l'avevano fissata così.
Tenevo il foglio che mi aveva dato Patrizia tra le mani. Lo avevo stropicciato e continuavo a stropicciarlo.
«Cos'è successo?»
Adesso mi detesto, perché non sono più quella persona cieca e sorda.
Le gettai il foglio in faccia.
Emilia si piegò a terra dov'era caduto e lo raccolse.
Vide, non ebbe bisogno di leggere.
«Perché, Bruno?»
Le gambe molli, il petto crepato, la vescica che vuole svuotarsi.
«Perché hai cercato?»
Stringevo i pugni. Il corpo rigido, contratto dal disprezzo. E le lacrime che continuavano a colarmi fino al mento, mute.
«Sei un mostro.»
Ho avuto il coraggio di dirlo, di sputare anch'io quello che sputano tutti, a caldo, di fronte a certe notizie. Vergognandomi, eppure gridando. Perché cos'altro puoi fare, quando non riesci a pensare e se sei solo sconvolto, se non avere una paura fottuta e provare a difenderti?
Emilia chiuse gli occhi.
«Hai permesso che m'innamorassi di te senza sapere niente.»
Lei teneva in mano il foglio. Non lo buttava via. Non lo cal-

pestava, non gli dava fuoco con l'accendino. Perché quel foglio rimaneva, comunque, un pezzo della sua storia.

Provò a dirmelo: «Non sono solo questo».

Ma io non volevo ascoltarla.

Non potevo.

Come le tante persone buone, o anche solo normali, sedute al posto dei santi e dei beati nel suo Giudizio Particolare, al tribunale dei minori di Bologna, via del Pratello 36: quando era stata costretta a parlare, non l'avevano sentita.

Ma adesso erano passati quindici anni.

Quattordici e mezzo, per la precisione.

Riaprì gli occhi e riprovò a dirmelo: «Se vuoi ascoltarmi...».

Mi voltai per rientrare.

Se potessi tornare indietro, giuro che non mi comporterei più come mi sono comportato.

Era distrutta.

Inerme.

E io non volevo provare pietà, guardare negli occhi la donna che amavo. Volevo battere i piedi come un bambino che non sa gestire la rabbia, l'impotenza; solo rimuovere l'ostacolo che avevo davanti.

Prima di sbatterle la porta in faccia, con tutto l'odio che avevo in corpo, le gridai: «Vattene da Sassaia».

E lei rimaneva lì, nella neve vecchia.

«Vattene, cazzo, vattene!» come se ne avessi il diritto. «Non voglio vederti mai più!»

E lei rimaneva lì, nel vicolo. Come una cosa.

Abbassò lo sguardo sul foglio che continuava a stringere. Era la prima volta che leggeva dall'inizio alla fine un articolo che parlava di lei. Era dovuta venire fin quassù, con meno dieci gradi, i polpastrelli resi insensibili dal gelo, nel cerchio dell'unica luce accesa nel raggio di chilometri. Non per salvarsi, ma per ritrovarsi sempre, inesorabilmente, allo stesso punto.

Lesse e pensò che le sarebbe piaciuto avere un'anima. E morire. Così da potersi liberare, finalmente, e raggiungere un posto che non era né un inferno né un paradiso. Solo un luogo, semplice, magari anonimo, ma con vista. Una terrazza o un belvedere da cui la Terra era distinguibile appena, piccola e sbiadita.

Avrebbe riconosciuto subito sua madre, lassù. E lei l'avrebbe stretta a sé con braccia che non erano braccia, baciata con labbra che non erano labbra. E poi le avrebbe detto piano, con dolcezza: "È là, vai a parlarci".

Gliel'avrebbe indicata. E nessuno avrebbe avuto più corpi né storture. Solo il buono da tenere.

21

Emilia mi obbedì.

Corse dentro casa, accese tutte le luci, non si spogliò nemmeno. Tirò giù dalla cima dell'armadio il borsone e ci ficcò dentro l'indispensabile: mutande, calzini, maglioni, fogli A4, matite. Aveva cinque minuti, non di più. Cambiò le pile alla torcia, afferrò il borsone, lo zaino, spense tutte le luci. Chiuse la porta a chiave e la lasciò sotto lo zerbino.

Addio, Sassaia.

Si mise a correre. Giù, nel buio. A rotta di collo come quella volta che aveva perso l'autobus, ma stasera non sarebbe accaduto. Cadde. Colpì un masso con il ginocchio, qualcos'altro di appuntito con la tempia. Avvertì una fitta, il sangue. Ma non aveva tempo. Si rialzò e ricominciò a correre. La torcia le tremava in mano e trafiggeva pezzi di bosco. Inciampò di nuovo. Tu lo sai cos'è la disperazione? Oh, sì, è dove devo stare. Si rialzò ancora, i pantaloni intrisi di terra, i capelli di rami sottili. Ringrazia che hai avuto questi due mesi: non li meritavi.

Sbucò dalla scaletta di pietra tra il bar e l'alimentari. Erano le 17.47. L'autobus era appena arrivato. Ci salì ansimando. Non aveva il biglietto. Tirò fuori tutti i soldi dal portafoglio. L'autista le disse: «Mi bastano due euro». Ma lei non era più in grado di contarli.

Il bus era vuoto. Sprofondò nell'ultima fila. Non li voleva vedere: i quattro lampioni di Alma, le vetrine illuminate del Samurai e della Rosa, il campanile e la scuola scomparire. Chiuse gli occhi pensando: Lo sapranno già tutti.

Dopo due tornanti avvertì il telefono vibrare e balzò sul sedile. Ci sperò: che fossi io, che volessi almeno sentire la sua versione. Si avventò sullo zaino e lo aprì con le mani che tremavano. Non riusciva a trovare il telefono, allora rovesciò l'intero contenuto sul sedile accanto. In mezzo al portafogli, all'astuccio, agli assorbenti, al coltellino, vide che era suo padre.

Risprofondò nel sedile. Lasciò il telefono squillare. Quando si quietò, afferrò il coltellino. Ecco perché se lo portava sempre appresso: alzò la manica del giaccone, quella della felpa, e si impresse un profondo taglio verticale lungo tutto l'avambraccio. Il dolore la calmò come il Roipnol sciolto sotto la lingua. Quindi raccolse le sue cose rovesciate e le rimise nello zaino. Si tirò il cappuccio del giaccone sopra la testa.

Dopo tre o quattro fermate le persone cominciarono a salire. La guardavano e distoglievano subito lo sguardo. Si sedevano altrove, si tenevano alla larga: nessuno vuole il male vicino perché ha paura di contaminarsi. E lei aveva i jeans intrisi di sangue all'altezza del ginocchio, una manica macchiata allo stesso modo. Avrebbero chiamato i carabinieri, ne era sicura. Era questione di minuti, di secondi. Cos'aveva da perdere?

5.264 giorni a farsi il culo per un futuro che non esisteva. O meglio: esisteva, ma non ce la voleva. L'aveva appena cacciata fuori.

Vattene da Sassaia.

Avrebbe mai dimenticato la mia faccia congestionata d'odio, di schifo, mentre glielo gridavo?

E lei mi amava.

Arrivò in stazione alle 19.20. Si diresse al tabellone; vestiti sporchi, borsone a tracolla, sguardo sconvolto ma vigile. Due treni: uno per Torino e l'altro per Milano. Quello per Milano partiva in un quarto d'ora dal binario 2. Andò alla macchinetta a fare il biglietto. Poi entrò al bar e chiese l'ultimo tramezzino stantio e una lattina di birra. Comprò anche una stecca di Winston blue. Dopodiché aveva finito i soldi.

Si trascinò al binario 2 mangiando il tramezzino. Attese fumando insieme a una manciata di nordafricani e donne in minigonna, gli ultimi della Terra arenati come ossi di seppia su quella banchina: era di nuovo in famiglia.

Il treno frenò di fronte a lei e la accolse. Lungo serpente ricoperto di graffiti, sferragliante nella nebbia. Una fila di finestrini illuminati a promettere non illusioni, ma fughe. Regionale stanco, con i water sporchi e la crosta di unto sui vetri. Emilia salì, attraversò un paio di carrozze e si gettò in un posto.

A quel punto telefonò.

Teniamo il buono e ricominciamo da qui: col cazzo.

Sentì il fiotto caldo della sua voce nell'orecchio e le disse: «Se mi chiedessero ora, in questo preciso momento: "Vuoi tornare indietro?". Al Minorile. Con l'Esercito, la Frau girata male, la sveglia alle sette, le colazioni da distribuire, le chiavi di ottone che girano nelle toppe e fanno quel casino. La mensa, il cesso dove andavamo a studiare alle tre del mattino per non svegliare le altre, ti ricordi? Le sbarre. E la Venturi che ci faceva incazzare, ma alla fine ci è pure servita. E Rita due volte la settimana con i capelli cotonati. La Pandolfi che ci ha portate al diploma. Le due ore d'aria a giocare a pallavolo, le risse, perfino Myriam che si è ammazzata. Io direi subito sì, sì, sì!».

«Cosa cazzo è successo?»

Emilia sbatté forte la testa contro il vetro.

Nessuna delle vite in fuga su quel vagone di seconda classe si scompose. Nessuno dei vu cumprà, nessuna delle prostitute. Sapevano già tutto alla perfezione.

«La libertà è una merda.»

«Cosa cazzo è successo, Emilia?»

«La libertà di farmi del male? Di fare del male? Grazie, non la voglio.»

«Me lo vuoi dire o no, cosa cazzo è successo?»

«Che quello stronzo è andato a cercarmi su Internet.»

Silenzio dall'altra parte.

«Non so come abbia fatto. Mica gliel'avevo detto, il mio cognome. Poteva aspettarmi.»

«Dove sei adesso?»

«In treno, sto venendo da te.»

«A che ora arrivi?»

«Non lo so, non ho guardato.»

«Dimmi da dove sei partita, a che ora, e ci guardo io.»

Emilia si fissò nel riflesso del finestrino. A quell'ora le famiglie normali si riunivano nelle case riscaldate e cenavano insieme, le coppie facevano l'amore, le amiche indugiavano in un'ultima confidenza al tavolino di un bar. Ma erano le belle vite degli altri che si svolgevano su un altro pianeta. Su questo, invece, dove passava il treno, era tutto nero e vuoto. Non si vedeva più fuori. Solo dentro. E il dentro era lei, scarmigliata e zozza. Uno scarto. *Teniamo il buono*: anche Rita le aveva mentito.

«Arrivi in Centrale alle 21.03. Io mi faccio trovare al binario, ma tu fatti trovare bella. Se ti porto a cena fuori non voglio che si capisca che sei un avanzo di galera.»

Scoppiarono a ridere tutte e due, disperatamente.

L'avevo guardata andare via da dietro la tenda, nascosto dall'ombra della camera da letto, poi ero sceso in cucina. Avevo riempito una pentola d'acqua e, aspettando che bollisse, avevo apparecchiato.

Non ero fiero di me, non mi sentivo nel giusto, ma il fatto era questo: non avevo più parole, solo un muto blocco di rabbia. Durante le ore in cui avevo aspettato il suo ritorno dalla chiesa, non avevo fatto altro che piangere, stropicciare l'articolo, uscire, fare cento volte il giro del paese senza riuscire a fermarmi, pensare, respirare. Era come sbattere, di continuo, contro gli stessi ricordi.

Quando, nel 1991, ero entrato in aula per testimoniare, li avevo subito cercati con lo sguardo, ma loro non mi avevano ricambiato. Si sistemavano gli occhiali, si arrotolavano i polsini, leggevano documenti: sembravano così occupati. Non avevano idea di cosa volesse dire prendere una vita, scavarci dentro un cratere, desertificarla, impoverirla fino a renderla completamente sterile. Eppure lo avevano fatto.

Il bambino presente nella cabina era morto abbracciato ai suoi nonni. Lo provava la disposizione di alcuni frammenti di ossa. I genitori che gli erano sopravvissuti sedevano non distanti da me e Valeria, stringendo un coniglio di peluche.

Lo si capiva dalle nostre facce, da come vestivamo trasandati, dai tic nervosi, dagli occhi gonfi, dal modo in cui ci trascinavamo dentro la sopravvivenza: eravamo tutti morti, in quell'aula. Tutti, eccetto loro: i responsabili. Che ascoltavano i nostri racconti malcelando fastidio, astraendosi, sistemandosi meglio un ciuffo di capelli. Loro ci tenevano alla vita, la propria. La volevano bassa, la pena. E pazienza se nove persone erano crepate, e molte di più erano solo apparentemente vive. Loro avevano risparmiato. Costava, la manutenzione. I miei genitori erano morti a quarant'anni per una voce in meno nelle spese. Valeria sarebbe diventata un'affezionata del SerT per un po' di economia. Io sarei finito come un'eremita su una rupe per una cifra banale. E nessuno di noi, tantomeno quel bambino biondo di nome Thomas, aveva fatto qualcosa di male.

Avevo guardato Emilia nascondere le chiavi sotto lo zerbino, fuggire con il borsone e la torcia nella mano malferma. E avevo provato odio.

Adesso, mentre stendevo la tovaglia, ci posavo sopra un piatto solo, un bicchiere solo, un tovagliolo solo, una sola coppia di posate, sentivo l'odio che mi montava in corpo insieme al rancore.

Non esistono quasi mai, nelle storie di cronaca, i parenti delle vittime. O, se esistono, esistono poco. Il loro dolore non lo vuole vedere nessuno. Non siamo interessanti come i carnefici, ma siamo troppo vivi per essere santificati. Siamo condannati a vivere con una voragine vicino, nello stesso identico mondo dove continuano a respirare, a pensare, a guardare la televisione, a mangiare, e magari anche a ridere, a scherzare, a fare l'amore, gli assassini.

Avevamo accettato i soldi perché nostro zio ci aveva obbligati. Perché eravamo un'appena maggiorenne e un ragazzino con un'intera vita davanti. "Vi servono per l'università, per le bollette, per la spesa. I vostri genitori avrebbero voluto così, punto." Allora li avevamo presi. Senza parlarne mai, senza nominarli, avevamo deciso di utilizzarli solo per lo stretto necessario. Nessuna cosa bella poteva essere comprata con quei soldi. Nessun viaggio, nessuna felpa colorata, nessun disco di musica, nessun fiore. Solo la scuola guida, il suo affitto a Milano nei primi tempi e il mio a Torino quando studiavo all'università, la benzina per la Seat Ibiza e le provviste per l'inverno.

Dopo cinque anni, gli assassini erano fuori e noi eravamo ancora dentro. Incapaci di una vita normale, di relazioni normali. Valeria che non si è mai tenuta un lavoro né un uomo, che non si è mai mantenuta sobria. Io che sono tornato a Sassaia a nascondermi, per scontare meglio la mia pena.

Se era stato Dio a mettermi Emilia davanti casa, allora o non esisteva, o era crudele.

Le imponenti volte d'acciaio, i continui annunci degli altoparlanti, tutti quei treni a riposo sui binari a perdita d'occhio: Emilia si sentì sovrastare dal grande mondo.

Seguì il flusso. Le persone marciavano tutte nella stessa direzione. Il regionale era partito scarso, ma durante il tragitto, fermata dopo fermata, si era riempito di ultimi che ora, a destinazione, sembravano ritrovare il buon umore.

Lei no. Aveva sudato e puzzava. Si sentiva i capelli unti e le mani sporche. Il freddo era molto meno intenso, ma era ancora vestita da Sassaia. Si slacciò il giaccone, si allentò la sciarpa. Sotto indossava la vecchia felpa sbrindellata e chiazzata di sangue, i jeans da lavoro ridotti allo stesso modo. Al Cocoricò, all'Imperiale, al Billionaire, si erano promesse. Invece fu alla fine del binario.

Si fermarono entrambe a un metro di distanza.

L'ultima volta che si erano viste, era il giorno del venticinquesimo compleanno di Marta. Erano le nove di mattina. Avevano finito la colazione, erano risalite in cella, ed Emilia aveva aiutato Marta a preparare il bagaglio per il trasloco agli Adulti.

Non erano riuscite a salutarsi. Avevano premuto le labbra contro le labbra, brevemente, poi Marta se n'era andata. Aveva attraversato il corridoio del secondo piano con le altre che urlavano e protestavano e promettevano d'incendiare i letti. Con l'Esercito che aveva gli occhi lucidi perché "alle ragazze ti affezioni, alla fine, come fai a non affezionarti?". La Frau era rimasta chiusa nel suo ufficio, inavvicinabile per tutto il giorno: di sicuro aveva pianto. Emilia aveva incastrato il viso tra le sbarre per vedere il cellulare della Penitenziaria portarla via e, con il cuore rotto, le aveva mormorato: "Auguri".

Più di otto anni fa.

Adesso erano lì, l'una di fronte all'altra. *Presenti e vive* come scrive Leopardi nella mia poesia preferita. La folla era defluita, al binario 3 piazzale Ovest erano rimaste solo loro a riconoscersi piano, a ricucire il tempo.

Alla luce cruda dei lampioni, con le gonne delle zingare che frusciavano intorno e le rotaie zeppe di rifiuti, una pizza al trancio là in fondo ancora aperta.

Marta era ancora più alta perché indossava i tacchi. Sottili, a spillo, coperti per metà da morbidi pantaloni marrone scuro. Portava un cappotto bianco panna allacciato in vita, un cappello a larghe tese dello stesso colore, e non avresti mai e poi mai indovinato: chi era, da dove veniva.

Emilia non osava muoversi: non voleva sporcarla.

Era diventata una donna. Gli abiti costosi, il volto ben truccato che non tradiva emozioni. Ma gli occhi neri dal taglio orientale sì.

«Magica Emi.»

Emilia le sorrise.

«Come ti ha ridotta l'amore.»

«Tu invece sei sempre una regina.»

Marta annullò il metro con un passo. La braccò e la strinse più forte che poteva. Come se Emilia fosse la sua metà ritrovata.

Come se potesse ricomporre le due scrivanie trasportate in bagno mentre le altre dormivano, attaccate l'una all'altra la notte prima degli esami. I polpastrelli a combaciare per mescolare il sangue.

Emilia affondò il viso nei suoi capelli da Sailor Mars e si riempì le narici di shampoo al cocco: lo stesso che dopo la doccia profumava la cella.

22

Fino al 1999, all'Istituto penale femminile per minorenni di Bologna, non c'era mai stata nemmeno una diplomata. Per il semplice fatto che non c'era una scuola.

C'erano corsi di alfabetizzazione per le straniere, corsi di avviamento al lavoro per chi aveva arrabattato una terza media. E chi se ne frega se erano tutte nell'età dell'obbligo: non era previsto che da certi inferi ci si elevasse. Un italiano con pochi errori di ortografia e ogni tanto un congiuntivo era già molto. L'angolo friggitoria di un fast food o una cooperativa di pulizie, i traguardi. L'ambizione più alta: che non tornassero a rubare, a spacciare, a rapinare, a picchiare e, nei casi più gravi, a far fuori qualcuno.

Poi, nella primavera del 1999, a breve distanza l'uno dall'altro, erano accaduti due eventi destinati a cambiare ogni cosa. La nomina a direttrice della stravagante, illuminata, ultrà di poesia italiana, Frau Direktorin. E il trasferimento dall'istituto di Nisida della giovane detenuta, problematica, ingestibile e causa d'innumerevoli provvedimenti disciplinari, Marta Vargas.

Leggenda vuole che Frau e Vargas si fronteggiassero la prima volta nell'ufficio della direzione in questo modo:

Frau: "Non darmi problemi, Vargas, perché m'infurio".

Vargas: "Tranquilla, Frau".

Frau: "Te lo ripeto, non voglio un solo lenzuolo bruciacchiato qui dentro".

Vargas: "Supertranquilla, Frau".

L'indomani, l'Esercito era dovuto accorrere nella sua cella

con l'estintore. Dall'isolamento in cui era stata spedita, dopo un paio di giorni, Vargas era stata chiamata di nuovo nell'ufficio di Frau.

"Vargas, lo so che sei arrabbiata. Ma io adesso lo sono di più."

"Mi spiace, Frau, niente di personale."

"Cosa vogliamo fare? Ci aspettano lunghi anni insieme."

"Me lo dica lei, Frau. Io mica ci volevo venire, a Bologna. Mia madre come cazzo mi raggiunge ai colloqui adesso? Chi glielo paga il viaggio?"

"E chi ha fatto la peperina a Nisida? Chi si è buscata 'sto trasferimento?"

Vargas aveva alzato le spalle prendendosi in seria considerazione le unghie verniciate da un vecchio smalto nero a pezzi. Era così povera che era arrivata con una sola tuta di ricambio e nessuna giacca. Quello smalto glielo aveva prestato una detenuta di Nisida: non l'avrebbe più potuto sistemare.

Frau si era rilassata sullo schienale, le dita tamburellanti sull'imponente scrivania, il presidente della Repubblica appeso dietro di lei, in piena vista. "Hai mai pensato di studiare?"

Vargas aveva sollevato uno sguardo infinitamente strafottente: "Studiare cosa?".

"Manzoni! Platone! Petrarca!"

"Mai sentiti."

"Hai diciassette anni, la terza media l'hai presa. Le superiori, Vargas, le devi fare."

"Le superiori?" Vargas era esplosa in una risata così tremenda da essere udita in tutti gli uffici del piano terra. "Le vedevo passare dalla finestra, quelle delle superiori. Con lo zaino di marca, le Converse ai piedi, il lucidalabbra e un palo nel culo. Ma io il culo sfondato ce l'avevo davvero."

"Vargas, questo linguaggio lo dobbiamo cambiare."

"Frau, non si cambia il passato."

"Vargas, io ti porto le superiori qui, a settembre, e tu ti iscrivi e ti diplomi. Se non studi, ti risbatto in isolamento per un mese e ti faccio vedere i permessi come Galileo: col cannocchiale." Aveva sorriso, mefistofelica. "E poi magari, già che ci sono, ti porto pure l'università. Non poniamoci limiti. Tanto, hai ancora quanti anni da scontare? Nove? Dieci? Non li buttare, sfruttali. Mi diventi dottoressa, e io dall'isolamento ti ci tolgo."

Era iniziata così, con una minaccia, la rivoluzione.

Frau Direktorin era un'inguaribile romantica: ci credeva, alla giustizia riparativa, al riscatto attraverso la cultura. E su Vargas non si era sbagliata: era la candidata ideale per realizzare il suo progetto. Non un'utopia, precisava: solo diritto allo studio. Vargas era bella sveglia, nessun deficit d'attenzione, iperattività o altro. Aveva fame, aveva furia. Il rapporto da Nisida parlava di "assidua frequentazione della biblioteca d'istituto", pur tra un rogo di lenzuola e un tentativo di evasione.

Leggenda vuole che quella mattina d'aprile Vargas si fosse alzata dalla sedia sfidandola: "Se ci riesce, a portarmi il liceo in gattabuia...".

E che già dal giorno seguente Frau Direktorin si fosse presentata al provveditorato con una testa d'ariete, avesse rotto i coglioni al ministero, si fosse attaccata al telefono per settimane, cocciuta, urlante, imprecante, inarrestabile. Finché non un liceo (non esageriamo), ma l'istituto professionale alberghiero Artusi, sì: aveva aperto una succursale al penale femminile, cambiando per sempre i destini non di tutte, ma di alcune.

E come le redimiamo queste, sennò?
Senza la Storia, senza Pascoli, Manzoni, Dante?
"Fatte non foste a viver come brute"!
Avanti, a studiare!

Emilia e Marta uscirono dal grande atrio di Milano Centrale e sfociarono nella notte. In piazza Duca D'Aosta, per un istante, si fermarono abbagliate dall'hotel Gallia, dal Pirellone, da tutte quelle luci. Pensarono entrambe la stessa cosa: non erano mai state insieme, nel mondo, dopo le nove di sera.

«Sembri una barbona. Non ti posso portare a cena fuori.»

«Tanto non ho fame.»

«Ascoltami bene.» Marta la trafisse con uno sguardo affilato dei suoi. «Io ti ospito, ti aiuto. Ma tu devi rientrare in carreggiata.»

Emilia si mise a ridere. «Parli uguale alla Frau.»

«Per forza, ci sentiamo una volta ogni due settimane.» Marta riprese a camminare spedita verso la fermata dei taxi. «Mi chiede sempre di te.»

Emilia rimase spiazzata. Credeva che anche Marta, ricordi a parte, avesse tagliato i ponti con il Minorile. Era passato un mucchio di tempo. Entrambe, come per effetto di quei malefici scagliati nelle fiabe, al compimento del venticinquesimo anno se n'erano dovute andare. Entrambe avevano finito di pagare agli Adulti e poi in comunità detentive dove erano state riabilitate, progressivamente, a una parvenza di vita normale. Ma restava il Minorile, il luogo della loro giovinezza.

«Come sarebbe: *vi sentite*? La chiami tu o ti chiama lei? Perché non me lo hai mai detto prima?»

Marta si era offerta di tenerle il borsone, riusciva a portarlo con grazia anche se era lercio e brutto. «Volevo vedere la tua faccia» le disse senza smettere di camminare. «Infatti sei sbiancata.»

«Oh, siamo fuori. Ma è come se non fossimo mai uscite.»

Marta si fermò di nuovo, sorrise: «E ti stupisci?».

Stavano per attraversare e raggiungere la fila dei taxi bianchi in attesa quando un gruppetto tagliò loro la strada. Erano in tre, il più grande non aveva più di ventitré anni. Cappellino da baseball griffato, orologio pretenzioso in bella vista, posò lo sguardo su Marta e le dedicò un lungo fischio.

«Ciao bellissima.»

Sia Marta che Emilia, istintivamente, non si scansarono. Non indietreggiarono. Non tirarono dritto.

Li osservarono, invece, con molta attenzione.

Gli altri due, più bassi, si davano di gomito ridendo.

«Ciao» rispose Marta, seria.

Una fantasia, nient'altro. Solo una fantasia antica su cui avevano scherzato all'ombra del Grande Cortile.

«Dove ve ne andate così di fretta?»

Randagi e belli, tutti e tre. Ma specialmente lui: bomber e jeans strappati, marsupio di Gucci esibito con sfida. Occhi splendenti dalle lunghe ciglia. Pelle caffellatte, mani grandi. Una divinità bistrattata, imprevedibile, capricciosa. Ce li aveva scritti in faccia, i precedenti penali.

«Ci beviamo una cosa?» insisté, rivolgendosi sempre a Marta. Emilia non era in condizioni di attrarre nessuno.

Allungò la mano verso la sua guancia, ma Marta lasciò cadere a terra il borsone e gli bloccò il polso con uno scatto preciso.

«Non ti conviene» gli disse.

«Oh!» La divinità fischiò di nuovo e fermò con il braccio libero gli amici pronti a intervenire. «Come ti chiami? Sono già innamorato.»

Entrambe distinsero l'accento: era lo stesso di Afifa.

«Io sono Marta, lei è Emilia. Ti avviso: ci siamo fatte più di dieci anni.» Puntualizzò: «A testa».

Emilia cercò gli occhi di Marta: Come aveva potuto? Spiattellare così la loro pena, come se nulla fosse, al primo venuto? Lei non ci sarebbe mai riuscita, nemmeno sotto tortura, nemmeno con chi amava.

Marta sembrava infinitamente tranquilla, a suo agio. Continuava a tenere fermo il ragazzo indugiando sul suo polso, quello senza orologio, così vicina, come se volesse sentire il gusto della sua pelle.

«E tu, Tunisi?» gli chiese. «Come ti chiami?»

Tunisi sorrise. Lui e Marta si stavano quasi tenendo per mano.

«Habib. E loro sono Rami e Luca.»

«Di cosa campate?» Marta, a bruciapelo.

«Perché 'sta domanda?» Habib s'incupì. Irruento, sulla difensiva. «Siamo meccanici noi, siamo nati in Italia.»

Marta gli lasciò andare la mano. «I meccanici non vanno in giro con il marsupio di Gucci e il Rolex taroccato bene.»

«È una sbirra» commentò uno dei due pischelli.

Marta sospirò. «Nisida, Ipm di Bologna, poi Dozza. E tu, Habib? In che lussuoso hotel hai alloggiato?»

Era come se lo facesse da sempre: sedurre ragazzini fuori dalla stazione.

Lui ammise: «Un giro al Beccaria me lo sono fatto».

«Oh, li riconosco subito.» Marta strizzò l'occhio a Emilia, impietrita. Era passata di colpo dalla mole di omissioni e bugie accampate a Sassaia, con l'ansia continua di nascondere tutto, a questa notte milanese in cui si discorreva del passato con perfetti sconosciuti, senza imbarazzo né vergogna.

«Anche i tuoi amici si sono fatti un giro?» continuò Marta. Era una domanda retorica: le grandi amicizie dei detenuti nascono sempre in galera. Habib annuì e tornò sul suo obiettivo: «Ci beviamo una cosa?».

«Stasera no. La mia amica ha passato le sue. E nei locali che piacciono a me non vi fanno entrare.»

Protestarono inveleniti, tutti e tre.

«Dovete studiare prima.» Marta lo disse con un tono nuovo, quasi materno, che Emilia non le aveva mai sentito. «Prendetevi una laurea in Economia, in Giurisprudenza, poi ve le sposate, quelle come me.»

«Tu non sei stata al gabbio.»

«Ci sono stata, ma ho sfruttato bene il mio tempo.»

«Mi stai sul cazzo, pantera.»

«E tu invece mi piaci molto. Lasciami il tuo numero, magari ti richiamo.»

Tunisi, stupito, fece un passo indietro.

Marta estrasse dalla borsa una penna, gliela diede, gli allungò il dorso della sua mano: «Scrivimelo qui».

«Perché lo hai fatto?»

Quando furono sul taxi, Emilia glielo chiese.

«Cosa mi avevi detto prima, al telefono? Che ti mancava la galera. Be', anche a me.» Marta guardò fuori dal finestrino. «Te lo ricordi quando ci mettevamo a fantasticare che unissero i femminili e i maschili? Che arrivassero al Convento tutti quei bei ragazzi maledetti?»

«Ho il cuore spezzato. Non mi va di divertirmi.»

«Neanche se ti lascio Tunisi?»

«Ha i ricci neri, mi ricorderebbe lui.»

«Ma hai visto quanto cazzo è bello? Giovane, puro. Non gli devi spiegare niente, non gli devi nascondere niente, ci scopi ed è tutto limpido. Se sei fortunata, gli senti addosso l'odore della cella.»

Emilia rimase in silenzio per un po'. Il taxi scivolava tra i palazzi sontuosi, i negozi cinesi, i fast food con le luminarie in vetrina: "open" anche a quell'ora. Poi disse a Marta: «Non puoi».

«Che cosa?»

«Realizzare a trent'anni una fantasia dei diciassette.»

«E invece me li porto in albergo, mia cara. Certo, a casa mai.»

«E paghi tu?»

«Sempre. Li perquisisco pure, ma a loro piace.»

Il tassista ascoltava fingendo di guidare e basta, sbirciava Marta attraverso il retrovisore.

«Avrà dieci anni meno di noi.»

«Appunto. Quelli più grandi non li voglio, mi ricorderebbero mio padre.»

Emilia non riuscì a trattenersi: «Perché mi ha cercata?».

«Perché cercano sempre, Emily. Fiutano i silenzi, le reticenze, le incongruenze. E non ce la fanno a rispettare il limite. Lo devono superare, perché si credono in diritto. E poi si bruciano, loro per primi. Scoprono qualcosa dai giornali, che poi i giornali te li raccomando. E vanno nel panico.» Marta le pizzicò una coscia e sorrise: «Per questo vado alla stazione a rimorchiare».

La notte era illuminata a giorno, attraversata di continuo, divorata. Emilia non riusciva a non sentire già la mancanza del bosco.

«I colleghi con cui sono uscita si presentavano tutti a cazzo duro, i muscoli finti della palestra, la violenza vista solo su Netflix. Hanno avuto tutto facile: la scuola, la carriera, la famigliola. Non ci vanno mai, al cimitero. Non ci pensano mai al fatto che in questo mondo si crepa. Tunisi ha dormito in stazione, si vede.» Baciò il numero di telefono che le aveva scritto sulla pelle con la biro. «Ha nuotato per non annegare, ha rischiato di ammazzare e di essere ammazzato. Ha fame, e mi fa sesso per questo.» Si sporse per indicare una scorciatoia: «Di qua preferisco, grazie». Poi tornò a stendersi sul sedile, aprì la borsa di pelle firmata. «I miei colleghi non mi fanno mai venire.»

Il tassista non aveva detto una parola per tutto il tempo. Marta gli allungò la carta di credito, lui la inserì nel POS. Entrambe distinsero il rigonfiamento a cavallo dei pantaloni. Marta firmò lo scontrino. Lui continuò a fissarla a lungo, con ostinazione, mentre scendevano e raggiungevano un portone intarsiato. Prima di entrare, Marta gli rivolse un sorriso cattivo fissandolo in pieno volto. Era la sua maledizione, la bellezza. Ma ormai sapeva, ci era abituata, e continuò a fissarlo con l'odio che, al pari della bellezza, non l'avrebbe mai lasciata.

Infine, siccome lui non capiva, assottigliò la mano, se la portò al collo, e mimò con un gesto secco il taglio di una lama sulla giugulare.

Il tassista risalì in macchina e andò via.

Quando Emilia era arrivata al Convento, la scuola era già avviata e marciava a pieno regime. Certo, con la metà delle ore rispetto alle scuole normali. Senza insegnanti di sostegno nonostante il bisogno. Con le aule piantonate dall'Esercito, i blindi chiusi a chiave, tutto un gran fumare e scenerare di continuo sul pavimento. I professori potevano assurgere alla santità, tanta pazienza avevano. Spiegavano, rispiegavano anche dieci volte la stessa proposizione subordinata dichiarativa, la stessa guerra punica, la stessa equivalenza. Però, vuoi mettere? La scuola c'era.

Emilia si era seduta a uno dei banchi, nell'ottobre del 2001, insieme a Vargas, Myriam, una ragazza romena e una slava biondissima. Pandolfi (italiano e storia) le aveva dato un benvenuto caloroso, spiegando alle altre con entusiasmo: "La vostra nuova compagna viene dal liceo classico!".

La biondissima aveva storto il naso. L'altra aveva sorriso schifata. Myriam, che era sempre stata una stronza, aveva mimato il vomito. Non piacevano a nessuna, chiaramente, le sue origini altolocate. Ma il suo capo d'imputazione era noto. C'era il telefono senza fili, là dentro. Entravi, e tempo due minuti tutte sapevano già il perché e il percome, e giocavano a indovinare la condanna. Nel caso di Emilia, poi, i telegiornali avevano rimbombato in tutte le celle: "Oh, questa qui domani sta in squadra con voi a pallavolo!". Aveva sì vestiti troppo di marca e alle spalle la famiglia coi soldi, però il reato era pesante. Incuteva timore e rispetto. E infatti Vargas, quel giorno, aveva tirato uno schiaffo sulla nuca a Myriam per ricordarle come si stava in galera. E le altre due, pure, avevano inteso.

Emilia non fiatava, si limitava a torturare un angolo del suo quaderno a righe. Poi Pandolfi aveva sbattuto il manuale di letteratura italiana con violenza, per riportare la legge della scuola dove vigeva la legge della gattabuia. "Giuseppe Ungaretti" aveva annunciato con veemenza, "*Mattina*". Vargas e la romena avevano già la sigaretta in bocca. Sedevano stravaccate in un modo che al vecchio liceo di Emilia sarebbe bastato e avanzato per una nota sul registro. Myriam disegnava un grosso unicorno sul quaderno. Emilia aveva trovato il coraggio di alzare lo sguardo, osservare la scena, e non riusciva a crederci.

Era stata sbalzata di colpo da una classe in cui era l'ultima, la peggiore, sempre a rischio bocciatura, a una in cui poteva eccellere. Vargas aveva intuito i suoi pensieri e le aveva sorriso, soffiando il fumo in faccia a Pandolfi che intanto leggeva a voce alta, imperterrita e ispirata: "*M'illumino / d'immenso*". "Cazzo, è già finita?" "Tutto qui?" E, nonostante i commenti, ricominciava: "Ma ascoltate: *M'illumino* pausa *d'immenso*". E andava avanti, con tutto l'armamentario del *Si sta come / d'autunno / sugli alberi / le foglie*, e poi ancora: *Di questa poesia / mi resta / quel nulla / d'inesauribile segreto*. Myriam si grattava il sedere. Le altre due lasciavano che quell'italiano novecentesco andasse a posarsi da qualche parte nel loro cervello e nei loro destini. Oltre le sbarre, Bologna vociava in una splendida giornata di sole. Erano trascorsi quasi quattro mesi dal suo arresto ed Emilia per la prima volta aveva pensato che forse, *forse*, quello non era l'inferno.

Quindici anni dopo, lei e Marta salivano su un ascensore di legno con un cancelletto di ferro battuto. Lo specchio rimandava l'immagine di loro due opposte, la bella e la schifa, l'elegante e la barbona. Ma era solo apparenza. La realtà era che avevano lo stesso cuore.

Al terzo piano la salita si arrestò e Marta le fece strada lungo un corridoio. Il condominio era dei primi del Novecento, con decori liberty che Emilia riconobbe e mentalmente ammirò. Sulla targhetta sopra il campanello dell'ultima porta c'era scritto VARGAS. Giusto, pensò Emilia.

La storia di Marta aveva suscitato clamore, prime pagine, approfondimenti serali su Rai 2 e Rete 4, dibatti accesi tra opinionisti che non ne sapevano un accidente di come si vive in certi margini, ma avevano sempre qualcosa da dire al riguardo. Scandalo e tumulto, certo, ma mai quanto la storia di Innocenti. Perché Vargas aveva delle attenuanti, e Innocenti no. Vargas aveva un movente solido, e Innocenti no.

Vargas spalancò la porta, premette l'interruttore della luce, e di fronte a Innocenti si aprì un salotto stipato di libri dal pavimento al soffitto, con una televisione a schermo piatto che sembrava un cinema e, in mezzo, un divano di pelle bianca su cui avrebbero potuto sedersi almeno cinque persone.

«Cazzo» commentò Emilia.

«Vai a farti una doccia, va'.» Marta la aiutò a togliersi la giacca, la sciarpa, la felpa e andò subito a ficcarle in lavatrice. «Il bagno è lì, gli asciugamani puliti li trovi nell'armadietto accanto al lavandino.»

Nel bagno piastrellato di bianco c'era un bel tepore: niente a che vedere con la ghiacciaia della Iole. Emilia si spogliò e si sedette sul water. Scostò la tendina per guardare fuori dalla finestra, ma non c'erano montagne, né luna, né stelle.

Marta entrò in quel momento. Emilia era nuda e si stava

asciugando con la carta. Si diedero il cambio con un imbarazzo che a Bologna non avrebbero provato: erano troppo cresciute per fare la pipì insieme.

Marta notò i tagli, vecchi e freschi, sulla pelle di Emilia. Non disse niente, ma estrasse da un armadietto un flacone di disinfettante e lo posò sul lavandino in bella vista. Emilia cominciò a rendersi conto che, nonostante la forza di certi ricordi, il tempo esisteva, e lavorava ai fianchi, e rovinava tutto.

S'infilò nella doccia, veloce. Marta restò in mutande seduta per terra vicino a lei. Passarono un minuto così, divise dal vetro e dagli anni che erano trascorsi. Poi, mentre s'insaponava con la spugna, Emilia disse: «Devi guadagnare tanto per poterti permettere una casa così».

«Era questa, no? La libertà.»

«Dovresti andarne fiera.»

Emilia la sentì sospirare. Anche se aveva freddo, non riaccese l'acqua della doccia per ascoltare il silenzio della sua amica.

«A volte penso che vorrei una figlia solo per pagarle pianoforte» le disse Marta con quella sua voce nuova: la stessa che aveva usato con Tunisi fuori dalla stazione. «Per pagarle nuoto sincronizzato, ginnastica artistica, una scuola di teatro. Pallavolo no, mai. Se avessi una figlia, allora sì che avrebbero senso questi soldi. Per ammirare lei, ma anche un lui andrebbe bene, sul palco, al saggio di fine anno. Sedermi in platea e guardare con orgoglio la bambina che non sono potuta essere. Io a dieci anni sapevo tutto di seghe, pompini, sesso anale. Invece lei dovrebbe solo preoccuparsi di cantare, di suonare. Di risplendere. E io attraverso di lei.»

Emilia riaccese il getto. Lo regolò su bollente. Infilò la testa sotto, chiuse gli occhi. Non aveva ancora pianto da quando le avevo gettato in faccia quel foglio. E adesso, nel segreto dell'acqua, ne aveva voglia.

«È un argomento di merda» disse quando uscì dalla doccia.

Marta le porse un grande asciugamano.

«Non credo che avrò figli, tranquilla. Non intendo infliggere un padre a nessuno.»

Emilia avrebbe voluto dirle che i padri non erano tutti uguali, che ce n'erano anche di meravigliosi. Ma da che pulpito: dal privilegio?

Avrebbe voluto dirle anche che lei a danza c'era andata, e a musica, e a nuoto, ma non aveva mai emesso nemmeno un barlume di luce che potesse rendere orgogliosi i suoi genitori.

Non le importava più, quel passato. Erano di nuovo in un bagno, di notte, da sole. Si sedette anche lei per terra, sul tappetino, di fronte alla sua amica, coi capelli che le gocciolavano lungo il viso.

«Quando ho capito che mi ero innamorata di Bruno, me lo sono chiesta: E se rimango incinta? E se continuiamo a stare insieme e poi lui vuole un figlio? Come glielo dico? Che nessun figlio meriterebbe la mia pena?»

Una lacrima le brillava tra due ciglia, trattenuta come la brina da due fili d'erba.

«Ha già pagato mio padre, che non c'entrava niente.» Marta le prese le mani, gliele strinse e scosse forte la testa. Ma Emilia annuì sicura: «La mia storia finisce con me».

23

Era tornato il silenzio a Sassaia. Denso, come una cappa di nuvole. Avevo ripreso l'abitudine delle passeggiate in solitaria nel bosco ghiacciato, e adesso stavo rientrando. Era buio, saranno state le cinque. Quanti giorni erano passati? Tre o forse quattro, ma mi sembravano anni. Dentro il budello dei vicoli, stretto tra le case vuote, all'altezza del lavatoio d'istinto mi fermai e puntai la torcia.

La rividi. Nitidamente. Che vomitava.

Che si tirava su dall'acqua dopo essersi pulita e mi guardava.

La sentii chiedermi di nuovo: Vieni ad addormentarmi stasera?

Allora corsi a casa più in fretta che potevo, chiudendomi a chiave.

Dopo cena bussarono alla porta. Poteva essere una persona sola, ma trasalii ugualmente. Posai il piatto che stavo lavando e andai ad aprire.

Il Basilio non si tolse nemmeno la giacca: «Cos'è successo?».

Gli voltai le spalle e tornai a insaponare il piatto.

Lo sentii scostare la sedia, sedersi.

«Vuoi un caffè? Qualcosa?»

«Voglio sapere dov'è Emilia.»

Chiusi di nuovo il rubinetto. «Non lo so.» Riposai il piatto, che era sempre lo stesso: lo stavo lavando non so quante volte. Andai a sedermi di fronte a lui. «Ma l'ho vista andare via.»

«Perché?»

«Perché so chi è. E non voglio averci niente a che fare.»

«Te l'ha detto lei?»

«La Patrizia Rocellati.»

Il Basilio picchiò un pugno sul tavolo, un gesto non da lui. «Quella strega gelosa.»

La tavola era vuota e noi ci appoggiavamo sopra le mani.

«Tu lo sapevi.» La mia voce era piena di astio. «Ero io l'unico coglione.»

Il Basilio si tolse gli occhiali, li infilò nella tasca della giacca, si stropicciò gli occhi.

«La Iole credo sia morta per questo: le è venuto un colpo. Era affezionata a quella nipote, non ci credeva. Ne aveva parlato solo con me, quassù la notizia non si era sparsa. Troppo lontana, come parente. Ed era già da un po' di anni che non venivano più: da quando la madre si era ammalata. Nessuno, né a Sassaia né ad Alma, ha fatto due più due. D'altra parte, non abbiamo neanche la televisione.»

«Ha sempre negato anche solo di conoscerla, la Iole.»

«Voleva proteggerti.»

«Per favore.»

«La vedevo, come usciva dalla chiesa per raggiungerti. Come parlava di te. Non so se mi sono mai innamorato, non me lo ricordo più. Ma so riconoscerlo negli altri, quando accade.»

«Ero la persona sbagliata.»

«Eri o sei?»

Lo guardai. «Lasciami stare.»

«Quella donna si porta dentro l'inferno. E nessuno glielo toglierà mai. Però, nonostante tutto, si è innamorata.» Si alzò in piedi. «Nonostante tutto, avete reso questo posto di nuovo vivo. Chi sei tu per condannarla un'altra volta? È già stata giudicata, Bruno, condannata, ha scontato la sua pena.» Si rimise gli occhiali. «Nessuno di noi contiene una persona soltanto.»

Rimasi seduto. «Non ce la faccio.»

«Non dico che sia facile. Dico che siete stati felici.»

«Ma come fai a sposarti, a fare dei figli, a progettare una vita con una persona del genere?»

«*Emilia*, non "una persona del genere".»

«Va bene. Ma come fai?»

Il Basilio si avviò alla porta.

«Da quando sei diventato così? Che la vita è una sola: matrimonio, figli? Da quando ci tieni tanto a essere come tutti?» Rimase un istante sovrappensiero. Poi disse solo: «Peccato che il Giudizio di Alma dovrà restare incompiuto: senza Emilia non vado avanti».

Quando richiuse la porta mi presi il volto tra le mani: avevo di nuovo la barba. Ci metteva un attimo, la solitudine, a tornare. Come le erbacce, gli insetti infestanti. Mi ero sforzato di fare scuola. Di prepararmi da mangiare. Di tenere la casa in ordine. Con Patrizia no, non potevo parlarle né guardarla. Ero riuscito solo, in uno sacrificio estremo, a implorarla di nuovo di non dire niente a nessuno, per favore. Tanto più che adesso Emilia era andata via: non avrebbe avuto senso infierire. Ma lei non mi era sembrata particolarmente colpita dalla notizia. Aveva annuito a stento, né soddisfatta né sollevata. Aveva distrutto tutto, il seguito non le importava.

Io, invece, avevo smesso di dormire. Restavo sveglio fino a tarda notte a torturarmi e a bere. Mi era persino balenata l'idea di chiamare la Gisella, di stordirmi di fumo insieme a lei, di scoparci.

Quella sera mi seccai un'intera bottiglia di genepy, poi, ubriaco marcio, alle due o tre di notte, uscii. Attraversai il vicolo. Mi chinai sul suo zerbino, lo sollevai, estrassi la chiave. L'aveva lasciata per me, ne ero certo. Sapeva che la stavo guardando mentre la nascondeva. Voleva che io facessi quello che stavo per fare.

Girai la chiave nella toppa ed entrai. La cucina era gelata. Accesi la luce. C'era disordine. Se n'era andata con troppa fretta e aveva lasciato un mucchio di tracce. La spazzola sul lavandino con due capelli rossi impigliati. Il bicchiere sul tavolo pieno d'acqua per metà, con l'impronta del burro cacao sul bordo. Gli scarponi da montagna.

Salii di sopra. Entrai nella camera da letto rischiarata solo da una bava di luna. Mi avvicinai al comodino, presi un fiammifero, lo strofinai e diedi la fiamma a tutte e cinque le candele.

Poi spostai la bambola e m'incastrai nella poltroncina. Estrassi Mandel′štam dalla tasca interna della giacca, lo aprii a caso e lessi a voce alta, calibrando le pause e guardando ostinatamente il letto vuoto:

Mi è, presso estranei, difficile il sonno,
e la mia stessa vita più non mi ama.

Lasciai che il silenzio seppellisse quei versi. Dopo mi alzai. Mi slacciai i pantaloni, mi gettai sul letto. Me lo presi in mano. E singhiozzando, per la prima volta, le dissi che la amavo. E che non doveva tornare. Che la volevo. Ma non avevo le forze.

Dopo l'orgasmo mi addormentai lì, vestito sotto la doppia catalogna e tre o quattro gradi al massimo nella stanza; il volto riverso in quel che restava del suo odore.

"E allora voi cosa siete?"

Avevano risposto in coro, compatte, certissime: "Detenute".

"Eh no, mie care." Pandolfi aveva scosso la testa sorridendo come chi la sa lunghissima. "Voi siete studentesse."

"Cazzo dice, prof?" avevano protestato, come lese nell'orgoglio.

"Questa è una scuola, voi la frequentate."

"Ci sono le sbarre, le vede? E anche fuori: saremo sempre ex detenute."

"Mi paga il ministero dell'Istruzione, non quello di Giustizia."

Tutto quel casino per Dante, per il XXVI canto dell'*Inferno*, quello del *Fatti non foste a viver come bruti ma per seguir virtute e canoscenza* che Frau voleva far dipingere a piena parete nei corridoi.

"Ma poi, prof, pure se adesso ci chiamiamo studentesse... Non è che se chiami una cosa con un altro nome, quella cosa cambia."

"È qui che vi sbagliate!"

Pandolfi era carica a pallettoni quella mattina: "Sarà uscita con uno", "o si sarà fatta una canna". Loro, invece, fumavano inesorabilmente una sigaretta dietro l'altra, svogliate, perché cos'altro puoi fare, in galera? Prodigandosi in sorrisini e commentini sconci su quella donna di buona volontà che si era messa in testa di farle studiare in carcere, laddove tutti non avevano fatto altro che dissuaderle. Non ce n'era una che non se lo fosse sentito dire: "Tu non ce la fai".

Intanto, dai corridoi, provenivano i soliti stridori delle ricetrasmittenti: "Sta salendo tizia". "Sta arrivando caia." "Tizia al colloquio." "Scendono tutte per l'aria." E mentre le chiavi giravano e le porte sbattevano. Mentre Britney Spears o Christina Aguilera o chi per lei miagolava da qualche cella, e da un'altra trapelava il volume troppo alto della televisione: una replica di *Uomini e Donne*. Mentre tutto quel casino – le cazziate, le chiavi, le porte, chiama la guardia che ti venga ad aprire, sosta davanti alla porta finché non ti viene aperta, aspetta la chiave, la ricetrasmittente, continuamente – si spandeva sotto ogni volta del Convento, a Pandolfi era salita la cazzimma.

"Volete definirvi detenute? Va bene. Però dovete definirvi pure studentesse, perché siete anche questo. Poi siete figlie, o no? E amiche o nemiche. Fidanzate, alcune. Madri, altre. Sognate di diventare modelle, cuoche, cantanti, pallavoliste. Siete sportive, o artiste, qualcuna è addirittura una lettrice. Siete cento, mille parole! Ma la più importante di tutte resta" la scandì bene, a voce piena, "*studentesse*".

Si era alzata in piedi in mezzo a loro e aveva cominciato a camminare. Nell'auletta con la lavagna, la mappa del mondo, i banchi gialli, verdi e azzurri come alle elementari. Ma era la galera, quella, e loro ne erano convinte. Erano "giovani detenute", perché era scritto così in tutti i ciclostilati appesi ai corridoi: "Avviso alle giovani detenute". Erano condannate. Marchiate. Bollate. Bandite. Da sempre e per sempre.

"*Studentesse* è una parola che contiene un movimento, una transizione. *Studentesse* è quella parola che vi porta fuori dalla gabbia. Non solo questa, ma anche quella che avete nella testa. Nel modo in cui vi pensate. In cui vi hanno educate. In cui gli altri vi hanno guardate e giudicate. Come se le persone potessero essere solo giuste o solo sbagliate per tutta la vita! Cambiare è la nostra natura. Il linguaggio" i suoi occhi avevano fiammeggiato, "è la prima possibilità di cambiamento. Perché sì: se le chiamate in un modo diverso, le cose cambiano."

Marta aveva aperto la bocca per smentirla, ma ci aveva ripensato. Si era accesa l'ennesima sigaretta e forse era stato in quel momento che aveva deciso. Di diventare quel caso su un milione che un giorno Frau avrebbe portato in pompa magna al ministero.

Nel frattempo si erano zittite tutte quante. Pandolfi era tornata a testa bassa su Dante. Su quel folle sconsiderato di Ulisse che non voleva tirare a campare, farsi i cazzi suoi, fare soldi, portare l'acqua al suo mulino, rimorchiare, dare fuoco alla sua isola di merda. Voleva conoscere. Andare. Essere altro da quello che gli avevano detto di essere.

Verso dopo verso, parafrasi dopo parafrasi, Pandolfi aveva preso la sua bella classe scalcagnata, che variava di continuo a seconda di chi se ne andava e di chi veniva, composta in schiacciante maggioranza da BES, DSA e 104, da sedicenni fresche di alfabetizzazione e ventenni con la terza media, tutte rigorosamente fumatrici. L'aveva presa senza lasciare indietro nessuna, e pazientemente l'aveva condotta oltre le colonne d'Ercole: al diploma.

Lunedì la sveglia suonò alle 6.30. Abbracciate nel letto matrimoniale, si svegliarono e si alzarono subito, com'erano abituate da una vita.

Emilia preparò la colazione: aveva già imparato dove stavano le tazzine, dove le posate, dove lo spremiagrumi. Bevvero il caffè insieme, in silenzio. Era strano, adesso che il weekend era finito e Marta doveva rientrare al lavoro, riprendere la sua routine in cui Emilia era una perfetta estranea. Tutte e due non sapevano bene come comportarsi.

Mentre Marta si truccava, Emilia rifece il letto e passò l'aspirapolvere in camera. Vide un alone sulla specchiera e andò a cercare il Vetril e uno straccio.

«Ma lascia stare...» le disse Marta infilando i piedi in un paio di décolletté rosse.

«Non ho voglia di stare qui a sbafo, permettimi almeno di pulire.»

Marta afferrò la borsa, sulla porta la guardò seriamente: «Mangia, in frigo ce n'è di roba e il diploma di alberghiero non ti manca. Là c'è il computer, puoi accenderlo e farti venire delle idee su cosa vedere a Milano. Esci, fatti un giro. Ti lascio le chiavi e cento euro, ok? Comprati qualcosa di carino». Emilia la ascoltava a disagio, l'aspirapolvere in mano. Non la finiva più con le raccomandazioni: «Torno alle sette. Chiama per qualsiasi cosa. Ah» stava per chiudere, ma all'ultimo si riaffacciò con un sorrisetto malizioso, «e poi dobbiamo decidere cosa fare con Tunisi...».

Chiuse la porta e scomparve, per davvero. Fuori, in quella città sconosciuta e troppo grande. Emilia rimase sola nell'appartamento vuoto, sempre con l'aspirapolvere in mano. Lo posò. Era ancora in pigiama. Finì la tazza di caffè diventato freddo. S'infilò il giaccone pulito e profumato e uscì sul balcone a fumare.

Guardò Milano. Non le stava a dire assolutamente niente. I grattacieli, le insegne pubblicitarie di Sky e di Intimissimi issate sopra i tetti. Un pioppo solitario in mezzo a una rotonda. Macchine, macchine, macchine. Si chiese: E adesso cosa faccio?

Si vide di fronte il ponteggio, il Basilio che si voltava verso la porta laterale sinistra per controllare se finalmente fosse arrivata. E lei non arrivava. Non poteva. Quella vita lì, quella del progetto a lungo dibattuto, osato, azzardato, era già finita. E non gliene rimanevano altre.

In quel fine settimana con Marta erano uscite solo per fare la spesa. Per il resto del tempo erano rimaste in casa, chiuse come nella loro vecchia cella, sul divano a mangiare porcate davanti al televisore. A ubriacarsi e parlare. A bere tutto l'alcol che ai tempi non avevano potuto. A raccontarsi tutto il raccontabile degli anni che avevano passato divise, all'inizio senza manco il permesso di telefonarsi: solo lettere. Come nell'Ottocento, come nelle due guerre mondiali da due trincee diverse.

"Com'era romantico, però..." "Eh, scrivevi tutto storto, la tua grafia era impossibile." "Sì, ma cosa ci dicevamo in quelle lettere? Tutto." "E tu le hai tenute?" "Certo, ho tenuto perfino i bigliettini del Dirimpettaio!"

Quando Emilia era ancora al Minorile e Marta agli Adulti, e poi quando Emilia era passata agli Adulti e Marta era uscita, si erano scritte come minimo una volta alla settimana, a volte fogli protocollo interi, a volte due righe, ma l'importante era far pervenire all'una la presenza dell'altra, fosse pure attraverso quelle parole che Emilia scriveva ancora attaccate, o sbagliate, o storte; che odiava.

Poi, quando Emilia era passata in comunità, avevano potuto telefonarsi. Con il respiro inceppato, le pause assordanti, la voce dell'una che spezzava il cuore dell'altra. Marta aveva un cellulare ormai, pur con un decennio di ritardo rispetto alle persone normali. Emilia invece stava ancora appesa alla cornetta del fisso che andava a schede della comunità. Otto anni separate, e quei tre giorni li avevano vissuti avvinghiate, intrecciate, indivisibili. In tuta, come ai vecchi tempi. Il mondo là fuori, tornato possibile, non interessava più a nessuna delle due.

Emilia fumava adesso, i gomiti appoggiati alla balaustra del balcone. Le scappava di immaginarmi: in casa a pulire, con la mantella su per Stra' dal Forche, al banco della Rosa a comprare il pane, nel cortile della scuola a sorvegliare i miei piccoli allievi, che non si facessero male. E subito soffocava quelle immagini, chiudeva gli occhi per annullarle.

Poi il telefono in salotto riprese a squillare per l'ennesima volta. Allora gettò la sigaretta nel traffico, rientrò e si rassegnò a rispondere: «Pronto, pa'».

«Emilia, non ti sento da tre giorni. Così non si fa.»

Era arrabbiato.

«Sono a Milano, tranquillo, da Marta.»

«A Milano?»

Era preoccupato.

«Era il suo compleanno ieri» mentì.

«E il lavoro?»

«Abbiamo quasi finito, il Basilio mi ha dato una settimana libera.»

«Ah.» Non lo aveva convinto. «Marta come sta?»

«Alla grande.»

«E tu?»

«Benissimo.»

«Ti sento la voce strana.»

«Pa', veramente. Sto da dio. Milano è una figata.»

«E quando torni?»

Non riuscì a rispondere.

«Emi, ci sei? Volevo anche dirti che l'Aldo ha trovato un elettricista. Può venire su e montarti la parabola quando vuoi la prossima settimana.»

Emilia fissò un punto a caso nel cielo, che era opaco, pesante e schiacciava i tetti con la sua nebbia intrisa di smog. Emergevano qua e là un comignolo, un'antenna, uno sfiatatoio. Nessun orizzonte.

Cosa vuol dire *morire*?, si chiese.

Il cuore si ferma, va bene. I neuroni cessano di trasmettere messaggi, il cervello si spegne. Ma *tu* cosa provi? Dolore? Tu a cosa pensi, mentre muori? Cosa ricordi, cosa vedi? C'è qualcosa che ti rincuora? A cui puoi tenerti? Perché *tu* non potevi essere *soltanto un corpo*.

«Non la voglio più, la televisione.»

«Stai scherzando?»

«No» ribadì secca Emilia, «non mi serve più.»

24

Gisella me l'aveva presentata un amico, uno non di Sassaia ma di una frazione vicina altrettanto spopolata, che aveva messo in piedi una serra di marijuana dietro casa, nascosta dai boschi.

Nell'abbandono sei più libero di trasgredire, rinascere oppure finire di perderti. Io nel 2004 ero tornato con quell'ultimo obiettivo, fuggendo in piena notte da Torino. Avevo stipato il bagagliaio della Seat di libri e dei pochi vestiti appesi nel mio armadio di studente, senza salutare gli altri inquilini, senza disdire l'affitto, senza finire il dottorato. Con questa sfilza di senza, avevo guidato come un pazzo via dalle luci della città, via dal futuro, fino alla fine del buio, verso le mie montagne nere.

Avevo riaperto la casa di Sassaia sommersa dalla polvere e fissato a lungo la foto incorniciata all'ingresso: mia madre, mio padre, Valeria e io sul monte Casto, durante una gita domenicale. Eravamo tutti e quattro sorridenti, gli zaini in spalla e i bastoni da passeggiata. Valeria teneva persino un fiore in bocca. Ovunque andassi, sempre qui dovevo tornare a sbattere.

L'avevo tolta e portata in solaio. Senza riuscire a dormire avevo atteso che il sole fosse alto nel cielo e avevo chiamato Sebastiano: l'unico del vecchio gruppo che non avesse figli, moglie o fidanzata. L'unico che non si fosse trasferito a Torino o Milano per fare carriera o per un lavoro più decente dello spacciatore – nonché coltivatore diretto, come ci teneva a specificare: "bio & mafie free". Ci eravamo trovati da lui quella sera stessa, in un rudere ristrutturato per modo di dire, e ci eravamo ammazzati di canne. Ero caduto in uno stato d'incoscienza che era tutto ciò che desideravo. Ne ero riemerso dolorante, ore o giorni dopo, sdraiato a terra con un cane che mi leccava la faccia. E avevo avvertito chiara l'angoscia di essere vivo.

Venticinque anni, e non sapevo cosa fare di me stesso. Non volevo orizzonti, progetti, solo finire i soldi. Dopodiché sarei morto a Sassaia di fame e di freddo, oppure sarei sopravvissuto mangiando castagne, ricoperto di vecchie catalogne, sporco da far schifo.

Gli scatoloni di Torino sarebbero rimasti nel bagagliaio per un anno intero, durante il quale Sebastiano e io non avremmo fatto altro che stordirci a casa mia o sua, barcollando per vicoli talmente deserti che nessuno avrebbe potuto giudicarci né soccorrerci. Alle canne, presto avevamo aggiunto chetamina, francobolli di LSD, innaffiati dal genepy. Vomitavamo nella neve. Ascoltavamo black metal a un volume tale da far scappare gli animali dai boschi che ci circondavano come un oceano. Parlavamo di stronzate biascicando le parole. Cucinavamo tegami pieni di polenta che ingurgitavamo a qualsiasi ora in preda alla fame chimica. Al massimo, uscivamo a bere in qualche sperduto bar su per la Valle, in mezzo ai vecchi che giocavano a carte e ci salutavano svogliati: "Eccoli, i pirla". Due perfetti nichilisti, con una differenza: che a Sebastiano, ogni tanto, veniva voglia di scopare. E a me mai.

Piuttosto che restare solo, lo accompagnavo in pianura con la Seat Ibiza, all'hotel Le Piane. Lì avevo conosciuto la Gisella, che rideva riversa su un divanetto, abbarbicata a un tipo che le versava del prosecco un po' nel bicchiere e un po' nella scollatura. Eravamo in pieno inverno, ma lei indossava un paio di calze a rete sotto una minigonna inguinale di pelle nera. Ero rimasto colpito dai suoi denti storti, dal visetto smunto da ragazzina anche se doveva avere quasi quarant'anni. Bella no, non si poteva dire. Pestata a sangue dalla vita, sì. Eppure, la sua risata era così autentica che aveva scaldato quel rimasuglio di cuore che mi restava.

Sebastiano e io avevamo atteso che si eclissasse con il tizio, poi che tornasse, infine le avevamo offerto da bere al bar delle Piane, baluginante tra le risaie ghiacciate, la nebbia così spessa che non ci vedevi da qui a lì e sembrava l'Ade. In quell'oltretomba avevamo preso confidenza e scherzato come vecchi compagni di scuola, come se non ci fossero di mezzo dei soldi.

Sebastiano era suo cliente da anni, la riforniva di marijuana. Io in quei mesi drenavo il conto del risarcimento, e spendevo tutto in droga e benzina. L'idea di lavorare in una scuola con dei bambini, d'insegnare l'alfabeto e aggiustare l'impugnatura di una piccola mano intorno a una matita, non mi passava neanche per l'anticamera del cervello. Sapevo solo che i soldi della funivia con una prostituta non li avrei spesi: era l'ultimo limite che mi ero dato.

Così ero rimasto giù nella hall, quella volta. Seduto su una poltroncina logora, imploso nel mio stesso vuoto. Avevo allungato una mano sul tavolino di compensato che mi stava di fronte e avevo pescato, una dopo l'altra, «La Gazzetta dello Sport», «TV Sorrisi e Canzoni», «Confidenze». Le avevo lette mentre Sebastiano e Gisella, saliti in camera, facevano le loro cose. E avevo pensato che quella vicinanza al sesso degli altri, la loro compagnia sgangherata, poteva bastarmi.

Passeggiavano sui Navigli, tenendosi strette per il freddo. Marta a suo agio sui tacchi, Emilia che li aveva tanto desiderati ma ora, per non inciampare, doveva aggrapparsi al braccio dell'amica.

«Bello qui, vero?»

Emilia annuì, ma si sentiva incerta. Non solo per le décolletté di vernice e il tubino nero elegante che le aveva prestato Marta, ma anche per via di tutta quella gente che affollava i locali, sostava fuori in attesa che si liberasse un tavolo, rideva spensierata. Le osservava, quelle coppie, quelle comitive che avevano l'aria di godersi la vita, sentendo che ancora, a trentun anni, lei e loro non appartenevano allo stesso mondo.

Marta le chiese: «Te la ricordi Vilma?».

«Per forza.»

Era stata l'educatrice di entrambe.

«A volte mi tornano in mentre degli episodi… Cazzate, però, come posso dirti? *Significative*.»

«Tipo?»

Si fermarono su un ponte stringendosi nei cappotti troppo leggeri. Il vento sferzava i loro volti, truccati così bene che assomigliavano a due maschere.

«Tipo che una volta mi ero fermata a una bancarella di libri in Montagnola. Rientravo dal volontariato al centro anziani. Quanto li adoravo, quei vecchietti» sorrise. «Lo sapevano, da dove venivo, eppure ero la loro "nipote preferita". Forse perché non avevano Internet» le strizzò l'occhio. «Comunque, la bancarella.»

Frugò nella borsa in cerca delle Camel Light. Ne infilò una fra le labbra di Emilia, l'altra fra le sue e le accese entrambe.

«Ho visto questo libro, tascabile. Famoso, che pure tu che non leggi una mazza lo conosci: *Delitto e castigo*. Era logico che m'intrigasse. Sentivo che mi chiamava, e mica potevo star lì a pensarci e rischiare di rientrare tardi. Cosa ti ripetono?» Marta soffiò via il fumo e scimmiottò la voce baritonale dell'Autorità: «Devi dimostrare pentimento. Devi dimostrare consapevolezza. Il magistrato, l'avvocato, tutti a pontificare sul Pentimento. Allora io, che avevo giusto cinque euro, coerentemente mi sono comprata Dostoevskij».

Ripresero a camminare perché a stare ferme si congelava. I canali erano immobili e neri, mentre tutt'intorno la movida imperversava allegra, a ondate, nel grande mare della notte.

Marta non poteva pentirsi, Emilia lo sapeva, non fino in fondo almeno. Si erano confidate, una volta che erano rimaste sole in mensa a sparecchiare. Emilia aveva ormai diciassette anni, Marta venti. Due racconti spicci, molto lacunosi. Specialmente quello di Emilia: tre parole. Ma l'amicizia richiedeva quella specifica confessione: mica puoi non dirti perché stai in galera. Tanto più che non è un segreto per nessuno.

Però, proprio quello che tutti sapevano, per loro rappresentava *l'indicibile*. Perché dire "io" accanto a certi verbi suona irreale. Erano andate a pungersi i polpastrelli subito dopo, con la lametta nascosta nel materasso. Era stato allora che Marta le aveva confidato: "Mi odio. Però sono contenta di aver salvato mia madre". Dopo, non avevano più tirato fuori l'argomento. Neppure quando la madre di Marta era morta di cancro, come la sua, e a Marta non era stato accordato il permesso di andare al funerale: ragioni di *opportunità*, possibili tensioni. Neppure quando ormai era chiaro che a questo mondo niente salvava niente.

«Ho cominciato a leggere *Delitto e castigo* e, cazzo, mi prendeva. Di brutto, mi prendeva. Non ci dormivo per andare avanti.»

«Passavi le notti con qualsiasi libro, tu.»

«No, Emi, quello era diverso. Mi stava succedendo una cosa che nella realtà non potrà mai succedermi: mi stavo innamorando. Intendo, non arrapando: proprio innamorando di Raskòlnikov. Lui mi capiva, io lo capivo. Se fosse stato reale, lo avrei aspettato fuori dalla galera tutta la vita. Poi, sul più bello, è piombata Vilma in cella: "Cosa leggi?". Mi ha preso il libro, ha visto il titolo, è diventata paonazza: "Ah, ma questo per te mica va bene!". E me l'ha sequestrato! Ti rendi conto?»

Emilia si addossò a un muretto per sfilarsi le scarpe: non ne poteva più. Si mise a ridere perché Vilma era fatta così: iperprotettiva.

«Cioè» Marta scosse la testa, «io sto dentro per omicidio, e tu mi togli Dostoevskij?»

«Ci voleva difendere.»

«Sì, ma da noi stesse? Dai nostri stessi reati?»

Emilia si voltò, gettò il mozzicone e fissò le luci dei lampioni che tremolavano sull'acqua densa, simile a petrolio. La parola "omicidio" era caduta in mezzo a loro come una parola qualunque. Ma naturalmente non lo era.

Marta l'aveva pronunciata come un dato di fatto, perché era *anche* un dato di fatto. Solo che non si collocava sulla normale linea temporale, non era un evento in mezzo agli altri. Era una specie di buca in cui il futuro franava.

«Ci conoscevano per tutto il resto» disse Emilia, «ci vedevano in pigiama, sui libri, a cucinare, allora ci volevano bene. Per tutto il resto, intendo, oltre il male.»

Rita, la Venturi, ma anche la Frau, la Pandolfi e alcune guardie a cui si erano affezionate, che andavano a tirarle su di morale quando non volevano neppure alzarsi dal letto: era commovente ripensarci adesso, sotto il cielo grande di Milano. Anche Vilma: sembrava la classica zia zitella – però, quanto impegno ci aveva messo. Era fissata con l'orto, adorava portarcele, insegnare loro a interrare un bulbo, a innaffiarlo, come se tutto quel giardinaggio potesse ripulirle e farle tornare innocenti. E forse con le altre poteva funzionare, con chi era dentro per spaccio o per furto. Ma loro?

Marta fissava anche lei la superficie dell'acqua increspata dalle luci e dal vento. C'era tutto quel nero sotto: inamovibile. Finì la sigaretta, controllò l'ora: erano in ritardo, ma farsi attendere era una mossa calcolata.

«Sono entrata in libreria, tipo il secondo giorno di libertà» si chinò per aiutare Emilia a infilarsi di nuovo le scarpe, «e me lo sono ricomprato, *Delitto e castigo*. L'edizione più bella, più costosa, con la copertina rigida e gli angoli così appuntiti che in galera avremmo potuto tagliarci la gola. Tre volte di fila, l'ho letto, il mio Raskòlnikov» la prese per un braccio e la trascinò con sé verso la notte. «Chissà se Tunisi ne sarà all'altezza...»

A Porta Ticinese, la vista della Darsena ricordò a Emilia quella del porto di Ravenna e le si chiuse lo stomaco. Habib e il suo nuovo amico dall'aspetto maggiorenne le aspettavano all'ingresso del locale, elegantissimi. Emilia non aveva nessuna voglia, ma proprio nessuna, di flirtare. Solo che Marta procedeva a grandi passi, slacciandosi il cappotto e facendo strada a un tavolo prenotato, esibendo la scollatura, i pantaloni aderenti, quel corpo stupendo che quando era bambina era stato oscenamente offeso.

Alcune persone ce l'hanno, quella forza, e Marta era tra queste. Una sorta di feroce attaccamento alla vita per cui, qualunque cosa succeda, anche la più orrenda, la più irreparabile, finché sei viva, devi.

Vivere, andare. Come Ulisse.

Guidavo, di nuovo nella nebbia. Lungo una provinciale tirata dritta fra i campi che ora sapevo condurre non solo alle Piane, ma anche, proseguendo di una decina di chilometri, al Tartana.

Emilia mi sedeva accanto, sul sedile vuoto. La sua assenza non mi lasciava mai. Mi domandava ancora, incazzata: “Perché? Tu credi che una donna si prostituirebbe, se avesse un’alternativa?”.

Trovai un solo posto libero nel parcheggio e mi ci infilai: essendo un venerdì sera, il bar era pieno e anche la hall dell’hotel sembrava movimentata. Raggiunsi la reception, allungai la mia carta d’identità e salii le scale fino al terzo piano, camera 52.

Quando bussai, m’invase un pesante senso di stanchezza. Come se guidare fin lì, a ritroso nel passato, fosse stata una traversata dell’oceano a nuoto. Poi Gisella aprì la porta, mi sorrise coi suoi denti accavallati, e io tornai a specchiarmi in quel volto pesto e accogliente.

«Come sei triste» mi disse.

Mi tolsi il giaccone e mi lasciai cadere sul letto. Era sempre stata la nostra stanza, quella. Tapparelle abbassate, zanzariera tesa, sia nelle afose estati infestate d’insetti, sia nei gelidi inverni desolati come quello. Un tavolino con due bicchieri e una bottiglia. Il bagno cieco con la ventola. Il copriletto trapuntato che sapeva di tarme. Ecco svelata la mia relazione prima di Emilia.

Visto?, immaginai di dirle. Anche io ti ho tenuto dei segreti.

Sul soffitto proiettavo la sua faccia schifata mentre arricciava le labbra e si accendeva l’eterna sigaretta: Peggio della mia storia con Emanuele. Marta non approverebbe.

Ma pensa a quanto sarei stato imbranato con te, replicai, se Gisella non fosse esistita. Saremmo rimasti fermi a Mandel´štam.

Sentii la voce di Gisella che mi richiamava qui, nel presente, e mi chiedeva cosa mi fosse successo. Dolorosamente mi riscossi: «Dimmi prima di te, Gise. Tuo figlio?».

«Ormai va alle superiori!» sbuffò orgogliosa mentre versava da bere per entrambi. «Con questa nuova famiglia affidataria andiamo molto più d’accordo, e forse lui sta addirittura imparando a perdonarmi.» Mi sedette vicino, mi allungò il bicchiere. «Da quant’è che non ci vediamo?»

«Più di un anno, credo.» Mi tirai su, bevvi un lungo sorso di rosso pastoso che mi riscaldò il corpo. La guardai: «Sono contento che stai bene».

«In che guai ti sei cacciato?»

«Enormi.»

«Enormi non ci credo! Rispetto a quando ti ho conosciuto, stai un fiore. Niente occhi rossi, niente puzza di erba...»

«Mi sono innamorato della persona sbagliata.»

«Ahia.» Versò dell'altro vino nei calici già vuotati. «Sposata?»

Risi. «Infinitamente peggio.»

«Tossica? Madre degenere? Puttana?»

Le diedi una piccola spinta sulla spalla. «Piantala.»

«Guarda che faccio l'estetista adesso, a tempo indeterminato, e sono pulita da tre anni.»

«Lo so.»

«Allora, cos'ha questa ragazza che non va?»

Tra anime perse ci si riconosce e non si temono giudizi. A Gisella avevo sempre raccontato tutto, ma quella parola no: non riuscivo nemmeno a pensare di pronunciarla.

Mi alzai in piedi e cominciai a camminare per la stanza. Potevo sostituire un corpo con un altro e sperare così di risolvere qualcosa? Sovrappensiero impugnai il telecomando e accesi il piccolo televisore: un gesto che non avevo mai fatto.

«Ha avuto dei guai con la giustizia.»

Rai 1, Rai 2, Rete A. Fermai lo zapping su un canale di televendite, avevo bisogno di quel rumore di fondo.

«Chi è che non sbaglia?» mi chiese Gisella, per nulla colpita.

«Ci sono errori ed errori.»

Anche Sebastiano, alla fine, un soggiorno in carcere se lo era sparato. Per quanto avesse potuto mimetizzarla bene, la sua serra, c'è sempre una Patrizia Rocellati in giro pronta a localizzare le crepe altrui.

Ma la storia di Emilia era diversa. La storia di Emilia *Innocenti*. Che per ironia tragica aveva quel cognome, come nelle opere di Eschilo e di Sofocle, in cui il Fato ci tiene sempre a irriderti e ricordarti: sei solo un essere umano, un soffio.

Avevo cercato, naturalmente. Tutto il cercabile. Avevo messo sottosopra Internet e poi ero sceso alla biblioteca del capoluogo per sfogliare i giornali di giugno, luglio e agosto del 2001 estraendoli uno dopo l'altro da un archivio così polveroso che ne aveva proprio l'odore: dell'oblio. Avevo ricostruito i tempi brevissimi delle indagini e dell'arresto, quelli lunghi ed estenuanti del processo, poi avevo dovuto fermarmi: sul dopo tutto taceva.

Leggere quegli articoli era stato come avere davanti qualcuno con un bisturi che ti apre il petto con lentezza esasperante e ti opera a cuore aperto senza anestesia. Perché da quei brevi testi di sette, ottomila battute, corredati sempre dalla stessa foto pixellata con le manette, veniva fuori una ragazzina fortemente disturbata, quel genere di disgraziata che d'istinto, per metterci al riparo, allontaniamo gridando *mostro!*; una pazza che mai avrebbe potuto essere perdonata, neppure da Dio. Eppure, mentre mi soffermavo sui dettagli spiattellati dai giornalisti con godimento morboso, me la ritrovavo a un centimetro, tra le braccia. La rivedevo ridere, commuoversi come quella volta al lavatoio sotto la neve, e mentre mi diceva: "Ti amo" fuori dalla discoteca, e mentre si rialzava dopo essere svenuta quel primo giorno al belvedere, con gli occhi spauriti di un cervo. Sentivo il calore del suo corpo vivo, la sua consistenza buona di creatura. Mentre il chirurgo sadico mi tagliava a metà e io non potevo credere, non ci riuscivo, che l'Emilia Innocenti degli articoli e quella che avevo conosciuto io fossero *la stessa persona*.

«Allora? Devo distrarti da lei, sì o no?»

Una sbiadita sosia di Wanna Marchi pontificava intorno a un girocollo di bigiotteria, in sovraimpressione scorreva un numero di telefono di Milano. Gisella mi prese entrambe le mani nelle sue e rimanemmo in piedi al centro della stanza, sospesi e insicuri come la mia prima volta: quella in cui l'avevo raggiunta da solo, senza Sebastiano, e le avevo posato cinquanta euro sul comodino perché mi togliesse il peso, fra i tanti, di essere vergine e incapace di consegnarmi alla vita.

Sull'autostrada, mentre fuggivo da Torino a centocinquanta all'ora, il massimo a cui potevo spingere la Seat. E poi riaprendo il garage di mio padre al principio di Alma, singhiozzando perché mi mancava ancora la sua voce, poterlo abbracciare. E poi su per Stra' dal Forche che ormai era l'alba, e la luce rosa mi restituiva la mia isola di sassi illesa tra i castagni, il mio fallimento, il mio incistamento definitivo nella piaga, ero convinto che nessuno al mondo avrebbe mai potuto ripararmi.

Invece mi sbagliavo.

«Gise» le dissi, «mettiamoci a parlare.»

Dal 2 novembre 2015 al 7 gennaio 2016 io ero tornato intero.

«Ti pago lo stesso per il disturbo.»

Gisella scosse la testa. «L'amicizia non si paga. E poi» fiorì in un sorriso nuovo, «adesso ho un'alternativa.»

25

Giugno del 2000, dopo la fine della scuola. Gigi D'Ag e Ricky Martin da ogni radio di ogni bar, baracchino, stabilimento della Riviera. Prendevano il motorino alle due del pomeriggio, con il sole a picco, e guidavano in copricostume leggero, svolazzante, fino al mare.

Raggiungere la spiaggia senza il permesso dei genitori le univa fin nei gangli e nel midollo. In quelle fughe, sorpassandosi di continuo e richiamandosi con i clacson, diventavano *indistinguibili*.

Durava un attimo: il tempo di consumare la statale e arrivare in pineta, il tempo del vento fra le ciocche di capelli libere dal casco. Poi, una volta raggiunta la meta, tornava a vigere la Legge di Natura.

Posavano gli zaini sulla sabbia, si spogliavano, e le differenze dei loro corpi in costume le separavano di netto. Erano la procace e la secca, la sviluppata e la piatta; per non dire chiaramente: la miss della spiaggia e *pelo di carota*. Quella che aveva molte amiche e spasimanti, oltre a una bellissima famiglia, e quella che invece no: niente di tutto questo. Aveva un padre spesso via per lavoro, una villetta vuota, e il cuore buio di una solitudine abissale.

Non si capiva perché l'altra se la portasse appresso. Per pietà? Perché era la vicina di casa? Il loro legame era sempre stato marchiato da un'ambiguità di fondo, sin da quando la principessa bionda si era trasferita con tutto il Mulino Bianco nella villetta accanto e, munifica, generosa, aveva invitato l'orfana che ciondolava in giardino a giocare insieme alla PlayStation.

L'ambiguità era questa: che non erano propriamente amiche, ma si vedevano tutti i pomeriggi. Che a casa, in cameretta, sedevano sul letto allacciate, chine su un giornalino sconcio del fratello, traboccanti di complicità, ma davanti agli altri Emilia doveva starsene in disparte, nel posticino di riserva che le era concesso. Quindi, ogni volta che arrivavano in spiaggia, c'era quest'accozzaglia di asciugamani dei compagni di classe, con i corpi distesi e intrecciati l'uno all'altro – e poi c'era l'asciugamano di Emilia, il corpo di Emilia, un po' più in là. Isolato, escluso. Che, a seconda dei giorni, a volte veniva preso in giro, a volte tollerato, a volte illuso. Il corpo, sia chiaro. L'anima di Emilia non veniva nemmeno presa in considerazione.

Pelo di carota, *A te chi ti scopa*, *Asse da stiro*, *La povera orfana, La sottosviluppata*. A un paio di stabilimenti di distanza c'era il Bagno Amore, dove sua madre non occupava più la prima sdraio in seconda fila, e non poteva più voltarsi per controllare che lei non si facesse male, che non le facessero male.

C'era stato un giorno di quell'estate, la prima e ultima *libera*, in cui erano arrivate e il gruppo non c'era. Avevano sbagliato giorno. La striscia di spiaggia selvatica compressa tra gli stabilimenti era affollata di famiglie, ombrelloni in disordine e borse frigo, ma nessun coetaneo.

Avevano steso gli asciugamani lo stesso: ormai. L'altra profondamente delusa, Emilia entusiasta di quell'opportunità insperata di stare sole, lei e lei, all'aperto, senza il peso del soffitto sopra la testa; e senza il branco. Le era sempre piaciuta la sensazione di avere spazio, cielo, orizzonte. Erano entrate in acqua, avevano nuotato insieme. Ma l'idillio era durato poco. Erano state subito avvicinate da due adulti.

Due turisti. Due uomini. Che puntavano, naturalmente, l'altra. E l'altra aveva sempre voglia di essere adulata, corteggiata.

Si erano spostati al bar, i costumi bagnati sulle sedie di plastica. I due adulti avevano offerto loro un cornetto Algida e proposto una *cosa speciale, artistica*. "Perché siamo degli artisti, noi, sapete? Esponiamo in tutta Europa." Emilia si era subito sentita morire, l'altra leccava il gelato atteggiandosi a donna di mondo a quindici anni, dicendo Sì, sì, sì alla cosa speciale e *artistica*.

Dunque avevano camminato insieme, in pineta. Addentrandosi fino a raggiungere un punto nascosto: il folto del bosco. "Una sorpresa" avevano detto i Lupi, "un regalo". Emilia voleva voltarsi e scappare, ma l'altra scocciata la trascinava: "Sei una fifona. Cosa vuoi che succeda? Siamo in due". Già, due rose con una spina a testa per difendersi. E i turisti quarantenni alti il doppio di loro, grossi il doppio di loro, sorridenti: "Mica avrete paura?".

Le avevano convinte a slacciarsi il pezzo di sopra del costume. Le avevano sistemate, in posa, aggiustando i loro corpi in un'allusiva composizione, su un tavolo di legno mezzo marcio per picnic. Con le mani dell'una posate sul pezzo di sotto bagnato del costume dell'altra. Poi uno dei due, quello con la barba, aveva tirato fuori un foglio e una matita dallo zaino. E le aveva ritratte. Avvinghiate, a seno nudo. Mentre l'altro si raccomandava di rimanere ferme in quella posizione, e per sistemarle ulteriormente le sfiorava. I capezzoli, l'inguine, l'ombelico, i piedi. E quello sfioramento era disgustoso, eccitante e orrendo insieme.

Non era successo altro. Il tempo era trascorso e tutto si era consumato nell'immobilità e nell'immaginazione. L'artista, come si autodefiniva, aveva mostrato loro il disegno. Uno schizzo a matita morbido e particolareggiato, se mediocre o bellissimo l'Emilia di allora non avrebbe saputo dire, ma quella di oggi, pur nel fumo dei ricordi, giudicava notevole in modo feroce – nonostante quei due difficilmente fossero qualcosa di più di due Lupi.

"Quindi ce lo regali?" aveva chiesto l'altra, sfacciata. Quello aveva sorriso di nuovo, con i denti anneriti dal fumo: "Oh, no! Questo è un ricordo che voi regalate a noi. Aprite le mani". Aveva ficcato nel palmo di ognuna una banconota da ventimila lire, che coincideva su per giù con la loro paghetta settimanale. Emilia aveva pensato che andava tutto bene, purché ora si levassero dalle scatole. Cosa avessero deciso di farci dopo con quel disegno non era importante. Importante era solo che non avessero tolto loro il pezzo di sotto, che non le avessero obbligate a chinarsi, a baciarli o chissà che altro.

Eppure si era sentita lo stesso sporca, sporcata. Come se con quel disegno a seno nudo pagato ventimila lire quei due avessero rubato loro qualcosa, qualcosa di intimo, d'importante. Era stato un pomeriggio schifoso, nauseante. Che Emilia aveva rimosso per anni.

«Emi, ci sei? Stai sognando?»

«È un bel sogno? Ci siamo anche noi?»

E poi stasera, di colpo, forse per il fatto di essere due femmine e due maschi, sconosciuti eppure già intimi, le era tornato in mente. Come un geyser. E si era congelata.

Era l'una di notte. Non erano propriamente ubriachi, ma disinibiti: questo sì. Marta e Habib soprattutto. Emilia e Mohamed mantenevano un ruolo defilato, di "accompagnatori". Il locale era ancora pieno e bisognava parlare a voce alta per farsi capire. Ogni tanto qualcuno li sbirciava incuriosito, perché forse *là fuori* due magrebini (giovani) e due italiane (meno giovani) facevano ancora notizia.

Gli occhi neri di Habib brillavano di sfida: «Eppure io non ci credo» disse a Marta, «che sei passata dal gabbio a... Come hai detto? Farmaci antitumorali?».

Marta si protese con tutto il busto sul tavolo in una posa aggressiva.

«Non sto dicendo che sei una bugiarda. Però, dove sei stata? In un minorile di lusso?»

«No, era una merda.»

Habib guardò il suo compagno, scosse la testa. «Ci avevo pure provato a studiare, veramente. Mi ero iscritto al Tecnico Meccanico. Ma poi ti mettevano in cella questo stronzo che non puliva mai e ci facevi a botte. Arrivavi in mensa e saliva subito la tensione tra noi e i cinesi. C'è stato un periodo che eravamo in quarantadue, e la capienza era di trentuno. Scazzavi sempre, ti beccavi una denuncia al giorno. Entravi con una condanna di due anni e finiva che ne scontavi tre. Tutti impasticcati, tagliati, tutti esauriti. E poi sentivi tua madre al telefono, e le era venuto il diabete da stress. Per colpa tua. E allora volevi solo dormire, fumare, non pensare.» Il suo volto era cupo adesso, sembrava invecchiato di cento anni mentre raccontava queste cose. «Altro che scuola: a me il carcere mi ha insegnato solo ad alzare la soglia del dolore.»

Marta sollevò lo sguardo verso di lui, stupita: non te le aspetteresti da certi spacconi, certe frasi. Ma se hai sofferto come un cane, il tuo cuore si complica, viene scavato in profondità. Anche Emilia rimase a fissarlo in silenzio, e pensò che non aveva tutti i torti. In galera i problemi rimasti fuori si ingigantivano e tu oscillavi impotente come un giunco. C'erano le ventate buone, specialmente in primavera, quando arrivava il caldo, le ore di luce si allungavano, e tu ti convincevi di potercela fare, ad aggiustare almeno qualcosina. Allora non saltavi le lezioni, a mensa non volavano insulti o forchette perché dopo si tornava in cortile, ai colloqui vedevi tuo padre sorridente, sorvolavi sulle occhiaie e sulle rughe nuove.

Ma poi, come una scure, calava il fronte della depressione. Soprattutto a dicembre, in prossimità delle feste, quando qualsiasi pubblicità del panettone era capace di buttarti a terra. Oppure quando una guardia arrivava a dirti che tuo fratello era all'ospedale, che tua madre o tua nonna era morta. Quando ai colloqui vedevi tuo padre a pezzi, che cercava di nasconderlo, e la responsabilità era tua. Allora era come se il buio ti risucchiasse, come se la cella non avesse più né porte né finestre e si stringesse su di te, una placenta marcia e avvelenata. I materassi ignifughi cominciavano a bruciacchiare. La questua in infermeria per le pasticche si allungava. Ti tagliavi le braccia, ti presentavi a scuola una volta alla settimana con quaranta minuti di ritardo, perché chi voleva alzarsi? Quando fuori era buio e freddo, e dentro girava la scabbia. E mica c'erano solo le amiche, dentro, c'erano pure le stronze, quelle che ti tormentavano, quelle a cui avresti spaccato la faccia. E non è che potevi dire: Adesso vado a farmi una passeggiata così mi calmo. No, dovevi stare lì per forza, ogni ora, ogni giorno, e i nervi prendevano fuoco. Tutto prendeva fuoco.

Che ne sapevano gli altri, pensò Emilia e li guardò, quelli seduti agli altri tavoli? Eppure adesso, si disse, erano fuori anche loro.

«Era una merda» riprese Marta dopo aver ordinato la quarta o quinta bottiglia di vino, «ma aveva i suoi vantaggi. Le superiori, l'università: chi l'avrebbe mai frequentata, fuori? Io col cazzo.»

«Perché?» Mohamed rise. «I tuoi non ti mandavano a scuola a calci in culo?»

«No.»

«Io me le ricordo ancora» intervenne Habib, «le cinghiate di mio padre. Per fortuna poi è andato a San Vittore.»

«A San Vittore lui, al Beccaria tu» commentò Marta, «si chiama "Ciclo dei vinti" e non finisce mai.»

Né Mohamed né Habib avevano l'aria di chi ha letto Verga. Ma erano svegli e afferrarono il concetto.

Emilia intanto, di nascosto sotto il tavolo, consultava di nuovo il cellulare. Niente: nessuna chiamata, nessun messaggio. Sassaia, si accorse, cominciava a sbiadire. Come una minuscola stella di una galassia lontana. Un bagliore appena percepibile, forse già spento, forse mai nemmeno esistito.

Perché non sono anch'io come te? Pensò per l'ennesima volta guardando Marta. Che si spostava i capelli da un lato del volto, se li lisciava, si preparava: «La volete sentire, una storia?».

Perché ognuno aveva la propria. E poteva pure andare a capo, scrivere capitoli nuovi, stravolgere la trama, aumentare i colpi di scena. Ma i capitoli vecchi non li potevi riscrivere. Né cancellare.

«C'era una volta Sonia, chiamiamola così.»

Il locale cominciava a svuotarsi, e il rumore di fondo a diminuire.

«Era nata in un paesino di dodicimila abitanti. In una piana stopposa a centoventi chilometri dal mare, dove nessuno l'aveva mai portata. L'avrebbe visto solo a diciassette anni, il mare, dal cellulare della penitenziaria. E poi, per un breve periodo, da Nisida» sorrise, come se ce lo avesse ancora davanti agli occhi.

«Che spettacolo svegliarsi con Procida avvolta dalla bruma, le onde e i gabbiani...» Sotto il tavolo Emilia si sentì stringere la mano.

«Ma torniamo al prima. Viveva in questo posto di merda, Sonia, così inculato nel culo della provincia che era già, di per sé, una prigione. Nella sua infanzia c'era stata solo una cosa bella: una biblioteca, accanto alla scuola. Semideserta, frequentata da vecchi, ma a lei piaceva. Perché qui non aveva intorno compagne di classe spensierate e senza un cazzo di problema. E nessuno la braccava in bagno alle spalle come a casa. Era come evadere» sorrise di nuovo, e le si velarono gli occhi di brina. "Evadere dalla sua vita."

Ci passava le ore, senza nemmeno accorgersene. Finché veniva buio, finché sua madre staccava il turno delle pulizie in ospedale e allora poteva rientrare senza il rischio di rimanere sola. Le piacevano i gialli, i libri di scienza. In biblioteca c'era silenzio, nessuno urlava, nessuno bestemmiava, nessuno voleva abbassarle le mutande o costringerla a spompinare i suoi amici. Così la piccola Sonia a scuola andava bene. Le sue insegnanti si erano accorte di certi lividi, avevano avvisato i Servizi: e Sonia li aspettava. Perché pensava che avrebbero potuto salvare lei e sua madre. Ma siccome quello era un buco di culo, con un'unica fabbrica chiusa, la gente disoccupata e incattivita e nessuna Fata madrina come nelle favole, i Servizi non arrivavano mai. Restava solo l'orco.»

Emilia osservò i volti di Habib e Mohamed, seri e un poco più pallidi. Lei la conosceva, quella storia. Ma loro che la ascoltavano per la prima volta faticavano a bere. Afferravano i bicchieri, li tenevano in mano, e poi li riposavano senza aver dato nemmeno un sorso.

C'era sempre meno gente in sala, sempre più silenzio e attenzione intorno. Come in tribunale, durante il processo: la prima volta in cui Marta si era sentita finalmente ascoltata. Importante.

«Sonia ha frequentato la scuola *sempre*, non ha mai perso un giorno, perché sapeva che, appena metteva piede là dentro, era salva. Odiava già con tutta se stessa l'estate e le vacanze di Natale, ma poi arrivava sempre settembre, ed era una liberazione.

Finché *qualcuno* ha deciso che, con la terza media, la vita di Sonia poteva finire. Che aveva studiato abbastanza per essere una femmina, e che nessuno gli sarebbe venuto a rompere i coglioni se la teneva a casa a quattordici anni. Quindi Sonia, che per ironia della sorte abitava in un fetido appartamento cadente, ma proprio davanti al liceo scientifico, avrebbe osservato dalla finestra le sue ex compagne di classe che la mattina alle otto camminavano là sotto, tutte ridenti con lo zaino in spalla. E avrebbe provato un senso madornale d'ingiustizia. Perché cos'è davvero ingiusta? La causa o la conseguenza?

Se mi chiedi come ho fatto, Habib, a studiare al gabbio» Marta alzò lo sguardo verso un cameriere, uno dei tanti ormai liberi, e ordinò l'ultima bottiglia della serata, «ti rispondo che appena ho avuto un'opportunità, la prima vera opportunità della mia vita, me la sono presa.»

Il locale stava chiudendo. Quando fu il momento di pagare, Habib tirò fuori un rotolo di soldi tenuti insieme da un elastico, e Marta fu categorica: «Per carità, mettilo via».

Uscirono barcollando un poco, scossi e silenziosi. Fuori nevischiava, ma la neve non durava, si scioglieva subito a contatto con l'asfalto, i loro cappotti, i loro capelli. Raggiunsero la Darsena. Nessuno dei quattro aveva voglia di tornare a casa. In giro si udivano ancora schiamazzi, motorini.

Allora Habib, che era il più giovane e coraggioso, afferrò Marta per le spalle e le diede un lungo, lunghissimo, bacio.

Mohamed estrasse un tocco di fumo dalla tasca e cominciò a scaldarlo. Rollò una canna che poi si passarono riattaccando con le battute e le risate. Quel bacio, in qualche modo, aveva messo un punto, e loro erano andati a capo.

«Cosa facciamo?» chiese Habib, prendendo per mano Marta: «Mica avete voglia di andare a dormire?».

Marta si guardò intorno finché vide una piazzola con un solo taxi fermo, la luce verde accesa, ad aspettarli. Cominciò a correre spedita sui tacchi, facendo loro cenno di seguirla. Emilia si tolse le scarpe e corse anche lei nella stessa direzione, impregnandosi d'acqua le calze.

Montarono tutti e quattro, Marta diede la destinazione e nessuno si sorprese. Adesso che erano fuori, non si dovevano perdere niente, mai più.

Una volta in hotel, consegnarono i documenti e salirono al terzo piano. Poi si separarono in coppie: Marta scomparve a sinistra del corridoio, abbracciata ad Habib, Emilia con Mohamed a destra. Ma prima si voltò a guardare la sua amica: aggravanti della premeditazione, del grado di parentela, anche se le erano state riconosciute le attenuanti per gli abusi subiti. E adesso si baciava con quel ragazzo appena conosciuto con un tale trasporto che sembrava si amassero. Sembrava che lui l'amasse, anche e nonostante.

Se lo chiese: Perché tu no, Bruno? Perché non riesci a guardarmi per *tutto il resto*? Ad amarmi *anche e nonostante*?

Lei e Mohamed erano rimasti silenziosi per l'intera serata, e ora si ritrovavano nella stessa camera con al centro un letto.

Emilia raggiunse la finestra, tirò la tenda e, accendendosi una sigaretta, glielo disse subito: «Mi dispiace, ma non posso fare niente».

Mohamed si sedette sul bordo del letto, si accese una sigaretta anche lui: «Perché?».

«Perché sono già innamorata. Purtroppo.»

Lui annuì. La raggiunse alla finestra, si appoggiò allo stipite opposto: «Io ho una moglie in Tunisia, ma non la conosco. Mi hanno solo obbligato a sposarla».

Si misero a guardare insieme la notte. La luna che emergeva da una muraglia di nuvole. Le strade vuote, le persiane chiuse, nessuna luce eccetto quella dei lampioni. All'improvviso, tra le pozze di neve sciolta, Emilia vide sfrecciare due motorini. Un Phantom blu e un SR giallo, con sopra due ragazze in prendisole leggero, i caschi pieni di scritte e di adesivi. Avvertì sulla pelle il fresco della pineta, il tappeto di aghi soffici sotto la gomma delle infradito.

Quel disegno forse esisteva ancora, si rese conto, da qualche parte sulla Terra. Esistevano lei e lei intrecciate, languide, a seno nudo. Qualcuno forse possedeva quella prova, l'aveva tenuta. Ma prova di cosa?

Si voltò di scatto verso Mohamed. Allarmata gli prese una mano, gliela strinse.

«Voi musulmani ci credete, all'anima?»

26

Le settimane passarono restando ferme. Gennaio diventò febbraio: nomi diversi per lo stesso freddo. L'inverno a Sassaia è un tempo che si assottiglia fino a rendersi appena percepibile: una membrana. Il cuore batte piano come in letargo. Le ore di luce bastano a stento a sbrigare le incombenze fondamentali: andare e tornare dal lavoro, procurarsi il cibo e la legna. Poi cala il buio, pesante come una coperta di mattoni. Il gelo ti taglia in ogni osso, da ogni spiffero. La neve è dura: una vecchia scorza che imprigiona. Il mondo si contrae nella polla di calore della stufa.

Ero di nuovo solo, ma non come gli altri inverni. Ed era questo il problema: quando sei stato felice, è molto difficile non esserlo più.

Mi trascinavo in una sonnolenza inquieta e risentita, accumulando bottiglie vuote di vino fuori dalla porta. Non leggevo, non pulivo. Non comunicavo con nessuno che avesse più di dodici anni.

Valeria non mi aveva più risposto, men che meno richiamato. Il Basilio mi salutava a fatica senza attardarsi a parlare: mi attribuiva la colpa della chiesa rimasta incompiuta. Ogni volta che scendevo ad Alma, tutti mi fissavano con uno sguardo acuminato, insistente, che voleva dire: Dov'è la Rossa? Avevano una fame nera di sapere, ma non osavano chiedere. Cos'è, ora vi manca?, avrei volentieri gridato.

Patrizia frequentava uno di un paese vicino, *sposato*, specificavano tutti. Aveva altro a cui pensare, o forse, vedendo com'ero ridotto, poteva bastarle. A scuola non ci guardavamo in faccia, corrispondevamo via mail lo stretto necessario.

Stava per investirmi un discreto scossone, ma nelle settimane di cui parlo non lo immaginavo. Mi limitavo ad abbrutire. Se non fosse stato per i miei alunni, i miei tredici bambini superstiti nella Valle abbandonata, avrei smesso persino di scendere in paese. Insegnare le parole capricciose era l'unico salvagente che mi teneva a galla: «Cuore, cuoio, scuola non si scrivono con la Q».

«Perché?»

«Non c'è un perché.»

«Ma le regole?»

«La lingua è viva, disobbedisce. Quello che era scorretto cinquant'anni fa, ora è giusto. *Essa* non si usa più per indicare persone di genere femminile perché la donna non è più considerabile un oggetto. Lo smartphone che vi piace tanto è entrato nel vocabolario. Alcune parole muoiono, altre nascono. Dipende dall'uso, dal tempo.»

Mi guardarono perplessi quella volta. «E allora come si fa? Se poi tanto ci sono le eccezioni?»

«Come si fa?» Mi ritrovai a sorridere mio malgrado: «Si sbaglia».

Prendevo il telefono in mano cento volte: chiamarla no, era fuori discussione. Ma sapere dove si trovasse, come stava: ne avevo così bisogno che mi sentivo affogare. "Ciao Emilia." Tentavo un messaggio e subito lo cancellavo. "Mi dispiace. Stai bene?" Ma aveva ragione lei: quando servono, le parole, non funzionano mai.

Questo accadeva a metà gennaio. Ma a fine mese mi ero già arreso e il telefono non lo accendevo più. Ascoltare il suo silenzio ostinato, come se non bastassero quello di Sassaia, dei boschi, delle montagne, di me stesso, era troppo. Tornai il solito orso incistato nella sua caverna. Ma se i giorni feriali, pur come macigni, rotolavano via, il sabato e la domenica erano massi inamovibili.

Fu così che un fine settimana all'alba attraversai il vicolo in pigiama, mi piegai sullo zerbino, estrassi la chiave della porta d'ingresso e, disperato, a stomaco vuoto, attaccai a spazzare i pavimenti di Emilia. Poi, non soddisfatto, passai i vetri, il panno della polvere sulle mensole. Portai le coperte e il materasso sul balcone a prendere aria, stuccai alcune crepe in cucina, riparai una piccola perdita del lavandino. Otto ore senza interruzioni, e la vecchia casa della Iole non era mai stata tanto linda.

Il sabato successivo mi occupai del solaio: gettai in grandi sacchi neri i resti di mobili non più aggiustabili, le abat-jour rotte, i giornali ammuffiti. Strappai le spesse ragnatele dal sottotetto. Metodico, concentrato. Avvertivo questa urgenza viscerale di pulizia, di purezza. E, quando non rimase più un solo grammo di polvere, affrontai il giardino. Che era una selva: i rovi arrivavano oltre la recinzione arrugginita. Intuivo dalla cima del Cresto e del Camino che la vista da lì fosse eccezionale, ma l'abbandono sbarrava l'orizzonte. Ricordavo le rose della Iole, il pero al centro, forse un pruno. Ma era impossibile distinguere qualsiasi forma in quel caos di vegetazione rabbiosa.

Mi bardai: guanti spessi, stivali al ginocchio, cesoie. Trascuravo casa mia per resuscitare la sua. Mi lanciavo tra le ortiche alte quanto arbusti e le tranciavo, le aggredivo, le calpestavo, le facevo fuori. Mi dava una gioia malsana avventarmi là in mezzo, in quella giungla primordiale e senza legge. Riportarcela io, la legge, con la violenza. E mentre ritrovavo le rose, il tronco ritorto del pero centenario, il pruno; mentre liberavo la recinzione dai rampicanti di belladonna e riaprivo il giardino alle Alpi, mi veniva da piangere: Emilia, quando lo vedrai…

Infine, un sabato, presi la Seat e scesi in città. Da Euronics. Comprai un televisore dignitoso: quaranta pollici. Me lo caricai sulle spalle e lo portai su per Stra' dal Forche sudando come un mulo. Infine, stremato, lo sistemai sulla credenza in cucina. Mancava ancora l'antenna, va bene, ma intanto contemplavo felice lo schermo nero.

Emilia, quando tornerai…

Sapendo che non sarebbe accaduto. Perché l'avevo cacciata io.

E adesso, mentre il mio mondo si riduceva al solito minuscolo punto della Terra, quello di Emilia si allargava a dismisura.

Visitò quattro volte la Pinacoteca di Brera, sostando mezz'ora buona davanti al *Cristo morto* del Mantegna. Al *Bacio* di Hayez ci passava davanti senza degnarlo di uno sguardo: per lei l'amore rappresentava ormai un vecchio, deludente, argomento.

La morte, invece, restava sempre fra i suoi preferiti. Come ai tempi dell'università, quando i professori venivano in carcere per permetterle di sostenere gli esami, imbarazzati di fronte a certi temi perché lo sapevano benissimo, chi era. Eppure Emilia era un fiume in piena quando si trattava di corpi, di anime, dell'esistenza del male. Non era in grado di assimilare il linguaggio tecnico della filosofia, parole come *ontologia* o *metafisica* le suonavano aliene quanto la vita delle sue coetanee che andavano a ballare a Riccione. Ma il male lo sapeva benissimo cos'era. Era *banale*: aveva ragione Hannah Arendt. Era una faccenda proprio meschina, eppure. Sterminata, confusa, senza risposte. E il suo unico modo per metterci un po' d'ordine era scrutare, studiare e tentare di riprodurre su un foglietto l'espressione di quel Cristo senza vita.

Visitò una mostra su Bosch alle Gallerie d'Italia, e un'altra sul Caravaggio – il suo pittore preferito – a Palazzo Reale. Gli aveva dedicato ricerche, temi, la tesi di laurea. Con nessun altro artista era scattata una scintilla tanto potente e viscerale. Anche lui lo sapeva, cos'era il male. Lo aveva sperimentato nella vita, nella carne, in prima persona e senza scampo: come avrebbe potuto, altrimenti, trasfigurarlo in quel buio così denso e immane? Tagliato da quella luce abbagliante, divina? Come avrebbe potuto rappresentare una frutta così marcia, che muore condannata dall'interno, e non smette di morire?

Non disdegnava le chiese, poteva trascorrere ore in contemplazione seduta su una panca in Sant'Ambrogio o nel Duomo. Il mondo che aveva visto solo sui libri per più di quattordici anni adesso la investiva di bellezza, lasciandola tramortita e senza fiato. Nel fine settimana, lei e Marta andavano a comprarsi, indugiando in mille prove nei camerini, tutti i vestiti che in carcere arrivavano a singhiozzo, ripiegati in pacchi spediti dai parenti, poi raggiungevano a cena Habib e Mohamed. Che Marta, tra l'altro, aveva cominciato a invitare a casa.

Per non pesare economicamente sulla sua amica, Emilia si era trovata un lavoro in un fast food. I colleghi erano tutti più giovani, immigrati di seconda generazione, lei rivoltava hamburger sfrigolanti dalle sei del pomeriggio alle due del mattino. In piena notte tornava a casa che puzzava di fritto, e continuava a puzzare anche dopo la doccia. Marta resistette una settimana, dopodiché la prese e le fece un discorso: «Io rispetto tutti i lavori, lo sai. Anche quelli illegali se non c'è alternativa. Ma tu non ti sei presa una laurea in Belle Arti per rovesciare sacchi di patatine surgelate nell'olio di colza».

«Non ho chissà quali ambizioni. E non è che Milano sprizzi di opportunità per una laureata in Belle Arti!»

«Le ambizioni ce le devi avere. Hai portato il curriculum nei posti giusti? In tutti quei musei in cui vai, in qualche scuola privata, che ne so...»

«Appunto, non sai. Il mondo è pieno di artisti che friggono patatine.»

«So che non voglio più dormire con la tua puzza di fritto. Quindi adesso» prese in mano il telefono, «ci penso io.»

Per Marta tutto nella vita era risolvibile, perché sul piano dell'irrisolvibile aveva già "ampiamente dato". Nel giro di pochi giorni le trovò un piccolo impiego part time a tempo determinato, pagato leggermente meglio del fast food, che però Emilia non apprezzò affatto. Anzi.

«Come cazzo ti è venuto in mente?»

«Ringraziami, e pedalare.»

«Avevo dei bei ragazzi come colleghi. C'era della vita, là dentro. E tu mi stai mandando in una bara!»

Marta scoppiò a ridere: «Proprio con me, 'ste battute? Vedi di non farmi fare figuracce con la signora Emma, piuttosto».

Per giorni non si rivolsero la parola. Però la volontà di Marta non poteva essere discussa. Lei era l'aquila reale, il leone, la pantera nera, mentre Emilia era un'antilope, una gazzella, un procione.

Così si licenziò dal fast food, e a inizio febbraio cominciò la sua nuova vita: quattro ore al giorno, dalle 8.30 alle 12.30, in una minuscola libreria di quartiere che era quanto di più polveroso e triste avesse mai visto. La titolare era su una sedia a rotelle, e solo per questo aveva bisogno di una mano in quei cinque metri quadri di noia stipata fino al soffitto. Sfortunatamente, tra la sua clientela ultrasettantenne si era insinuata l'eterna eccezione di Marta, che in pratica finanziava la baracca a forza di gialli, classici russi dell'Ottocento e saggi di filosofia politica. Da mesi la signora Emma aveva affisso in vetrina un foglio scritto storto e tremolante: CERCASI PERSONALE. E, se nessuno si era presentato, un motivo c'era.

Emilia notoriamente aveva un pessimo rapporto coi libri, ma strinse i denti. La galera, in fatto di stringere i denti, era una scuola eccellente: aveva pulito cessi intasati di vomito e pavimenti ricoperti di cicche, attraversato risse, drammi, processi, gogne mediatiche. Tirare fuori dei volumi dai cartoni e metterli a posto negli scaffali non era poi la fine del mondo.

Soprattutto, doveva placare suo padre. Che l'aveva chiamata ogni giorno, sempre più incazzato. Domandandole con ferocia che genere di programmi avesse, perché "Un fast food non è un programma". E "Milano da dove salta fuori?". E "Sassaia improvvisamente dopo anni di martellamento non t'interessa più?". E "Non si fa così, Emilia". E "Nella vita ci vuole coerenza. Ci vuole impegno. Ci vuole un solido progetto". Alché lei aveva urlato, al solito isterica: "Ma perché ci vuole sempre un progetto? Non può essere un cazzo di giorno per giorno e vediamo come va? Che poi si sa già come va, no? A puttane!".

Ma suo padre era un bulldozer con missili incorporati: "Vengo a prenderti a Milano, Emilia, perché non sai badare a te stessa! Non sai iniziare una cosa e portarla a termine!". Una sera intervenne Marta, le sfilò il telefono di mano e se lo portò all'orecchio: "Tutto sotto controllo, Mister. Qui Marta Vargas. Ho trovato a sua figlia un rispettabile impiego presso una piccola ma fornitissima libreria indipendente. E le librerie indipendenti, come lei sa, sono realtà fondamentali, avamposti culturali irrinunciabili, un bene comune. Se Emilia sgarra, gliela spedisco a Ravenna con un biglietto di sola andata".

Riccardo si placò. Pretese testimonianze fotografiche e Marta gliele fornì con sadico godimento. Immagini in cui Emilia, tra gli scaffali pigiati di libri, aveva sempre la stessa espressione truce: quella delle foto di classe delle elementari.

Però un vantaggio c'era: dopo aver staccato, aveva tutto il pomeriggio per sé. Poteva pranzare con un trancio di pizza seduta su una panchina o scendendo le scale della metro, per poi immergersi nel grande mondo eccitante e lasciarsi portare. Tutto era diventato possibile: rubare un rossetto alla Coin, mangiarsi un gelato artigianale, mescolarsi alle persone perbene nelle gallerie d'arte e spaccarsi di canne al Sempione con Mohamed.

Aveva scaricato Facebook sul cellulare e adesso sui social ci stava anche lei. Sotto falso nome: "Magica Emi". E senza mai postare una foto. Però aveva rintracciato Afifa, Giada e Yasmina. Aggiungeva cuori sotto le fotografie di Yasmina con il figlio, di Giada in discoteca o sulle spiagge dell'Elba. Attaccava bottone nei bar di periferia con ragazzi vestiti tarocchi e signore dall'accento straniero che posavano sui marciapiedi le buste della spesa per riposarsi.

Mohamed cominciava a piacerle. Avevano addirittura iniziato a raccontarsi qualcosa: del carcere, delle attività a cui avevano partecipato, di qualcuno famoso che era stato a trovare i detenuti, di com'era la mensa. Cose innocue, all'inizio, tentativi buttati lì con imbarazzo. Ma poi, visto che si capivano alla perfezione, con sempre più slancio, ridendo insieme, scherzandoci sopra. Era liberatorio per Emilia poterlo dire ad alta voce: "Il Minorile", senza provare il terrore di venire scoperta, giudicata di nuovo. Anche per Mohamed era stata la stessa scuola, la stessa adolescenza, o meglio: quasi. Perché lui era finito dentro per rapina. Al Sempione, su quella che ormai era diventata la loro panchina, non aveva omesso particolari quando le aveva raccontato del passamontagna, della pistola, della fuga in motorino. Solo a quel punto Emilia aveva deglutito, si era affondata le unghie nei palmi delle mani. No: non poteva ricambiare la confidenza, la sua colpa la doveva tacere. Perché persino tra ex detenuti esistono il reato giusto e quello sbagliato.

«Gira e rigira» disse a Marta una sera tirando su la testa dal cellulare, «frequentiamo sempre e solo gente di galera.»

Marta sollevò anche lei lo sguardo, ma da *Guerra e pace*. «Perché i cerchi vanno chiusi» spiegò con gravità, «e noi non lo abbiamo ancora fatto.»

Emilia non afferrava.

«Dobbiamo tornarci.»

«Dove?»

Marta la fissò attraverso i suoi metallici occhiali da lettura. «Lo sai benissimo, *dove*.»

Emilia scosse la testa con violenza, si alzò dalla poltrona, rimase in piedi, sconcertata, come se volesse andarsene, ma non sapesse in quale direzione. Scoppiò a ridere: «Tu sei fuori».

Negli stessi giorni, a me arrivò dritto in faccia Lo Scossone.

La mattina del 25 febbraio, durante la ricreazione, avvertii un improvviso odore di bruciato. Pioveva, quindi eravamo rimasti dentro. I bambini correvano come matti su e giù per il grande corridoio, fra le aule chiuse per mancanza d'iscritti, nella scuola vuota dove le loro voci rimbombavano come dentro la pancia di una montagna.

Provai a capire da dove provenisse l'odore. Anche Carlo, il bidello, era uscito dal suo ufficio con la faccia preoccupata. Entrambi, al di sotto delle urla dei bambini, percepimmo un sommesso crepitare di carta. Spalancammo la porta della sala insegnanti: i registri stavano andando in fumo.

Scattò l'allarme. Carlo imbracciò l'estintore mentre io richiamavo i bambini. Le esercitazioni antincendio le avevamo fatte. Morivano sempre dalle risate. Questa volta non risero: afferrarono le giacche appese agli attaccapanni, si misero subito in fila indiana. Diletta apriva, io chiudevo. In un minuto eravamo fuori, al sicuro sotto la tettoia. Li contai: il Martino non c'era.

Dopo aver intimato loro di non muoversi dal giardino per nessuna ragione, rientrai. Il corridoio era pieno di fumo adesso, ma l'incendio era stato domato. Carlo aveva chiamato i carabinieri. La sala insegnanti era un fondo di braci. Urlavo impazzito: «Martino!».

Tornai in classe, guardai sotto i banchi, sotto la cattedra. Era venuto a scuola quel mattino, ne ero sicuro: avevo fatto l'appello. Scansavo a calci gli zaini degli altri in cerca del suo, e il suo era sparito. «Martino!» Aprivo le aule in disuso da anni. Spalancavo le porte dei bagni dei maschi e delle femmine. «Martino!» Da settimane si presentava a scuola una volta sì e tre no. Non tratteneva una sola parola che gli dicevo, guardava fuori, menava gli altri, i suoi quaderni erano tutti bianchi. Uscii di nuovo e, con la voce più severa possibile, domandai: «Dov'è il Martino?».

Occhi bassi, mani in mano, silenzio.

«Ditemi dov'è il Martino!» gridai. «O verrete tutti ritenuti responsabili e bocciati e ripeterete l'anno!»

Diletta alzò lo sguardo, fece un passo avanti e ammise: «È scappato».

«Da scuola? Ne sei sicura?»

«Sì, l'ho visto correre dalla finestra.» Scoppiò a piangere.

«Ragazzi, non state facendo la spia. State aiutando un vostro compagno. È fondamentale che io lo trovi immediatamente. Dov'è?»

La pioggia scrosciava e ingrossava il torrente. Tutti scossero la testa. I più piccoli piangenti, i più grandi eccitati.

«Ok, allora dove pensate che sia? Conoscendolo, quali sono i luoghi in cui potrebbe essersi nascosto dopo averla combinata grossa?»

Di nuovo, un muro di omertà.

«Potrebbe essere spaventato e farsi del male, potrebbe cacciarsi in guai ancora più grossi. Ragazzi, mi dovete aiutare.»

Luigi si decise: «C'è un fienile nei boschi, sopra casa sua. Si è costruito una tana segreta lì».

«Grazie.» D'istinto allungai una mano e gli accarezzai i capelli. «Bravi, ragazzi. Compito per oggi che la scuola è bruciata: leggere un libro.»

«Nooo!!!»

«Ma io non ce l'ho un libro!!!»

«Allora un giornale, un elenco telefonico, una vecchia cartolina! Ah! E poi raccontatemi sul quaderno la paura o la gioia o qualsiasi altro sentimento abbiate provato oggi.»

Non potevo aspettare l'arrivo dei genitori, dei carabinieri, quindi lasciai tutti in custodia a Carlo, che nel frattempo aveva allertato anche Patrizia. Non avevo un ombrello: mi tirai su il cappuccio del giaccone e mi misi a correre verso il ponte di pietra a rotta di collo. Il torrente era furibondo. Lo attraversai e raggiunsi l'altro versante della Valle, quello che rimaneva sempre in ombra. Superai il cimitero senza rallentare, risalii la stretta strada di buche che serpeggiava tra i boschi. Ero così stipato d'ansia che non sentivo fatica. Salivo come una scheggia, il cuore che pompava a stantuffo. Capivo cosa poteva provare un genitore in apprensione: l'inferno.

Perché lo hai fatto? gli chiedevo. C'era bisogno di questo per attirare l'attenzione? Ma in realtà ce l'avevo con me stesso: Perché non ho vigilato? Perché non sono intervenuto? Perché non arrivo mai in tempo?

Questa volta, porca puttana, non potevo fallire.

Dopo l'ultimo tornante, vidi la frazione di San Michele, un pugno di case abbandonate come la mia. Un camino fumava, nella stalla accanto muggivano le vacche. Ma non mi fermai, non bussai. Mi fidavo solo dei bambini. Proseguii fino alla fine dell'abitato e presi il sentiero nei boschi. Ero fradicio, ma non sentivo freddo. La pioggia continuava a inzupparmi, violenta, ottusa, ma l'interno del bosco mi proteggeva. Andavo affondando nel fango, nei resti di neve. Avevo vissuto come chiuso in un letargo, i sensi attutiti dal freddo, i pensieri rarefatti, la solitudine, l'alcol. E adesso ero sveglio come se mi avessero iniettato dell'adrenalina pura. Vivo e pazzo, alla ricerca di quel bambino che non avevo saputo vedere, a cui non avevo saputo parlare. E il bosco sembrava non finire mai, cupo come il cielo, rabbioso e bagnato.

Ti prego, Emilia, aiutami a trovarlo.

Dimmi che è qui, che non è salito sull'autobus come te. Dimmi che non se n'è andato. Dimmi che non si è buttato in qualche burrone.

Quando le faggete si diradarono, si aprì un grande pascolo e la pioggia cominciò a diminuire. Dal lato opposto rispetto a dove ero sbucato, s'intravedeva un rudere di sasso in tutto e per tutto identico alla casina dei partigiani. Solo che da un comignolo usciva del fumo.

Ripresi a correre e a pregare. Arrivai con il fiatone, le gambe che non mi reggevano più, spalancai quel che restava di una porta di legno e il Martino era lì, seduto su un vecchio materasso accanto al fuoco, con il suo cane acciambellato vicino e la sigaretta in bocca.

Alzò lo sguardo, sorpreso. Poi s'incupì: «Chi ha fatto la spia?».

Richiusi la porta. Mi tolsi la giacca inzuppata e mi sedetti anch'io sul materasso davanti al fuoco avvolgendomi in una coperta lercia.

Adesso che l'avevo trovato, che mi ero accertato che fosse vivo, potevo anche chiudere gli occhi e crollare.

«Mi boccerete, vero? Tanto, non me ne frega.»

Dovevo ancora riprendere fiato.

Martino aspirò avidamente la sua sigaretta fino al filtro, poi la spense in un posacenere.

Mi guardai intorno: oltre al giaciglio su cui eravamo seduti, c'era una bella scorta d'acqua, di merendine, di sigarette. C'erano persino uno stereo portatile a pile e un discreto numero di *Tex Willer*.

«Cos'è?» gli domandai. «Hai intenzione di trasferirti?»

Il Martino tornò a fissare il fuoco: «Non sono affari tuoi, maestro».

«Eccome se lo sono.»

«Andrò al riformatorio?»

Mi venne da sorridere. «Sei troppo giovane.»

«Bocciatemi pure, tanto io a scuola non ci torno più.»

«Martino, non è che puoi scegliere. Sei obbligato. La legge dice fino a sedici anni, e tu ne hai ancora quattro davanti.»

«La legge vale solo per i bambini?» mi chiese sprezzante. «Per gli adulti mai?»

Il cane, che sapevo dai temi chiamarsi Nebbia, gli affondò il muso in grembo cercando la sua mano per essere accarezzato. Martino lo baciò sul naso.

«Ascoltami» lo guardai e lo costrinsi a guardarmi. «Per quanto mi riguarda l'incendio è stato un incidente. Pace per i vecchi registri dell'Ottocento. Fanculo il passato. Però tu mi devi spiegare, qui e ora, con parole tue e senza mentire, perché lo hai fatto.»

Abbassò lo sguardo. Si prese un lungo momento di silenzio. «Non sapevo più dove mettere la rabbia.»

Il Martino Fiume aveva lunghi capelli lisci e neri che gli arrivavano fin quasi alle spalle perché nessuno glieli tagliava. Aveva i pidocchi spesso e volentieri. Le unghie nere, i vestiti sporchi. Era un bambino trascurato, chiaramente non voluto. Un figlio unico con due genitori che non si erano mai presentati ai colloqui, e che non avevano mai aperto la porta agli assistenti sociali. Era una persona capitata sulla Terra senza il desiderio né la cura di nessuno. Però era intelligente, simpatico quando voleva, e quel che veramente contava era che io gli volevo bene.

Forzai il suo silenzio: «Martino, non sono il tuo maestro adesso. Non siamo a scuola. Non ti sto interrogando. Sono Bruno, e voglio capire, aiutarti. Per favore» gli presi una mano, «puoi fidarti di me?».

Lui la ritrasse, spaventato da quel contatto. Si strinse al suo cane. Gli occhi di Nebbia e i suoi avevano lo stesso abbandono inciso nel fondo delle pupille, la stessa triste dolcezza.

«Mia mamma è giù all'ospedale.»

Mi misi anche io a osservare il fuoco e lo lasciai parlare, con il tempo che ci voleva.

«Ho provato a saltargli al collo e a strangolarlo, ma è troppo più grosso di me.» Si alzò la felpa e la canottiera, mi mostrò un livido sulla pancia grande quanto una pizza. «Mi sono beccato questo. Ma a mia madre è andata peggio. Non respirava più, a un certo punto ho pensato che era morta. Era ubriaco marcio, come al solito. L'ha quasi ammazzata, poi l'ha presa su da terra, l'ha buttata sui sedili dietro, ha guidato che io credevo che ci schiantavamo a ogni curva. È arrivato in ospedale e ha detto: "Mia moglie è caduta".»

Si alzò e andò a prendere altri ceppi. Io non mi mossi.

«Mio padre è forte. Ha delle mani grosse così. Dovresti vedere come tira fuori i vitelli dalla fica quando le mucche non riescono a partorire. Ci affonda una mano dentro e come niente li tira fuori. Se stringe forte può spaccare un bicchiere. L'ha fatto milioni di volte. È sempre incazzato, con me e con lei. Ma perché? Cosa gli abbiamo fatto? Gli ha rotto non so quante costole e lei, quando si è svegliata in ospedale, ha detto: "Sono caduta in un burrone". Sono incazzato nero.»

«Dovete denunciarlo. Vi accompagno io.»

«Sì» si mise a ridere, «così è la volta buona che ci ammazza.»

«Non c'è un'alternativa, Martino. Le persone violente vanno in galera.» Mentre le pronunciavo, queste parole, mi sentivo il cuore tremare. «Le persone come tuo padre devono essere fermate. Non potete pagare voi al suo posto, non è vostra, la colpa. È sua.»

Nebbia fiutò un movimento e attaccò ad abbaiare. Il Martino, allarmato, si fiondò alla finestrella grigia di polvere. Ma non era niente, forse una volpe. Allora si accese un'altra sigaretta e allungò una mano verso uno scatolone che prima non avevo notato: birre.

«Ne vuoi una?»

«No, e non credere che io ti permetta di bere e fumare a dodici anni.»

«Ehi, maestro, questa è casa mia e faccio quello che voglio.»

«Questa non è una casa» mi alzai. Ero risoluto ad agire, anche se non sapevo come. «Questo è un rudere e tu non puoi stare qui. Nessun bambino può vivere da solo.»

«Da mio padre non ci torno.»

«Infatti non ci devi tornare. Ci devi solo passare dieci minuti, ti scorterò io. Raccogli i tuoi libri di scuola, i tuoi vestiti, le cose che ti servono: stasera vieni a dormire da me.»

Il Martino sgranò gli occhi di nuovo. Evidentemente riuscivo a stupirlo di continuo.

«Avanti, andiamo» gli intimai. «Hai bisogno di una doccia e di un pasto che non sia merendine e birra.»

Continuava a fissarmi.

«Puoi portare il cane» aggiunsi. Poi, siccome non era convinto, lo rassicurai: «Ci parlo io con tuo padre. Gli spiego che starai da me finché la situazione non si sarà risolta. E poi andremo a trovare tua madre e la risolveremo. Promesso».

Si alzò. Con movimenti lenti e impacciati infilò alcune cose nello zaino. Spense il fuoco. Chiamò il cane.

Quando uscimmo dal fienile, il pascolo scintillava di luce. Nel muro di nuvole che ricopriva il cielo si era aperta una crepa. Il sole la forzava. L'acqua risplendeva tra i rami, tra l'erba, come un alfabeto primordiale, limpido e felice.

Martino e io scendemmo giù dalla montagna a grandi passi mentre Nebbia ci trotterellava intorno. Pensai che se c'era qualcosa che non potevo più aggiustare in me, questo non significava che non potessi aggiustarlo negli altri.

27

Sedevano l'una di fronte all'altra in prima classe, lato finestrino. Mentre Milano Centrale si allontanava, due addetti con il carrello delle bevande si accostarono e domandarono loro cosa desiderassero. Marta, anche se erano solo le nove del mattino, chiese due minibottiglie di prosecco e due sacchetti di patatine.

Per un po' si limitarono a non parlare e a guardare fuori. La monotonia della pianura che scorreva loro accanto: una lastra brinata, intervallata ogni tanto da una cascina, un silos, un filare di betulle.

Non era un viaggio facile, per nessuna delle due. Percepivano l'una la tensione dell'altra.

«La prima cosa che vuoi fare?» Marta, per stemperare.

«Una canna in piazza Verdi.»

«Come sei banale. Non hai più diciott'anni, magica Emi.»

Bevvero un sorso di prosecco dal calice di plastica e indietreggiarono nello stesso ricordo.

Severissimamente verboten: incontrarsi fuori tra detenute durante i permessi; fumare droga non c'è bisogno di aggiungerlo. Ma loro due si erano date appuntamento in segreto ogni volta che avevano potuto, in barba al magistrato, alla Frau, allo Stato che pretendeva che non avessero diciott'anni. Li avevano eccome, e a quell'età trasgredire è una necessità fisica. E non è che, siccome sei una detenuta, sei anche una santarellina. Semmai, è l'esatto contrario.

Dopo anni di reclusione sigillata, al primo permesso Emilia aveva attraversato la strada, raggiunto il centro di piazza San Francesco, ed era svenuta sotto il grande cielo sconfinato.

In realtà i confini rimanevano, rigidi e inflessibili in materia di orari, tragitti, e guai a sgarrare. Anche perché quando rientravi non c'erano i genitori, bensì le guardie che ti perquisivano, e se saltava fuori qualcosa la Frau inviava una relazione al magistrato e quello ti azzerava tutti i benefici.

Marta doveva recarsi al centro anziani ed Emilia al padiglione di Cardiologia pediatrica del Sant'Orsola. Il volontariato avrebbe dovuto instillare loro Consapevolezza. E loro lo erano, Consapevoli: della vecchiaia che ti scardina, della vita infame che colpisce bambini innocenti costringendoli in un letto d'ospedale. Però restavano Detenute. E Diciottenni – Marta Ventunenne per la precisione.

Quindi se la svignavano. Un'ora prima. Accampando scuse meravigliosamente ben costruite. Correvano a perdifiato verso il quadrilatero universitario dove, all'angolo tra via Petroni e piazza Verdi, sedeva per terra, la barba lunga e le unghie nere, il loro pusher di fiducia.

Una beatitudine: stravaccarsi all'ingresso del Teatro Comunale con il cannone a fior di labbra, che se le beccavano le trasferivano d'urgenza agli Adulti. Si mescolavano tra gli studenti universitari fingendo d'essere uguali, normali, mentre l'erba le innervava di meraviglia e gratitudine per questa vita stronza che era toccata loro – che era colpa loro – con le palpebre che si appesantivano, la gola secca, la fame chimica.

Per finta *libere*. Venti, venticinque minuti al massimo. Poi il campanile di San Giacomo batteva le cinque e si scrollavano una con l'altra. Scattavano in piedi, di nuovo a perdifiato verso il Convento, riempiendosi la bocca di cicles a manciate, spruzzandosi il deodorante sulle dita e sui capelli. Si davano un contegno prima di entrare in guardiola, anche se era difficile: difficilissimo. Perché anche se si sforzavano di pensare alle cose brutte – e certo non dovevano faticare molto – la ridarella era lì, sotto gola, e solleticava, e frizzava, e sfrigolava. Specialmente durante la perquisizione, quando la guardia controllava loro le tasche, la borsa, le mutande, ripetendo a denti stretti: "Che so' scema io..." e quell'erba, cazzo, era buonissima.

«Te ne fumi poche, tu, con Tunisi.» Emilia fece un sorrisetto. «"Io non mi innamoro, io non mi innamoro mai" *cit.*»

«Si chiama sesso.»

«Sempre al cellulare state.»

«Si è iscritto alle serali. Gli devo stare con il fiato sul collo.»

«Ti sei messa in testa di redimerlo?»

Marta si offese. «Il pastore di capre ti ha inacidita.»

«Maestro di scuola. E, ti dirò, ti sarebbe pure piaciuto.»

«Visto come ti ha ridotta, non credo.»

«Comunque non nominarlo più, per favore.» Emilia alzò la voce. «Occupati del tuo toyboy col Rolex tarocco.»

I genitori di due bambini ordinati, pettinati e ben vestiti si voltarono a guardarle interrogativi da qualche sedile più in là. Anche due turisti tedeschi in maniche corte. Solo i businessmen chini sui portatili erano troppo occupati per accorgersi di loro.

Marta sibilò a Emilia: «Non facciamoci riconoscere, per piacere».

Emilia finì il suo sacchetto di patatine. «È colpa tua. Io non lo volevo manco fare, questo viaggio.»

Si voltarono entrambe verso la campagna sovrastata da quel cielo immenso, indifferente, distante. Era come togliersi un dente. Necessario, ma doloroso.

Poi il treno prese a rallentare. E Bologna emerse.

Identica. Illesa. Con le sue case rosse, gialle e arancioni tutte attaccate. I suoi colli arcuati come dorsi di grandi animali dormienti. I portici, sotto cui era stato tanto bello ripararsi dalla pioggia. E le due torri al centro.

Era lo stesso luogo dov'erano state portate con un cellulare della penitenziaria, decenni prima.

La città del castigo.

Della giovinezza.

Dell'amicizia.

Quando le si erano aperte, una dopo l'altra – perché sono tante, le porte blindate del carcere – Emilia, con le sue sneaker bianche e il suo faccino pulito, era come atterrata su un altro pianeta.

Non avrebbe mai dimenticato l'Ufficio Matricole, la consegna del braccialetto d'oro che le aveva regalato sua madre per la cresima e che aveva sempre tenuto con sé. Ma adesso se ne doveva separare, come si doveva spogliare di tutta la sua vita, di tutte le Emilie che era stata, rimanendo cosa? Una foto segnaletica e un'impronta digitale, come nei film. Solo che quello non era un film, e una guardia l'aveva accompagnata davvero lungo un corridoio e una scala, tra i rumori, le grida, le ricetrasmittenti e le occhiate curiose delle altre che l'avevano già vista al Tg1.

Terrorizzata, era entrata in una delle celle d'isolamento. Era reduce da un arresto, un interrogatorio in questura durato quanto? Non ne aveva idea. E poi, novantasei ore al Centro di prima accoglienza toccando a stento il cibo, l'acqua, senza riposo, cadendo solo di tanto in tanto in uno stato di semiveglia fitto di nebbia, al termine del quale le era stata convalidata la custodia cautelare in carcere.

Si era seduta sul bordo del letto ripetendosi in una litania senza fine: Non è vero non è vero non è vero niente. Le ginocchia chiuse, i talloni uniti, le mani in grembo, in attesa che qualcuno venisse a dirle: Era solo un incubo, puoi tornare a casa. Nella villetta bianca di Ravenna, che era stata perquisita da cima a fondo.

Prima si trovava su un binario, e adesso aveva scartato bruscamente ed era finita in un altro mondo. E cosa c'era in mezzo? Cosa c'era? Nello scarto ogni pensiero si bloccava.

Respirava, i nervi contratti. Assente eppure guardinga, in allerta come una bestia in una buca, braccata da tutte le parti. Non aveva fame, sete, sonno. Era un grumo di adrenalina. La realtà era talmente densa e irreale che avrebbe solo voluto sdraiarsi e dormire.

Forse si era addormentata. Forse aveva immaginato di riuscirci. Dopo ore o giorni – il tempo si era ritirato come un orso in una caverna – aveva alzato gli occhi e guardato di fronte a sé. Allora l'aveva vista: la ragazzina nella cella di fronte, che la studiava.

Cos'è una persona strappata alla scuola, alle vacanze, alla famiglia, alla casa? Emilia doveva ancora impararlo, ma la ragazzina di fronte no, infatti sembrava piuttosto tranquilla. Indossava vestiti di quarta mano, forse recuperati in un cassonetto. I suoi lineamenti duri, la sua espressione distaccata, erano molto simili a quelli della rom che chiedeva l'elemosina fuori dal Conad, davanti alla quale lei aveva sempre tirato dritto e accelerato il passo con imbarazzo. Invece adesso erano insieme, sulla stessa barca. Con una differenza: che l'altra, come sarebbe emerso in seguito, aveva compiuto un reato ridicolo rispetto al suo e, di conseguenza, sarebbe andata via molto presto.

"Come ti chiami?" le aveva chiesto.

Emilia era incapace di parlare.

"Sei quella di Ravenna?"

Lo sapeva persino lei.

"Ci sono già stata qui: non si sta malissimo. La direttrice è buona, anche il comandante non ti rompe troppo i coglioni."

Siccome Emilia continuava a fissarla come una bambola di pezza afflosciata, la ragazza aveva aggiunto: "Puoi fare anche sport, anche teatro. Ah! E non si mangia da schifo".

La detenzione era come la morte: si diventava tutte uguali. Belle e brutte, acculturate e ignoranti, povere e benestanti. Anche se, come avrebbe presto scoperto, in quel posto di benestante c'era solo lei.

Quando era riemersa dalla nebbia degli ansiolitici – la dottoressa dell'Istituto a un certo punto si era rifiutata di continuare – Emilia si era gradualmente accorta che le tredici, dieci, dodici ragazze del Convento non avevano nulla a che spartire con quelle che aveva sempre incontrato, frequentato, conosciuto *fuori*.

Dalla scuola materna alla quinta ginnasio, nelle classi di Emilia non era mai transitata una marocchina, una tunisina, una rom, una slava. Per non parlare delle scuole di danza e di pianoforte.

Lo avevano sentito tutte dal telegiornale, perché lei era lì. Quindi, anche con le Adidas bianche immacolate, si aggiudicava il podio delle poveracce. E mentre fuori, a sua insaputa, i giornali la descrivevano come una strega, dentro un po' le invidiavano i vestiti di marca e un po' provavano pena per lei.

Come la stragrande maggioranza delle sue coetanee, Emilia non si era mai interessata di politica. Aveva giocato ore a *Resident Evil*, guardato i video di Christina Aguilera su MTV, fumato canne nel cesso della scuola. Ma il mondo finiva lì, nella sua villetta e nel suo quartiere. Per lei, un povero era un alieno. Un immigrato qualcuno che cercava di venderti gli accendini. I rom sedevano su cumuli di coperte fuori dai supermercati: non erano nemmeno persone a pieno titolo per lei, bensì sagome senza volto né storia né nomi. E adesso ci era piombata in mezzo. Stessa mensa, stesso bagno, stessa scuola.

La sua educazione politica era avvenuta tutta in un colpo, tutta insieme.

Ora, risalendo a piedi insieme a Marta via Marconi, Emilia ci ripensava. Al fatto che le italiane non ci vanno mai, in galera. Perché hanno sempre una famiglia, una casa, una possibilità.

In galera ci vanno le ragazzine così abbandonate che non hanno nemmeno un parente che possa occuparsi di loro e uno sgabuzzino in cui scontare il castigo. Bambine che non hanno mai visto al cinema un film Disney, che non hanno mai giocato con il Gira la moda. E allora di chi è la colpa, se a quattordici anni ti mancano le scarpe e rapini un negozio?

Emilia ricordò Yasmina. Quando era stata assegnata alla loro cella e si era presentata, con i suoi quattordici anni e mezzo. Marta aveva sollevato lo sguardo da un vecchio tascabile, un Pavese o un Moravia residuo di una donazione, e glielo aveva piantato in faccia: "E tu che cazzo ci fai qui? Non è la casa di Barbie".

Ma Yasmina una Barbie non l'aveva mai vista, anche se ci assomigliava parecchio: grandi occhi neri, lunghi capelli ricci, labbra carnose, pelle d'ambra. Conosceva in tutto otto parole d'italiano. Aveva sistemato con cura sul letto le sue cose, che erano ancora meno delle sue parole: una camicia da notte, tre mutande, due calzini. Non possedeva neppure uno spazzolino da denti.

"*Where are your parents?*" le aveva chiesto Marta.

"*Under the sea.*"

"E il boyfriend? *You have a boyfriend?*"

Yasmina aveva scosso la testa con violenza. Dal suo sguardo indurito si era capita benissimo la sua esperienza pregressa coi *boyfriends*. Le avevano dato un anno e due mesi per cinque o sei catenine strappate dal collo profumato di coetanee più fortunate di lei. Ma le catenine erano un pretesto: il fatto è che quella ragazza non aveva un posto dove stare, un documento, un adulto disposto a nutrirla, vestirla e accompagnarla a scuola.

Emilia non avrebbe mai dimenticato la sua faccia a colazione di fronte al pacco dei Pan di Stelle. Per settimane non aveva creduto possibile farsi la doccia calda "*with shampoo*" così spesso. Era più educata e gentile di tutte le ragazzine educate e gentili che Emilia avesse conosciuto fuori e, quando aveva cominciato a frequentare il corso di alfabetizzazione, era definitivamente fiorita.

Ora aveva un lavoro, un marito, un figlio. Ripensandoci, a Emilia si inumidirono gli occhi.

«Che fai?» disse Marta. «Piangi già?»

Arrivarono in piazza San Francesco e fu un pugno in pieno stomaco. Guardarono i rosoni della chiesa da cui sbucava il cielo, i bambini che sfrecciavano sui monopattini, la gelateria: tutto come l'avevano lasciato. Emilia andò a sedersi su una delle panchine perché non le reggevano le gambe.

Le italiane non ci vanno mai, in galera.

Le italiane minorenni: impossibile.

A meno che.

Come Giada e Myriam, non avessero problemi di tossicodipendenza e fuggissero di continuo dalle comunità di recupero.

Oppure.

Come nel caso di Emilia e Marta.

Non l'avessero combinata enorme.

Così enorme che non c'era comunità, messa alla prova, lavoro socialmente utile che tenesse.

Per otto anni Emilia e Marta avevano visto la popolazione carceraria del Minorile cambiare. Erano diventate come i muri del Convento, una certezza per chi usciva e poi si faceva di nuovo arrestare: al Minorile di Bologna avrebbero trovato sempre la mensa buona, l'alberghiero, un bel cortile, la Vargas e l'Innocenti.

Le veterane, le sorelle maggiori. E poi c'era quell'altra definizione, che non si poteva pronunciare.

«Punto e a capo» disse Marta costringendo Emilia ad alzarsi.

Si presero per mano, attraversarono la strada. Diligenti, adulte, ben pettinate: erano addirittura andate dal parrucchiere il giorno prima. Indossavano i cappotti migliori, i pantaloni e le camicette migliori, per marcare la distanza con le ragazzine che erano state.

Entrarono nel vicolo. Lo consumarono a passi lenti.

Infine, sollevarono lo sguardo al grande Cancello di ferro, alle Mura invalicabili. Riconobbero a uno a uno i palazzi, le finestre, i balconi del loro vecchio orizzonte, incluso quello del Dirimpettaio.

Due bandiere sciorinavano accanto all'ingresso, quella dell'Italia e quella dell'Europa, leggermente sfilacciate e sbiadite dal sole.

Marta si soffermò su quei due pezzi di stoffa.

«Sai cosa penso?» chiese a Emilia.

Emilia si girò a guardarla e, per la prima volta, vide la sua migliore amica piangere.

«Che questo posto non dovrebbe esistere.»

Marta estrasse dalla borsa un fazzoletto, si tamponò il trucco colato.

«Al netto della scuola, delle amicizie e dei momenti belli che pure ci sono stati, un carcere per minorenni è un controsenso.»

Le tornò la rabbia.

«La stragrande maggioranza di chi finisce qui non andrebbe nemmeno punita. Per cosa? Per la sfiga di nascere in certi quartieri dimenticati da Cristo o in certe famiglie dove volano schiaffi e basta? Se la società ti permette di arrivare a rubare, a rapinare, a picchiare, a spacciare a quindici anni, chi ha la responsabilità di questo schifo?» Alzò la voce. «Dov'erano la scuola, i servizi sociali, l'Italia e l'Europa *prima* dell'arresto? *Dopo* è troppo facile.»

Si voltò verso Emilia con mezzo fondotinta bagnato e negli occhi un incendio: «Le sbarre, cazzo? Le chiavi, le guardie? Ma come ci cresci? Ma come ti salvi? Yasmina, Afifa, tutte: avrebbero dovuto portarle a teatro, al cinema, affidarle alle famiglie migliori, includerle in quel mondo privilegiato da cui erano sempre rimaste fuori. E invece le hanno chiuse dentro la merda, ancora di più, dicendo loro: "Siete degli scarti". In una società *civile*, avrebbero dovuto essere *non* arrestate. Ma risarcite».

Emilia abbassò lo sguardo, lo ancorò all'asfalto.

«Sono d'accordo con te» a mezza voce, «avrebbero dovuto risarcirvi tutte, voi. Ma io?» Scosse la testa. «Io no.»

E pensò che, anche se smonti tutta la struttura sociale e la redimi dalle ingiustizie e dalle diseguaglianze; anche se la guarisci alla radice, e questa è una cosa che va fatta: sia chiaro; però, il male resta. Ostinato. Residuale. Ridotto a un ago, a un singolo caso. Lei ne era la prova.

Marta non le rispose. Perché adesso era stanca. E perché c'erano misteri che nemmeno lei sapeva risolvere.

Insieme si avviarono all'ingresso, suonarono il citofono. La porta si aprì come si era aperta tante volte. Solo che adesso in guardiola sedeva un'agente nuova che le scrutò curiosa. Come se fossero due educatrici, due insegnanti, due avvocate, due trentenni libere e belle.

Anche il bene lo è: ostinato.

28

Rientrammo a Sassaia con il buio pesto, esausti. Di ritorno dal capoluogo, dall'ospedale: ci trascinavamo i resti di una giornata pesante.

A Martino era toccato impedirsi di piangere, seduto su una sedia scomoda accanto al letto in cui sua madre, mezza ingessata, se ne stava riversa come un mobile sfasciato. Un mulo di donna, che io, con tutta la buona volontà, avevo provato a convincere a denunciare il marito. Dopo tre quarti d'ora avevo ottenuto: "Non sono affari suoi, signor maestro".

"Però sono affari di suo figlio."

"Martino è grande, capisce."

"Che la violenza è normale?"

"Che suo padre è stanco, e la famiglia viene prima."

Mi ero alzato in piedi, senza sapere dove mettere le mani, la frustrazione, il nervoso. Nello stanzone illuminato al neon, gli altri degenti ci osservavano con un misto di curiosità e commiserazione.

"Prima di cosa, mi scusi? Dei pettegoli della Valle che tanto sparlano sia che denunci sia che non denunci? Prima del rischio di venire ammazzata?"

Adelaide, questo il suo nome, mi fissava come a dire: E te che ne sai? Le labbra cucite. I pugni chiusi.

"Cos'è una famiglia?" le avevo chiesto.

Mi aveva sorriso: "È lei, quello che ha studiato".

Martino implodeva. Certe puttanate come *I maschi non piangono mai* evidentemente gli erano già attecchite nel cervello. E io perché mi ero messo in testa di togliergliele? Di prendere la sua esistenza e raddrizzarla? Cosa c'entravo?

Sua madre era lì, tutta fasciata, con le flebo. Aveva la vita distrutta, ma se la difendeva come un leone con una carcassa duramente guadagnata.

"Non glielo so dire cos'è una famiglia" avevo ribattuto. Avevo respirato. "Ma sono convinto che sia un posto dove non si prendono le mazzate. Dove non c'è uno più forte che se la rifà con i più deboli. Perché quello è il bosco, dove devi sempre stare in guardia perché puoi essere mangiato. Mentre una famiglia dovrebbe essere l'opposto, no? Certo, quell'uomo l'ha sposato lei, mica io. E io che ne so? Di tutta la storia complicata che c'è dietro? La gente dovrebbe farsi i fatti propri: non vedo, non sento. Però io la sto guardando adesso, mezza sbranata, viva per un pelo. E vedo Martino lì, gonfio di rabbia. E non c'è nulla in questo quadretto familiare che mi sembri normale, figuriamoci giusto."

Eravamo esausti, dicevo, e pure sfiduciati. Era tardi: le otto. I nostri passi rimbombavano tra le case congelate di Sassaia. Una valanga di parole, e alla fine Adelaide ci aveva salutato a malapena: un cenno a me, un arido bacio sulla guancia a Martino. Non avevo risolto niente.

Quando aprii la porta, Nebbia ci saltò addosso. Ci fece un mucchio di feste e un po' il morale riuscì a tirarcelo su.

«Forza» ordinai, «a fare la doccia!»

Martino salì di sopra senza protestare. Era diventato ubbidiente in questa casa che non era la sua. Io mi lavai le mani in cucina con il detersivo per i piatti, dopodiché dovevo imbastire una cena.

Era sabato sera, il 27 febbraio. Da quando era cominciata quell'imprevista convivenza, quattro giorni prima, non avevo toccato un goccio di vino. Ne stappai una bottiglia e ne tracannai subito mezzo bicchiere. Aprii la dispensa: la solita polenta, il solito maccagno, bietole. Presi tutto e cominciai a darmi da fare. Mentre spignattavo e apparecchiavo per due, ascoltavo i passi di Martino, i rumori delle cose che spostava, il getto della doccia, lo scroscio dell'acqua nei tubi, e non potevo impedirmi di pensare che la casa era di nuovo viva.

In un impeto di leggerezza afferrai il telefono e lo riaccesi dopo settimane. Nebbia mi passava in mezzo alle gambe, m'implorava con gli occhi di allungargli un assaggio. «Cosa vuoi, te? Le bietole? Fatti furbo.» Il telefono non emise suono: una piastrella sarebbe stata lo stesso. Non che mi aspettassi un messaggio, una chiamata. Non l'avrei ammesso.

Martino finì la doccia e calpestò il corridoio a piedi scalzi, inzuppandomi il tappeto, producendo disordine: non mi dava fastidio, anzi. Lo sentii aprire la porta della sua nuova stanza: quella dei miei genitori. Attaccare il fon alla presa, asciugarsi la chioma bisognosa di un parrucchiere.

Mi aveva fatto effetto preparargli *quel* letto, fargli posto nell'armadio in cui stavano ancora immersi nella naftalina i cappotti di mia madre. Mi aveva fatto effetto disseppellire dal solaio il baule dei giochi e dei libri della nostra infanzia. Il Monopoli, l'Indovina Chi, lo Scarabeo, il binocolo di Valeria. E tutta la collezione dei classici di Salgari, che naturalmente Martino non aveva manco voluto vedere.

Avevamo dovuto stabilire degli orari, delle regole: Non si scappa di casa, la radio si spegne quando si va a dormire, i denti si lavano dopo ogni pasto e le mani prima. Avevamo dovuto anche, per il momento, dribblare la curiosità morbosa dei compagni di classe che ci vedevano arrivare e uscire da scuola insieme. Era tutto precario, scombinato, non esattamente legale. Eppure.

Martino scese profumato, fonato, e si sedette a tavola proprio quando le bietole erano cotte. Storse il naso vedendole, ma non è che potesse permettersi chissà quali pretese. Riempii un unico piatto per lavarne di meno. Lui si avventò sul maccagno. Mangiammo in silenzio con gli occhi bassi, con quel lieve imbarazzo che non accennava a diminuire. Tra la mia barba e i suoi capelli, sembravamo padre e figlio. Due storti, due selvaggi. Gli concessi un dito di vino. Lui si meravigliò. Specificai: «Solo perché è sabato sera».

La verità è che caricarmi in spalla i cappotti di mia madre avvolti nel cellophane, portarli giù all'oratorio di Alma per la raccolta della Caritas non mi aveva intristito. La verità è che mentre risalivo, sgombro e più libero, Stra' dal Forche, a tratti sorridevo.

Finita la cena, Martino sparecchiò e io lavai i piatti. Anche questa era una divisione dei compiti stabilita a priori per farci funzionare. Visto che la mattina dopo non c'era scuola, anche se erano le nove passate, gli dissi: «Dài, va' a prendere il Monopoli che giochiamo».

S'illuminò. Mi versai un ulteriore bicchiere di vino. Quando tornò sistemammo insieme i soldi, le pedine. Infine gli allungai i dadi e d'improvviso, a tradimento, il telefono tagliò in due la casa.

Trasalii. Per un attimo rimasi fermo sulla sedia, incapace di reagire, di pensare, mentre il Martino mi osservava stranito e Nebbia leccava il fondo della ciotola. Mi alzai con il cuore esploso. Mi avvicinai alla credenza. Lo schermo emetteva una luce ostinata.

Non era Emilia.

«Pronto.»

Da un rettangolo di notte, attraverso la tendina alla finestra, la luna emerse. Bianca, piena, a rischiarare la neve sulla cima del Cresto.

Martino stava studiando un modo per barare.

Nebbia, la pancia piena, si stava addormentando sotto la tavola.

«Pronto, Bruno» mi fece lei, con quel tono squillante, sfottente, che credevo perduto, «allora... buon compleanno!»

Mi rimisi a sedere, di schianto.

«Non dirmi che te ne eri dimenticato.»

Ritrovai la voce: «Sì».

«Hai trentasette anni, cominci a essere vecchio non solo dentro, ma anche fuori. Bisogna che festeggi.»

Avvertii gli occhi inumidirsi contro la mia volontà. Mentre Valeria attaccava a raccontarmi del tempo che c'era a Ostia, del mare in burrasca, di uno stabilimento divelto, il mento mi s'increspava. Riconoscevo la Strega dei Boschi, il suo bastone, la sua cerbottana, la sua forza: non era morta. Si era ricordata.

«Volevo anche dirti che stavo con un pezzo di merda, ma l'ho mollato. Valeria Peraldo ha chiuso con gli uomini gelosi: garantito. Mi sono presa in affitto un appartamento mio. Non è una reggia, sono quaranta metri quadri. Ma se una di queste vacanze prossime non sai che fare, tipo a Pasqua o a giugno quando finisce la scuola… Se vuoi farti un giro al mare, vedere un posto diverso, be', ho anche un divano letto.»

Cos'è una famiglia? Non te lo so dire, Adelaide. Non so un emerito cazzo. Però. Dischiusi la bocca impastata di lacrime.

Una famiglia è una fune, Adelaide.

Un cavo d'acciaio che ti tiene, qualunque cosa accada. Ti impedisce di perderti e dissolverti perché tu, in quell'aggancio, sei stato amato.

«Grazie, Vale» spiccicai con un filo di fiato, «penso proprio che lo farò.»

Misi giù. Mi ostinavo a tenere il telefono in mano, incapace di posarlo: era ancora caldo della nostra conversazione. Mentre Martino scalpitava per giocare, edificare, vincere.

Lanciai i dadi dopo di lui, mossi la mia pedina sul tabellone. Martino cominciava già a costruire case e alberghi, a investire soldi; io, deconcentrato, non tenevo il passo. Restavo indietro. Tornavo.

A Torino. Alla sera in cui avevo sbattuto borsoni e scatoloni alla rinfusa nel bagagliaio della Seat, per poi tornare qui, chiamare Sebastiano e, in sostanza, provarle tutte per morire.

Non avevo più ripensato a quello che era successo. E adesso, tra un lancio e l'altro, mi riaffiorava alla mente. Tutto insieme.

Gli anni universitari, l'appartamentino in via Po. I miei coinquilini portavano a casa le ragazze e io m'infilavo i tappi nelle orecchie per non sentirli, chinandomi sulla scrivania a sottolineare.

Non uscivo mai. Il mondo era il triangolo isoscele formato dalla mia stanza in affitto, la facoltà e la biblioteca. Oltre questo perimetro, non mi avventuravo mai, non frequentavo nessuno. In pratica, non avevo mai visto Torino.

Non era stato difficile laurearmi in anticipo con il massimo dei voti e proseguire con il dottorato. Fin dall'inizio, mi era stata promessa una cattedra e lasciata intravedere una fulgida carriera. Ero pur sempre il piccolo genio della Valle, no? Era il mio destino: viaggi in Europa, conferenze, pubblicazioni. Solo che io restavo crepato alla radice, e non avevo nessuna intenzione di salvarmi. Anzi.

Una mattina una compagna di dottorato appena trasferitasi da Firenze mi aveva chiesto gli appunti con un sorriso, con il tono di chi vuole stringere amicizia. E io ero rimasto lì, come sparato.

Dopo gli appunti, mi aveva chiesto di studiare insieme in biblioteca. Ero passato inosservato per sei anni, però, mio malgrado, esistevo. E, sempre mio malgrado, avevo ricominciato a lavarmi e a radermi. Eravamo passati ai caffè in piedi alla macchinetta della facoltà, poi a quelli seduti in un bar lì vicino. Non avevo mai dato un bacio con la lingua. Mai toccato un seno. Una notte avevo cercato su Internet dei film porno per capire come si faceva.

Mi ero lasciato convincere a un primo appuntamento, di sera, in un locale. I tre o quattro spritz buttati giù a stomaco vuoto mi avevano aiutato. Dopo, ci eravamo messi a passeggiare al Valentino, lungo il fiume. Le camminavo a fianco: un tronco di faggio e una palpitante ventenne dall'accento toscano. Che di colpo si era fermata e lo aveva baciato, il tronco. Allora avevo percepito con stupore, per la prima volta dopo il 26 agosto 1990, di avere un corpo: animato, possibile.

Infine, mi aveva invitato a una festa. E io avevo accettato. Volevo almeno provarci, a vivere. Mi ero comprato un paio di jeans e una camicia nuovi apposta. Avevo suonato il citofono, la musica si sentiva fin giù nell'androne. Ero salito con le migliori intenzioni e l'avevo trovata lì, sulla porta, accaldata e ubriaca. All'interno l'aria era una coltre di fumo, le bottiglie vuote di birra e di vino sparse ovunque.

Lo sapevo, di essere una fune sfilacciata. E che, se non finisci prima di morire, non puoi pretendere di rinascere. Ma adesso avevo fretta. Ero convinto che non ci sarebbe stata un'altra ragazza. Lei mi aveva afferrato la mano, condotto in una delle camere. Aveva chiuso a chiave la porta. L'abat-jour era accesa, il letto sfatto come se altri avessero appena finito. E io ero lì per quello, no? Per non essere più solo un figlio, un fratello, l'orfano. Per diventare *io*.

Si era addossata al letto, mi si era spogliata davanti. La volevo con tutto me stesso: la tensione, l'erezione, la perdita del controllo. Invece sentivo il metallo. Sotto la lingua, sotto lo sterno.

La corrosione avviene secondo tre fasi, aveva spiegato il perito. La nucleazione, quasi inavvertibile. La propagazione, di cui ci si può e ci si deve accorgere in tempo. Poi, irreparabile, la rottura finale.

Io avevo attraversato la nucleazione al liceo, la propagazione all'università. Avevo fluttuato, lontano, per tutti quegli anni. Incazzato nero con me stesso, con Valeria: Cosa c'era di tanto importante in quello zaino? Una lettera, un anello? Di chi? Del tuo fidanzatino? Hai barattato un amore del cazzo con la nostra famiglia? Con la possibilità di morire insieme?

La vita esigeva un sì. Amore. Apertura. Sesso. La mia compagna di dottorato si sfilava i jeans, le mutande, apriva le gambe. E io, piuttosto che dirlo, quel sì, sentivo i fili d'acciaio ritorti indebolirsi fino a raggiungere il punto di non ritorno e me ne andavo in frantumi. Piuttosto che schiudere la corazza. Piuttosto che concedermi di godere. Il 2 novembre al cimitero tutti gli anni: questo dovevo fare.

«Fregato! Fregato!» mi urlava Martino felice.

E io lo guardavo, adesso, come un'ebete.

Come uno che finalmente inizia a capire.

«Devi pagarmi il pedaggio, ciccio.»

Di aver buttato nel cesso un mucchio di tempo.

«Ti è rimasta una banconota sola, non so se ti rendi conto.»

Me ne rendevo conto. Che non ero mica tanto diverso da Adelaide: pure io ero convinto che, se prendi le mazzate, è perché in fondo te le meriti. Che se il male t'investe, è colpa tua.

Invece con Emilia era successo dopo due poesie.

Perché la vita è viva, e basta. Vuole andare, e del resto se ne fotte.

«Hai bevuto troppo?»

«No» scossi la testa, «sono lucidissimo.»

Rimisi insieme i pezzi: Martino mi aveva prosciugato il portafogli, mi aveva praticamente stracciato. Afferrai i dadi.

«Forza, schiappa, vedrai che adesso è la volta buona!» mi sfotteva.

Tirai e finii su "Prigione".

Si sbellicò: «Ho vinto, ho vinto! I soldi per la cauzione non ce li hai!».

Fissai quella parola: "Prigione". Che nella mia testa si trasformava subito in "Emilia". E io veramente avevo rinunciato al futuro con lei per il suo passato? Per il mio passato?

Staccai lo sguardo dalla pedina spacciata e lo spostai su Martino: era raggiante. E nessuno spettacolo è pari a un bambino raggiante.

«Ti voglio raccontare una cosa» gli dissi sorridendo.

«Sì, però ho vinto io.»

«Hai vinto, Martino. Sei un campione. Nessuno lo mette in dubbio. Però, proprio per questo, ti voglio raccontare questa cosa che forse, un domani, ti tornerà utile.»

«Solo se mi fai fumare.»

Sospirai: era tutto un baratto, un compromesso, una fatica.

«Solo perché è la notte delle eccezioni» acconsentii. Poi allungai una mano: «Dammene una».

«Tu adesso mi vedi così, come il maestro. E pensi che non avrei potuto diventare nient'altro. Ma io non ho mai pensato d'insegnare, almeno non a voi delle elementari. Era proprio l'ultima opzione che mi sarei sognato.» Aspirai e buttai via il fumo: «Ho perso entrambi i genitori quando avevo la tua età».

Martino si raddrizzò sulla sedia, più interessato che turbato: «L'incidente al Monte Stella? Ne avevo sentito parlare, ma non ci credevo».

Scossi la cenere in una tazzina. «Non *incidente*. Chiamiamo le cose con il loro nome: *strage*. Ma quello che ti volevo dire è che io alla tua età mi consideravo come la pedina di poco fa: fottuto. La mia situazione faceva così schifo che, te la faccio breve, anche se ho studiato con tutto me stesso e mi sono laureato e ho quasi preso un dottorato, poi però sono tornato qui e mi sono ammazzato di canne, di alcol e di qualsiasi genere di droga.»

Martino affilò lo sguardo: stavo diventando sempre più interessante.

«Ho passato un anno intero, Martino, *un anno*, a tirarmi nero. Aprivo gli occhi e la prima cosa che facevo era rollarmi una canna e berci su un amaro. Cinque minuti di lucidità non li reggevo.»

Lo osservai: era ammaliato. I bambini sono attratti dal male perché non lo possiedono. Vogliono conoscerlo perché non ne sono toccati. E poi? Com'è possibile che ci corrompiamo tutti con l'adolescenza?

«Una mattina, era maggio, anziché nel mio letto mi sono svegliato sulla sponda del torrente. Senza sapere come ci ero arrivato, con chi avevo passato la notte. Ero un resto di bicicletta abbandonato, fine. Avevo un mal di testa lancinante, la luce mi azzannava gli occhi, l'umidità mi aveva mangiato i vestiti. Facevo schifo. Così schifo che mi ero detto: Adesso muoio. Mi sparo in vena una roba così potente che mi manda all'altro mondo. E questo pensiero del cazzo lo facevo mentre l'aria era profumata di fiori, e sentivo il tintinnio dei campanacci in lontananza, e le montagne, il prato e il cielo erano così pieni di suoni, di colori, che era impossibile trovarci un solo vuoto.»

Spegnemmo le nostre sigarette insieme, nello stesso istante. Quando rialzammo gli sguardi, combaciarono.

«Ero deciso a morire, decisissimo. Solo che poi è suonata la campanella e siete usciti voi per la ricreazione.» Il cuore mi si allargava nel petto mentre lo ricordavo. «Cioè, non voi, i bambini prima di voi. Accompagnati da una maestra decrepita che tu non hai mai conosciuto. Allora mi sono reso conto che ero davanti alla Collodi, la mia vecchia scuola. E mi sono tirato in piedi perché mi vergognavo. Con tutte le ossa che scricchiolavano e mi facevano male, mi sono nascosto dietro una betulla e vi ho spiati. Ho guardato quei bambini come prima ho guardato te che avevi vinto. Giocavano a nascondino, a pallone, a rincorrersi, a rotolarsi nell'erba. E ho pensato un pensiero nuovo: ho pensato che la vita non mi aveva solo tolto, in realtà. Mi aveva anche dato. Dato un casino. Di giornate belle. Di estati nei boschi. Di bagni in quel torrente lì. Di libri che mi avevano fatto innamorare. Mi aveva dato amore, un mucchio di volte. E adesso toccava a me: *restituirlo.*»

Era l'ora di andare a letto. Martino mi guardava perplesso mentre Nebbia si era ficcato tra i suoi polpacci.

«Tutto questo per spiegarti che, indipendentemente dalle botte che hai preso, dalle cose brutte che hai visto e sentito, dai problemi che ti stanno scavando dentro un buco – e io lo conosco alla perfezione, credimi, quel buco – la verità è che né tu, né io, né nessuno è mai veramente fottuto finché è vivo. Specialmente se hai dodici anni, e tutta la vita davanti.» Lo fissai con una determinazione che arrivò a spaventarlo. «Promettimi che non farai come me, che t'impegnerai a goderti questi anni, e tutti quelli che verranno.»

E, mentre glielo dicevo. Mentre lo osservavo annuirmi un po' sfuggente, ma pensieroso. Mentre lo sentivo di sopra che si lavava i denti prima di andare a dormire. Avvertivo anche, chiaramente, questo.

Che la mia fune, dentro, si stava riannodando.

29

Sul Frecciarossa del ritorno, davanti a Marta che sfogliava il «Corriere della Sera» sorseggiando prosecco, Emilia si sentì come poche altre volte si era sentita nella vita: in diritto di abitare questo mondo.

Riaprire la porta dell'ufficio della Frau era stata una specie di cannonata in pieno petto.

Lei le stava aspettando: avevano un appuntamento, avrebbe dovuto essere pronta, preparata. Invece, quando le aveva viste materializzarsi lì, reali di fronte a lei dopo tutto quel tempo, aveva dovuto compiere uno sforzo sovrumano per non piangere. Le tremava la voce mentre chiedeva: "Siete voi? Vargas e Innocenti?". Proprio lei, la direttrice, che per poco non crollava sulla scrivania con tutta la sua emotività, che alle detenute era vietatissimo mostrare.

Ma adesso, Emilia e Marta detenute non lo erano più. Una cannonata persino realizzarlo. Erano adulte, libere cittadine, eleganti: senza più quelle tute larghe, quelle felpe puzzolenti di fumo, senza più i brufoli. La Frau era così invecchiata, invece. Si era appesantita sui fianchi, aveva messo su la pancia. Non era più temibile come una volta. Anche il mobilio, il pavimento, le sbarre di quella stanza erano quelli che ricordavano, eppure sembravano diversi. Perfino il presidente della Repubblica appeso alla parete aveva un'altra faccia.

Aveva ragione Rita: tutto, ma proprio tutto, *cambia*.

"Non riesco a crederci, a quanto vi siete fatte grandi, e belle." Si era alzata. Aveva lasciato la sua postazione dirigenziale, di potere, di autorità, per andare goffamente ad abbracciarle. E loro si erano ritrovate strette al corpo morbido e caldo di quella donna che le soffocava con un affetto che prima sarebbe stato *verboten*. Non era più la Frau, ma Gilda Pavulli, una persona che tra le varie cose era anche la direttrice di un carcere minorile femminile.

Appena si era ripresa, Gilda era tornata la solita pugnace, straripante condottiera e le aveva portate in trionfo da un ufficio all'altro. Rita quella mattina non c'era. Di sicuro non era stata avvertita e forse, aveva pensato Emilia, era meglio così: sarebbe stato troppo. Avrebbe dovuto pure chiederle scusa per non averle mai telefonato.

Vilma era andata in pensione da poco. Il comandante, in compenso, era sempre lo stesso e si era commosso pure lui, anche se aveva tentato di mascherarlo. La maggior parte delle guardie e delle educatrici erano nuove, ma Gilda si era profusa in presentazioni, aneddoti, celebrazioni: "Queste due! Ah, mi facevano impazzire! E adesso, guardatele! Laureate, rinate, lavoratrici! Che orgoglio!".

Dai grandi finestroni sbarrati entrava una luce che Emilia e Marta ricordavano bene. Il loro sguardo fuggiva sempre là: al cortile, dove la loro adolescenza si era consumata senza avverarsi. Intravedevano la rete del campo di pallavolo, il fantasma delle loro alzate, delle loro schiacciate, dei loro corpi protesi in quel recinto d'aria. Si può pagare un reato con la propria giovinezza? Pareggiava i conti, il tempo? Riconoscevano l'orto rinsecchito dall'inverno, i muretti dove altre, non più loro, sarebbero andate a sedersi dalle 14 alle 16 ciondolando le gambe e rovesciando indietro la testa per sentirsi il cielo bene in volto.

Mentre Gilda parlava e parlava, si facevano sempre più silenziose e combattute. Era proprio necessario camminare di nuovo tra quegli uffici, fermarsi di fronte alla macchinetta automatica da cui ogni tanto una guardia aveva spillato un caffè anche per loro? Davanti alla fotocopiatrice per i ciclostilati: "Avviso alle giovani detenute", "La doccia e la crema per debellare la scabbia", "I nuovi orari dell'infermeria"? Dovevano proprio ripassarci in mezzo?

Sì.

Perché è sempre l'adolescenza che decide chi sei. E questo era il luogo più importante della loro vita.

Si erano soffermate sul tabellone appeso alla parete della sala insegnanti: "L'alfabeto della Galera". "A come Avvocato, B come Beccata!, C come Cella, D come Detenzione, E come Ergastolo..." Avevano emesso un sorriso sghembo perché anche loro avevano partecipato a quell'impresa, idea di Pandolfi. Persino le parole basiche del loro lessico erano diverse da quelle degli altri.

Infine, Frau le aveva richiamate: era giunto il momento.

Cruciale, fatidico, e pure un po' illegale: gli ex detenuti non possono tornare in galera. A meno che non abbiano commesso nuovi reati, naturalmente. Ma, in generale, un magistrato non avrebbe mai dato a due come Vargas e Innocenti l'autorizzazione per un tour al Minorile. Mica era Disneyland.

Però Gilda aveva promesso a Marta "un giro veloce". "Solo perché siete voi." E si erano ritrovate di fronte alla Porta.

Al Blindo.

Il confine tra la vita normale e la vita cattiva.

Tra le ragazze giuste e quelle sbagliate.

Gilda aveva suonato il campanello. La guardia dall'interno aveva schiuso la finestrella. Subito erano sgusciati fuori *quei* rumori. Noti, urticanti come carta vetrata sulla carne viva. Un misto di rap, ricetrasmittenti, ottone, rabbia. Si erano intraviste un paio di ragazzine trasandate, lo sguardo perso sotto le ciglia finte, i capelli sporchi o con la ricrescita scura, ciondolare per il corridoio con la sigaretta in bocca. L'eterna puzza di fumo, di cenere e di mensa. Le parolacce e le liti per una boccetta di smalto.

La guardia incorniciata dalla finestrella aveva messo mano alla chiave per aprire. Era tutto predisposto e ovvio come lo scatto meccanico di un tamburo a cilindro. Solo che, istintivamente, Emilia aveva compiuto un passo indietro. E Marta l'aveva detto ad alta voce: "No".

Gilda era arrossita. Quasi a scusarsi aveva alzato le mani: "Ragazze, me lo avete chiesto voi. Io non ve lo avrei mai proposto".

"Lo sappiamo" Marta l'aveva rassicurata. "Eravamo convinte, vero Emi? Ma adesso ho capito che questa soglia non la posso più oltrepassare."

"Anche io" aveva detto Emilia. "Basta."

La guardia, dopo un cenno del capo della direttrice, aveva serrato la finestrella, rimandato indietro il tamburo a cilindro.

Emilia e Marta avevano guardato il passato richiudersi là dentro.

Era vero che non si poteva aggiustare, riparare. Però, e se ne rendevano conto solo ora, il passato era anche una cosa *finita*.

Allora erano volute uscire, subito. Avevano salutato tutti con larghi sorrisi frettolosi: "Sì, è stato bello, anzi no, è stato tremendo". "Ciao, addio, a mai più." "Andiamo a pranzo fuori" aveva proposto Marta. "Non perdiamoci Bologna, che ce la siamo già persa abbastanza" aveva detto Emilia. E Gilda le aveva condotte in un ristorante tipico, dove avevano ordinato lasagne, cotoletta alla bolognese, panna cotta e un litro di vino, chiacchierando, sì, sempre degli stessi argomenti – i nuovi casi di cronaca nera, le baby gang emergenza nazionale, l'organico penitenziario che diminuiva, i fondi prosciugati, i magistrati che cambiavano, il codice penale che era sempre lo stesso – ma con leggerezza, quasi con allegria: non le riguardavano più.

Poi avevano abbracciato Gilda con la promessa di tenere vivi i rapporti e avevano raggiunto piazza Maggiore per scattarsi un paio di selfie. Uno con Palazzo D'Accursio sullo sfondo e un altro, immancabile, con le palle del Nettuno in bella vista. Scatti stupidi che non avrebbero pubblicato da nessuna parte, perché cosa vuoi pubblicare quando sei un'ex detenuta? L'unica cosa che conta è la vita.

Adesso, in treno, la notte avvolgeva nella sua pesante coperta il paesaggio al di là dei finestrini. Erano sfatte, sfinite, con i piedi doloranti e il trucco crepato come intonaco vecchio. Però si sentivano in pace, come chi ha fatto il proprio dovere e lo sa. Non si dicevano niente perché non avevano più niente da dire, da recriminare.

Rientrarono alle undici passate. Proprio mentre il treno rallentava in Stazione Centrale, Emilia sentì nella borsa il cellulare che vibrava. Pensava fosse Mohamed, o suo padre. Invece.

> Ti chiedo scusa. Non ero preparato a quello scatto di felicità che sei tu. Ho persino comprato un televisore, che come immagini non funziona. Spero tu stia bene, là dove ti trovi. Anche se mi manchi. Anche se ora sono pronto a vivere con te qualcosa che sia davvero: una vita.

Emilia chiuse il messaggio immediatamente, come se scottasse.

Si costrinse a soffocarlo al di sotto di altri pensieri per tutto il tragitto in taxi fino a casa, e poi durante la doccia, e poi nel letto, anche dopo che Marta ebbe spento l'abat-jour. Ma non riusciva a dormire.

Verso le tre del mattino sgattaiolò via dalle lenzuola, si chiuse in bagno: al sicuro. Lo riaprì e lo rilesse.

Molte volte.

30

Il paradosso era questo: che l'evento principale della sua vita lei non lo poteva pensare. Né ricordare, né raccontare, né niente. Doveva fingere che non fosse accaduto. Eppure lo sentiva: inamovibile, compatto all'altezza del cuore. Come un grumo rappreso di buio, un pezzo di grafite appuntito. E pericoloso, pure. Mortale, come un tumore quiescente, un proiettile inesploso. Se lo doveva tenere, prestando attenzione a non smuoverlo troppo, a non stuzzicarlo. Perché se si apriva, se esplodeva, il nero l'avrebbe invasa ovunque, fino alla paralisi.

Le volte in cui era stata costretta a parlarne, tre, aveva balbettato il minor numero possibile di parole con un filo di voce, dissociata da se stessa. Durante il processo, il suo stato di trance era tale che, appena fuori dall'aula, aveva rimosso tutto. Con Rita, anni dopo, aveva espletato la faccenda con lo stesso distacco con cui preparava brodi e zuppe durante le ore di cucina, o spazzava le aree comuni. Con Marta, infine, la sintesi era stata faticosamente spiccicata solo perché lei si era confidata per prima e l'aveva minacciata: Sennò non siamo più amiche.

Ma adesso, a trentun anni, il suo cuore non avrebbe retto una quarta confessione. Il suo buio doveva rimanere incapsulato dentro di lei, isolato come il reattore di Černobyl′ nel suo sarcofago.

Perciò non aveva risposto a Bruno, non lo aveva chiamato. Anche se aveva sentito forte, irresistibile, l'impulso di farlo.

Lui adesso *sapeva*. La versione dei giornali, degli altri, dei giusti. Però c'era anche la sua. E l'amore esigeva che questa versione venisse espressa, che l'indicibile venisse detto, il rimosso ricordato. Ma ricordare, per Emilia, era peggio dei quattordici anni e quattro mesi di galera.

Aveva deciso di rimanere a Milano: una città che, per quanto stimolante, ricca di cose da fare, da vedere, di gente, non le stava a significare niente. E di continuare quel lavoro part time di cui non le fregava un emerito tubo. E di scoparsi quel bravo ragazzo di cui non riusciva a innamorarsi. Bivaccando nel confortevole appartamento di Marta che non era casa, e da nessuna finestra si vedevano le Alpi, e da nessuna fessura entrava l'odore del bosco.

Nonostante la cautela, però, Milano la stava fregando. La vastità di piazze, quartieri, percorsi, tutta quella libertà di andare dove le pareva senza limiti di orari, le restituivano sì il mondo, ma le punzecchiavano pure il bolo nero. Spalancavano il futuro e, insieme, schiudevano la botola del passato. Come se i due tempi, alla fine della fiera, fossero lo stesso maledetto nodo.

Allora veniva investita dai ricordi. Che sgusciavano via dagli scantinati di se stessa nei momenti meno opportuni. Spezzoni rapidissimi, come video girati male. Però nitidi, abbaglianti. Che poi la lasciavano in macerie.

C'era sempre Marina in quei flash, sempre la pineta, il mare agitato, il petrolchimico avvolto nella foschia. D'estate e d'inverno. Con gli stabilimenti presi d'assalto e con le spiagge sbaraccate, le cabine chiuse.

La investiva a tradimento una folata di salmastro, e di colpo smetteva di essere marzo 2016, diventava gennaio 2001: la coda delle vacanze di Natale. *Lei* aveva forzato una serratura e si era chiusa dentro una cabina, non da sola. Ne era capacissima: d'infrangere le regole, violare una proprietà privata, estrarre dalla tasca un preservativo. Perché *lei* era una in gamba, una tosta, che brillava.

Facile, pensava Emilia, quando hai tutte le fortune. Quando non ti è morta la madre, sfoggi una terza abbondante, se leggi in classe a voce alta non incespichi e la tua media è dell'8 anche se studi dieci minuti e il resto del tempo lo passi alla PlayStation. Se si fosse limitata a pensarle, queste cose, forse gli anni di carcere sarebbero stati nove o dieci. Invece Emilia le aveva scritte, nero su bianco. Pure se odiava scrivere. Pure se il suo diario segreto di ragazzina sfigata era scarno e zeppo di errori. Ce lo avevano tutte, quindi ne doveva tenere uno anche lei.

Emilia rivide la cabina da fuori, la vernice bianca e azzurra scrostata dai venti e dalla salsedine. Lei era il palo. L'ancella. La comparsa nel sontuoso film da protagonista dell'*altra*. E la persona all'interno in sua compagnia non era un coetaneo qualunque, ma un uomo fatto e finito. Mica se la rifaceva coi ragazzini, *lei*, coi brufolosi, i goffi, gli imbranati. Pretendeva il massimo: la vita piena.

Emilia era il cane da guardia, la custode del segreto. L'uomo fatto e finito era sposato. Purtroppo, sarebbe poi emerso, non solo lui era un pedofilo, ma quello nella cabina non sarebbe stato un episodio isolato. In quell'inizio di gennaio deserto a Marina di Ravenna non si sapeva ancora che piega avrebbero preso gli eventi. Ancora non si parlava d'amore. L'amicizia sghemba e torbida tra lei e *lei* rimaneva il legame principale.

Come avrebbe fatto *l'altra* senza la copertura di Emilia a perdere la verginità? A vivere la sua vita intensa e radiosa?

In libreria, a Milano, Emilia metteva a posto tascabili di Ariosto, Pellico, Manzoni. Ma in realtà teneva in mano il suo vecchio diario: il lucchetto già ossidato, la chiave così sottile che era facile piegarla, le pagine a righe sporche della sua grafia difettosa. Non era un ricordo: saggiava davvero tra i polpastrelli la consistenza ruvida della carta. Il passato si era di nuovo fatto gigantesco, e sconfinava, e la inghiottiva.

Lo aveva tolto dallo zaino, il diario. Si era seduta sul relitto di un pedalò sprofondato nella sabbia. Il vento era forte, faceva freddo. Mentre aspettava che i due finissero, aveva scarabocchiato nervosamente il paesaggio: la bandierina rossa tesa nel maestrale, le creste bianche delle onde arrabbiate, le nuvole basse e nere. Poi si era sfogata:

Ti odio.
Sei una troia.

Cinque parole striminzite. Sputate lì per rabbia, gelosia, invidia. Che poi sarebbero diventate "le aggravanti", una delle prove della "premeditazione", "+ 5 anni".

E voi ci credete?, avrebbe ribattuto oggi se avesse potuto. Al diario di un'adolescente? Non lo sapete che l'adolescenza è tutto e il contrario di tutto? Che se scrivo ti odio, ti amo pure? Che se baciare con la lingua mi piace, mi fa anche schifo? Che se sono felice di essere sua amica, sono anche triste? Che sono io e, insieme, una sconosciuta che non conoscerò mai?

«Emilia, che hai? Stai tremando.»

La voce preoccupata della signora Emma ferì il tempo. Emilia ritornò di peso nel presente, il passato si ritirò fulmineo sotto la botola, i tascabili le rovinarono dalle mani.

Si sentiva il cuore ostruirle la gola, come una grossa conchiglia arenata sulla spiaggia. Si voltò piano, sudando freddo.

«Quanto sei pallida.» La signora Emma le posò una mano sulla fronte: «Scotti, vai a casa».

Emilia si trascinò nello sgabuzzino, raccolse la giacca, la borsa. Sollevando appena la mano per salutare, uscì subito perché le mancava l'aria. Si sentiva la febbre, ma non voleva rientrare, mettersi a letto. Era di Marta, quell'appartamento, non suo. Lei non ce l'aveva più, un posto. Non poteva tornare a Ravenna, non poteva tornare a Sassaia. Era presa in una morsa così feroce, che di nuovo si ritrovò a rimpiangere il Minorile, la Pena che assorbiva ogni pensiero, e non c'era possibilità d'interrogarsi, di ritrovarsi a tu per tu con il bolo nero, perché stavi già pagando, eri già gonfia di ansiolitici, di tagli: che altro potevi fare?

Procedeva sul marciapiede adesso, annaspando come un naufrago alla deriva. Ti dicono: "Vai, sei prosciolta", ma è solo una parola. Come *troia* e *ti odio* nel diario dei sedici anni. La verità è che non ti puoi sciogliere da te stessa, che non c'è modo di tornare indietro, sistemare le cose, tirare un sospiro di sollievo e, finalmente, andare avanti.

Se solo avesse potuto incontrarla un'ultima volta da qualche parte – un bar, un sottopassaggio, questo marciapiede: andava bene tutto – e chiarirsi. Non poteva aspettare di raggiungere la base di una stella, diventare anima: e se poi si diventava vermi e basta? Emilia questa cosa la doveva risolvere. Se non ami nessuno, te ne puoi anche fottere e ammazzarti. Ma l'amore esigeva che riparasse l'irreparabile.

La testa le pulsava. Si aprì il giaccone perché era sudata marcia. Prese a setacciare la folla che si affaccendava per Milano: i ragazzini fuori da scuola, le modelle in pausa pranzo, gli anziani con il cane, cercando ostinatamente due occhi color ardesia. E quando se ne rese conto, che li stava cercando davvero, qui, nella realtà, si disse a voce alta: «Emilia, stai impazzendo». Allora Milano smottò di colpo, le mancò l'equilibrio, la terra sotto i piedi. Si tenne al palo di un cartello della metropolitana, soffocando nell'indifferenza generale.

Non c'era modo di uscire dal passato, di guardare di nuovo quegli occhi blu e smettere di precipitare. Eppure lei un modo lo voleva, lo esigeva.

Si avventò sulla borsa. Cercò il cellulare, pigiò lo schermo con le ultime forze. Chiamò l'unica persona al mondo in grado di afferrarle la mano e tirarla su dal nero.

Una mattina che finii lezione alle dieci e mezza, e sapevo Martino al sicuro a scuola, per quanto con quella stronza di Patrizia, montai sulla Seat Ibiza, misi in moto e, senza averlo deciso, risalii la Valle in una direzione precisa.

Ormai le giornate si stavano allungando fin quasi all'ora di cena, che dalle nostre parti è alle sei, sei e trenta. La luce più intensa rischiarava i fondali dei boschi sciogliendo le ultime chiazze di neve e riscaldando le gemme sui rami. Ci ero rimasto male? Per il fatto che Emilia non mi avesse risposto? Sì. Però l'amore non serviva a ottenere e neppure a risolvere. Ormai l'avevo capito.

Serviva ad accettare.

Quindi guidavo piano su per la provinciale abbandonata, rallentando in prossimità dei tornanti chiusi a gomito tra le montagne. L'asfalto corroso da tutte le nevi cadute negli anni, i guardrail ammaccati, i cartelli sbiaditi, senza che mai qualcuno fosse venuto a portare un po' di manutenzione.

Arrivato al bivio, svoltai a destra. Avvertii freddo alla spina dorsale. Da quel punto in poi finivano le frazioni minute, le cascine isolate, e cominciava la nuda montagna. Mi ci immersi, ricordando ogni passo, ogni ripa, non con la memoria: con i muscoli e i nervi.

Sì, lo accettavo. Che Emilia non mi fosse servita a sposarmi, mettere su famiglia, assomigliare ai miei genitori. Ma a rifare questo percorso.

Quando arrivai, fermai la Seat al centro del parcheggio deserto.

Avevo impiegato quaranta minuti. Calcolai che avevo un quarto d'ora a disposizione, non di più, perché poi ci tenevo ad andare a prendere Martino a scuola e a preparargli il pranzo.

Spalancai la portiera, appoggiai entrambi i piedi a terra. Guardai il vuoto, a tu per tu.

Gli hotel, i ristoranti, le case vacanze a due piani, di un bianco ormai scrostato, con i graziosi balconi di legno intaccato dalla muffa, costruite a iosa negli anni Sessanta, e il cui valore era precipitato dopo la strage. Poi, più in alto, gli impianti di risalita, le dorsali impervie, le pinete. Infine, a sovrastare il piccolo villaggio dimenticato, la funivia per il monte Stella.

Era tutto lì.

Polveroso, sbarrato, chiuso.

Era anche rimpicciolito, pensai.

Lasciai l'auto aperta, le chiavi nel cruscotto, il cellulare sul sedile, e mi avviai solo, in maniche di camicia, verso i prati punteggiati di crochi. Sollevai lo sguardo e vidi le cabine superstiti ancora pendenti nel cielo, i vetri opachi o rotti, i nidi degli uccelli sui sedili, la ruggine, e non mi facevano orrore né spavento. Solo una punta di pena, e tenerezza.

Il monte Stella era diventato irraggiungibile se non a piedi, per i pochi che ne avessero avuto le forze. Il suo lago glaciale in cima alla vetta era tornato un segreto, come all'inizio dei tempi.

Mi fermai sotto i piloni della funivia dismessa, arrestata per sempre dai sigilli del sequestro. Respirai a pieni polmoni l'aria intrisa di luce, il profumo delle primule, la vita che si preparava a riemergere dalla terra, a ricominciare dove si erano frantumate le ossa dei miei genitori. Perché tutto il male del mondo non poteva nulla contro una gemma ostinata, contro la sua piccola ma tenace volontà.

Schiusi le labbra e bisbigliai: «Vaffanculo».

Poi più forte: «*Vaffanculo*. Sono ancora vivo».

Grato di esserlo per la prima volta. Grato che mia sorella fosse tornata indietro a recuperare l'anellino del suo fidanzato, che quell'amore da niente ci avesse salvati.

Mi lasciai planare, correndo giù per il pendio dolce della montagna, a braccia spalancate come l'undicenne che ero stato. L'erba era umida e tenera: era nuova. Profumata di crochi giallo pastello e primule rosa e azzurre. Era il paradiso, mi sorpresi a pensare. Ridendo per quanto la vita fosse paradossale. Inciampando su un sasso e rotolando giù, gli steli e i pollini che mi finivano in bocca, nel naso, tra i capelli. Terminando la corsa contro le radici di un faggio.

Mi rialzai che ero tutto bagnato, stupefatto. Come appena nato.

Mi ripulii alla bell'e meglio e risalii in fretta i prati verso il parcheggio: avevo qualcuno di cui occuparmi, adesso, che non era più il mio passato.

«Papà.» Emilia si accasciò a terra, rompendosi in pianto.

Un pianto disperato, che non aveva pianto mai. Come se dovesse espellere l'Adriatico intero, gli stabilimenti, il petrolchimico, il porto, la sabbia, gli aghi di pino. Nemmeno in un'allucinazione, nemmeno in un sogno, con le forze allo stremo e quattordici anni e rotti di carcere alle spalle, no: non c'era verso di rivedere quegli occhi.

«Papà, io non ce la faccio.»

«Dove sei?» Riccardo percepì immediatamente la portata del suo dolore. «Vengo lì, parto subito.»

«No, resta dove sei. Ma parlami.»

«Cos'è successo?»

Emilia staccò lo sguardo dall'asfalto verso il viavai di persone: sorridenti, distratte, impegnate al telefono, che si affrettavano giù per la metropolitana. Ma non vedeva nessuno. Non vedeva niente.

«Le organizzano ancora le fiaccolate a Ravenna contro di me? Protestano ancora che sono già uscita? Che ho avuto il massimo della pena, ma non era abbastanza? Perché non sarà mai abbastanza?» Scosse la testa, si batté un pugno contro la fronte, forte, per farsi male. «Tu come hai fatto?» Gliela gridò, quella domanda. Ce l'aveva in gola da così tanto tempo, che adesso esplose. «Come hai fatto, in tutti questi anni? Perché io, ovunque vada, qualunque cosa faccia, tanto non cambia un cazzo. E adesso non so più dove nascondermi.»

Riccardo fece silenzio. Poi, con voce calma, le disse: «Io non mi sono mai nascosto, Emilia».

Era vero. Emilia strinse più forte il cellulare, se lo premette contro l'orecchio come se fosse la mano, la guancia di suo padre, e pensò che lui era rimasto sempre. Nella stessa città, nella stessa casa, nello stesso ufficio. Fermo come un chiodo. Resistente a qualsiasi tipo di intemperie, commento, spiattellamento sui giornali. Obbediente agli stessi orari, ai doveri della vita: le bollette, i viaggi, i progetti consegnati in tempo. Uno tsunami lo aveva travolto, gli aveva buttato giù tutto: prima vedovo, poi quel giorno di giugno che aveva spezzato la loro vita. Perché mica era stata spezzata solo la vita di Emilia: c'era anche quella di Riccardo. E lui? Era andato al lavoro. Aveva fatto la spesa. Si era preso cura della casa, dei conti, della figlia in galera. Si era lasciato indicare, guardare, giudicare. Perché di sicuro tanta gente avrà detto: Poveraccio, che disgrazia gli è capitata. Ma tanta altra avrà pure malignato: Chissà che padre sarà stato, per aver tirato su una figlia così.

«Non mi sono nascosto, Emilia, perché non ti puoi nascondere da te stesso. Puoi illuderti, al massimo, ma non risolvi nulla. Anche tu, devi smetterla.»

«Come faccio?» Emilia gridava. Tanto, nessuno poteva sentirla: li imbarazzava, gli altri, le passavano davanti accelerando. Ma lui no, anche per telefono riusciva a respirarle accanto. «Tutti mi scoprono.» Glielo disse: «Anche Bruno, anche lui mi ha scoperto. Gli ho fatto schifo, orrore. Mi ha cacciata da Sassaia».

Riccardo emise un lungo sospiro: cominciava a capire. «Nessuno ha il diritto di cacciarti, Emilia. E, ti stupirà sentirmelo dire, ma adesso penso veramente che dovresti tornare a Sassaia.»

«Impossibile.»

«Credi che non sia stata dura, anche per me? Che non mi sia mai sentito sul punto di mollare?»

A Emilia, buttata ai piedi di quel cartello, le si crepò il cuore dove le si era già crepato mille volte. Perché lei aveva pagato, giustamente. Ma suo padre aveva pagato gratis.

«Me le hanno fatte le battute? Sì. C'è stata gente che ha cambiato strada mentre passavo? Sì. Lo sai quanto possono essere cattive le persone, specialmente quando sono spaventate da una cosa brutta, che non comprendono, che è più grande di tutti noi. Non ho tenuto il conto dei conoscenti che sono spariti, persino di certi parenti. Questo soprattutto all'inizio, quando uscivo dal garage e dovevo aspettare che si scansassero i giornalisti di tutte le televisioni, perché non ne mancava nessuna in quel periodo. E mi veniva voglia di mettergli sotto un piede, a quei ficcanaso, di fargli cadere dalle mani quelle loro telecamere ottuse. Però, Emilia» Riccardo sospirò di nuovo, «andiamo avanti.»

Emilia chiuse gli occhi, provò ad assorbire quelle due parole, a farsele entrare in circolo nel sangue, nei tessuti: *andiamo avanti*.

«Sai cosa mi ha salvato? Il pensiero che, persino in quel disastro, eravamo io e te, insieme. E fino a quando saremmo rimasti insieme, tutta quella sofferenza avrebbe avuto un senso. Potevamo lavorarci. Potevamo attraversarla, con il tempo. Perché, nonostante tutto, io e te eravamo, siamo, una famiglia.»

Non c'era più Milano, non c'era più Ravenna. C'erano solo padre e figlia adesso, al telefono come poco prima dell'arresto. Senza difese, come quando Emilia era nata e lui aveva tagliato il cordone in sala parto.

«Ho sempre sentito tua madre al mio fianco quando lavoravo tutta la settimana e poi nel weekend andavo a fare compere per te, perché sapevo che la settimana dopo c'era il colloquio. Mi hanno riempito di gioia, quei colloqui» scoppiò a piangere anche lui. «Non lo auguro al mio peggior nemico, però io ti vedevo, Emilia: eri mia figlia, eri tu, anche nei momenti peggiori. E ne saremmo usciti perché ci saremmo voluti bene. Nessuno stuolo di giornalisti mi ha impedito di proseguire la mia carriera, nessun abitante di Ravenna mi ha costretto ad andare via. Gli amici veri, quelli sono rimasti. E alla fine ho trovato anche una compagna. Emilia, per favore, non scappare più.»

E poi la disse, la frase.

Quella che avrebbe non estratto – impossibile – ma cambiato la posizione del proiettile inesploso, del bolo nero.

«La cosa migliore che puoi fare, non solo per te stessa, ma anche per *lei*, è non buttare via questo dopo. Ricostruirlo.»

Emilia la cercò d'istinto un'ultima volta tra le vetrine e i dehors di Milano. Poi si asciugò le lacrime e si tirò in piedi. Si guardò intorno frastornata, ma anche forte di una certezza nuova.

«Hai ragione.»

Era da quando provava a camminare, e poi ad andare in bicicletta, che suo padre le permetteva di cadere e l'aiutava a rialzarsi. La strada si era fatta tranquilla. Le persone erano tornate negli uffici. Si passò una mano sulla fronte: era sudata, ma fresca.

«Non ti ho mai ringraziato.»

Riccardo si mise a ridere: «Non si ringraziano i genitori».

31

Il picco d'iscrizioni a scuola era coinciso con il prof Mangiagalli di sala e cucina. Pizzetto curato, occhi blu, culo marmoreo dentro i jeans attillati. Tanto attillati da essere ribattezzato "Grande Pacco".

Trent'anni, pettorali in rilievo attraverso la stoffa della camicia, fede al dito – ma nessuna si formalizzava per così poco. Una sveltina dietro i fornelli con lui era il sogno a occhi spalancati di tutte.

Ma lui era Integerrimo. Severissimo, serissimo, tutto preso dal suo ruolo di insegnante di lasagnette ai funghi, vassoi di flûte in equilibrio, portamento fra i tavoli. E dire che loro sculettavano con grande impegno, si scollacciavano e producevano una quantità di risolini, ammiccamenti, ormoni. A vuoto.

Giusto ogni tanto, quando si distinguevano nella guarnizione di un carpaccio dopo ore di correzioni, lui si lasciava un pochino andare gettando il cuore oltre l'ostacolo: "Brave, state diventando brave" con un tono a metà tra il motivatore e il redentore, "faranno a gara ad assumervi i grandi hotel, i ristoranti stellati, *un giorno*".

Sì, ridacchiavano loro: *come no*. Come se non sapessero che le uniche assunzioni in cui potevano sperare fuori, all'osteria col menu fisso a undici euro, erano quelle procurate dallo Stato che pagava i gestori apposta.

Lui non le guardava mai con un'attenzione diversa da quella del docente. Mentre loro se lo frugavano come un branco di adolescenti affamate, costrette a una castità che non avevano scelto. Erano rimaste a secco dopo il Dirimpettaio, e ora era arrivato Culo di Marmo. Insistevano su certe inquadrature sconce, certi zoom sulle labbra, certi primi piani della cerniera. Distratte su tutto il resto, di cui non fotteva niente a nessuna. Marta voleva fare lo scientifico, Emilia l'artistico, le altre avrebbero preferito cento volte corsi da estetista anziché quella noia di sala e cucina. Anche se poi le lasagnette ai funghi erano buone, e pure le crespelle di ricotta, e, soprattutto, i risotti e le scaloppine che prevedevano l'introduzione straordinaria di vino. Tavernello da dieci gradi scarsi, ma andava bene lo stesso: dopo la spruzzata in padella necessaria alla cottura, se lo scolavano passandoselo dietro la schiena.

Avevano cucinato con le proprie mani il pranzo di Natale e di Pasqua per l'intero Istituto, e gli atti di autolesionismo erano lievemente calati. Si parlava anche di aprire un ristorante annesso al penitenziario: un progetto ambizioso che le aveva fatte sentire un pelo sopra la nullità.

Solo che Grande Pacco, Culo di Marmo, comunque lo si volesse chiamare, era molto più allettante di qualsiasi progetto formativo. Era fico e biondo come Brad Pitt. Le serate a congetturare su come e in quali posizioni si trombasse la fortunata moglie avevano preso la stessa piega infuocata dei bigliettini porno scritti insieme per il Dirimpettaio. Morivano tutte dalla voglia di allungare una mano e toccarglielo, quel pacco. Avevano sedici, diciassette, ventidue anni: era dura continuare a sublimare. Le fantasie montavano, ingigantivano: "Io lo faccio. Giuro che domani lo faccio", "No, glielo faccio io, un bel pompino", "Glielo facciamo insieme". Film collettivi nutriti sempre di nuovi particolari, ogni notte, bisbigliando da letto a letto. Finché, una mattina, in pieno orario scolastico, Myriam aveva rotto la diga tra possibile e impossibile.

Girando la zuppa, aveva ancheggiato di soppiatto fino a strusciare il suo fianco contro quello di lui. Poi rapida, precisa, gli aveva palpato il cavallo dei pantaloni. Indugiando davanti alle altre, che non trattenevano lo stupore, gli incitamenti. Il gas sfrigolava, il forno abbrustoliva i crostini, erano tutte invase da una tachicardia meravigliosa. Finché, sul volto di Grande Pacco, era crollato il gelo.

Si era slacciato il grembiule, fissando Myriam e le altre con un disprezzo infinito. Si era tolto anche il cappello da chef e lo aveva gettato a terra con violenza. Si era diretto a passi fermi verso il blindo. Aveva chiamato a gran voce le guardie, dando l'ordine di riportare la ciurma nei fetidi scantinati della società dove meritavano di marcire, pane e acqua. Infine, non pago, aveva bussato all'ufficio di Frau con pugni poderosi.

L'ennesimo reato – "Molestie sessuali" – era stato messo a verbale e inviato al magistrato di sorveglianza. Tempo tre giorni, Myriam era stata spedita a Roma, a cinquecento chilometri di distanza dai suoi parenti, interrompendo per l'ennesima e definitiva volta il suo percorso scolastico. Perché se cambi città e istituto, mica ricominci la scuola da dove l'hai lasciata. Mica tutti gli istituti hanno gli stessi percorsi formativi. Mica il diritto all'istruzione è garantito, se hai sbagliato e continui a sbagliare.

Quell'interruzione, nel caso di Myriam, aveva decretato la morte del suo già precario futuro, come sarebbe emerso in seguito dalla dose che si era sparata in vena. Mentre Culo di Marmo era stato solo assegnato a un'altra classe, sostituito all'Ipm da un cinquantenne panzuto che non era in grado di far sognare nessuna.

La colpa era loro: vietato lamentarsi. Anzi, se si azzardavano, facevano la stessa fine di Myriam. Il cui trasferimento aveva alzato la tensione a livelli di allerta. Gli accendini erano stati tutti sequestrati e le guardie non chiacchieravano più, non scherzavano più: osservavano soltanto. E i musi nelle celle erano lunghi.

"La scuola è un privilegio che vi dovete meritare" aveva gridato Frau furibonda camminando fra le celle. "La scuola qua dentro è un lusso, e ve ne dovete rendere conto."

Silenzio al vetriolo. Unghie conficcate dentro gli avambracci fino a far uscire il sangue.

Poi Marta aveva gridato: "No. La scuola è un diritto".

Torcia accesa, fuoco inestinguibile.

E Frau l'aveva incenerita: "Nel mio ufficio, subito".

"Siamo in castigo, e ci mettete ancora più in castigo per ogni possibile puttanata" aveva ribadito Vargas, quando erano rimaste sole. "E poi credete che diventiamo migliori."

"Palpare il pisello di un insegnante non è una puttanata. Se lui ti toccava il sedere, io lo denunciavo seduta stante."

"Gli chiederemo scusa, gli scriveremo una lettera... Ma mandateci qualcuno del Beccaria ogni tanto, così ci sfoghiamo."

"Sii seria, perché ho una voglia di spedirti a Pontremoli che non immagini..."

Marta aveva fissato al di sopra della Frau la faccia incorniciata del presidente della Repubblica. Un uomo canuto, incravattato, dignitoso, distante anni luce delle meschine e putrescenti avversità della vita.

"Voglio scrivere a Carlo Azeglio Ciampi" aveva affermato con solennità. "Una lettera per dirgli che nelle carceri minorili non è garantito il diritto all'istruzione."

La Frau aveva strabuzzato gli occhi.

"Voglio chiedere al presidente, che è pure il presidente mio, no? Non solo delle ragazzine per bene. Voglio chiedergli che la scuola diventi la spina dorsale della pena. Che nessun percorso scolastico possa essere interrotto o negato, perché se no stare qui non serve a niente."

Marta era una che, quando diceva certe cose, con quella specifica veemenza, l'avresti votata. Era un vero peccato che mai, in tutta la sua vita, avrebbe potuto candidarsi.

"Non potete pretendere che capiamo i nostri errori, pardon, i nostri reati, se non abbiamo manco le cancelline. Non potete pretendere che smettiamo di sbagliare se conosciamo soltanto parole sbagliate, esempi sbagliati, sbarre. La pena non serve, serve la cultura. E io so che lei è d'accordo."

La Frau aveva sospirato. Aveva chiuso gli occhi. Aveva imprecato.

Poi le aveva allungato una biro e un foglio.

Ora la paladina del diritto all'istruzione si stava sedendo di fronte a Emilia, in cucina, allungando due piatti fumanti di fusilli al pomodoro. Aveva appena finito di rievocare la storia di Grande Pacco e, aggiungendo un filo d'olio a crudo sulla pasta, concluse: «Sai cosa mi fa incazzare, Emi? Che la scuola non è la spina dorsale di una mazza, figuriamoci dei minorili. Frotte di minori non accompagnati vengono riversati nelle celle perché non c'è un altro posto dove metterli. Dagli stessi quartieri finiscono negli stessi istituti. E alla fine io e te, Afifa e Yasmina e un altro paio di diplomate, siamo state solo eccezioni in un mare perso».

Emilia si soffermò su quella parola: *eccezioni*.

Marta infilzava tre fusilli alla volta e li divorava. Aveva sempre fame ed era sempre magra: non la finiva mai di bruciare.

«Non sai cosa darei per poter andare nei fine settimana al Beccaria a dare una mano a quei ragazzi. Non immagini cosa combinerei se fossi la ministra della Giustizia, o dell'Istruzione...»

«Oh, me lo immagino!»

Risero. La luce spiovente sulla tavola creava un'intimità speciale. Si stava bene in quella casa. *Solo che*.

«Marta.» Emilia provò a interrompere il flusso infervorato della sua amica che le elencava le iniziative che avrebbe preso da ministra.

Solo che. Non erano più compagne di cella messe lì dalla vita.

«Marta.» Emilia trovò il coraggio, la voce ferma. «Io torno a Sassaia.»

Marta smise di parlare, di masticare, di sorridere.

«Stronza. E pure ingrata.»

«Ti sono grata, invece. Mi hai tirata su nei momenti più di merda, mi hai sopportata...»

Marta stringeva la forchetta nel pugno. Provò a riaffondarla nel piatto, ma la delusione era troppo forte. Scosse la testa: «Sempre per un uomo».

«Lui non c'entra» Emilia la guardò negli occhi, «o meglio, non è il motivo.»

«Non ti ha scritto, non ti ha chiamata?»

Era accaduto più di tre settimane prima, ma si era ben guardata dal rivelarglielo.

«E allora perché devi fare una simile stronzata?»

Per Emilia non era mai stato facile affrontare Marta, contraddirla, deluderla. Ma la telefonata con suo padre l'aveva resa, almeno in parte, *nuova*.

Lasciò che la pasta si freddasse. «L'hai detto tu: siamo eccezioni. Quanta gente esce con la laurea da un carcere? Ci siamo riuscite, siamo delle specie di miracolate. Ma a cosa mi è servita quella laurea se non posso scegliere il mio posto?»

«Un buco di culo in mezzo ai monti?»

«L'unico luogo dove la mia vita è stata felice. Prima che mia madre si ammalasse. Prima che io diventassi un fallimento. E non ci voglio rinunciare, come dici tu, *per un uomo*. Qualunque cosa voglia lui, io a Sassaia ci resto. Mi riprendo il mio lavoro. La mia vista sulle Alpi.»

«Fai il cazzo che vuoi, sei adulta.»

Questa volta Marta tornò a mangiare. Con voracità, come una che si è ampiamente rotta la fica di farsi rovinare la vita dagli altri.

«Sappi solo che la prossima volta non ti raccatto. La prossima volta che il capraio ti riduce in quello stato pietoso, non chiamarmi, non presentarti sotto casa mia. Non ti aprirò.»

«Marta» Emilia cercò di sorriderle, «dopo sei anni di minorile insieme, più altri otto a scambiarci letterine, siamo inseparabili. Che tu lo voglia o no.»

Non lo voleva, infatti. Desiderava solo infierire: perché era la sua ferita più profonda, adesso, a prendere fuoco.

«Ti caccia, ti insulta, ti umilia, e tu ci ritorni. È una scena che ho visto migliaia di volte. Mio padre che prende a pedate nel culo mia madre, che la sbatte fuori di casa in pieno inverno perché nel sugo c'era poco sale, perché gli spaghetti erano scotti. Lui che la scaraventa sullo zerbino come il sacco della monnezza, e lei che fa? Piange e chiede scusa.»

«Marta.» Emilia provò a prenderle una mano. Lei la ritrasse.

«Cosa credi? Che lui ti guarderà senza ripensare ogni giorno, ogni minuto, a quello che hai fatto?»

Allora Emilia si alzò da tavola di scatto. Vi appoggiò entrambe le mani sopra: non intendeva fuggire, mai più. «Voglio fare quello che fai tu: camminare per strada senza tenere sempre gli occhi bassi, perfino dire al primo che passa da dove vengo, come te con Habib alla Stazione. Senza nascondermi, senza accampare balle. Voglio il mio posto. E se Bruno intende starci, bene. Se no, Sassaia non è sua. Nessuno può darmi il permesso di esistere.»

Andò in camera a riempire la valigia.

Marta bussò alla porta mezz'ora dopo, la aprì piano, si affacciò con un'enorme stanchezza sul viso. «Scusami, ho esagerato.»

Emilia si voltò verso di lei. Sul letto, spalancata e colma per metà, la valigia rigida con le rotelle che aveva comprato dai cinesi dopo la telefonata con suo padre.

«Ti ricordi quando il presidente della Repubblica ti aveva risposto?» Le chiese. «E tu non ci credevi, la Frau non ci credeva, nessuna ci credeva? Però è successo.»

Marta annuì.

«Ti ricordi quando ti sei laureata, cosa mi hai detto?»

Marta continuava a restare sulla soglia, appoggiata allo stipite della porta, in bilico.

«Mi hai detto che avevi vinto, che ti sentivi *libera*, *felice*.»

Entrambe avvertirono un brivido lungo la schiena. Le parole "libertà" e "felicità" suonavano sempre oscene sulle loro labbra.

«Ci voglio provare anch'io» disse Emilia.

Tornò a riempire la valigia con i vestiti milanesi che la sua amica le aveva regalato, che lei stessa si era comprata con gli spiccioli di quel breve part time in libreria.

«Ti aspetto lassù, sulle montagne.»

Marta chiuse gli occhi. Emilia le baciò le palpebre, premendo le labbra su ciascuna. Afferrò la valigia, s'infilò il cappotto, uscì.

E Marta la lasciò andare, perché è questo che fanno le vere amiche.

32

Entrai prima io, per precauzione. Mi assicurai che lui non se ne stesse appostato da qualche parte, ubriaco, pronto a colpirci con un bastone o peggio. Aprii le porte, ispezionai ogni stanza. Considerai lo stato in cui aveva lasciato le cose: sporco, disordinato, ma sembrava non mancare nulla. Solo le mucche si era portato via, probabilmente le aveva già vendute: dalla stalla vicina veniva un grande silenzio. Lui non c'era, era questo l'importante. Mi affacciai alla porta rimasta aperta e dissi a Martino e Adelaide che potevano tornare a casa.

La denuncia aveva colto alla sprovvista Fiume Senior. Era sceso giù al Samurai a bere e bestemmiare, ma questa volta non aveva trovato né sponde né credito per i suoi genepy. Piero si era sporto dal bancone e gli aveva detto chiaro e tondo che qui, in questa Valle, non c'era posto per quelli che menavano le mogli e i figli, e che faceva meglio ad andarsene se non voleva essere portato nei boschi e fare la fine di Fra' Dolcino. Gli altri, vecchi e giovani, avevano annuito dai loro tavoli, sospendendo il tressette e guardandolo in faccia con occhi cupi. Se non denunci, la gente può sapere e non sapere. Ma se è scritta nero su bianco, la verità, allora non hai più scampo. Lui aveva indietreggiato, capito. Era uscito senza protestare ed era andato a sedersi sotto la pensilina, sul lato opposto della piazza, ad aspettare l'ultimo autobus con le mani in mano.

Nei piccoli paesi chiusi, isolati, con la mentalità vecchia di secoli, può succedere anche questo: che gente che sparla e fa i dispetti, all'occorrenza sappia aiutarsi davvero. Che poi è uno dei motivi per cui sono tornato e rimasto.

Adelaide, ancora malmessa, appena si ritrovò in casa sua cambiò faccia. Andò dritta in cucina, si aggirò intorno alla tavola riprendendo possesso della dispensa, del lavandino, delle pentole. Ne riempì una d'acqua e mi chiese se volevo fermarmi a pranzo.

«No, grazie» risposi, «devo andare.»

Non era vero: non dovevo andare da nessuna parte. Ma non era facile rimanere lì e indugiare dentro quella separazione.

Martino era ancora impalato al centro del salotto. Con lo zaino sulle spalle, la giacca e il berretto infilati, come se dovesse venir via da un momento all'altro. Tornai da lui e provai a sorridergli. Lui mantenne la faccia da funerale. Ma cosa potevamo farci? Se io non ero la sua famiglia e lui non era la mia?

«Battezziamo un giorno: venerdì, sabato? E tutte le settimane, quel giorno, vieni a pranzo da me.»

Storse la bocca: non poteva accontentarsi di così poco.

«Vieni a pranzo da me, e al pomeriggio andiamo a farci un giro giù in città» alzai la posta, «gelateria più sala biliardo.»

Martino era difficile da comprare, ma le sue labbra serrate, contratte, incazzate, stavano cedendo. Appoggiò le mani sulle bretelle dello zaino, lentamente se lo tolse, lo lasciò cadere a terra con un tonfo.

«Sala biliardo ok. Ma senza gelato: non sono più un bambino.»

Quindi si concesse di dare un'occhiata intorno, di riconoscere i tristi quadri da quattro soldi, il divano cosparso dai peli di Nebbia, il tappeto polveroso, il televisore sul mobiletto. E, alla vista del televisore, i suoi occhi ebbero un fremito. Di colpo mi ignorò, si tuffò sul divano, arraffò il telecomando e puntò subito ai cartoni animati: quel che più gli era mancato da me a Sassaia. Lo guardai e pensai: Mi hai guarito, piccolo *valìt*.

Tornai in cucina a salutare Adelaide. Aveva già apparecchiato. C'era un buon odore di sugo, adesso. La vita aveva ripreso il suo corso.

«Vado. Se hai bisogno di qualunque cosa, tengo il telefono acceso.»

«Signor maestro» mi richiamò mentre mi ero già avviato. Non

c'era niente che potessi fare per toglierle il vizio di chiamarmi in quel modo. «Grazie» mi disse abbassando lo sguardo, come se si vergognasse di aver avuto bisogno del mio aiuto.

«Siete voi che avete aiutato me» le risposi. E a quel punto abbassai gli occhi anch'io, mi voltai, scompigliai i capelli di Martino stravaccato davanti ai *Power Rangers* e, quando uscii, chiusi forte la porta.

Scendendo verso Alma, cercai di non pensare alla casa vuota che mi aspettava. Passando di fronte al Samurai mi accorsi che si erano sporti tutti per guardarmi con una strana eccitazione, degli strani sorrisini. Ma non ci feci caso: erano matti. Eravamo tutti matti, da quelle parti.

Rientrai a Sassaia. Attraversando i vicoli non badai a nulla e nulla mi sembrò cambiato. Mangiai un panino: non avevo fame. Salii al mio studio per correggere i compiti e tenermi la testa impegnata. Innaffiai i ciclamini. Poi, siccome erano solo le cinque del pomeriggio, decisi di anticipare il bucato settimanale. Mi misi la gerla in spalla, andai al lavatoio. Il bucato a mano nell'acqua gelida è una roba che ti sfianca, e io ne avevo bisogno. Volevo arrivare a sera distrutto e addormentarmi in un attimo.

Verso le sette mi preparai la cena, apparecchiai per uno. Calò il buio, il freddo, accesi la stufa. Mi sedetti a tavola fronte vicolo. Allora le vidi.

Tutte le finestre della casa di fronte erano illuminate.

Una mattina d'inizio estate Rita era venuta a prendere Emilia molto presto. Si assumeva lei la responsabilità di quell'uscita straordinaria, rispondeva lei in prima persona di qualunque imprevisto.

"Mica possiamo portarla là in manette, con la polizia penitenziaria che la scorta." Frau ne aveva convenuto. "E poi se la merita, questa occasione." Frau ne aveva convenuto di nuovo, aggiungendoci il segno della croce.

Era il 2004. A Emilia negli ultimi mesi, come amavano dire là dentro, "era scesa la catena". Aveva studiato poco e male. La tesina l'aveva raffazzonata. Le parti decenti gliele aveva praticamente dettate Pandolfi, il resto non poteva dirsi in italiano. Non ci credeva più: ecco. Ci aveva creduto prima, negli anni passati, quando si era rimessa a studiare. In mezzo a quel viavai di povere criste, con quei programmi ridotti e facilitati, con quelle ore in meno, in quelle classi di tre o quattro studentesse & detenute, si era sentita di potercela fare.

Ma adesso l'esame di maturità era uguale a quello degli altri: gli studenti *non* detenuti. Ragazzi che il programma ministeriale lo avevano affrontato per intero, e i compiti a casa li avevano svolti in pace, nella propria cameretta o in biblioteca, senza la musica delle altre a palla nei corridoi, senza le emergenze, le insurrezioni, le risse, i colloqui con l'avvocato, il pensiero sempre lì: alla Condanna.

Ce l'avrebbe avuta anche lei, la presidente esterna, il collegio docenti sconosciuto: come gli altri. Solo che lei non era *come gli altri*, proprio per un cazzo. Allora era tornata la vecchia Emilia: tagli sulle braccia e orizzonte nero. A cosa le serviva studiare, il diploma? Se poi tanto là fuori sarebbe rimasta per sempre *quella di Ravenna*?

Era salita sulla Punto ammaccata di Rita e si era lasciata condurre fuori dal grande cancello del carcere. Piazza San Francesco si era subito spalancata davanti a loro, tracimante di luce. Emilia, nonostante il cuore le pesasse come piombo, era riuscita a stupirsi: era così bella, Bologna. Il grigio non c'era mai, da nessuna parte. C'erano biciclette, manifesti di concerti, giocolieri assonnati ai semafori. I pioppi nevicavano sui viali.

Rita non parlava: aveva acceso la radio. Emilia era troppo ammaliata dal mondo intero, vivo, non sezionato dalle sbarre, per assorbire le notizie. Temevano sempre che scappassero durante le uscite, e questa per lei sarebbe stata l'occasione: bastava spalancare la portiera al prossimo rosso, saltare giù e correre finché aveva aria nei polmoni, forza nelle gambe. Allora sarebbe entrata in un bar e avrebbe ordinato uno spritz gigantesco.

«Rita, non scappo solo perché sei tu, sappilo.»

«Ci mancherebbe.»

Guidava con disinvoltura, ma Emilia gliela leggeva a fior di pelle la tensione.

«Se mi portava la Venturi, ero già in piazza Maggiore. Poi mi ritrovavano stasera, ma intanto mi ero ubriacata a merda.»

«Se è tutta qui, la tua ambizione, ti ci porto io al bar. *Dopo.*»

Emilia aveva riso: «Davvero?».

«Solo se fai la brava. Un prosecchino, poi ti mangi subito una caramella. Ma non lo devi dire mai, nemmeno sotto tortura.»

Emilia aveva deglutito. Doveva sputare il rospo, con Rita poteva: «Preferivo farlo in galera, l'esame».

La sua assistente sociale aveva inchiodato in mezzo alla strada, rischiando un maxitamponamento a quell'ora di punta. Si era voltata verso di lei, paonazza. Le aveva gridato: «Ma se abbiamo implorato il magistrato di sorveglianza! Genuflettendoci e giurando sui nostri figli!».

Emilia aveva questa preoccupazione più forte di tutto, questa angoscia: «Dici che se ne accorgono, *gli altri*?».

«No, Emilia, non ci siamo.» Rita, subissata da clacson di protesta, dita medie, imprecazioni e insulti, era montata su un marciapiede, aveva inserito le quattro frecce. «Sentimi bene. Tu vai lì da privatista. Come qualsiasi altra persona che vuole dare l'esame di maturità. Nessuno sa chi sei, da dove vieni. Ti siedi, scrivi il tuo tema. E basta.»

«Mi sto cagando addosso.»

«Vargas mi ha detto che ti detesta perché hai avuto questa possibilità e lei l'anno scorso no.»

«Lo so.»

«Allora goditi 'sta mattinata fuori! Fallo per lei, per le altre. Soprattutto, per te stessa.»

"Goditi", suonava come una presa per il culo.

La realtà era che non aveva scelta. Le era stata tolta anni prima.

Un quarto d'ora dopo, le gambe molli, Emilia era entrata nell'Istituto professionale alberghiero Artusi: non la succursale, quello vero.

Aveva riconosciuto la conformazione e i colori tipici dei corridoi, delle aule, delle finestre di una scuola pubblica italiana.

Quell'odore, che non era di gattabuia, bensì di gesso, di giovani, di crisi adolescenziale, di spensieratezza: lo stesso della sua vita precedente. Si era confusa insieme alle ragazze e ai ragazzi più piccoli di un anno che confluivano alla spicciolata nelle aule. Aveva cercato la quinta B, dove le avevano detto di andare e, trattenendo il respiro, ne aveva varcato la soglia.

Le tremavano le mani. Le tremava il cuore. Molti erano già seduti, nervosi: giocherellavano con le penne, nascondevano meglio dentro gli astucci i bigliettini per copiare. Nessuno aveva alzato lo sguardo al suo passaggio. Nessuno l'aveva additata, smascherata: *il mostro, il mostro di Ravenna!*

Era andata a sedersi in un banco in fondo. Aveva guardato a lungo le finestre senza sbarre, il cielo terso là fuori, tutti quei pollini sospesi nell'aria che fluttuavano, che andavano, che si facevano portare. Poi era arrivata un'insegnante con le buste. Aveva atteso il momento fatidico e le aveva aperte. Emilia aveva ricevuto il foglio protocollo timbrato dal ministero. Aveva letto e riletto le tracce senza riuscire a decodificarle. La sua mente era come quei pollini di pioppo: volava senza peso, senza aderenza. Ne aveva scelta una, d'istinto: il saggio breve di argomento artistico. Non perché ne sapesse, ma perché le piaceva come le risuonava dentro: "La luce nel Caravaggio".

Aveva scappucciato la biro e poggiato la punta sulla riga bianca. Era rimasta lì, in quella posizione, in quell'inizio possibile, per un tempo indefinito. Poi aveva tirato su lo sguardo, osservato le teste chine dei compagni d'esame sconosciuti, con addosso gli stessi jeans e le stesse T-shirt che indossava lei. I volti concentrati, le penne veloci, forse un pensiero alle vacanze premio dopo i risultati. E lei era lì, con loro. Nessuna ricetrasmittente, nessuna chiave, nessun blindo che sbatte. La luce bagnava l'aula come un lago docile. E il suo cuore si era gonfiato, fermato in un'apnea di gratitudine.

Avrebbe scritto una paginetta striminzita, zeppa di errori d'ortografia, di ragionamenti contorti e, nonostante tutto, avrebbe consegnato per ultima: per non perdersi nemmeno un istante di quel silenzio.

Avrebbe fatto pena, preso il minino solo perché, appunto, il suo caso faceva pena. Però, in quell'aula, dentro quel silenzio meraviglioso, frusciante di fogli, d'inchiostro, di concentrazione, mentre scriveva il tema insieme agli altri, Emilia si era sentita

una persona normale.

Lunedì 21 marzo 2016, alle tre del pomeriggio, quando era scesa dall'autobus e si era ritrovata di nuovo nella piazzetta di Alma, davanti all'alimentari della Rosa, alla scuola, alla chiesa, alle vetrine del Samurai da cui tutti, colti di sorpresa, la fissavano sgranando gli occhi, si era sentita di nuovo così: normale. Che non lo sa nessuno quanto bella sia questa parola, quanto rara.

Quindi aveva alzato una mano per salutare gli avventori del bar, tra cui il Basilio che era uscito fin sulla porta per sorriderle con tutti i denti che aveva e non aveva, e le lacrime agli occhi. Si era accesa una Winston, si era diretta spedita verso le scalette seminascoste dalle ortensie, che non erano più bruciate dal freddo e srotolavano le foglie nuove.

Quando aveva ricominciato a salire Stra' dal Forche, trascinandosi dietro il trolley, i polmoni impregnati di fumo, le gambe già disabituate, non era riuscita a non ridere.

Di neve non ce n'era più. I rami dei faggi, delle betulle, dei castagni mettevano fuori le gemme. Alcuni uccelli erano tornati a riempire l'aria di cinguettii e frullii d'ali. Le formiche risalivano lente i tronchi.

Arrivata alla cappella della Madonnina, si fermò e si accorse di una scritta sbiadita sul fianco che non aveva mai notato:

Troverai più nei boschi che nei libri.
Gli alberi e le rocce ti insegneranno cose che nessun maestro ti dirà.

Il silenzio, aveva pensato. È questo, l'insegnamento.
Il silenzio e la luce, e l'inverno che finisce.

Aveva ripreso a salire, le narici piene dell'odore di foglie, steli, pollini, di quel tutto che ricominciava, volenteroso e determinato, perché l'importante era vivere, a qualsiasi costo: trovarne il coraggio.

Nel tratto finale Emilia era distrutta, ansimava: il trolley era stata una pessima idea. Ma, dopo l'ultima curva, il cartello bianco e nero era riemerso tra gli alberi e Sassaia si era materializzata di fronte a lei, illesa. Salva dal tempo, immersa nella luce del Caravaggio.

Mi alzai da tavola e mi precipitai fuori.

Con la barba lunga, la camicia sporca, il sangue pompato a velocità folle, attraversai il vicolo, guardai la porta e pensai: Ora busso e mi apre qualcun altro. Mi apre Riccardo, l'Aldo, un affittuario sconosciuto.

Bussai lo stesso. Tre colpi decisi che rimbombarono tra le pareti delle montagne. I secondi rotolarono giù, come rocce pesanti. Ero stordito dall'adrenalina, dalla paura, dalle contraddizioni. Ma il corpo sapeva.

La porta si aprì, provocando uno spostamento d'aria pari o superiore a quello che mi aveva sbalzato via nel 1990. Solo che adesso mi rimise al centro.

Emilia era lì, con i jeans sdruciti a vita bassa e l'elastico delle mutande che veniva fuori. Lì, con un camicione a quadri bianchi e rossi, mezzo sbottonato, senza reggiseno. Lì, che vibrava e infuriava anche se apparentemente era calma. Con il suo vero cognome.

Era struccata, spettinata. Mi sfidava con l'espressione sua tipica strafottente: Hai visto? Sono tornata.

Perché? Che intenzioni hai?, le chiesi in silenzio con lo sguardo.

Mi rispose con un sorrisino: Non te le puoi immaginare.

In tutto questo, lei era dentro e io fuori. Aveva sempre avuto ragione: non servivano a niente, le parole. Non a vivere, almeno.

Mi tirò a sé afferrandomi la camicia. Richiuse il freddo fuori dalla porta. Non arrivammo al piano superiore. Non c'era bisogno di accostare gli scuri o di fare piano.

Precipitando sul divano, i corpi incandescenti che non ne potevano più, lo pensai. Per un attimo mi esplose nella mente: Che stavo per farlo con *un'a...* – la parola mi morì all'interno, disfacendosi.

Mentre la spogliavo e lei mi spogliava, non solo dei vestiti ma di tutto il passato e il futuro e i nomi e le apparenze e le leggi e le convenzioni e il giusto e lo sbagliato, la mia bocca si staccò dalla sua per dirle l'unica cosa che ancora non le avevo detto, l'unica che quella notte, per me, contava: «Ti amo».

33

Ma il passato c'era.

Eccome se c'era.

E pure il futuro.

Se ne stavano lì, in agguato sotto i mobili, ombre nel vicolo dietro la finestra, dietro le porte.

Emilia si accese una Winston. «Non voglio cavarmela così facilmente» disse buttando indietro i capelli. Nuda, riversa sul divano con le gambe intrecciate alle mie.

La guardavo ammaliato, la testa appoggiata sul bracciolo opposto, nudo a mia volta. Avrei voluto che non parlasse, non si alzasse; non dover uscire mai dal bozzolo caldo e precario di quel momento.

Invece Emilia si alzò. Con la sigaretta che le pendeva dalle labbra si infilò le mutande, i jeans, il camicione e si diresse verso il tavolo dove erano già sistemati, pronti all'uso, un blocco di fogli e una matita.

Sedette, aspirò sovrappensiero. Poi posò la sigaretta nel portacenere, afferrò l'album, lo aprì, impugnò la matita e, senza guardarmi, come se io non esistessi più, attaccò a disegnare con furia metodica.

La stufa andava a pieno carico ma d'improvviso sentii freddo. Mi rivestii. Aprii la dispensa, presi due bicchieri e una bottiglia di nocino perché intuii che ne avremmo avuto bisogno. E andai a sedermi di fronte a lei.

Il suo volto era buio. Se ne stava china, indaffarata su quel foglio che io cercavo di non guardare. Sudava lungo le tempie, il respiro accelerato. Scomposta, le gambe incrociate e i capelli che le ricadevano in faccia di continuo. Se li riportava dietro le orecchie, ma senza interrompersi, troppo rapita per cercare un elastico.

Mi versai mezzo bicchiere e mi soffermai sul televisore inutile, sui paioli di rame che avevo lucidato. Chissà se si era accorta del giardino, pensai, del solaio, del rubinetto che non perdeva più. Ma non era il momento di chiederglielo. L'orologio segnava le venti e trenta. Sassaia era come una stella precipitata sulla Terra, dispersa e nascosta in una zona troppo impervia. Emilia fumava con una mano e con l'altra non posava un secondo la matita. Nel silenzio ascoltavo la mina consumarsi.

Tirò su la testa solo quando ebbe finito. Valutò prima il risultato con severità, poi fissò me. Con due occhi urgenti, brillanti, che non le avevo mai visto. Girò il foglio e me lo mise davanti.

Era il ritratto di una ragazza. Giovanissima, qualche ciocca sfuggita alla coda di cavallo che le sciorinava sul viso, come se ci fosse vento.

Gli occhi chiari e furbi. Le labbra sottili, tese in un sorriso allusivo. Non la riconobbi. Emilia le aveva delineato anche le spalle, le clavicole sporgenti, i lacci di un bikini a triangolo.

«Lei è Angela» disse.

Scandì bene le parole: «Angela Massia».

Mi si gelò il sangue.

Aveva detto *è*, non *era*.

Avrei voluto fermarla, dirle: No, non è necessario. Ma avevo solo segatura in bocca, e sapevo anch'io che invece lo era: necessario.

Che non puoi amare qualcuno senza conoscere tutta la storia, specialmente il nero.

«Sono passati quindici anni, quasi. Ma io mi ricordo ogni suo neo sulla schiena e lentiggine sulle spalle. Mi ricordo della fossetta che aveva sul mento e le due di Venere sopra l'osso sacro che facevano gola a tutti i ragazzi. Quanto gliele ho invidiate... Sono qui» si batté una palpebra con l'indice, «che le escono dal pezzo di sotto del costume mentre sculetta in spiaggia. Sono qui i suoi occhi, che erano la cosa migliore che avesse, insieme alle tette. È tutto inciso qui, a fuoco, come se non avessi visto altro in tutta la vita.

All'inizio la sognavo, e per questo chiedevo che mi aumentassero le dosi. Mi spaccavo la fronte sulle sbarre per mandarmela via dalla testa. Il modo in cui mi sorrideva, in cui mi prendeva per il culo: la vedevo, capito? Come se fosse reale e mi stesse ancora davanti. Poi mi hanno imbottita così bene che non ho più sognato niente. Per tanto tempo. E quando ho ricominciato, ho sognato Sassaia. Che poi è il motivo per cui mi trovo qui, e ti sono capitata tra i coglioni.» Si accese un'altra sigaretta, si lasciò andare sullo schienale della sedia cercando qualcosa con lo sguardo oltre i vetri, nella notte. «Io sono stata l'ultima persona a guardarla. Sono stata l'ultima persona che lei ha guardato.» Chiuse gli occhi. «Non ti salvi da una cosa del genere.»

«Comincia dall'inizio» le chiesi, «per favore.»

Emilia tornò a sedere composta, la schiena diritta, la testa alta. Si versò due dita di nocino.

«Abitavamo vicine. Si era trasferita nella villetta accanto alla mia subito dopo la morte di mia madre, e questa coincidenza forse l'ho presa come un segno. Andavamo anche in classe insieme.

Non ci stavamo simpatiche: troppo diverse. Ma proprio per questo, forse, ci attraevamo. Lei aveva tutto. Non ero capace di vedere altro che le sue fortune: la famiglia intera, la bellezza, quanto era sicura di sé, o almeno sembrava. La invidiavo, ma l'ammiravo anche. Perché alla fine, se sei bella e intelligente, vuol dire che te lo meriti, no?

Comunque, era anche una stronza» sorrise. «Lo so: non si può dire delle vittime, bisogna parlarne bene. Però lei lo era, che ci posso fare? Non solo, certo. Era molto, moltissimo altro. La conoscevo come me stessa: così credevo.

Mi snobbava a scuola, davanti agli altri perché diceva che "le abbassavo la reputazione". Quando andavo al mare con lei, dovevo stendere l'asciugavano più in là, a distanza, anche se prima di uscire di casa ci eravamo truccate insieme e avevamo pisciato insieme.

Certo, adesso vedo la cosa da qui, da questa età: era cattiva come può esserlo la rosa del *Piccolo Principe* con la sua unica spina. Tra le poche letture che circolavano in galera, *Il Piccolo Principe* era quella che andava per la maggiore» aggiunse, in risposta a un'espressione stupita che non mi ero accorto di avere. «Hai presente: *l'essenziale è invisibile agli occhi*? Quelle puttanate lì? Però alla fine, quando davanti agli occhi hai solo merda, ti fanno bene.»

Davanti agli occhi io avevo lei, il mio amore, che stava facendo una fatica devastante. E io pure, una fatica devastante, a rimanere lì dov'ero.

«Comunque, era un rapporto complicato. Pensa che il primo bacio con la lingua l'ho dato a lei, non a un ragazzo. "T'insegno io" mi aveva detto, "tu sei troppo imbranata." E poi aveva fatto un sacco di scene, come se si stesse proprio sacrificando. Ma io lo sentivo che le piaceva, e piaceva pure a me. E dentro di me pensavo: Altro che Angela, sei il diavolo tu. Senza sapere che il diavolo, invece, ero io.

Forse era vero che ero ossessionata da lei, come hanno scritto in una perizia. In un'altra hanno scritto che lei, nella mia testa malata, aveva preso il posto di mia madre. Certo, io non è che avessi molto altro. Di amiche degne di questo nome, zero. Ragazzi, figurati. Solo tu, in tutto il genere umano, mi hai trovata bella. Della scuola non me ne fregava un cazzo, manco di danza, di pianoforte, tutte quelle cose che mia madre mi aveva imposto, e che io facevo male, e lei mi ripeteva: "Ma l'importante non è riuscire, è imparare! Non è eccellere, è scoprire!". Sì, lo hai visto in che cazzo di mondo viviamo? Qui se non eccelli, crepi. Sotto questo aspetto, preferisco la galera tutta la vita.»

Mi guardò negli occhi, forse per vedere l'effetto che una sparata del genere aveva sortito su di me. Ma io ero inerte, forse pallido, spaventato. Deciso, comunque, ad ascoltare fino in fondo.

«Lo so che tu di galera non ne sai niente. Nessuno ne sa niente se non ci entra» precisò con mezzo sorriso. Poi, tornando subito seria: «Ma adesso è di Angela che ti devo parlare.

Insomma, lei era questa fica colossale con la madre con la messa in piega perfetta e il fratello atletico di cui mi ero innamorata per... Come si dice: osmosi? Legge di transizione?

Stare con Angela era come avere sempre davanti la persona che avrei voluto essere e non sarei diventata. Per cui la odiavo e la adoravo, la idolatravo e la invidiavo a morte.

Quello che più mi ha sconvolto scoprire *dopo*, al processo, è stato quanto in realtà fosse insicura. Andava da uno psicologo, ma non me l'aveva mai detto. Sul suo diario scriveva che si sentiva inadeguata, che sua madre la metteva sotto pressione. La scuola, il mondo: se li sentiva col fiato sul collo a pretendere, pretendere, pretendere. Invece per me sua madre era la migliore del pianeta: una vita dedicata ai figli, a lavorare oggi per farli diventare qualcuno domani. Tra tutti quelli che mi odiano, lei è quella che mi odia di più. E io la capisco.

Non c'è anniversario della morte di Angela in cui non organizzi fiaccolate. In cui non compri una pagina intera del "Resto del Carlino" per ricordare sua figlia – e che io devo pagare. Ho preso sedici anni, il massimo per una minorenne con rito abbreviato. Che poi sono diventati quattordici, quattro mesi e nove giorni per buona condotta. E tu non puoi immaginare lei che casino ha fatto: al TGR è andata, in radio, ha scritto lettere al ministero. E io vorrei poterle spiegare, un giorno, che quell'anno e otto mesi non mi hanno sollevata di un grammo, non hanno cambiato né cambieranno mai niente. Né a me né a lei.

Ma lei l'aveva messa al mondo, era sua figlia. L'aveva partorita, allattata, cullata, cresciuta, se l'era sognata con un futuro splendido. Medico chirurgo, imprenditrice, Miss Italia, sposata a un uomo altrettanto in carriera, con quattro o cinque figli. E poi è arrivata questa mentecatta di merda, che sono io, questo verme strisciante che manco meritava di nascere, e le ha distrutto tutto.» Emilia scosse la testa, forte. Allargò le braccia: «Come faccio a biasimarla? Si dice così, no? *Biasimare*. Come faccio a spiegarle, un giorno, che non sono una madre, non lo sarò mai, ma credo di sapere che cosa prova? La sua devastazione, la sua disperazione. Non mi crederebbe».

Si accese la terza sigaretta, e io mi alzai per far andare via il fumo che ristagnava nella stanza. Mi alzai per aprire le finestre, in realtà, e respirare.

«A dicembre del 2000, in quinta ginnasio, ha iniziato a vedere uno. Di trentasette anni, che c'aveva una moglie, un figlio piccolo. Un porco, in pratica, un depravato. Ma lei ci aveva perso la testa.

Non le sembrava vero, capito? Lui lavorava in una concessionaria di auto usate, si ammazzava di palestra, sempre lampadato, depilato. Hai presente quei tronisti di *Uomini e Donne*? Ecco, uguale. E si diceva che avesse pure fatto dei provini per andarci, ma non l'avevano preso.

Quindi era rimasto in provincia, aveva messo su famiglia, e aveva rimpiazzato i sogni televisivi con la ragazzina bona. E io per Angela ero diventata zero.

I pomeriggi che poteva vedere lui, vedeva lui. C'era questa novità che lei ci scopava, non era più vergine, quindi era salita di grado, ascesa a una specie di livello superiore, mentre io... pensa» mi sorrise con infinita tristezza, «avrei dovuto aspettare te.»

Credo di aver allargato gli occhi, incredulo. Emilia annuì, confermando che sì, ero stato proprio io, il primo.

«E quell'Emanuele?»

Le venne un po' da ridere: «Il Dirimpettaio? Oh, sono una magnifica bugiarda quando voglio».

Continuavo a fissarla, a non capire. Quindi Emilia dovette svelarmi la vera storia di Emanuele, dei bigliettini lanciati attraverso le grate. Una parentesi che mi strappò una risata e mi crepò il cuore.

Ma sedevamo a un tavolo con il ritratto di Angela Massia nel mezzo per un motivo preciso: non potevamo ridere né divagare.

«Io le servivo.» Emilia guardò il foglio e lo raddrizzò perché si era un po' spostato dagli assi cartesiani. Lo distese delicatamente con una mano; forse una carezza. «“Mamma esco con Emi”, “Mamma vado a studiare da Emi”, e tutto diventava possibile. Io ero la scusa, la copertura, la chiave per imboscarsi con lui nei parcheggi o nelle pinete di mezzo ravennate. E quando lui era al lavoro, o con la famiglia, o con gli amici, diventavo il rimpiazzo, il confessionale tipo *Grande Fratello*. Dovevo starla a sentire mentre mi raccontava quanto lo amava, quanto era figo, e che quando faceva diciott'anni lui lasciava la moglie e si sposavano.

Mai che mi chiedesse: E tu? Tu esisti?

E io ero gelosa. Mi sentivo tradita.

E sono futili motivi, questi? Ovvio: possono esistere motivi seri, validi, per quello che ho fatto?»

Si passò una mano sulla faccia, come se volesse cancellarla. Aveva i capelli madidi lungo le tempie. Si versò altre due dita di nocino, poi però si alzò e andò a prendere un pacchetto di patatine perché non voleva ubriacarsi, voleva rimanere lucida. Io la guardavo e mi sembrava che, mentre si cavava dal corpo le parole, perdesse chili e anni.

Controllai l'orologio: le dieci. Eravamo entrambi a stomaco vuoto.

«Non occorre che tu mi dica tutto stanotte.»

«Invece sì» rispose, infilandosi in bocca un pugno di patatine. «Se no, non possiamo andare avanti, io non posso rimanere qui. Se no, non avrò mai un posto.»

«Ok» annuii. Ripensai alla storia del Dirimpettaio, a lei e alle altre ragazze che aveva nominato: Yasmina, Myriam, Afifa. «Perché non mi racconti del carcere, prima? Anche questa è una parte della storia, no? Una parte importante. E vorrei saperla.»

34

Tra le dieci e trenta e le tre del mattino, Emilia mi raccontò gli anni di carcere che poi ho riportato tra queste pagine. E quelle ore, lo ammetto, sono state belle. Non che mancasse il dolore, però i suoi occhi erano vivi, il suo volto cambiava in mille espressioni, le sue parole m'inondavano come un torrente caldo.

«Io non lo so, o meglio: non lo so più, che idea si fa la gente da fuori della galera, di un minorile. Però posso dirti che da me non c'erano boss mafiose, temibili camorriste, e anche le peggiori erano comunque delle poveracce, in fondo. Eravamo tutte delle stronze sfigate.»

Vedevo il suo corpo sussultare di emozione, la sua anima trasparire da come gesticolava, da come alzava e abbassava la voce, abitata da tutte quelle persone: Vilma, Rita, la Frau, persino la Venturi...

Mi raccontò anche un episodio forse da poco: le elezioni, quando arrivavano i volontari con le urne, le schede e chi aveva diritto di voto scendeva in sala colloqui. Voglio menzionarlo perché da fuori uno non se lo immagina, o meglio: non se lo ricorda, che quelle persone esiliate, condannate, recluse, rimangono dei cittadini.

Emilia mi raccontò che Marta era sempre esaltata quando c'era da votare, e che tutte si sentivano importanti quel giorno. Tutte, tranne le nate in Italia senza cittadinanza: loro erano giustamente incazzate nere.

A me pareva di sentirle, di vederle, quelle ragazze. Mi pareva di voler loro bene pur conoscendole solo attraverso la voce di Emilia, per come le raccontava lei, per quanto le aveva amate lei.

E la cosa assurda di quella lunga notte forse era proprio questa: che traboccava d'amore.

«La corda si è rotta quando sono usciti i quadri delle pagelle. Il 19 giugno del 2001. Siamo andate insieme a vederli, abbiamo parcheggiato i motorini uno accanto all'altro davanti a scuola. Erano lì, con tutti i voti in bella vista. La mia solita umiliazione pubblica.»

Eravamo ormai stremati, distrutti di stanchezza. Eppure, gli occhi di entrambi restavano spalancati, accesi di attenzione.

«Ero passata male, con il classico calcio nel culo e tre debiti, ma ero passata. Ero contenta di non dover ripetere l'anno, soprattutto di *non dover perdere lei*. Lei invece aveva tutti otto e nove.

Mi aveva promesso che avremmo festeggiato *insieme* nel caso fosse andata bene a entrambe. Me lo aveva *giurato*: che saremmo andate a Marina, avremmo raggiunto gli altri e ci saremmo fermate in spiaggia fino a tardi, con il falò, le chitarre, le canne e i bottiglioni di vino. Io senza di lei non ci potevo andare. Non ero invitata né accettata a nessuna festa. Me lo aveva pure scritto sul diario di scuola, alla pagina del 19 giugno aveva cerchiato il numero, fatto una freccia: "Sarà il nostro giorno pazzesco".

Invece lui era comparso con la sua Opel Tigra gialla di merda, la macchina più tamarra di Ravenna. Con quel suo bicipite gonfiato sul finestrino, i capelli ingellati, l'occhiale nero da agente segreto de noantri. Lei, figurati, si era subito voltata col batticuore e mi aveva preso entrambe le mani. Come Giuda. "Scusami, Emi, non posso più. Tu mi capisci, vero?"»

Emilia s'interruppe. Qualcosa di molto antico riemerse dal fondo degli occhi. Qualcosa che riconobbi come rabbia. Una rabbia che adesso era solo una flebile eco del passato, ma che all'epoca doveva essere stata un incendio indomabile.

«Sono tornata a casa da sola e mi sono chiusa in camera mia. Ho passato tutto il giorno sul letto con le cuffie nelle orecchie ad ascoltare Marilyn Manson.

Erano tutti felici. Questa evidenza mi rimbombava nella testa. Erano tutti, tutti felici, tranne me. Tutti festeggiavano l'estate insieme a qualcun altro, tutti erano amati, apprezzati, gioiosi, e io ero l'unica tagliata fuori: l'unica non all'altezza, l'unica vittima di questa ingiustizia. E ho pensato seriamente di ammazzarmi per fargliela pagare. Solo che ero anche abbastanza lucida per capire che non sarebbe importato a nessuno.» Mi fissò di nuovo, come febbricitante. «Tu hai passato di peggio, lo so, e sei rimasto buono, sei rimasto giusto. Ma io, Bruno, io non ho retto.

Me lo sono chiesta mille volte: Cos'è il male? Ho voluto dare degli esami di filosofia apposta, all'università. Per capire.

È un errore che fai tu? Una scelta? Oppure è un falla nel tuo sistema, una colpa che c'è in ogni essere umano? È la follia? È un più, una cellula impazzita con cui nasci? Oppure è un meno?

Io penso che sia un meno. Che sia come un vuoto che si genera da una crepa interiore, e poi ti scava, ti scava, ti annienta.

Il dolore non migliora nessuno. O meglio: migliora chi è già forte, chi ha un supporto. Io ho sempre avuto un padre eccezionale, ma non ho accettato il suo aiuto: credevo di non meritarlo, oppure ero troppo debole per chiederlo. Preferivo la putrefazione, gongolarmi nell'odio. Che in fondo è la cosa più facile che puoi fare: avercela con tutti perché la sbagliata sei tu.»

Si era alzata in piedi nella foga, senza accorgersene. Poi di colpo si fermò, si guardò intorno in ricognizione, come se fosse appena atterrata da qualche parte e non sapesse dove. Posò due occhi stanchissimi su di me.

«Non ho saputo perdonare, Bruno. La morte di mia madre. I miei compagni di scuola. Angela. Me stessa, per essere quello che ero.

Non ho saputo lasciar andare.»

Tornò a sedersi, a distendere il ritratto di Angela indugiando sul contorno del viso con i polpastrelli.

«Quando è rientrato mio padre, quella sera, la promozione era una cosa che bisognava festeggiare per forza. Io stavo lì, seduta in cucina di fronte alla tavola sparecchiata, come quando era morta mia madre. Credevo che quello fosse stato il giorno più brutto della mia vita, invece ne era arrivato uno uguale. E non sapevo che poi ne sarebbe arrivato un altro infinitamente peggiore. Perché il male che subisci, adesso lo so, è molto meglio di quello che fai.

Dal male che fai non c'è via d'uscita.»

Le mani le tremavano mentre provava ad accedersi l'ennesima sigaretta e non ci riusciva. La vedevo lottare con se stessa e provavo un dolore lancinante. Le presi l'accendino e la aiutai. Di nuovo, avrei voluto dirle: Basta, andiamo a dormire.

Dopo un paio di boccate, ritrovò la concentrazione.

Erano le quattro del mattino.

«Il 22 giugno 2001 le ho scritto per darle *l'appuntamento.*

Un SMS con l'Alcatel bianco.

"Ci vediamo domani alle 14 allo Stradello della Pesca? Devo parlarti: è importante".

Lei poteva benissimo rispondermi, come mi aveva risposto milioni di volte: "No, sono con Fabio".

Era probabile, probabilissimo che mi desse buca.

Invece mi ha risposto: "Ok, tanto Fabio lavora".»

O

«Il 23 giugno, all'una e mezza, ho infilato un coltello nello zaino e sono uscita.

Un coltello lungo, il più lungo che ho trovato in cucina.

Ci volevano venti minuti scarsi, da casa mia, per arrivare allo Stradello della Pesca. Ricordo la mia stanza: era gelida. Avevo tenuto l'aria condizionata al massimo tutta la mattina perché sudavo come un mulo. E, quando sono uscita fuori, c'erano quaranta gradi. L'asfalto arroventava, lo vedevo evaporare alla fine del vialetto. Avevo il sole a picco sulla testa. Così forte che mi sembrava bruciasse tutto.

Prima di salire sul motorino, me lo sono detta: Che cazzo fai? Torna dentro e posa il coltello.

Lo sono sempre stata: capace d'intendere e di volere. A partire dalla scelta del luogo e dell'ora dell'appuntamento. Solo che, come posso spiegarti? L'intendere era scollegato dal volere. Anzi, era proprio l'opposto. Perché io intendevo no, ma volevo sì. Ero lucida, cosciente, capivo benissimo che era una cosa folle. Però, quello era anche un film. Girato a lungo nella mia testa. E adesso volevo vederlo.

Ho infilato il casco e sono partita. Era sabato, in centro c'era traffico, ma col motorino superavo tutti, passavo davanti alle bancarelle del mercato piene di costumi e asciugamani, alle edicole che avevano messo fuori i giochi per il mare, i secchielli, le formine. Mi è passato per la mente quando mi fermavo con mia madre per comprarle, nuove ogni anno.

Questo pensiero avrebbe potuto fermarmi. Invece no.

C'erano tanti colori, tanta luce, e un'aria quasi di festa. Ma io ero come un pezzo di buio che circolava in pieno sole. Imbottita di rancore, spingevo il Phantom al massimo. E mentre andavo, proiettavo senza sosta quel film. Il film di Emilia: una persona importante che nessuno aveva mai notato. Superato il cimitero, mi sono chiesta anche questo: E lui dove lo metti?

Papà, che viene a baciarti sulla fronte tutte le sere prima di dormire? Che ti bussa alla porta appena rientra dal lavoro per chiederti come stai? Che vuole sempre parlarti, ascoltarti?

Papà, che non merita una cosa del genere.

No, a lui non ci pensavo. Lo scacciavo via.

Troppo scomodo.

Pensavo solo a me stessa.»

«Devo farti capire com'è fatto lo Stradello della Pesca.

Prima di Marina, prima delle spiagge, del molo turistico, degli alberghi, delle piadinerie, dei ristoranti di pesce, c'è questa traversa sterrata che punta al canale.

È un posto micidiale. Si vede il petrolchimico da lì, il porto industriale. Decine e decine di gru, ammassi di capannoni, torri di container, ciminiere in perenne attività e cisterne larghe come crateri: si prendono tutto l'orizzonte. È un posto tagliato fuori, come mi sentivo io. La strada piena di buche è costeggiata da una fila di casette di legno, con le reti da pesca immerse nel canale e i moli per le barche. Le famiglie ci vanno il fine settimana per grigliare il pesce nei barbecue. E, al di qua della strada, c'è una pineta. La più fitta e selvaggia di Ravenna.

Quante volte mi sono ripetuta, rallentando sullo Stradello con i quaranta gradi che mi picchiavano sul casco: "Figurati se lo uso, il coltello. Non sono mica pazza".

Stavo giocando, avevo questa impressione. Che mi sarei spinta fino al limite per vedere che effetto faceva, ma non l'avrei oltrepassato.

Anche se mi rivedevo di continuo Angela che sculettava verso la Tigra, che mi lasciava indietro come monnezza. E questa immagine, non so perché, si confondeva con mia madre quando pesava trentasette chili e già puzzava di decomposizione. Era solo un pretesto, quel rancore, me ne rendo conto. La verità è che dentro di me c'era un buco, un abisso potente, acquattato sotto la vita, con gli artigli e i denti.

Il volere diceva: Te lo faccio vedere io chi è più forte, brutta stronza. L'intendere rideva: non poteva prendermi sul serio.

Sono arrivata in fondo allo Stradello, ho parcheggiato nel solito posto dove ci trovavamo io e Angela quando dovevamo combinare qualcosa di losco, tipo fumare, calarci un quartino, o parlare di cose serie. Ho visto subito che il suo motorino non c'era.

L'intendere ha detto: Meglio così, l'hai scampata.

Il volere ha replicato: Visto, la troia? Fabietto l'avrà chiamata, si sarà liberato all'ultimo, e lei manco un SMS si spreca a mandarti.

Cinque minuti dopo ho sentito uno scooter arrivare e mi sono voltata: era lei. Tirava su polvere con il suo SR.

Mi ha affiancata, ha spento il motore. La cosa che più spesso ho ricordato, *dopo*, è il momento in cui si è tolta il casco. La naturalezza di quel gesto, che dimostrava quanto mi sottovalutasse, quanto si fidasse. Non mi ha guardata, non mi ha neppure salutata. Ha controllato il cellulare perché aveva altro per la testa.

Del resto, cosa puoi aspettarti dalla più sfigata della classe? Che abbia un coltello nello zaino?

Avevo la gola secca, la bocca prosciugata, e il cuore freddo.

Ho aspettato che finisse di scambiare messaggi con Fabio, come sarebbe emerso dalle indagini; ma io non avevo bisogno delle indagini per saperlo. Fabio che, tra parentesi, poi ha perso tutto: lavoro, famiglia. Dopo che i giornali hanno parlato e ricamato sulla loro storia, credo sia addirittura andato via da Ravenna.

Comunque, fissavo le enormi gru del porto che sbarravano il mare. L'acqua paludosa del canale. Le chiatte che filavano lontane. Non fiatavo. Nemmeno quando Angela è scesa dal motorino e finalmente si è degnata di considerarmi: "Allora? Cosa mi dovevi dire?". Nemmeno allora ho parlato. Perché non ci riuscivo.

Il volere mi diceva che dovevamo raggiungere un luogo ancora più appartato. Che dovevo essere glaciale ed efficiente come Jill Valentine in *Resident Evil*: come se quello fosse un videogioco. A pochi chilometri da lì, intanto, i bar emettevano musica senza interruzione, gli stabilimenti si affollavano di famiglie, di bambini, e dalle spiagge si spandeva un vociare allegro che risuonava per tutta Marina.

"Camminiamo" sono riuscita a dirle, "arriviamo alla barca rovesciata." Fuori era una polla di luce. In pineta l'ombra era spessa e gelida. Ci siamo inoltrate. Come l'estate prima, quando lei mi aveva trascinata appresso a quei due sconosciuti che poi ci avevano ritratte a seno nudo.

Non mi era ancora partita la fissa del disegno. Mi sarebbe partita solo *dopo*, in galera. Ma tra tutte le cose – tante, troppe – che non perdonavo, c'era anche quel pomeriggio in pineta in cui avevamo posato in topless per quei due quarantenni. Una cosa oscena che lei voleva, e io no. Perché lei era un'esibizionista, era piena di bellezza, era viva, e io no.

"Ti vedo strana" mi ha detto. La mia faccia doveva essere di quel colore» Emilia indicò un centrino bianco sporco. «L'intendere è riemerso e ha gridato: Vattene subito, trova una scusa. Il volere percepiva il peso del coltello nel fondo dello zaino, sotto l'asciugamano del mare.

Mentre camminavamo, ferendoci i polpacci con i rovi e pungendoci i piedi nudi nelle infradito con un mare di aghi, Angela ha iniziato a dirmi qualcosa riguardo a sua madre: che la voleva portare in vacanza in Grecia a Ferragosto, che le rompeva i coglioni, ma lei non ci voleva andare, non voleva separarsi per ben due settimane dal suo Fabio. Solo che io la sentivo come attraverso un'imbottitura di ovatta. Mi ronzavano le orecchie, i suoni esterni mi arrivavano confusi, deboli, persino le cicale che frinivano come ossesse sui rami intrecciati, intrecciati al punto da oscurare il cielo.

Quando siamo sbucate fuori, il sole è tornato a incendiarci. Ho chiuso gli occhi d'istinto, mezza cieca, ho sentito le gambe che stavano cedendo. Il mio respiro rimbombava dall'interno, ovunque. Il cuore invece era lento, lentissimo, come se stesse per fermarsi.

Quella che noi chiamavamo "barca rovesciata" era solo uno scafo di legno abbandonato in un'ansa, un punto in cui la pineta si apriva sull'acqua paludosa. Un punto in cui, se urlavi, nessuno poteva sentirti.

Ho dovuto appoggiarmi alla barca. Mi sono stropicciata gli occhi e ho provato a mettere a fuoco il luogo nonostante la luce. Ho alzato il livello d'allerta per percepire qualunque movimento furtivo di animali o persone, qualsiasi sagoma appostata nell'oscurità. Una pigna caduta mi ha fatta trasalire. Mentre Angela, pacifica, porgeva il viso al sole per abbronzarlo.

Tranquilla, mi sono detta, non può esserci nessuno quaggiù. Non di giorno, almeno. C'erano preservativi usati durante la notte, mozziconi di sigarette, le possibili siringhe contro cui mi metteva in guardia mia madre. Il fondo della pineta era un posto pericoloso, come il fondo del buio. L'acqua ristagnava e sapeva di petrolio, di marcio, di fine.

Eppure da lì, se volevo, potevo vedere il mare.

Seminascosto, ma scintillante di luce. Bello, aperto, pulito.

Non volevo.»

«Parlava solo lei, io non parlavo.

Quando si è interrotta per chiedermi: "Ma tu cos'è che dovevi dirmi di tanto importante?", ho capito che dovevo giocarmi bene una scusa, e mi sono messa a balbettare, come nelle peggiori verifiche alla lavagna: "Riguarda un ragazzo…".

"Perché? Hai un ragazzo?" Ha riso. E quella risata mi ha fatto saltare i nervi, immediatamente, e incazzare a morte, e salire una tensione micidiale, come quando passi quattro ore filate a sparare in *Resident Evil.*

"Ma dài, non ci credo!" Certo che non ci credeva. Come facevo ad avere un ragazzo *io*? Infatti era una bugia, l'appuntamento era una bugia, la nostra amicizia lo era.

Ha ripreso a parlare di Fabio, comunque. E io, per una volta, ho ringraziato che lo facesse perché lo stomaco mi si stava inondando di nausea. Avevo così tante cose da dirle, ma le parole non mi venivano fuori. Erano come l'aria: evanescenti. Mi servivano, e non c'erano.

Mi sono resa conto, o forse me rendo conto adesso, che se fossi riuscita a dirle l'odio che provavo, il rancore, l'amore, per quanto marcio, e tutto quel groviglio di sentimenti disperati che m'intasava la gola, l'avrei salvata, avrei salvato me stessa.

Invece ci siamo sedute su quello scafo di vernice rossa che veniva via come pelle screpolata. *Speranza* si chiamava, la barca, anche se la P e la Z ormai non si leggevano più.

Angela si è sdraiata sui gomiti per prendere meglio il sole, ha chiuso gli occhi, ha rovesciato indietro i capelli. Una posa che la rendeva completamente inerme.

C'erano quaranta gradi e io gelavo tanto da battere i denti.

L'intero vocabolario era scomparso, e lei continuava a raccontarmi. Cosa? Di Fabio? Non lo so, perché non la sentivo più.

Mi ero posata lo zaino accanto, dall'altra parte rispetto a lei, per tenerlo nascosto. Mi sono piegata, ho aperto la cerniera, ho infilato la mano per sentire il manico del coltello sotto l'asciugamano, la crema solare, il pacco di assorbenti perché non si sa mai. Ero adolescente da così poco. O forse non lo ero mai diventata.

Stavo seduta sul limite: era una questione di centimetri, di millimetri. Poteva cadere un'altra pigna, poteva sbucare una nutria, qualcuno su un peschereccio abbastanza vicino da vedere. Invece erano le due del pomeriggio e il mondo era vuoto. Ho impugnato il coltello e, con tutta la forza che avevo in corpo, gliel'ho piantato nella pancia.

Poi, siccome si è messa urlare, gliel'ho piantato nella gola.»

Lo sguardo di Emilia, adesso, era completamente spento. Il tono di voce piatto. Immobile sulla sedia, le mani rovesciate sulla tavola, pallidissima.

«Tu fai quella cosa. Però non ci credi che la stai facendo davvero.

C'è una parte di te che sente che la sta facendo, ma l'altra è convinta che alla fine qualcosa salverà la situazione. Che sbucherà la fata, il folletto dei cartoni animati, che qualcuno si metterà a ridere e dirà: Bene, lo scherzo è finito.

È come un pensiero magico, come tornare a credere a Babbo Natale. Stai affondando il coltello dentro una persona, la tua migliore amica, e lei si dibatte e ti graffia e tu pensi: Adesso arriva l'ambulanza, la porta all'ospedale, e tempo tre giorni sta bene.»

Emilia ha stretto i pugni, ha chiuso gli occhi. Ho visto tutto il suo corpo contrarsi nello sforzo di continuare.

«Ha lottato tanto. Le sono salita sopra per tenerla ferma con tutto il mio peso. Con le schegge del legno marcio che ci ferivano entrambe sui fianchi, la schiena, le braccia. E quanto voleva vivere, quanto.

Per forza: aveva sedici anni.

Quando le ho colpito la gola, non volevo. Ma il cuore mi era diventato tutto buio, nero. E avevo tanta di quella rabbia che non sapevo più come fermarla. E mi è passata davanti la vita intera.

Mia madre che mi portava al Bagno Amore da bambina con la rete di formine appresso, le castagne raccolte qui a Sassaia con zia Iole, la domenica sotto il piumone nel letto matrimoniale dei miei, in mezzo a loro. Come dicono succeda quando muori. Perché io stavo morendo. Insieme a lei.

Guardavo i suoi occhi spegnersi e mi spegnevo. In quella specie di sogno o videogioco o film, che invece era la realtà. Il suo prendisole giallo che diventava rosso, il suo costume da bagno a due pezzi con i limoni della costiera amalfitana, e lei che faceva ormai fatica a respirare con la gola spaccata. Allora ho affondato più forte, ma questa volta per pietà. E ho visto quegli occhi così belli creparsi, l'anima scivolare via. E non potevo più trattenerla.

Non è possibile, no? Uccidere una persona.

Quando è morta, prima di scappare, l'ho abbracciata.»

Gli occhi di Emilia erano due buchi neri, il viso esangue da far spavento. Era assente, incapace di guardarmi.

Mentre la luce dorata dell'alba si diffondeva dentro la stanza, io scoppiai a piangere.

Per Angela Massia che non c'era più, morta in quel modo a sedici anni.

Per Emilia che alla stessa età aveva ucciso una persona.

Per me, che adesso cosa dovevo fare? Alzarmi? Rimanere? Sbattere la testa contro il muro?

Decisi di alzarmi. La presi per le ascelle e l'aiutai a salire le scale, con fatica. La misi a letto. Dopodiché, mi coricai vicino a lei.

Esausto, rimasi lì, accanto a un'assassina. E che differenza c'era tra me e lei? Nessuna.

Eravamo due esseri umani. Quello che lei aveva compiuto, avrei potuto compierlo io, era una possibilità che tutti avevamo nel corpo e in quello che c'era dentro: l'anima? L'abisso?

Incapace di dormire, ascoltai a lungo il rumore del bosco, degli uccelli, del mondo che si risvegliava commovente, bellissimo, e ricominciava dopo l'inverno. Di colpo mi accorsi di quanto tutto, tutto il bene contenuto in noi e nella materia, fosse precario e meraviglioso, degno di cura a qualsiasi costo.

Allora cos'era, il male?

Il non saper perdonare.

PARTE III

Il mare

35

Il grande prato che circonda la chiesetta di Donato era coperto da una nebbia di soffioni che sfarinavano nel vento affidandogli i propri semi.

Ricordo, la schiena appoggiata al tronco dell'unica quercia che concedeva ombra, di averli osservati a lungo, quei semi, sospesi nella luce pomeridiana, con il cuore carico di paura ma anche, più resistente della paura, di speranza.

Quel giorno era il 22 giugno 2016. La sera stessa Emilia e io ci saremmo messi in viaggio. Senza una data per il ritorno, decisi a prenderci il tempo necessario.

Prima di dire del viaggio, però, voglio riportare gli eventi più significativi della primavera appena trascorsa. Per non tralasciare nessuno: siamo una comunità aspra, difficile; ma pur sempre una comunità.

Prima di tutto, il Giudizio Universale di Alma è stato concluso.

Di più: Emilia e il Basilio sono riusciti a ultimarlo in tempo per le celebrazioni di Pasqua, il che ha sortito un effetto quasi miracoloso sui miei concittadini. Il grande applauso che hanno tributato a Emilia e al Basilio quando il prete li ha chiamati vicino all'altare non ha comunque scalfito né l'uno né l'altra. Hanno annuito sorridendo a stento, e sono subito tornati al loro posto.

Il giorno dopo si sono rimessi al lavoro nella frazione vicina di Novella, venti minuti a piedi da Alma. L'obiettivo di entrambi, però, era Donato: trentaquattro chilometri da Alma, ultima valle della provincia, dove sorge la chiesetta di cinquecento anni di cui il Basilio si era innamorato da ragazzo. A Emilia sarebbe bastato meno di un minuto per cadere nello stesso sentimento: la Pietà lignea, in particolare, è riuscita a commuoverla al punto che, pur di lavorarci, si è messa in testa di prendere la patente in due mesi.

L'ho accompagnata io nel capoluogo per le lezioni di teoria e di pratica. Abbiamo trascorso interi sabati e domeniche a ripassare ogni possibile segnaletica stradale. Mancando in Valle parcheggi ampi dove ammaccare la Seat, siamo scesi più volte in città, negli spiazzi desolati tra i capannoni industriali, per permettere a lei di esercitarsi con la frizione, e a me con la pazienza.

Ma ce l'ha fatta, testarda com'è. E, dalla fine di maggio, ha potuto raggiungere Donato insieme al Basilio per stare appresso a quella Pietà, che entrambi definivano stupefacente, e a una danza macabra assai rara dalle nostre parti.

In quel periodo ho sofferto un po' di solitudine, ma ogni venerdì veniva a pranzo da me il Martino, e poi andavamo a giocare a biliardino giù al Samurai, sotto il gazebo inaugurato dal Piero per l'arrivo della bella stagione.

Poi la scuola è finita, c'è stata la solita grande festa in riva al torrente. E mi rendo conto che *grande* per un'unica classe di tredici bambini può suonare esagerato, ma per me, nel 2016, lo è stata davvero.

Erano presenti genitori, fratelli, cugini, vecchi insegnanti, tutti con torte fatte in casa, biscotti della Rosa, pizzette, succhi di frutta. Soprattutto, era presente Emilia.

Vestita decente, per una volta, con un abito rosa a fiori di cotone che ne evidenziava la femminilità anziché i trascorsi di galera: ci piaceva scherzarci sopra. Ha incontrato i miei alunni – il Martino lo conosceva già –, i loro genitori, e posso dire che Alma in quell'occasione l'ha accolta. Certo, ignorandone il passato, vedendola per chi era adesso: i capelli puliti, le iridi più chiare, la voglia di dare il suo contributo. D'altra parte, credo, è giusto che il buio sia consegnato unicamente a chi ci ama.

Solo Patrizia è arrossita, e ha abbassato lo sguardo ogni volta che se l'è trovata davanti. Anche se Emilia si è persino offerta, quando è arrivato il momento, di aiutarla a distribuire le fette di torta. Ho riso molto di fronte a quella scena, alla balbuzie improvvisa di Patrizia e alla disponibilità di Emilia in versione "giovane almigiana". Non le ho mai rivelato che era stata lei a darmi quell'articolo. A che scopo? Certe cose bisogna lasciarle andare.

Infine, è cominciato per me quel tempo di giugno che non è più lavoro, ma nemmeno vacanza. I giorni compresi tra gli scrutini e la consegna delle pagelle erano talmente morti che ho deciso di unirmi a Emilia e al Basilio infilandomi sui sedili posteriori della Seat con un paio di libri, una borraccia e un panino.

Al principio hanno protestato: l'hanno presa come un'intrusione. Mi hanno avvertito: "Non vogliamo essere disturbati mentre stiamo lavorando". Ma io non mi sognavo neanche di entrare in chiesa, volevo rimanere fuori, a leggere all'ombra della grande quercia.

La collina su cui sorge la chiesetta di Donato è lontana dalle auto e dal paese; l'unico modo per accedervi è un sentiero di ghiaia. Le montagne intorno, a differenza di quelle di Sassaia, non si chiudono fin quasi a toccarsi, ma si dilatano e addolciscono sconfinando nella Valle d'Aosta. Lì finisce la provincia insieme alla regione, finisce il piccolo mondo mio e di Emilia, comincia l'altrove che si sfoca in una foschia azzurra, come il mare.

Quel giorno, il 22 giugno 2016, li ho accompagnati lo stesso. Anche se, non più tardi di mezzanotte, saremmo partiti, e avrei fatto meglio a portarmi avanti con i preparativi: i borsoni, i fiori, le faccende di casa. Ma era una giornata troppo bella, di cielo limpido e vento dolce, e la chiesetta aveva il potere di rasserenare chiunque, persino me alla Vigilia di quel viaggio.

Mentre loro si prendevano cura della Pietà, della danza macabra e dell'ennesima Madonna Nera, ho tirato fuori dallo zaino l'ultimo tema di Martino Fiume.

Lo avevo fotocopiato per tenerlo con me, anche se in teoria non avrei potuto. Quando lo avevo letto la prima volta, ero andato dritto da Patrizia in sala professori sventolandoglielo in faccia. "Lo promuoviamo" avevo detto. Non le parlavo da cinque mesi. "Non me ne frega un cazzo di come va in matematica, della media, dei voti. Fiume è promosso con ottimo in italiano."

Il futuro – era questa la consegna. Immagina cosa vorresti fare, dove vorresti essere, e chi vorresti diventare *da grande*.

Martino si era impegnato: lo avevo tenuto d'occhio. Laggiù dov'era sempre stato, all'ultimo banco accanto alla finestra. Ma questa volta ci teneva a fare bene, alzava lo sguardo dal foglio solo per riprendere fiato. Un unico errore gli era sfuggito: *un'attimo*. E io, quell'apostrofo, ho fatto proprio finta di non vederlo.

Quel pomeriggio l'ho riletto, soffermandomi a lungo sul finale:

Con Nebbia che mi trotterella al fianco, voglio risalire il Monte Cresto fino alla cima, in una giornata in cui si vede tutto, e da lassù voglio dire addio, o forse arrivederci, alla mia valle.
Non lo so chi sono, chi voglio essere.
Lo deciderò un passo per volta, ascoltando cosa mi dice la vita.

Alle ventitré e qualcosa abbiamo chiuso le case e siamo scesi giù per Stra' dal Forche con le torce, gli zaini, i borsoni e i fiori.

Sapevamo che viaggiando di notte non avremmo trovato traffico e l'importante era arrivare all'alba, trovare tutti addormentati. Avevo calcolato più volte il percorso per non sbagliarmi, lo avevo imparato a memoria, ma ho dovuto comunque ripetermi: Calma, non siamo in ritardo.

Abbiamo stipato i borsoni nel bagagliaio, sistemato i fiori sui sedili posteriori con delicatezza, come fossero figli assonnati. A quell'ora Alma assomigliava a un piccolo presepe sottovetro, tremolante alla luce dei suoi quattro lampioni in croce. Ho chiuso il garage, ho rimesso in moto, e ci siamo lasciati alle spalle il mondo conosciuto.

Abbiamo ripercorso la provinciale che conduce al Tartana, ci siamo passati davanti ed Emilia ha fatto un mezzo sorrisino. Poi siamo arrivati al casello e abbiamo superato il confine. Allora lei ha reclinato il sedile, si è distesa e ha chiuso gli occhi. Io tenevo la velocità di crociera. L'A4 era sgombra, con l'eccezione di rari camion targati Polonia, Ungheria, Slovenia. La pianura sprofondava in un petrolio uniforme. Mi sono lasciato scivolare nella notte, con il ronzio del motore e il respiro di Emilia a tenermi compagnia.

Solo a Milano, percorrendo la tangenziale, ha schiuso le palpebre all'improvviso, come se sapesse dov'eravamo. Si è drizzata a sedere, ha guardato bene le luci, i palazzoni, le pubblicità e ha bisbigliato con tenerezza: «Ciao, Marta». Poi si è rimessa a dormire.

Doveva presentarsi in forze all'appuntamento. Io invece dovevo solo guidare. Non ero il protagonista, giusto il complice di quel piano che avevamo studiato per settimane, insieme, nei minimi particolari. Ma il cuore non mi rallentava mai.

All'altezza di Bologna l'ho guardata di nuovo: raccolta su un fianco, la bocca semischiusa, la fronte distesa di chi è sereno perché ormai ha deciso. E ho preferito non avvisarla, procedere oltre i ricordi e andare avanti: nei luoghi della sua vita che io non avevo mai visto.

Alle 5.15 spaccate, puntuale come stabilito, mentre da est si alzava una mareggiata di luce ancora pallida, ho parcheggiato a pochi metri dall'ingresso secondario, sotto una fila di pini marittimi.

L'ho svegliata: «Emilia, ci siamo».

Il cimitero monumentale è un luogo illeso, intriso di pace, e in questo assomiglia a Donato, a Sassaia, a tutte le nostre valli. Separato dalla città, è un'isola di silenzio delimitata da un canale, dal petrolchimico e dall'aperta campagna.

Naturalmente, a quell'ora era chiuso. Ma noi eravamo lì apposta.

Emilia si è tirata il cappuccio della felpa sulla testa e ha spalancato la portiera.

«Ti aiuto a scavalcare» le ho detto.

«No, tu passami i fiori e torna in macchina, come avevamo stabilito.»

I fiori, nonostante il viaggio, avevano retto. Erano gladioli, margherite, begonie, dalie, i più belli che il Basilio e io avessimo piantato, suddivisi in due mazzi.

Siamo scesi dalla Seat e abbiamo camminato nel parcheggio di terra battuta. La chiesa e il fioraio erano chiusi, nessun'altra auto sostava nei paraggi. Non ho potuto fare a meno, giunti al cancello laterale che avevamo individuato sulla mappa, di sollevare lo sguardo verso le telecamere: c'erano davvero, probabilmente erano in funzione. Ma anche su questo avevamo già ragionato.

"Pure se dovessero riconoscermi" aveva ribattuto Emilia alle mie obiezioni, "non vado mica lì a vandalizzare le tombe. Voglio solo portare dei fiori senza incontrare nessuno." L'orario di apertura era le 6.30. Avevamo studiato anche il calendario della giornata sul sito del Comune: si sarebbe svolta una messa commemorativa alle dieci e mezza del mattino, la fiaccolata annuale sarebbe cominciata come sempre alle 21. "Cosa possono farmi? Scrivere l'ennesimo articolo? Be'" aveva sorriso, "sarebbe senz'altro il migliore di quelli scritti fino a oggi."

L'ho guardata arrampicarsi, atterrare con un salto dall'altra parte. Le ho passato i fiori tra le sbarre del cancello. L'aria era frizzante, la luce accarezzava con delicatezza le tombe e il silenzio; avevo la tachicardia per lei.

«Mi raccomando.»

Emilia ha afferrato i due mazzi e ha annuito.

Prima di tornare in auto, alla mia postazione di sentinella, l'ho guardata allontanarsi nel grande cimitero, tra le tombe di famiglia, le mura di loculi bianchi e, più oltre, i portici dell'ingresso monumentale che custodivano i sarcofagi delle personalità illustri.

Conosceva già la direzione. Le scarpe da ginnastica scricchiolavano nella ghiaia. I suoi passi erano l'unico rumore, l'unico in tutta Ravenna.

È andata a trovare sua madre, prima.

Ha afferrato le maniglie di una delle scale di ferro e l'ha sistemata sotto una fila di loculi. Riposava nel più alto perché lo aveva chiesto espressamente: di stare vicina al cielo. Emilia ha salito i gradini con l'innaffiatoio riempito a una delle fontanelle, ha cambiato l'acqua nel vaso e sostituito i fiori appassiti con quelli freschi di Sassaia.

Ha osservato l'ovale con la fotografia a colori di Cecilia: una donna giovane, sorridente, circondata da persone anziane in bianco e nero, evidentemente più fortunate. Ma tu lascia andare adesso, si è ripetuta Emilia, sei qui anche per questo.

Quindi ha carezzato la lapide e dato un bacio a sua madre, le labbra calde sulla superfice fredda del vetro. «Adesso vado. Ma la prossima volta passerò più tempo anche con te.»

Sua madre non era un tipo geloso: capiva benissimo l'ordine di priorità di quella giornata. La luce era ancora bassa e soffusa, ma si stava sollevando da terra con intensità sempre maggiore. Entro quaranta minuti sarebbe arrivato il custode.

Emilia è scesa, ha buttato i fiori vecchi in un cestino e, con il secondo mazzo in una mano e l'innaffiatoio nell'altra, si è diretta verso il centro del cimitero.

Doveva cercare l'angelo di marmo rosa. Era sempre così lucido da sembrare nuovo, le aveva detto suo padre, spiccava su tutte le altre statue: non poteva sbagliarsi. Lui c'era già stato diverse volte, certo non in un 23 giugno o in un 2 di novembre, ma non aveva mai mancato, in quei quindici anni, di portarle dei fiori.

Per Emilia, invece, era la prima volta, e non avrebbe potuto essere altrimenti. Mentre percorreva il viale principale che tagliava in due il cimitero, il suo cuore batteva fortissimo, come se stesse per nascere di nuovo.

L'ha riconosciuta subito. Era la più bella: una tomba piena di fiori freschi, peluche, disegni. L'angelo che la sovrastava teneva gli occhi chiusi, ma sorrideva.

Emilia ha posato l'innaffiatoio. Ha stretto i fiori con entrambe le mani, portandoseli d'istinto all'altezza del cuore.

«Allora, siamo di nuovo io e te» ha detto, e le si è spezzata la voce.

Ha osservato la fotografia che i parenti avevano scelto. Forse quella della cresima: era tutta vestita di bianco, con una corona di fiori sui capelli, il viso pulito che manteneva le promesse.

«Io ne avrei scelta una diversa» ha detto Emilia provando a sorridere. «Al mare, in costume.»

Era durissima starsene lì, in piedi, sotto tutto quel cielo. Emilia guardava la foto e lasciava che le lacrime le cadessero in silenzio lungo le guance.

«Angela, ho trentun anni, quasi trentadue. E tu ne hai sedici.»

Ha cercato un vaso per sistemarci i fiori. Ce n'era più d'uno, di sicuro era stata la madre a usare quell'accortezza per chi oggi fosse venuto a trovarla. Emilia lo ha riempito, lo ha posto al centro, poco sopra le lettere d'argento che dicevano:

ANGELA MASSIA * 1-10-1984 † 23-6-2001

Si è soffermata su quelle due date, a lungo.

Poi si è messa a sedere a gambe incrociate sul prato.

Erano le 5.57. Il telefono non vibrava, segno che non stava arrivando nessuno.

Poteva fare con calma. Restare sola con lei sulla superficie della terra e finalmente trovare le parole.

«Le ho pensate tutte» ha detto, scuotendo la testa. «Credo di essere persino impazzita. Ma tu in vita non ci ritorni. Lo devo accettare.

Non andremo mai a cena fuori per chiarire, non ci fumeremo più le canne insieme, non faremo il bagno a mezzanotte. E non torneremo più là, allo Stradello.»

Le lacrime le impastavano la voce, le annebbiavano la vista, e tuttavia voleva guardare bene il volto dentro la cornice d'argento.

«Non posso accettarlo, che non ci sei più. Perché è colpa mia.

L'ho deciso, l'ho voluto io. Anzi, non io, ma quella poveraccia, quella sfigata, quella persona triste che sono stata da ragazzina. Io la odio, quella. Perché ti ha tolta non solo a tua mamma, a tuo papà, a tuo fratello, ma anche a me.»

Era determinata a trovare tutte le parole che non aveva mai trovato, con la speranza che, in qualche modo, da qualche dove, Angela potesse ascoltarle. Con la speranza che, contro ogni evidenza, nel mondo esistesse almeno un grammo di magia.

«Ho preso il diploma, la laurea in Belle Arti. Mi chiedo cosa avresti studiato tu, in quale città. Credo Bologna, per forza. Ci saremmo andate insieme. Io non avrei visto la città attraverso dei finestroni con le sbarre, e tu saresti diventata dottoressa in Medicina, in Giurisprudenza. Avresti avuto un ragazzo migliore di Fabio, questo te lo garantisco. Ma io non ti ho permesso di diventare adulta. E allora come facciamo, Angela?»

Emilia si è coperta il viso con le mani. «Ti ho rubato tutto, anche le cose minuscole, come una passeggiata, un sorso di Coca-Cola, un bacio. È una cosa tanto difficile con cui convivere. Sarebbe più facile morire, risolverla. Ma non voglio più essere una vigliacca. Allora ho pensato» si è scoperta il volto e morsa forte la lingua per non rimettersi a piangere, «che io, adesso, ogni cosa bella che vivo, te la voglio dedicare. Non voglio scappare da quello che ti ho fatto, voglio ricordarlo. E se non posso riportarti in vita, almeno, ogni giorno che vivo voglio viverlo per te.»

Si è alzata in piedi. Il cielo era pieno di luce ormai.

Dopo averla uccisa, era venuta qui. Era corsa al motorino imbrattata di sangue, aveva guidato senza casco, senza guardare dove andava, augurandosi un incidente. Ma d'istinto lo sapeva.

Quindi era arrivata, aveva preso una scala e si era seduta in cima, davanti alla lapide di sua madre. Le aveva detto: "Mamma, non guardarmi, faccio orrore". Sapeva, pur senza saperlo, di dover andare in una questura, in una caserma, a *consegnarsi*, a *costituirsi*. Si diceva così, no?

Lo sapeva perché altrimenti nessuno avrebbe trovato Angela. O forse l'avrebbero trovata, ma dopo troppo tempo, e qualche animale poteva insultarla peggio di quanto già avesse fatto lei.

Prima però doveva dire a sua madre che le voleva bene. E tirare fuori dallo zaino l'Alcatel per chiamare suo padre, dirlo anche a lui, e subito dopo rovinargli la vita. Il coltello l'aveva lasciato lì, invece, accanto alla *Speranza* a cui mancavano la P e la Z.

Emilia si è infilata la mano nella tasca della felpa, adesso. Ne ha tolto il ritratto piegato in due che le aveva disegnato quella sera con me a Sassaia. L'ha aperto e l'ha sistemato vicino al vaso di fiori.

Dopo ha baciato anche lei sul vetro della foto e se n'è andata in tempo, cinque minuti prima che il custode aprisse i cancelli.

L'alba le aveva protette.

Epilogo

Prima di proseguire verso sud, siamo andati a trovare Riccardo nella villetta a schiera dove Emilia è cresciuta e da cui non ha mai voluto andarsene. Anche i genitori di Angela hanno continuato a vivere al civico accanto e, per questo, scendendo dalla Seat, Emilia ha abbassato la testa coperta dal cappuccio accelerando il passo, e anch'io, istintivamente, ho condiviso il suo disagio. Avevamo intrapreso quel viaggio per aggiustare cose che non si potevano aggiustare, per chiudere conti che non si potevano chiudere.

Non erano nemmeno le sette quando abbiamo parcheggiato davanti al cancello dove Riccardo ci aspettava, impeccabile persino a quell'ora, con una camicia di lino bianca e pantaloni azzurri con la piega. Ci ha preparato la colazione, ha chiesto a Emilia come fosse andata, ma lei non ha voluto parlarne: aveva ancora gli occhi gonfi e arrossati di pianto.

«Ho invitato Camilla per pranzo» ci ha detto, «ci tiene moltissimo a conoscervi, quindi non potete rifiutare. Poi, tu» si è rivolto a me, «ti proibisco di guidare se non dormi almeno un paio d'ore.»

In effetti, ero così esausto che mi si chiudevano gli occhi, mi crollava la testa sul petto.

«Io non lo accompagno.» Emilia ha indicato il piano superiore. Si è spostata dalla tavola al divano del salotto e io non ho potuto fare a meno di notare che si teneva accuratamente lontana dalle finestre, credo per timore che i vicini, *quei* vicini, potessero notare la sua presenza anche adesso, anche al chiuso. Non c'era riparo.

«Ci penso io.» Riccardo mi ha fatto strada su per le scale, poi lungo un corridoio fino alla vecchia camera di Emilia.

Quando ha spalancato la porta, mi ha assalito un odore che ho riconosciuto: il mio stesso, mescolato a quello di Valeria. L'odore di una stanza rimasta ferma agli anni del liceo.

Riccardo mi ha indicato il letto, e io l'ho guardato in volto. Ho guardato bene dentro i suoi occhi pestati, ma ancora vivi, luminosi. Come hai fatto?, avrei voluto chiedergli. A rimanerle accanto sempre, senza condizioni? A condividere con lei l'orrore, a caricartene il peso anche se eri, e sei, innocente?

Ma l'ho soffocata subito, quella domanda, perché mi sono reso conto che conoscevo già la risposta: mi stavo comportando nel suo stesso modo.

Riccardo mi ha sorriso, come se avesse intuito il mio pensiero, e ha richiuso la porta augurandomi buon riposo. Io sono rimasto lì, solo, con le tapparelle abbassate e gli orsacchiotti polverosi. La trapunta leggera che ricopriva il letto aveva un motivo infantile di cuccioli e stelline. I peluche erano tanti per una sedicenne: stipati sulle mensole, sul letto, in una cesta di vimini. In compenso, i libri erano pochi: solo manuali di scuola ordinati sulla scrivania. Alle pareti, tenuti fermi dalle puntine, c'erano alcuni poster delle Spice Girls, di Leonardo DiCaprio, di *Beverly Hills 90210*.

Mi sono tolto le scarpe, mi sono seduto sul letto e mi sono soffermato sulla normalità anonima di quella cameretta. Ho cercato d'immaginare l'ultima volta che Emilia l'aveva guardata, con quali occhi, con quale cuore, prima di scendere in cucina e prendere il coltello.

È stato in quel momento, con la luce del giorno che filtrava a forza dai fori della tapparella, che ho deciso, appena fossimo tornati a Sassaia, di scrivere. Scrivere tutto.

Era l'amore la risposta. Se ami una persona, non puoi prescindere da quello che è, ed è stata. Non puoi suddividerla in parti, scegliere solo quelle che ti fanno comodo. Devi accettarla intera.

E io dovevo scrivere perché, in definitiva, le parole servono.

Proprio a vivere: a ricordare, a capire. A lasciare una traccia per non morire del tutto, per non far morire chi amiamo. E perché se un giorno dovessimo avere dei figli, occorre che la verità s'incarni in una testimonianza. Adesso lo escludiamo, sia io sia Emilia, ma che diritto abbiamo, proprio noi che ci davamo per spacciati e poi, trovandoci, siamo riusciti a cambiare, di togliere a priori qualcosa dal futuro?

Quando siamo ripartiti dopo pranzo, con la promessa di ospitare Riccardo e Camilla a Sassaia in agosto – le stanze di sicuro non ci mancano – Emilia mi ha raccontato del cimitero, di cosa aveva detto ad Angela e di come le sue parole le sembrassero già poco, troppo poco.

«Tornerai» l'ho rassicurata.

Intanto l'Italia scorreva intorno a noi, e cambiava. Si è prima increspata e indurita sugli Appennini, per poi verdeggiare magnifica in Umbria, e ridistendersi nel Lazio, tra campi, paesini arroccati e greggi di pecore sonnecchianti in pozze d'ombra.

Abbiamo circumnavigato Roma e, anche senza entrarci, restando rasenti i palazzoni delle periferie, la capitale ci ha fatto effetto. Un misto di meraviglia per tutta quella grandezza, quella storia gigantesca che ci sovrastava, e di euforia infantile, e quasi: di gratitudine.

Parlavamo di rado adesso, troppo presi da quei paesaggi nuovi, dalle arterie trafficate verso il mare, dai chioschi di panini lungo le strade, dai mercatini ai crocicchi, dai resti romani fra i pini marittimi: l'opera del mondo. E noi ne facevamo parte.

Ho staccato una mano dal volante, ho cercato quella di Emilia, e l'ho stretta forte.

Mia sorella era lì, in piedi sul marciapiede, davanti al portone di cui mi aveva dato l'indirizzo. Aveva la faccia piena di trucco, i capelli tinti di nero con due ciocche viola, e indossava una minigonna di pelle con due zeppe di sughero esagerate ai piedi.

Quando sono sceso dalla macchina e le sono andato incontro,

all'inizio ha stentato a riconoscermi. Io invece l'avrei riconosciuta fra mille al primo colpo. Anche se ormai aveva le rughe, le gambe pesanti, e quarantatré anni, sarebbe rimasta per sempre, per me, la Strega dei Boschi.

Ci siamo abbracciati senza dire niente, respirando insieme, all'unisono, a lungo, e io mi sono ricacciato in gola i singhiozzi perché lei da bambino mi sgridava sempre quando facevo "il sentimentale".

Quindi ci siamo separati abbassando lo sguardo, accampando commenti sul caldo, il traffico, la benzina ch'era aumentata, e abbiamo cominciato a scaricare i bagagli. Li abbiamo portatati su a mano, al terzo piano senza ascensore, fino al suo bilocale. Abbiamo sistemato il divano letto, gli spazzolini in bagno, i pochi vestiti non meritevoli di sgualcirsi nell'armadio.

In gran fretta, però, perché non potevamo fare tardi. Valeria ci teneva da morire: «È il ristorante migliore di Ostia, bisogna arrivare per forza puntuali. Un primo non costa meno di venticinque euro!».

Capivo che era il suo grande momento. Che chissà quale serata memorabile aveva vissuto in quel ristorante, e adesso non si teneva al pensiero di tornare, di tornarci con noi.

Emilia e io ci siamo cambiati di corsa, pettinati, profumati, e abbiamo seguito Valeria sul lungomare di Ostia, verso questo posto "famosissimo, chiccosissimo, prestigioso". Dove poi, in effetti, siamo stati accolti da camerieri eleganti, che ci hanno accompagnati a una terrazza molto suggestiva, a un tavolo con la tovaglia di fiandra, le candele accese, e un bigliettino con su scritto PERALDO.

Ci siamo seduti tutti e tre e abbiamo guardato il mare, in silenzio.

Mi sono sentito incredulo, sopraffatto dalla realtà di trovarmi lì, con il Tirreno davanti, insieme a Emilia e Valeria: la mia famiglia.

C'era ancora luce. Prima di aprire i menu, Emilia si è sporta verso di noi: «Mi scusate solo un attimo? Devo proprio fare una telefonata».

Valeria e io abbiamo annuito: «Certo, siamo in vacanza».

Emilia ha lasciato i sandali sotto il tavolo, è corsa via scalza. L'abbiamo vista allontanarsi sulla spiaggia e poi arrampicarsi su una fila di scogli, fino a raggiungere il più alto.

«Pronto, Rita?»

«Chi parla?»

Dopo tutti quegli anni, non poteva certo riconoscere la sua voce.

«Rita sono io, Emilia Innocenti.»

Silenzio dall'altra parte, rotto di colpo dall'emozione: «Dio mio, non ci credo».

Emilia ha sorriso: «Visto che le mantengo, le promesse?».

Le onde s'infrangevano schizzandole il viso, il sale le frizzava nelle narici e in gola.

«Dimmi come stai, dove sei.»

«In questo momento? Vuoi ridere?» Ha guardato il mare a viso aperto. Era inquieto, cangiante, sconfinato. «Su una scogliera.»

«Al mare? Il mare che odiavi tanto e mi avevi giurato che non avresti visto mai più?»

«Non è l'Adriatico, però, è il Tirreno. Bisogna cambiare, no? *Tutto cambia.*»

«Quando la Pavulli mi ha detto che tu e Vargas siete andate a trovarla a febbraio, la volevo strozzare. Come ha potuto non avvisarmi? Però ero felice lo stesso, perché ho capito che era una buona notizia.»

«Volevo dirti una cosa, Rita.»

«Dimmi.»

Emilia si riempì i polmoni di vento e chiuse gli occhi. «Stamattina sono andata a trovarla, al cimitero.»

Di nuovo silenzio, un silenzio che Emilia riusciva a percepire intorno a sé come un abbraccio.

«Le ho portato dei fiori, e un disegno.»

Questa volta Rita ha pianto, se lo è concesso.

«Sei stata uno dei progetti di recupero più belli della mia vita.»

Emilia ha guardato di nuovo il mare, la luce che ne irradiava la superficie. Vivere: ci voleva una forza straordinaria.

«Soprattutto, Rita, ti volevo dire grazie. Perché se oggi sono qui e ti sto telefonando, è perché non mi hai lasciata sola. Non avete mai mollato con me, mai smesso di rompermi la fica: Pandolfi, Vilma, Pavulli, perfino Venturi. E tu, Rita, soprattutto tu.»

Il mare risplendeva sulla superficie mobile, instancabile, a perdita d'occhio. Due vele attraversavano l'orizzonte, il disco del sole che vi era appoggiato sopra, in equilibrio, per pochi minuti ancora: poi si sarebbe inabissato. Ma sarebbe anche riemerso, domani.

«Grazie per avermi ricordato che, persino in me, c'è del buono.»

Bologna, 22 marzo 2023
Silvia Avallone

Ringraziamenti
e una nota

Non avrei potuto scrivere questo romanzo d'immaginazione senza l'incontro, profondamente incisivo, con la realtà. Ovvero, senza la fiducia e la generosità di numerose persone che mi hanno permesso di accedere all'Istituto penale minorile maschile di Bologna. L'opportunità di conoscere i ragazzi detenuti, ascoltarli, organizzare con loro laboratori di lettura e scrittura, è stata una delle esperienze più potenti della mia vita.

Per questo dono ringrazio Salvatore Busciolano, giudice onorario del Tribunale dei Minori di Bologna e insostituibile compagno di viaggio.

Ringrazio i giudici minorili Luigi Martello e Francesca Salvatore. Il direttore dell'Ipm di Bologna Alfonso Paggiarino. La coordinatrice degli educatori Romina Frati. Le insegnanti Agnese Arena ed Elena Maresi. L'assistente sociale Anita Lombardi. E tutti coloro che, lavorando nell'Istituto, mi sono stati di un aiuto commovente.

Ringrazio i ragazzi che hanno partecipato ai laboratori, uno per uno: non dimenticherò mai i vostri nomi, i vostri volti, i vostri occhi. Mi avete insegnato, in termini di vita e umanità, smisuratamente più di quanto io abbia potuto, con le mie parole e i miei libri. Farò sempre il tifo per il vostro riscatto.

E ringrazio Monica Malatesta, la prima lettrice di *Cuore nero*.

Ci tengo ad aggiungere una nota per le nuove lettrici e i nuovi lettori. Visto che il romanzo è un'opera di fantasia e lo permette, scrivendo mi sono presa diverse libertà: geografiche, temporali, narrative. In particolare, segnalo che la legge che ha portato da ventuno a venticinque anni il limite massimo per la permanenza negli istituti minorili è del 2014, ma io l'ho retrodatata affinché Emilia e Marta potessero trascorrere più tempo insieme.

Indice

Finito di stampare nel mese di gennaio 2024
presso Grafica Veneta – via Malcanton, 2 – Trebaseleghe (PD)
Printed in Italy